아베의 가족

아베의 가족

전상국

중단편소설전집 3

차례

아베의 가족

1

영내를 벗어나면서 나는 키가 팔 척이 넘는 것 같은 우월감을 맛보았다. 정문의 지피(GP)들은 사복으로 바꿔 입은 나를 용케도 알아봐 외출증을 확인하는 일까지 건성으로 했다.

일을 마치고 나가는 한국인 종업원과 노무자들이 줄로 늘어서서 옷 뒤짐을 당하고 있었다. 나는 어깨를 펴고 그들 곁을 지나쳐 나갔다. 이 우쭐한 기분은 한 달 전 오산 비행장 트랩을 내릴 때의 흥분 상태 그대로였다. 낮은 코, 짧은 키로 해서 어쩔 수 없이 감수해야만 했던 신병 훈련소에서의 좌절감이 한꺼번에 씻겨나가는 기분이었다. 사 년 만에 다시 고국 땅을 밟는 감회가 어금니에 지그시 씹혔다. 가는 날이 장날이라고, 부대 배속을 받고 도착해보니 바로 시피엑스(CPX)에 걸려 외출이 허가되지 않은 그 이십여 일을 나는 싱숭생숭 뜬마음으로 보냈다. 그런 속에서도 나는 새삼 나 자신의 위치를 확인해둘 필요를 느꼈고 되도록 감상에 젖거나 비굴한 짓거리에 말려들지 않기 위해 이를 악물었다.

"헤이 킴, 언제 미국에 갔어?"

카투사들이 알은척 악수를 청했다. 나는 대답 대신 웃으며 손만 흔들어주고 그 자리를 피했다.

"헤이 킴, 웰컴! 내가 뭘 도와줄까?"

피엑스의 한국 사람이 내게 접근해 왔다. 나는 그들이 보는 앞에서 내게 배당된 쿠폰을 찢어버렸다. 미국에서 고모가 내게 일러주던 돈 버는 방법을 스스로 포기한 것이다. 나와 함께 신병 훈련을 받고 한국에 건너온 검둥이들마저 이미 돈 버는 방법을 냄새 맡고 코를 벌름거리고 있는 게 구역질이 나 견딜 수가 없었다.

영내를 벗어나 철조망을 끼고 시가지 쪽으로 뻗은 신작로를 걸었다. 가슴이 탁 트였다. 여름 오후의 햇볕은 아스팔트 바닥을 눅진눅진 녹이고 철조망 밑으로는 잡초들이 무성했다. 들뜬 마음과는 달리 나는 일부러 걸음을 천천히 옮겼다. 어금니로 비집고 올라오는 희열을 되도록 서서히 즐기고 싶었다.

정확히 삼 년 십 개월 전 우리 가족들이 이 땅을 떠나면서 품었던 소박한 꿈 중의 하나가 이제 실현된 것이다. 그것은 한국에서 양공주였다가 국제결혼을 해 미국에 가 영주권을 얻은 고모의 계획 중의 하나였다.

돈 안 들이고 한국에 나갈 수 있는 길은 미군에 들어가 한국 파견을 지원하는 것이다. 한국 월급쟁이들보다 더 많은 돈을 주머니에 넣고 거드럭거리며 일 년쯤 지내다가 미국이라면 껌벅 죽는 계집애 하나 꿰차고 돌아오면 좀 좋으냔 고모의 생각이었다.

"그래, 난 사람을 찾으러 한국에 가는 거다."

미국을 떠나기 전 나는 동생들한테 말했다. 동생들 모두 학교에 다니고 있었다. 정희와 진구는 하이스쿨 과정을 밟고 있었고 막내는 중학교에 다녔다. 돈 한 푼 안 들이고 공부를 할 수 있었다. 그리고 한국에서는 어림도 없었던 대학 진학의 꿈으로 동생들은 부풀어 있었다. 그러나 문제는 많았다. 자식들을 위해서 미국에 왔다는 아버지의 한국식 자위는 빛을 잃었다. 동생들은 미국 생활에 굉장히 빠르게 적응했다. 정희가 특히 그랬다.

"오빠, 미국까지 와서 다시 한국 여자와 결혼해 살겠다는 거야?"

정희는 그런 생각을 가진 계집애였다. 우리 식구 중에서 적응력이 가장 빨랐다. 정희는 보이프렌드를 여럿 우리 아파트까지 끌어들였다. 모두 백인 아이들이었다. 우리 아파트 근처에는 흑인들이 많이 살았다. 흑인 애들이 정희의 뒤를 따라다녔다. 자기들끼리 낄낄거리며 골목에 지키고 섰다가 정희를 둘러싸고 희롱을 했다. 스페니쉬계 녀석들까지 그랬다. 정희는 놈들의 희롱을 잘 받아주었다. 그게 정희의 생리였다. 그러다가 일을 당했다. 내가 일하고 있는 야채 가게의 주인 이씨의 귀띔으로 우리 아파트까지 달려갔을 때 그 깜둥이들은 정희를 윤간하고 있었다. 나는 피가 거꾸로 흘렀다. 출입문을 막아섰다. 세 놈이 능글능글 웃으며 다가왔다. 나는 품에서 야채 다듬는 칼을 뽑아들었다. 그리고 그 칼로 왼쪽 팔목에 상처를 냈다. 한국에서 재두, 형표, 석필이와 함께 남긴 담뱃불 자국이 있는 근처를 짼 것이다. 팔뚝에서 피가 흘러 현관 바닥에 흥건히 고였다. 능글능글 웃던 검둥이들 눈이 금세 겁에 질렸다. 그들은 미개하고 천한 만큼 겁이 많고 비열했다.

"컴온, 컴온!"

나는 칼 든 손으로 그들을 손짓했다. 아무것도 보이지 않았다. 손끝으로 불같은 증오가 뻗혀 온몸이 떨렸다. 나는 며칠 전 정희와 함께 어머니의 수기를 훔쳐보았다.

—나는 밤낮없이 그들을 칼로 찔러 죽이는 환상으로 치를 떨었다. 그들의 검고 끈적끈적한 살갗 그 깊숙한 데서 콸콸 쏟아지는 피를 두 손으로 받아 이웃 사람들 눈앞에 보여주고 싶었다. 내가 그때 살아 있을 수 있었던 것은 가슴으로 치미는 증오와 복수심 그것 때문이었다.

어머니가 한국에서 식구들 몰래 노트에 틈틈이 쓴 그 글에 그렇게 적혀 있었다. 나는 칼 든 손을 벌벌 떨면서 검둥이들 앞으로 다가섰다. 검둥이들이 너무 쉽게 무릎을 꿇었다. 많이 보던 놈들이었다. 내가 일하고 있는 이씨네 식품 가게와 같은 블록에 사는 아이들이었다. 식품점에 들어와 물건을 훔쳐내다가 이씨한테 들키자 골목까지 쫓아오는 이씨의 이를 두 개씩이나 부러뜨린 놈들이었다. 이씨가 잡아넣겠다고 하니까 놈들의 떼거지가 몰려와 가게에 불을 놓겠다고 엄포를 놓았다.

"병신 같은 새끼들!"

정희가 흐트러진 아랫도리를 추스르며 일어났다. 계집애는 내 앞에 무릎을 꿇은 검둥이들 머리 위에 침을 뱉은 다음 나를 향해 내쏘았다.

“오빤 뭐가 잘났다구! 한국에서 오빠가 한 일 생각 안 나? 그 꼴에 왜 자꾸 내 일에 참견이야?”

그것이 자기 일이라고 했다. 악을 쓰는 정희를 바라보면서 나는 어깨에 힘이 빠졌다. 정희는 그렇게 뻔뻔스럽게 변해 있었다. 내가 한국에서 재두, 형표, 석필이와 함께 벗겼던 계집애는 그냥 울었을 뿐이다. 그리고 부모한테 제 몸이 더럽혀진 것을 일러바쳤다. 나는 정희를 죽이고 싶었다. 그러나 마음과는 달리 입에서는 애원이 담긴 신음이 흘러나왔을 뿐이다.

“정희야, 우리가 여기 이렇게 살려고 왔냐?”

“한국에 살았으면 이것보다 더 더럽게 살았을 거야. 엄마두 아버지두 나처럼 더럽게 살았던 거야.”

정희는 앙칼지게 내뱉었다. 어머니가 쓴 글을 함께 읽고 난 뒤에 부쩍 변해버린 정희다. 어린 계집애 가슴에 파인 상처는 치유 불가능한 것이었다. 나는 공범자로서 몹시 괴로웠다. 그 글을 함께 읽은 것이 후회됐다. 그러나 이제 쏘아놓은 화살이었다. 정희와 나는 어머니의 글을 읽고 다 같이 우리가 벗어날 길 없는 깊은 늪 속에 빠져버렸음을 깨달았다. 우리는 그때부터 우리가 읽은 어머니의 글에 대해서 단 한마디도 의견을 나눈 일이 없었다. 입을 떼 말할 필요가 없었다. 그 글 속의 내용들은 이미 우리들 각자의 몸속에 전염되어 그 뿌리를 그악스럽게 박아버렸기 때문이다.

이제 그 글 속의 이야기들은 모두 우리의 문제였다.

물론 우리는 어머니를 이해하기 위해서 그것을 훔쳐 읽었다. 미국에 오면서부터 그렇게 어처구니없이 사람이 바뀌어버린 어머니에 대해서 우리 식구들은 아연할 수밖에 없었다. 환경이 바뀐 데서 오는 일시적인 우울증이겠거니 하고 그냥 대수롭지 않게 생각했던 게 잘못이었다. 그러나 어머니는 삼 년 세월이 흘러가기까지 처음과 똑같이 넋이 나간 멍청한 얼굴로 살았다. 어머니는 한국에서 우리와 함께 익힌 그 몇 마디의 영어조차 입에 올리지 않았다. 그네는 집안 식구들하고도 필요한 말만 했다. 자기의 의견을 내어놓거나 남이 하는 일에 대해서 이렇다 저렇다 일절 간섭을 하지 않았다. 한국에서 그처럼 부지런히 뛰어다니며 식구들을 먹여 살리기 위해 안간힘 쓰던 그네가 아니었다. 어머니는 빈 쌀자루처럼 휘주근히 늘어졌다. 우리 식구들은 그렇게 변해버린 어머니를 향해 애원도 해보았고 때로는 윽박지르기도 했지만 어머니의 얼굴은 한결같이 멍청했다.

"아베 귀신이 붙은 거야."

중학교 다니는 막내가 엄마 문제에 대해서 한마디 했다. 우리 식구들은 막내의 말을 못 들은 척했다. 아베에 대한 말은 누구의 입에서도 꺼내기 겁내는 우리 식구들의 터부였다. 우리가 처음 이민 올 때 공항까지 마중을 나온 고모마저도 아베에 대해서 말하지 않았다. 이민 초청장을 보낼 때부터 아베의 얘기는 빠져 있었는지도 모른다. 어떻든 우리는 어머니의 그 우울증이 아베에게서 비롯되었다는 것을 너무나 명확히 알고 있으면서도 그 사실을 입 밖에 내기를 꺼렸다. 그러나 막내가 어머니한테 아베 귀신이 붙었다고 했을 때 마음이 찔끔했다. 그러나 그것은 지극히 순간적이었다. 우리는 곧 머리를 내저어 그 생각을 단연 부인했다. 아베 때문에 어머니가 그렇게 됐다고 생각하기엔 우리의 자존심이 허락하지 않았다.

우리는 단 한 번도 아베를 우리와 똑같은 사람이라고 생각해 본 적이 없었다. 다만 아베가 숙명적으로 우리 집에 태어났을 뿐 우리와 한 형제라는 생각을 가져본 적이 없다. 아베는 우리에게 있어서 한 마리 볼품없는 짐승이었을 뿐이다.

우리 남매들은 태어나 철들면서부터 아베를 보고 살아왔다. 우리의 어린 눈에도 그것은 더러운 짐승에 불과했다. 물론 아버지나 엄마는 우리를 위해서 그 짐승이 살 수 있는 데를 여러 군데 찾아다녔고 실제로 아베를 그런 곳에 집어넣기도 했었다. 정신박약아 수용소에서는 아예 아베를 받아들이지 않거나 어쩌다 받아들였다 하더라도 며칠 못 가 찾아가라는 통고가 왔다. 최소한 지능이 20은 넘어야 그곳 수용소 생활을 할 수 있다는 것이었다. 대개 그런 수용소는 만 6세부터 18세까지의 정신박약아를 받아 수용 겸 교육을 시켰다. 어떤 데는 테스트를 해서 지능이 40 이상은 돼야 받아들였다. 그러나 아베는 지능이란 단어를 쓸 정도의 그런 인간이 아니었다. 백치 중에도 가장 심한 정도였다. 그리고 우리가 한국을 떠날 때 이미 그는 스물여섯의 나이였다. 스물여섯 나이의 갖은 병신이 사지를 뒤틀어가며 입을 벌려 말할 수 있는 것은 '아베'란 오직 그 음절뿐이었다. 입을 어렵게 벌려 얼굴을 온통 우그러뜨려 '아…… 아…… 아…… 베'라고 소리 내는 것이 그의 의사 전달의 전부였다. 그는 물론 대소변을 가리지 못했다. 몸의 균형이 불안전해 제대로 걷지도 못했다. 그는 죽으나 사나 방구석에만 박혀 지독한 냄새를 피우고 있었을 뿐이다. 아베로 인해서 우리 집은 저주받은 집처럼 항상 음침했다. 내가 문제아로 낙인찍힌 것도 우리 집의 가난 때문만은 아니었다. 아베가 있는 그 질식할 것 같은 집안 분위기 때문에 나는 매일매일 미쳐가야만 했다. 그때 형표들과 산에서 계집애를 벗긴 것도 아베에 대한 분노 때문이었다. 아베에게 정상적인 것은 오직 그의 성기뿐이었다. 그는 어렸을 적부터 여자만 보면 어머니고 누이동생이고 가리지 않고 달라붙어 사타구니를 비벼댔다. 낮잠을 자는 정희의 몸에 달라붙은 아베를 직접 내 눈으로 보았을 때 나는 이미 그를 인간으로 생각하지 않았다. 그때 정희는 고작 다섯 살이었다.

그러한 인간 이하의 아베를 한국에 버리고 왔다 해서 우리 식구들이 죄의식으로 괴로워해야 한다는 것은 있을 수 없는 일이라고 나는 못 박아 생각해왔다. 아무리 자기 몸에서 난 자식이라고 해도 아베 같은 동물로 해서 어머니가 그처럼 괴로워하고 정말 백치처럼 사람이 변해야 한다는 것은 우리로서는 도저히 이해할 수가 없었다.

그럴 즈음 정희가 어머니의 트렁크 밑바닥에서 그 노트를 찾아낸 것이다. 우리는 숨을 죽이며 그 노트를 읽어나갔다. 단숨에 읽었다. 그리고 황황히 그 노트를 덮어버렸다.

우리가 어머니가 쓴 글을 통해 알아낸 비밀은 아베가 우리 아버지의 피를 받지 않았다는 사실이다. 아베는 어머니의 먼저 남편의 씨였다. 가봉자, 어머니의 덤받이 자식. 이 놀라운 사실은 어떻게 생각하면 아베를 한국에 버리고 온 우리들의 죄의식이 다소 가벼워질 수 있는 성질의 것이었는지도 모른다. 그러나 문제는 그 반대였다. 정희와 나는 그 사실을 안 순간부터 진정 아베에 대해서 생각하기 시작했다.

"헤이, 지노 킴."

내가 꽤나 느리게 걸었던 모양이다. 시가지에 이르기도 전에 토미가 따라붙은 것이다. 나는 그와 약속을 했다. 첫 외출을 할 때 서울 나들이를 함께할 것을 신병 훈련소에서부터 약속했다. 지난밤에도 사병 클럽에서 토미는 그 일을 내게 일깨웠다. 오케이, 나는 다시 한 번 다짐했다. 그러나 오늘 나는 토미 몰래 영내를 빠져나왔던 것이다. 공연히 그런 심사가 나를 충동했다. 그것은 이제까지 내가 그들에게서 받은 수모에 대한 앙갚음이었는지도 모른다. 그러나 토미는 내 친구였다. 나보다 한 살이 아래인 스물하나 나이에 몸집이나 키는 나의 거의 두 배에 가까웠다. 그는 미국 사람치곤 정확한 영어 발음을 했다. 그는 애틀란타 출신으로 하버드 대학 재학 중에 한국에 지원 입대를 했다. 미국 밑바닥 인생이 기어드는 데가 한국 지원병인 전례와는 달리 그는 내가 아는 한 뭔가 얻으러 한국에 온 게 분명했다.

내가 미국에서 4년간 겪은 미국인은 대개 두 가지 유형이었다. 하나는 상류사회를 형성하고 있는 전형적인 미국인으로서 가히 초강대국의 국민다운 풍모를 갖춘 청교도 풍의 도덕적으로 거의 완전무결해 뵈는 사람들이었고, 그 반대는 우리에게 대체로 짚이는 자유분방하면서 반도덕적인 면을 다분히 갖춘 사람들이었다. 후자의 인간들은 그 어떤 한국인보다 철저하게 파렴치하고 난폭했다. 토미는 전자에 속하는 인간이었다. 그는 유색인종에 대해서 아무런 편견도 가지지 않고 있는 것처럼 보였다. 그러나 그러한 태도가 바로 그네들의 우월감에서 비롯되는 것이라는 걸 알기란 어렵지 않다. 그는 처음부터 내게 호의를 보였다. 자기가 가는 한국에 대해서 많은 걸 알고 싶어 했다. 우리가 생각하는 것보다 미국 사람들은 한국에 대해서 무지하거나 알고 있더라도 그 내용이 터무니없는 것이기 일쑤였다. 토미만 해도 나를 만났을 때 헤이 차이니즈—라고 불렀다. 얼굴이 넓적한 동양인은 다 차이니즈였다. 그들은 고집스럽게도 미국 속의 한국인을 잘 인정하지 않았다. 한국 문화와 중국 문화를 같은 것으로 보았다. 토미는 내가 써 보이는 한글에 흥미가 없었고 유독 그 어려운 상형문자인 한자에 호기심을 보였다. 더 분통이 터지는 것은 일본에 대한 그들의 동경이었다. 대부분의 지아이(GI)는 일본에 휴가를 나가 아름다운 추억을 남기는 게 꿈이었다. 그들은 한결같이 한국을 이야기할 때는 언제나 중국과 일본의 일부로 전제를 삼았다. 미국 사람을 만나 한국을 얘기하면 국력이 어떤 것인가를 실감하게 되는 것은 그 때문이다.

"코리아, 아름다운 미인의 나라."

토미는 내게 우정의 표시로 한국을 아름답게 얘기하기도 했다. 그것은 그가 어린 시절 자기 집 정원사였던 흑인 노인을 통해서 얻은 생각이었다. 아마 그 흑인은 한국전쟁이 일어났을 때 참전했던 용사였던 모양이다. 그 늙은이의 입을 통해서 묘사된 한국은 아름다운 나라였을 것이다. 그것은 그 늙은이가 만년에 외로움을 느끼면서 왕년의 그 한국전 참전 시절이 마치 영웅의 그것처럼 회상되었기 때문에 그럴 수밖에 없었을 것이다. 추억은 아름다운 것이니까. 그러나 추억이 결코 아름답지 못한 사람도 많다. 바로 어머니의 과거가 그랬다. 어머니를 범한 그들에게 한국은 아름다운 여인의 나라일 수도 있겠지. 나는 길바닥에 침을 뱉었다.

"헤이 킴, 우리 서울에 가는 거지?"

그들 꺽다리들 속에서 그렇게도 똑똑하고 의연해 보이던 토미가 막상 한국 땅 한국 사람들 틈에 끼이자 그렇게 얼뜨기처럼 보일 수가 없었다.

"토미, 나 오늘 서울 가는 게 아니다. 나 다른 약속이 있다."

토미는 어린애처럼 시무룩해졌다. 무척 실망한 얼굴로 어쩔 줄 몰라 했다.

"토미, 내가 서울 가는 버스에 널 태워주겠다."

토미는 즐거운 얼굴을 했다. 미지의 세계에 대한 호기심이 그의 얼굴 가득 넘쳐 보였다.

우리들은 시외버스 정류장에 와 있었다. 서울과는 정반대의 시골이 종점인 구형 버스가 텅텅텅 발동을 건 채 출발을 서두르고 있었다. 나는 매표소로 뛰어가 그 시골행 표를 끊었다.

"토미, 저것이 서울 가는 차다. 여기 표가 있다. 내가 너를 위해 끊었다."

토미가 댕큐를 연발하며 그 커다란 덩치를 시골행 버스 속에 집어넣자 나는 그의 등 뒤에 대고 소리쳤다.

"헤이 토미, 한국은 아름다운 나라다. 재미 많이 봐라!"

토미가 탄 버스는 만원이었다. 땀 냄새 나는 시골 사람들이 꾸역꾸역 들어박힌 그 낮고 헌 시골 만원버스 속에 키가 큰 토미가 상체를 숙인 채 끼어 서 있는 게 보였다. 토미에게 준 내 우정이었다. 지열이 훅훅 끼치는 무더위였다.

서울행 버스 매표소엔 사람들이 줄을 서 있었다. 나는 그 줄 맨 끝에 붙어 섰다. 바로 내 앞에 머리를 길게 늘어뜨린 여자가 비취백을 들고 서 있다가 뒤에 바싹 붙어서는 나를 힐끗 쳐다봤다. 한눈에 잘생긴 얼굴이었다. 얼굴에서부터 몸매까지 동양적인 그런 미를 갖추고 있었다. 선이 부드럽고 피부 또한 깨끗했다.

"여기가 서울 가는 버스표 끊는 뎁니까?"

나는 짐짓 영어식 억양으로 말했다. 여자가 다시 한 번 나를 돌아다보았다. 약간 경계의 빛을 보이는 그 눈이 맑았다. 나는 그네의 가슴 위에 꽂힌 여자대학 배지를 보았다. 그네는 내가 입은 체크무늬 요란한 남방과 피엑스에서 사 신은 코가 뭉툭한 구두를 내려다보며 얼마간 신기해하는 눈빛을 했다. 나는 뒷주머니에서 지갑을 꺼내 피엑스에서 바꾼 고액권 화폐 중에서 두 장을 꺼내 그네 앞에 내밀었다. 그네가 옆으로 한 발짝 비켜서며 얼굴을 붉혔다.

"나 어렸을 때 한국 떠나 모르는 거 많습니다. 아가씨, 도와주십시오. 이 돈으로 아가씨 표까지 끊을 수 있는지 나 잘 몰라요."

그네는 잠시 머뭇거리더니, 만 원짜리 두 장 중에서 한 장만 뽑아 들면서 말했다.

"저기 저쪽에 있는 빈 차 옆에서 기다리고 계세요."

외양과는 달리 목소리는 퍽 투박스러웠다. 나는 굽실거리며 그네가 가리킨 버스 옆으로 다가갔다. 나는 침을 삼켰다. 나는 이제 이씨 야채 가게의 점원이 아니라 한국을 도우러 온 지아이다.

"표 여기 있어요. 제껀 제 돈으로 끊었어요."

그네는 새침한 얼굴로 잔돈과 함께 표를 내밀었다. 표를 받아들면서 나는 문득 이씨의 딸을 생각했다. 그 여자도 이렇게 새침데기였다. 열 살 때 미국에 왔다는 그네는 늙어 죽을 때까지 미국 생활에 동화되지 못할 그런 타입이었다. 그네는 바깥 출입을 전혀 하지 않았다. 원인은 그네의 소아마비에 걸린 다리 때문이었다. 이씨 말로는 그 딸의 소아마비를 고치기 위해 미국에 왔다고 했다. 실상 돈도 많이 없앤 모양이었지만 여전히 잘금잘금 걸었다. 우습게도 이씨는 나를 자기 딸에게 접근시키려고 했다. 툭하면 자기네 아파트에 심부름을 시켰다. 내가 찾아갈 때마다 그네는 돈벌이로 하는 구슬 꿰기를 하고 있었다. 지루하지도 않아요? 내가 동정하는 투로 물을 때마다 그네는 똑같은 대답을 했다. 지루해요. 나는 그네의 빈약한 젖가슴을 훔쳐보곤 했다. 그럴 때마다 쓸쓸한 바람이 가슴으로 불었다. 미국에서 내게 향수를 불러일으키는 것은 그네의 빈약한 젖가슴이었다. 나는 그네에게서 고국을 떠나 사는 사람들의 좌절과 그 깊은 절망의 하소연을 듣는 듯했다. 나는 숨이 막힐 것 같아 그곳을 도망치듯 빠져나오곤 했다.

"제가 창문 곁에 좀 앉았으면 좋겠어요."

버스에 먼저 올라 좌석번호대로 자리를 잡고 앉았는데 아까 그네가 자기 표를 내보이며 옆에 서 있었다.

"아, 좋습니다."

나는 황급히 일어나 그네가 창문 곁으로 앉도록 도와준 다음 그네에게 몸이 닿지 않도록 떨어져 앉았다. 나는 들고 있던 여행 배낭에서 껌 한 통을 꺼내 그네에게 내밀었다. 그네가 살짝 윗입술을 움직여 웃으며 그것을 받았다.

"대학에 다니십니까?"

나는 짐짓 그네의 불룩한 젖가슴을 눈으로 흘금 더듬으며 말했다. 그네가 대답 대신 껌을 까 나한테 한 개를 내밀었다.

"영어, 잘하십네까?"

나는 우정 내 한국 발음을 서툴게 하며 물어보았다. 그러자 그네의 얼굴이 금세 빨갛게 물들며 겨우 들릴 정도의 목소리로,

"아니요, 전연……"

"베케이션, 지금 방학입니까?"

"아직…… 여기 이모네 산장에 잠깐 들렀다 갈 일이 있어서 다녀가는 길이에요."

"아, 집이 서울에 있습니까?"

"네, 서울 가회동."

"가회동, 나도 잘 압니다. 우리 고모님 거기 오래 살았어요."

나는 거짓말을 입에 침 한번 바르지 않고도 척척 잘해냈다.

고모는 가회동에 살지 않았다. 우리에게 고모가 있다는 것을 알게 된 것은 내가 중학교에 입학했을 때였다. 얼굴 화장이 야하고 몸치장 또한 요란한 여자 하나가 우리가 사는 빈민촌에 나타났다. 아버지가 그 여자를 보자, 순자야! 외마디 소리를 쳤다. 오빠! 십칠 년 만에 처음 만나는 나이 든 오뉘의 극적인 장면은 그야말로 울음바다였다. 울고 웃고 서로 더듬어 그 실체를 확인하면서 이 세상에 단 두 사람만 남겨졌던 6·25 때의 비극 한 토막이 연극처럼 펼쳐졌다. 그러나 그것을 지켜보는 우리 남매들은 그 여자의 천해 보이는 얼굴과 아버지의 어른답지 못한 울음소리 때문에 몹시 낭패스러웠다. 그때 아베 나이 스물둘이었다. 성년의 그 수컷이 고모의 허리에 매달려 껍적껍적 이상한 짓거리를 했다. 고모가 기겁해 아베를 밀어 던졌다. 우리들은 깔깔거려 웃었다. 진구가 아베의 목에 줄을 걸어 방으로 끌고 들어갔다. 아…… 아…… 아베…… 아베가 진구한테 매를 맞고 있었다. 어머니가 방으로 뛰어 들어갔다. 저것이 내 맏이일세. 아버지가 아베가 들어간 방 쪽을 턱으로 가리키며 고모한테 말했다. 어떻든 고모는 우리 집에 자주 나타났다. 그 귀한 미제 물건과 과자가 우리 집 구석구석 나돌았다. 그네는 미국으로 떠나기 전까지 남편 셋을 바꿨다. 흰둥이 하나와 깜둥이 둘, 그러나 국제결혼을 해서 함께 미국으로 들어간 것은 나이가 많은 흑인 군의관이었다. 그 흑인은 한국을 떠나기 전 우리 집에도 서너 번 왔었다. 고모를 끔찍이 위했다. 얘가 글쎄, 미국 가서 죽을 때까지 함께 살겠다잖아. 고모는 그 흑인을 '얘'라고 했다. 그 흑인이 우리 집에 올 때마다 엄마는 방 안에 들어박히거나 이웃으로 도망을 치는 등 허둥거렸다. 아베 역시 깜둥이를 무서워해 아예 방에서 나오지도 않았다.

"한국에서 미국으로 가신 지 오래되셨나요?"

옆에 앉은 여자가 물어왔다. 버스가 미군부대 옆 아스팔트 길 위를 달리고 있었다.

"누구 말입니까, 우리 고모님?"

그네가 가볍게 고개를 저으며 턱으로 나를 가리켰다.

"아, 나 진호 킴, 김진호입니다. 한국에서 아홉 살 때 미국 갔습니다."

"그런데 우리말이 퍽 유창하시네요."

그네는 대담하게 나를 맞바로 쳐다보며 말했다.

"나 미국에서 한국어 공부 계속했습니다. 한인학교에서 일등 했습니다."

그네는 눈을 동그랗게 해 가지고 다시 나를 바라보았다.

"나 하버드 대학 재학 중에 한국에 나오기 위해 휴학했습니다."

"어머 그러세요? 거기서 뭐 전공하셨는데요?"

"한국 여성학."

"어머, 농담."

"장난 말 아닙니다. 나 전공하는 내륙 아시아 문제 중에는 한국 여성에 관한 부분도 있습니다. 아가씨처럼 비유티풀한 동양 미인……"

"놀리시는군요."

그네는 얼굴 전체를 붉게 물들여 수줍게 웃은 다음 다시 시선을 주며 말했다.

"한국에 오래 계실 건가요? 일 년, 아니면 이 년……?"

"일 년 기한입니다. 그러나 내가 찾는 사람 만나지 못하면 더 연장합니다. 나 그 사람 꼭 만나야 합니다."

"그렇게 꼭 찾아 만나야 할 분이 누구신데요?"

그네가 다시 얼굴을 살짝 붉히며 물어왔다.

"글쎄요, 알아맞혀보십시오. 미스—?"

"미스 박이에요."

"미스 박, 내가 찾고 있는 사람 알고 싶습네까?"

"그럼요. 알고 싶어요."

"알아맞혀보십시오."

그네는 손가락을 입에 대고 고개를 갸웃 잠시 생각하는 시늉을 해 보였다.

"혹시 유치원 때 짝꿍? 여자 짝꿍 말이에요."

그네는 거침없이 웃으면서 내게 접근했다. 가짜 하버드 대학생은 기분이 좋았다. 그러나 가슴은 허망했다.

"아닙니다. 나 유치원 다니지 못했어요. 그때 우리 집 매우 가난했습니다."

가난했다. 아버지가 무능해서다. 속셔츠 하나 제대로 입지 못하고 그 추운 겨울을 지냈다. 아베, 아베가 우리 집에 살고 있기 때문이라고 우리 남매들은 생각했다. 어머니와 아버지가 집에 없을 때 우리들은 아베가 먹는 밥을 빼앗아버렸다. 물도 먹이지 않았다. 아베의 목에 줄을 매어 문고리에 잡아매었다. 아베는 그 목걸이를 풀어낼 능력도 갖추지 못한 저능아였다.

"그럼, 국민학교 일학년 때 짝꿍?"

"국민학교 일학년 때 내 짝꿍 죽었습니다. 소아마비로 다리를 절었습니다. 미국에서 구슬을 예쁘게 잘 꿰었어요. 늘 고향에 가고 싶다고 울던 아이였습니다."

이씨의 딸은 내가 고국으로 나가게 됐다고 했을 때 그 핏기 없는 얼굴이 온통 붉게 상기됐다. 그네가 꿰던 구슬이 바닥에 흩어져 굴렀다. 내가 손을 내밀자 그네가 마주 잡았다. 손이 뜨거웠다. 나는 그네의 볼에 처음으로 입술을 댔다. 그네가 떨고 있었다. 나는 쫓기듯 그네 곁을 떠났다.

"참 시원하네요."

창밖에 비가 내리고 있었다. 소나기였다. 빗속에 시골 풍경이 서서히 지나갔다. 빗발이 세어지면서 운전대 앞 윈도우브러시가 급하게 빗물을 씻어 내리고 있었다. 버스 천장의 바람구멍으로 빗물이 흘러내렸다. 그 여름 물난리 때 나는 아베를 처치할 계획이었다. 하루 내내 계속된 폭우에 제방 둑이 허물어지고 있었다. 둑 밑의 사람들이 높은 지대로 대피를 하느라 수라장을 이루었다. 우리 집도 짐을 싸 근처 국민학교로 옮겼다. 아베만 남겨놓고 갔다. 어머니를 속인 것이다. 마지막 짐을 가지고 간 내가 어머니한테 말했다. 아베가 없어졌어요. 물론 어머니와 아버지가 허둥허둥 그리로 달려갔고 얼마 후에 그네들은 당황한 얼굴로 돌아왔다. 아베가 없구나. 모두 나가서 다시 찾아보자. 아버지가 말했다. 비는 더욱 줄기차게 내리고 있었다. 제방이 뚫렸대요. 사람들이 아우성쳤다. 나는 혼자 웃었다. 미리 떠나버린 집 빈 구석방에 아베를 가둬놓고 온 것이다. 어머니는 밤새도록 밖에서 비를 맞으며 아베를 기다렸다. 나는 교실 마룻바닥에 누워 눈을 지레 감았다. 잠이 오지 않았다. 결국 더 참지 못하고 밖으로 뛰어나가 어머니한테 내가 한 짓을 말해버렸다. 그리로 달려가는 어머니를 아버지가 붙들고 늘어졌다. 다음 날 날이 개었다. 우리 식구들은 새벽같이 우리들이 살던 동네로 달려갔다. 우리 동네의 토담집들은 흔적도 없이 물에 쓸려가버렸다. 어머니가 그 개울 바닥이 된 집터를 허둥허둥 뛰어다녔다. 아베의 흔적은 아무 데도 없었다. 그러나 그 날 오후 우리들은 언덕 위에 있는 파출소에서 아베를 찾았다. 아…… 아…… 베…… 그는 어머니 품에 안겨 킁킁거렸다. 아베의 나이 스물한 살 때였다. 천덕꾸러기가 명은 길대요. 이웃 사람들이 혀를 차면서 말했다.

"미스터 김이 찾고 계시는 분이 남자예요, 여자예요?"

소나기가 지나가면서 다시 햇볕이 유리창으로 비껴들었다. 미스 박이 창에 커튼을 펴면서 물었다. 남자예요, 여자예요?

"글쎄요. 그것부터 맞혀보십시오."

그네가 고개를 살래살래 흔들며 웃었다.

"숙젭니다. 다음 주 토요일 서울에서 다시 만날 때까지 시간을 드리겠어요."

"어머머……"

그네가 밉지 않게 눈을 흘기면서 마치 내 등이라도 때릴 것처럼 손을 들어 올렸다가 내려놓았다. 나는 머릿속에서 그네와의 정사를 그려보았다. 그네의 벌거벗은 몸뚱이가 보였다. 나는 고개를 저어 그 생각을 지워버렸다. 벌거벗은 계집애, 그것이 정희였던 것이다.

"정말 다음 주에 또 서울 나오시는 거예요?"

그네가 스스럼없이 웃어 보이며 물었다. 버스가 서울 변두리 고개를 넘고 있었다. 가슴이 뛰었다.

"미스 박을 만나기 위해 또 나옵니다."

"제가 오늘 커피 사드릴게요. 고국에 오신 기념으로요."

나는 고개를 저어 보였다. 고개 위에서 내려다보이는 서울 도심의 매연 자욱한 하늘이 내게 형언할 수 없는 불안을 안겨주었다. 영내를 빠져나올 때의 그 어깨 우쭐함이 버스 속 미스 박과의 허황된 대화를 통해 여지없이 박살 난 사실을 나는 깨닫고 있었다. 나는 비로소 내 몸뚱이가 꺽다리들 겨드랑이에 겨우 미치는 그런 단신이란 열패감이 가슴으로 밀려왔다. 재두, 형표, 석필이 얼굴이 떠올랐다. 나는 불현듯 내 옆에 앉은 여자 앞에 내 팔뚝을 내보였다. 기다란 칼자국 그 꼭대기로 움푹 들어간 두 개의 담뱃불로 지진 자국이 선명히 드러났다.

"이거, 다음에 만나 이야기할 겁니다."

놀란 그네를 향해 내가 말했다. 버스가 종점에 닿고 있었다. 그네는 서둘러 수첩을 찢어낸 다음 거기다가 자기 이름과 전화번호를 적어 내게 건넸다. 나는 그 메모 쪽지를 받아 넣고 뒤도 돌아보지 않은 채 버스에서 내려 인파 속으로 섞여들었다.

사 년 전과 다름없이 우리가 살던 산동네로 가는 노선의 시내버스는 초만원이었다. 나는 그 만원버스 속에 땀내 나는 사람들과 살을 비비고 서서 비로소 내가 한국 땅에 다시 돌아왔다는 감회에 젖을 수 있었다.

큰 건물이 몇 개 더 들어섰을 뿐 산동네의 길은 여전히 좁았고 산비탈의 집들은 다닥다닥 처마를 맞댄 채 게딱지처럼 달라붙어 있었다.

사 년 전보다 TV 안테나가 훨씬 더 많이 눈에 띄었다. 나는 고개를 숙인 채 시장통을 급히 걸었다. 아는 사람을 만날 것 같은 두려움이었다. 극장 옆에 못 보던 여관 하나가 제법 반듯한 규모로 서 있고 그 앞에 관광 표지판이 하나 서 있었다. 산동네 뒷산 사찰 이름들이 크게 씌어 있었다. 천수 약수터란 데도 나타나 있었다. 몇 년 전 형표들과 어울려 놀던 그 뒷산 우리들의 터가 이제는 유원지로 변한 것이다.

여관은 창문마다 모기장이 쳐 있었다. 선풍기까지 내다 주는 등 손님 대접이 괜찮았다. 열일곱 살 그때 내 나이쯤 돼 보이는 남자애가 숙박계를 가져왔다. 나는 거기다가 내 부대 이름을 영어로 갈겨썼다. 이름만은 한글로 썼다. 김진호.

"이게 뭐예요?"

여관 보이는 내가 갈겨쓴 영어를 기웃거리며 물었다.

—숨은 간첩 신고하여 광명 주고 상금 타자— 그런 표어가 여관 숙박요금표 옆에 붙어 있었다.

"인마, 나 간첩 아니니까 안심해!"

나는 그에게 천 원짜리 다섯 장을 내밀었다.

"너, 내 심부름 좀 해줄래?"

놈은 몹시 수줍어하며 내가 시키는 대로 종이쪽을 가져왔다. 나는 그 종이 위에다가 재두, 형표, 석필이네 집의 약도를 차례로 그리며 자세히 설명해주었다.

"집에 없으면 들어온 다음에 이리로 오라고 전해놓고 오는 거야. 여기 이 두 집은 셋방살이하는 집이니까 아마 이살 갔는지도 모른다. 이살 갔으면 그 이사한 데까지 알아오는 거야. 너, 돈 더 필요해?"

"아, 아니에요!"

놈은 두 손을 휘저어대며 물러갔다. 그가 물러가고 십 분쯤 후에 나는 여러 사내에게 둘러싸였다. 여관 내 간이목욕탕에서 샤워를 하고 내 방으로 돌아오고 있을 때 그들이 나를 에워쌌다. 사복 차림의 사내들 뒤에 경찰 정복을 입은 사람도 셋이나 보였다. 내 방까지 끌려가 그들에게 신분증을 꺼내 보였다. 어쩐 일인지 나는 하나도 불쾌하지 않았다.

"이거 정말 미안합니다. 요즘 서울에 강력범죄가 여럿 생겨서 비상이 내려 있기 때문입니다."

나는 숨을 내쉬었다. 다행스럽게도 그들 중에는 내가 아는 얼굴이 없었다. 형표들과 함께 드나들던 그 낯익은 경찰서 유치장이 떠올랐다. 나는 그들에게 윈스턴 담배 한 케이스를 내밀었다. 그리고 그들은 물러갔다. 여관 주인과 먼저의 그 사내애가 내 앞에 오천 원을 그대로 내놓았다.

"인마, 넣어둬. 네가 잘못한 게 아냐!"

나는 점잖게 말했다.

"아저씨, 제가 그 사람들 꼭 찾아서 이리 데리고 오겠어요."

사내애가 아직 얼굴을 잘 들지 못한 채 말했다. 오케이. 나는 길게 기지개를 켠 다음 방바닥에 벌렁 드러누웠다.

나는 천장의 무늬를 바라보면서 생각했다. 그래, 여기서부터 시작하는 거다. 그것이 무엇인지 확실하지는 않았지만 나는 내가 해야 할 일이 있음을 오래전부터 생각해왔다. 폐인이 돼버린 어머니를 위해서, 그 빈약한 젖가슴을 바라보면 가슴이 쓸쓸해지는 이씨 딸을 위해서. 나는 그네들이 필요한 사람이 되고 싶었다. 뭔가 그들을 싱싱하게 소생시켜놓을 그런 힘이 내 몸속에서 분수처럼 솟아오르길 얼마나 고대했던가. 그러나 번번이 자신이 그네들 이상으로 무기력한 상태에 놓여 있음을 깨달았을 뿐이다. 미국이란 커다란 괴물 나라에서 나는 결코 창조적 삶을 꾸려나갈 수 없었다. 그것은 열여덟 나이로 이민을 가 처음 부딪친 언어의 장벽을 뚫지 못한 나의 심한 콤플렉스에 기인했다. 동생들과 달리 나는 학교를 포기했다. 학교 대신 직업의 귀천 없이 자기가 일한 만큼의 급료를 주머니에 넣을 수 있는 미국 사회 구조에 매혹되었다. 그런 면에서 미국은 가히 유토피아였다. 한국에 나오기 위해 군대에 들어가기 전 나는 주유소 펌프맨, 그리고 세차장의 호스맨, 혹은 교포들이 경영하는 생선 가게나 청과점에서 일했다. 한국에서 대학을 나온 사람들이 나와 함께 일했다. 이씨만 해도 한국에서 대학 강단에 섰던 경력을 가지고 있다. 그들은 현재 자신들의 삶의 방식을 다 옳은 것으로 생각하고 있었다. 그들은 물질의 가치 그 이상의 것을 생각하지 않으려 했다. 자신의 삶이 그 어떤 것에 보탬이 돼야 한다는 것을 용납하지 않았다. 나는 이러한 비창조적인 미국식 서민 생활을 혐오했다. 어머니를 끌고 한인교회에도 나가봤다. 물론 그들은 거기서 마룻바닥을 치며 통곡했다. 그렇게 그들은 구원받고 있었다. 아니다. 구원받는 게 아니라

구원받았다고 생각하고 있었을 뿐이다. 목사가 어머니를 위해 기도했다. 어머니의 영혼을 구제하기 위한 내용이 아니었다. 어머니가 그 교회 식구가 돼준 데 대한 환영 일색의 내용이었다. 어머니는 아버지에게 끌려 다섯 주일쯤 교회에 나갔을 뿐이다. 그 어떤 것도 어머니를 구원할 수 없었다.

"얘들아, 오늘은 우리 모두 교회에 나가자."

아버지가 말했다. 한국에서 아버지는 교회에 다니지 않았다. 우리 식구 중에서 미국 생활에 제일 빨리 적응한 것은 정희와 아버지였다. 미국에 오면서 아버지는 백팔십도로 사람이 달라졌다. 미국의 모든 것이 아버지에게 잘 맞았다.

어머니가 한국에서의 그 강인한 생활력을 잃고 폐인이 돼버린 것과는 너무나 대조적으로 아버지는 싱싱하게 부풀었다. 아버지는 한국에서 전형적인 실업자였다. 아버지에게 맞는 일이 아무것도 없었다. 무능, 아니 그 체질이랄까, 아무튼 문제는 아버지에게 있었다. 물론 아버지는 인텔리였다. 6·25가 났을 때 대학 재학 중이었다. 나는 아버지의 무기력하고 얼뜬 것 같은 생활 태도가 바로 배운 사람의 그 사변적 집념에 기인한다고 생각해왔다. 아버지는 많은 직장을 가졌지만 단 몇 달을 견디지 못하고 물러났다. 당신 스스로는 자식들을 위해서 견딜 수 있는 데까지 견뎌보기 위해 안간힘을 다했을 것이다. 그러나 번번이 헛일이었다. 직장을 그만두고 나면 한 달이고 두 달이고 집에 들어박혔다. 그때부터 가난하고 좁은 우리 집의 공간은 숨통이 막힌다. 아버지의 커다란 체구가 좁은 방 안을 가득 채우고 누워 있으면 그 옆에 아베가 입을 벌리고 더러운 냄새를 뿜어내며 잠들어 있었다. 아베는 어머니만큼 아버지를 좋아했다. 아버지가 아베를 위했기 때문이다. 아버지는 가끔 서른이 가까운 나이의 아베와 함께 어린아이처럼 히히덕거리며 놀았다.

우리 집엔 병신이 둘이다. 나는 내 친구들한테 서슴없이 말하곤 했다. 아버지는 가끔 남들처럼 막벌이 노동판에 나가기도 했다. 그러나 아버지의 커다란 체구와 도수 높은 안경을 쓴 그 허여멀건 얼굴은 아버지가 하는 일에 너무 어울리지 않았다. 아버지에게 일을 시키던 사람들이 아예 아버지를 도외시하거나 그런 일을 할 사람이 아니라고 일거리를 주지 않았다. 보험회사 수금원으로 뛰면서 집안 살림을 하는 어머니가 그러한 아버지를 아예 노동판에 나가지 못하게 했다.

아버지가 변하기 시작한 것은 미국 고모한테서 이민 초청장과 그것을 확인하는 재정보증서가 왔을 때부터였다.

"갑시다!"

밖에서 돌아온 어머니한테 이민 초청장을 내보이며 아버지가 흥분된 어조로 말했다. 이민이 거의 확실히 결정될 무렵 아버지는 영어를 배우는 틈틈이 청계천에 있는 용접 학원에서 속성으로 용접 기술까지 배우기 시작했다. 미국 생활에 필요하다고 생각하는 것은 무엇이나 다 익히려 했다. 태권도 도장까지 찾아가 어이! 하는 힘찬 기합 소리로 호신에 필요한 태권 수련을 받기도 했다. 오십이 가까운 아버지가 태권도 도장에서 돌아와 몸을 뒤척이며 잠을 못 이루고 끙끙거리는 것을 본다는 것은 안타까운 일이었다. 물론 아버지는 한국에서 운전 기술까지 익히려고 했다. 이처럼 아버지는 이민을 갈 꿈으로 아이들보다 더 들떠 있었다.

아버지의 기대, 그 흥분에 걸맞게 미국은 아버지를 받아들였다. 아버지는 종합병원의 청소부로 일했다. 하나도 어색해 뵈거나 천하지 않았다. 아버지 본인도 만족하고 있었다. 주당 백삼십 불을 받아다가 어머니 손에 쥐여주면서 자기 손으로 돈을 벌었다는 데 대해서 무척 기꺼워하는 얼굴이었다. 얼마 후에는 그 병원의 야간 경비까지 맡아 하는 등 하루 열여섯 시간을 근무했다. 얼굴이 다소 야위긴 했어도 아버지는 우리들 눈에는 싱싱해 보였다.

문제는 어머니였다.

"오빠, 올케를 정신병원에 입원시킵시다."

고모가 가끔 찾아와 말했다. 그러나 아버지는 고개를 저었다. 어떤 때는 아예 들은 척도 안 했다. 처음부터 아버지는 어머니의 그 멍청한 증세에 대해서 별다른 반응을 보이지 않았다. 그저 묵묵히 어머니를 바라보고 있었을 뿐이다.

"여기선 부부가 함께 벌어야 살아요."

고모가 어머니의 귀를 겨냥한 말을 했다. 고모는 그 늙은 흑인과 이혼하고 혼자 살면서 어떤 교포와 함께 가발가게를 하고 있었다.

"내가 벌고 진호가 벌고…… 이 정도면 우리 식구 잘살 수 있어."

아버지가 어머니를 두둔하고 나섰다.

"올케가 한국에서는 안 그랬는데 왜 저렇게 됐대요?"

"세월이 가야 낫는 병이다."

아버지가 가볍게 대답하고 자리를 피했다. 어머니는 창가에 붙어 서서 끝닿는 데 없는 하늘 저쪽에 시선을 못 박은 채 멍청히 서 있었다.

"얘들아, 엄마 잘 살펴라."

아버지는 일 나갈 때마다 우리에게 어머니를 잘 살피라고 당부했다. 우리는 문득 생각날 때마다 자살 방조자가 되지 않기 위해 허둥허둥 어머니의 소재를 확인하곤 했다. 어머니는 대체로 아파트 방 안에 죽은 듯 누워 있는 게 보통이었다. 가끔 아파트 아래 벤치에 앉아 이웃 늙은이들의 추접스러운 몰골을 멀거니 바라보기도 했다. 그 늙은이들이 아직은 중년으로 얼굴과 몸매가 고운 어머니한테 추근추근 접근해 오기도 했다. 그럴 때마다 어머니는 뿌르르 몸을 일으켜 집으로 돌아오곤 했다.

어머니에게 또 한 가지 유별나게 드러나는 점은 눈물이었다. 우리는 자라면서 어머니가 우는 것은 단 한 번도 못 보았다. 내가 아베를 빈집 속에 가둬놓고 말하지 않았을 때 밤새도록 밖에서 비를 맞으며 기다리면서도 결코 울지 않던 어머니였다. 그러나 어머니는 미국 공항에 내리면서부터 울기 시작했다. 고모를 끌어안고 울음을 터뜨렸다.

"창피해요. 미국 사람들은 소리 내 울지 않아요."

고모가 어머니를 핀잔주었다.

"울게 내버려두렴."

아버지가 말했다.

"울면 버릇이 돼요."

끝내 고모는 어머니의 울음을 용납하지 않을 기세로 나왔다.

"엄마, 울지 마. 청승맞아 못 보겠다."

정희마저 고모와 함께 어머니를 핀잔주었다. 그때부터 어머니는 소리 내 울지 않았다. 그러나 소리 내 울지 않는 대신 어머니의 눈에서는 항상 눈물이 흘렀다.

"당신 너무하는군."

어느 날 아버지마저도 어머니한테 그렇게 말했다.

"엄마, 그 눈물 좀 작작 흘려요. 정말 미치겠네."

"엄마, 우린 자식이 아냐?"

평소 말이 없는 진구마저도 어머니의 눈물을 용서하려 들지 않았다. 그럴 때마다 어머니는 우리들 중 하나를 끌어안고 흐느꼈다. 어머니의 울음, 그 눈물로 해서 우리들은 미칠 지경이었다. 모처럼 밖에서 좋은 일이 생겨 희희낙락 집에 들어와도 어머니 때문에 우리들은 금세 우울해졌다. 아베, 아베 때문이다. 우리는 이를 갈았다. 이를 갈면서 우리는 비로소 우리가 두고 온 고국을 생각했다. 폭우에 쓸려간 토담집 그 빈터도 보였고 만원버스에서 내려 허덕허덕 숨 가쁘게 오르던 산동네도 보였다. 그럴 때면 가슴이 삭막하게 비곤 했다.

"누나, 한국에 가고 싶지?"

막내가 정희한테 물었다.

"얘, 웃기지 마, 난 그 생각만 해도 지긋지긋하다."

"그래도……"

"너 참 센티하구나. 얘, 우린 미국 시민이야. 너 엄마처럼 안 되려면 정신 차려!"

정희가 막내를 쏘아붙이며 중고 천연색 TV의 채널을 후드득 돌렸다. 엄마가 어린 딸에게 경구 피임제 사용법을 일러주는 선정적 광고 뒤에 짙은 러브신이 펼쳐지고 있었다.

"아저씨, 잠드셨어요?"

밖이 어두워 있었다. 여관 심부름하는 사내애가 방에 전등을 넣으며 말했다.

"이 사람 있잖아요, 재두란 이 사람은 벌써 오래전에 이사 갔구요, 형표란 분은 거기 그대로 살긴 하는데 작년에 군대에 갔대요."

"석필이 이 사람은?"

"아참, 이 사람은 바로 그 아랫동네로 이사 갔대요. 그래서 내가 찾아갔거든요. 그랬더니 경찰서 가서 아직 안 들어왔대요."

"경찰서?"

"그게 아니구요. 보충역으로 군대 때우는 방위병으로 거기 나가서 근무한대요. 들어오는 대로 이리 오라고 해놨어요."

나는 비로소 사 년 세월이 결코 짧은 것이 아니었다는 걸 실감했다. 심부름 갔다가 온 녀석은 제 소임을 마친 즐거움으로 문 앞에서 머뭇거리며 내 눈치를 살폈다. 사 년 전, 이 동네의 내 모습이었다.

"야, 수고했다. 나 뭐 적당한 걸로 저녁 좀 시켜줘라. 네꺼까지 함께 시켜."

"뭐 잡수시겠어요? 한식, 일식…… 중국집도 있어요."

"라면 파는 데도 있냐?"

"네에, 라면이요?"

녀석이 하도 놀란 목소리를 내서 나는 그만 웃음이 나왔다. 어머니가 보험 수금을 다니느라 늦게 돌아오는 날이면 우리는 영락없이 라면을 끓였다. 아베가 좋아하는 것도 라면이었다. 우리들은 아베의 몫은 아예 끓이지도 않았다. 아버지가 당신의 그릇에서 반쯤 덜어 아베에게 가져다주었다.

"아저씨, 중국집에서 잡채밥 시켜요. 양도 아주 많구요, 맛도 기차요."

"그래, 잡채밥에 짜장면 하나 더 시켜라. 난 짜장면이 좋다."

녀석이 열없이 뒤통수를 긁으며 사라졌다. 나는 부대에서 가지고 나온 여행용 작은 가방을 열었다. 그 밑바닥에서 반으로 접힌 대학노트를 꺼냈다. 미국을 떠날 때 정희도 모르게 가지고 온 어머니의 글이 적힌 노트였다. 정희와 함께 펴본 뒤 처음으로 열어보는 노트였다. 틈틈이 몰래 쓴 글이라 글체가 정연하지는 못했지만 글씨는 어머니의 숨은 학식을 생각하게 하는 달필이었다.

2

1950년 6·25사변이 일어나기 두 달 전인 4월 최창배 씨와 결혼했다. 내 나이 스물한 살, 여학교를 졸업하고 돌아가신 아버지와 관계가 있었던 사립국민학교에서 아이들을 가르치고 있을 때 이모의 중매로 창배 씨와 인연을 맺게 된 것이다. 창배 씨는 가회동 이모네 집에 하숙을 하고 있는 대학생이었다. 이모네 집에 놀러 간 나를 시골서 올라온 창배 씨 부모님들이 보고 이모한테 청을 넣어 이루어진 결혼이었다. 그의 부모님께서 결혼을 서둔 것은 마음에 드는 며느릿감을 놓치기 싫다는 욕심도 있었지만 어서 빨리 손자를 안아보고 싶은 간절한 바람 때문이었을 것이다.

창배 씨는 4대 독자였다. 우리 집 오빠 역시 어머니가 돌아가시기 전에 동생을 시집보내야 한다는 독자로서의 의무감 때문에 이것저것 따질 것 없이 저쪽에서 하자는 대로 따랐던 것이다.

결혼식을 며칠 앞두고 창배 씨는 일방적으로 두 가지 조건을 내놓았다. 결혼과 함께 직장 생활을 그만두고 시골 자기네 집에서 자기가 학교를 마치기까지 일 년간 시집살이를 하라는 얘기였다. 당시로서는 그런 조건이 당연한 것이긴 했지만 나는 뭔가 억울한 생각이 들어 늙으신 어머니한테 어쩌면 좋으냐고 앙탈을 부렸다. 애야, 출가외인이란다. 신랑측 의견을 무조건 따르는 것이 백번 마땅한 양가 규수의 도리라는 어머니 말씀에 나는 아쉬운 마음을 달래며 정이 든 학교에 사표를 냈다. 함을 지고 온 창배 씨의 서울 대학 친구들이 수십 명 우리 집 오빠며 친척들을 짓궂게 애를 먹였다. 그래도 어머니께서는 번듯한 교복을 차려입은 사위 친구들이 대견해서 연해 벙글벙글 밤이 늦도록 붙잡고 술대접을 했다. 결혼식은 서울서 올렸다. 천생배필로 잘 만났구먼. 많은 하객들의 축하와 부러움의 눈길 속에

서울에서 첫날을 보냈다.

"일 년만……"

창배 씨는 다음날 고향 가는 차 속에서도 전날 밤 한 말을 다시 되풀이했다. 일 년만 참고 견뎌달라는 얘기였다. 그때 내 심정은 일 년이 아니라 몇 년이라도 지아비의 뜻이라면 따라야 마땅하다는 마음의 중심이 서 있었다. 대답 대신 나는 남편의 손을 꼭 잡았다.

창배 씨의 집은 춘천에서 강 하나를 건넌 이삼십 리 길의 샘골이라는 마을이었다. 생각했던 것보다 들이 넓고 둘러친 산수 풍경이 아름다운 부촌이었다. 부면장을 지내시다 이제는 내놓고 농사일에만 전념하신다는 시아버님은 창배 씨의 형이라고 해도 속을 만큼 젊어 보이는데다 풍신이 좋으셨다. 샘골 논밭의 삼분의 일은 시댁의 것이라고 할 만큼 부농이었다. 독자 집안이라 가까운 친척이 거의 없는 시아버님께서는 그 많은 농사를 지으면서도 남한테 인심을 잃은 일이 없어, 서울서 내려온 신랑신부를 놓고 다시 잔치를 벌였을 때는 연 사나흘씩이나 인근 마을 사람들이 몰려와 잔치를 벌였다.

나는 백년가약을 한 내 남편인 창배 씨와 함께 꿈같은 일주일을 보냈다. 남편은 그야말로 장래가 촉망되는 법학도였고 시부모님 또한 나를 끔찍이 위해주셨다. 내가 살아야 할 샘골의 공기와 그 속에 사는 사람들의 인심 또한 비단결처럼 고왔기 때문에 나는 별 괴로움 없이 남편을 떠나보낼 수 있었다.

창배 씨는 서울로 돌아갔다. 졸업 전에 고등고시에 합격하겠다는 결심으로 떠났고, 시부모님 역시 여름방학 전에는 일절 집에 내려와서는 안 된다는 엄한 말씀을 해서 보냈다. 나는 그동안 시부모님 모시고 시댁의 가풍과 법도를 익혀 좋은 아내 착한 며느리가 되겠다는 일념으로 눈을 감으면 떠오르는 서울 친정어머니와, 오빠네 식구들, 그리고 내가 가르치던 어린 눈들에 대한 그리움을 미련 없이 떨쳐버리려 노력을 했다. 스무칸 커다란 집에 시부모님과 나, 이렇게 셋이 오롯이 살았다.

행랑채에는 집 안팎살림을 거들어주는 심 서방 내외가 애기 하나를 데리고 살았다. 그들 내외는 모두 심성이 착한 사람으로 보여 한집에 살기 거북한 일 없이 무척 임의로웠다.

시어머님께서는 내가 부엌일을 하는 것을 극구 말리셨다.

"너를 여기 둔 것은 네가 한 밥을 얻어먹자고 그런 것이 아니다."

시어머님은 시아버님보다 두 살 위인 마흔아홉이셨는데 꼭 새댁처럼 젊으셨다. 동백기름으로 검은 머리를 곱게 빗은 뒤 옷을 단정히 차려입고 나서시는 것을 보면 누가 보아도 삼십 안팎이었다. 외아들을 키운 이답지 않게 마음이 넓고 활달하셨다.

시아버님은 일본까지 가 공부한 이답지 않게 농사일이 몸에 배어 일꾼들과 함께 직접 논밭에 드셨다. 어느 누구보다 부지런하고 힘 또한 좋으셨다.

"어르신네, 이것 좀 거들어주셔야겠어유."

봉당 아래 댓돌을 다른 것으로 바꿔놓느라 끙끙거리던 심 서방이 시아버님을 불렀다.

"예끼 이 사람, 그렇게 말해두 자꾸 어르신네가 뭔가. 나 자네 아저씰쎄 아저씨야."

그러면서 그 무거운 댓돌을 번쩍 들어 올렸다. 모심는 데 점심을 내가도 일꾼들과 함께 어울려 잡수셨다.

나는 새벽마다 늦잠을 자 그 송구스러움이 이루 말할 수가 없었다. 봄철이었지만 시아버님은 새벽같이 일어나 방에 누기가 차면 몸에 안 좋다며 내가 자는 방에 군불을 꼭 지피셨다. 나는 새벽녘 방바닥의 따스한 그 온기에 빠져 늦잠을 잤다. 일어나 보면 어느덧 창에 햇빛이 비쳐들어 나는 겸연쩍고 부끄러워 방 문고리를 잡고 머뭇거려야 했다. 그러나 시아버님은 이미 밖에 나가시고 내가 일어난 낌새를 차린 시어머님께서 내 방에 대고 말씀하셨다.

"애 아가, 나 저 웃말 좀 다녀오마."

내가 미처 대답도 하기 전에 시어머님은 대문을 나서고 계셨다. 부엌에 나가 보면 내 몫의 밥상이 차려져 보자기에 덮여 있었다. 행랑채 강릉집이 친구가 돼 아침을 함께 먹으면서도 나는 하루 내내 겸연쩍었다.

"아씨, 나물 뜯으러 갈려우?"

철이 좀 늦긴 했어도 뒷산 범바위골에는 수리취, 어아리, 더덕, 고사리, 고비가 지천이었다. 산 이슬에 장딴지까지 적셔가며 그 깨끗한 산나물을 뜯다보면 시간 가는 줄 몰랐다. 한낮이 다 돼서 그런가 나는 속이 이상하게 허하면서 메슥거렸다. 잔대싹을 뜯어 씹어보았다. 향긋하고 고소한 맛이 그날따라 역했다. 나는 심한 헛구역질을 했다.

"아이구, 아씨, 언제부터 그렇대유?"

강릉댁이 눈을 크게 뜨고 호들갑을 떨었다. 나는 며칠 전부터 이렇게 헛구역질을 했다.

강릉집은 내 애기를 듣자 나물 뜯었던 다래끼를 집어 던지고 산 아래로 내리뛰었다. 나는 산속에 혼자 남겨진 채 얼굴을 붉혔다. 가슴이 뜨거워졌다. 시어머님은 행랑채 세 살 먹은 화순이를 당신의 손자처럼 안방에 데려다가 길렀다. 그러면서 늘 내 눈치를 살피시는 품이 애기가 섰는가를 알아보려 하시는 것 같았다. 그럴 때마다 나는 가슴이 두근거렸다. 자손이 귀한 집에 시집와 자손을 낳지 못하는 죄만큼 더 무서울 게 없을 것 같았다.

내가 산에서 내려왔을 때 시어머니께서는 서낭당 있는 데까지 마중을 나와 나물 다래끼를 받아 안으시며 내 손을 잡아주셨다.

"손이 차구나. 아가, 넌 이제 홑몸이 아니다. 몸을 조심해야 한다."

앞서 걷는 시어머님의 걸음이 무척 허둥거렸다. 당신이 애기를 배었을 때는 나들이는 물론이고 물동이 한 번 여본 일이 없었다고 하시면서 이제 너는 집에만 있어야 한다는 당부를 수없이 하시면서 허둥허둥 걷고 계셨다. 대문을 들어서니 마당에 계시던 시아버님은 어흠어흠 헛기침을 하시며 뒤껻으로 돌아가셨다. 다음 날로 춘천에서 용하다는 한의가 다녀가고 시어머니가 광에 매달아두었단 참숯으로 보약을 달이셨다. 나는 좋지 않은 것을 보지 않기 위해 대문 밖 출입을 삼갔다. 창말에 장사가 났는데 그 상여가 우리 집 앞길을 통과하지 못하도록 시아버님께서는 미리 방책을 세워 그쪽에 연락을 했다. 시어머님은 내 입에 맞을 만한 과일이며 반찬에 무척 신경을 써주셨기에 나는 늘 몸 둘 바를 몰랐다.

나는 밤이면 몸을 반듯하게 누이고 그이의 얼굴을 떠올렸다. 그리움이 울컥 밀려왔다. 당신의 씨를 갖게 됐어요. 나는 마음 속으로 말했다. 여름방학 때까지 참고 견디겠어요. 나는 비로소 한 집안의 대를 이을 자식을 내 몸속에 키우고 있다는 생각으로 마음이 설렜다. 두 손을 배 위에 가만히 얹고 새 생명에 대한 경외심으로 기도했다. 문득 내가 한 생명의 모체가 되었다는 이 신비한 사실이 믿어지지 않아 가슴이 두근거리기도 했다. 모내기를 한 뒤 애벌논매기도 끝낸 논에서는 개구리가 극성스럽게 울고 있었다. 개구리 떼 울음소리가 그렇게 정겨울 수 없었다.

그리고 난리였다. 38선이 가까워 마을 아래 강변 큰길을 따라 국방군 트럭이 태극기를 꽂고 지나다니는 것을 몇 번 보았지만 총소리 한 번 들어보지 못한 채 난리를 맞았다. 자고 일어나 보니 세상이 바뀌었다. 생전 처음 보는 군대들이 마을을 휘젓고 다녔다. 머리를 빡빡 깎고 이제 솜털을 겨우 벗은 그런 열예닐곱쯤 돼 보이는 앳된 젊은이들이 보기와는 달리 억센 억양으로 떠들어대면서 마을을 지나갔다.

난리가 나면서 마을에서 늘 얼굴을 맞대던 사람들 몇이 붉은 완장을 차고 역시 어제와는 딴판으로 눈에 살기를 담고 돌아다녔다.

창말에서는 면장과 지서 순경 가족 여럿이 총살을 당했다는 소식이 올라왔다.

"어르신네 얼른 피하시죠."

행랑채 심 서방이 시아버님한테 말했다. 심 서방도 붉은 완장을 차고 있었다.

"이 사람아, 내가 뭔 죄를 졌다구 피하나? 그래, 자네가 날 잡아가겠나?"

"글쎄 어르신네, 그게 아니고 잠깐만 피하시면……"

심 서방은 무척 난처한 기색으로 절절맸다. 시아버님은 꿈쩍도 안 하셨다. 그러다가 결국 잡혀가셨다. 창말 면 소재지에 생긴 내무서 사람들이 찾아와 시아버님을 끌고 간 것이다. 시아버님은 끌려가시면서 나한테 말했다.

"아가, 나 곧 돌아올 것이니 네 시어머니 모시고 몸조심해야 한다."

시어머님도 나도 시아버님이 부면장을 지내셨다는 일과 논을 많이 가지고 있다는 것이 설마 죄가 되겠느냔 생각으로 별로 걱정이 되지 않았다.

"애가 왜 안 오누?"

시어머님은 당신 영감님보다 서울에서 난리를 맞은 아들 걱정으로 안절부절못하고 계셨다. 이미 서울도 인민군이 점령하고, 그들 말로는 남조선을 곧 부산까지도 해방시킨다고 했다. 나는 남편이 남쪽으로 피난을 떠났기를 바랐다. 이상한 일이다. 서울에 두고 온 친정어머니와 오빠네 식구들 생각보다 온통 남편의 신변만 걱정했다. 매일매일 꿈속에 남편이 나타났다. 남편이 피를 흘리고 있었다. 창말에서 사람이 많이 죽었다는 소식을 들었기 때문인지도 몰랐다. 나는 땀을 흘리면서 잠을 깨곤 했다. 전신이 덜덜 떨리도록 무서웠다. 난리가 나 시아버님이 잡혀갈 때도 못 느낀 무서움이 온몸을 휩쓸었다. 내가 이래서는 태아한테 좋지 않을 거라 마음을 다잡으며 그 무서움을 참아냈다.

"마님 동무, 즈루서두 으쩔 수 읎구먼유."

심 서방이 시댁의 광속에 쌓아둔 곡식 가마를 들어내면서 말했다. 우리 식구를 행랑채로 내쫓고 자기들이 안채에 살라는 상부 지시를 어기고 있는 것만 해도 옛정을 못 잊어 그런다면서 심 서방은 붉은 완장을 찬 사람들과 곡식 가마를 달구지에 싣고 있었다.

"되련님 오시면 즉시 신고를 하시래유. 그래야 죄를 즉게 받는대유."

강릉집이 자기 남편의 말을 시어머님한테 전했다.

"우리 그 애가 뭔 죄가 있다고 그런다던가?"

"지가 뭘 아나유. 화순 아부지가 그냥 그러래유. 으르신네는 화순 아부지 덕을 많이 본다면서유. 화순 아부지 말대루만 잘 따르면 큰 화는 면할 거라구 하데유."

그렇게 심성이 고와 보이던 화순네 내외가 세상이 바뀌면서 사람이 확 바뀌었다. 그러나 시어미님은 언제나 꿋꿋하게 중심을 잃지 않으셨다.

시어머님은 나를 다락방에 가두고 일절 밖에 나오지 못하게 한 뒤 틈틈이 창말 면사무소까지 내려가 시아버님 안부를 확인하고 오셨다. 그 사람들 말로는 서울서 공부하던 아들을 춘천에서 보았다는 사람이 있는데 그 아들이 자수해 오면 함께 인민재판을 열겠다는 얘기였다. 행랑채 심 서방 말과 통하는 바가 있었다. 도무지 이해가 안 되는 것이 한두 가지가 아니었지만 시어머니와 나는 꿀 먹은 벙어리처럼 그냥 참고 지낼 수밖에 없었다. 행랑채 심 서방 때문에 마을 사람들이 우리 집에 발을 끊었다. 그런대로 시어머님은 아들이 춘천에 와 있을는지 모른다는 생각에 매일 대문을 열어놓은 채 대청에서 주무셨다.

어느 날 밤이 깊어 남편이 대문이 아닌 뒤껼 울타리를 뚫고 나타났다. 난리가 터졌을 때 남쪽으로 피난을 떠날 수도 있었지만 시골 식구들 생각이 나 결국 어렵게 고향으로 돌아왔다고 했다. 실로 석 달 만에 만나는 남편이었지만 나는 그렇게 참고 있던 눈물 한 방울 흘릴 경황이 아니었다.

"아버님이……"

내가 울먹이자 남편은 어둠 속에서 내 손을 잡았다.

"알고 있어. 그러나 저놈들이 우리 재산을 몽땅 뺏기 위해 그러는 거니까 별일은 없을 거요."

그러면서 남편은 춘천에 있는 친구들과 함께 홍천 공작산으로 피신하기로 했다면서 몸을 일으키는 게 아닌가.

"애야, 그게 무슨 소리냐?"

시어머님이 어둠 속에서 남편의 손을 잡아 다시 앉혔다. 남편이 말했다. 라디오를 들으니 유엔군이 곧 참전하게 돼 있어 빨갱이 세상도 얼마 남지 않았다고 했다. 그래, 이때가 젊은 사람들한테 고비라며 당분간 몸을 피해 있어야 한다는 얘기였다.

"애가 홑몸이 아니다."

어둠 속에서 시어머님이 남편한테 말했다.

"네? 이 사람이 애길……"

남편이 목소릴 높였다. 내가 남편의 입을 막았다. 남편이 내 손을 더듬어 쥐었다. 남편의 손아귀에 힘이 쥐어지자 나도 모르는 사이에 눈물이 주르르 흘렀다. 무슨 장한 일을 하고 난 아이처럼 흐느낌이 쏟아졌다.

남편은 그 밤으로 떠났다. 호롱불을 밝혀 남편의 얼굴도 똑바로 쳐다보지 못한 채 남편을 떠나보내고 나는 시집올 때 해온 이불에 얼굴을 묻고 날이 새도록 울었다.

그러나 다음 날 저녁 심 서방이 창말에서 기가 찬 소식을 가지고 올라왔다.

"마님 동무, 좋으시게 됐어유."

"뭔가, 어른께서 나오시게 됐나?"

"웬걸유. 이제야 부자분이 함께 만나시게 된 걸유."

"무슨 소릴 하는 건가?"

"창배 동무가 붙잡혔다는구먼유."

심 서방 얘기로는 남편이 새벽녘 춘천 나가는 쪽배를 타기 위해 수령골로 나가다가 잡혔다는 것이다. 시어머님이 대청마루에 주저앉으셨다. 그리고 다음 날 날이 새기가 무섭게 창말로 내려가셨다. 시어머님이 가지고 올라오신 소식은 그런대로 마음이 놓이는 것이었다.

면 내무서 제일 높은 사람이 시아버님과 일본에 가서 함께 공부하던 친구의 바로 친아우라고 했다. 그쪽에서 먼저 그런 얘길 꺼내면서 자기가 지금까지 봐주었기 때문에 시아버님이 무사하다는 공치사까지 하더란 것이다.

"그 사람 형님 되는 분이 느 시아버지 신셀 많이 졌다. 늘 그러시더라. 친구 하나가 머리가 좋아 공부는 잘하는데 집이 원체 가난해서 공불 계속할 수가 없어 그 학빌 전부 대줬다는 거다. 그게 바로 그 사람 형님이었던 거지."

이처럼 시어머님은 시아버님이나 내 남편이 금방 풀려날 것처럼 좋아하셨다.

그러나 행랑채 심 서방의 얘기는 그게 아니었다.

"인민재판이 곧 열릴 거라더구먼유. 창배 동무는 서울서 불순한 사상을 가지구 시골 내려와 가지구설랑……"

요는 내 남편이 지방 청년들을 모아 불순한 일을 꾸몄다는 그런 죄목으로 잡혔다는 것이었다.

"이보게, 심 서방. 자넨 이 일을 어떻게 했음 좋겠나?"

이제까지 그렇게 꿋꿋하게 중심을 잃지 않던 시어머님께서 심 서방한테 애원을 하고 나섰다.

"지가 진작부터 말씀드리려고 했습니다만, 뭐 되지두 않을 소리 같아서…… 네, 방법이 하나 있긴 있습지유."

"뭔가, 그 방법이란 게?"

"창말 멘 인멘위원회에서들 모두 나보고 이 집 메느님이 서울서 핵교 선상두 하고 했으니까누 창말 내려와서 일을 협조하게 해야 헌다, 그런 말들이데유."

"우리 며느리가 뭘 협조해야 한다는 게야?"

시어머님의 목소리가 분에 떨고 있었다.

"우리 샘말이나 창말에선 젊은 여성 동무가 벨로 읎다구 야단이에유. 이 집 메느님처럼 배운 분이 나서서 애들한테 김일성 수령님 노래두 가르치구……"

"알았네. 그 애긴 더 꺼내지도 말게."

시어머님이 결연하게 잘라 말씀하셨다.

"아니에유, 마님 동무. 글쎄 지 말씀을 들으시라니께유. 메느님이 창말 내려가 일을 거들어주시면서 창배 동무한테 의용군을 지원하라구 허세유. 내가 여러 날 곰곰이 생각해봤는데 이 집 부자분이 무사하게 살아날 길은 그것밖에는 뾰죽한 수가 없으니께유, 글쎄 지 말대루 해보세유."

"우리 창배가 인민군엘 가란 말인가?"

"왜 아니래유. 글쎄 그 길밖에 없으니까 알아서들 허세유."

나는 내 방에서 두 사람이 나누는 얘기를 듣고 힘이 생겼다. 왜 내가 아직 집 안에 박혀 시아버님이나 남편을 구할 생각을 못했나 하는 후회였다. 나는 내 힘으로 그 두 사람을 구해낼 수 있다는 자신이 생겼다. 나는 그때 세상 돌아가는 일에 대해서 너무나 아는 게 없었다. 난리가 왜 일어났는지, 누가 옳고 누가 그른 것인지 몰랐고, 나와 가까운 사람들이 난리와 무슨 상관이 있느냐 하는 그런 생각을 가지고 그 난리를 맞은 것이다. 나는 내가 그들에게 잠시 협조한다는 것이 시아버님이나 남편을 구하는 의미 외에 어떠한 죄도 된다는 생각을 하지 않았다. 그랬기 때문에 나는 펄쩍 뛰는 시어머님을 원만하게 설득할 수 있었던 것이다.

초록은 동색이라고 역시 붉은 완장을 차고 설치는 심 서방의 말은 창말 그 패들의 뜻과 통하는 바가 있었다. 나는 창말에 내려가 그들의 열렬한 환영을 받았다. 그들의 안내로 내무서 책임자도 만났다. 그는 눈이 작고 교활해 보이는 사람이었는데 나와 잠깐 이야기하는 동안에 혁명과업이란 말을 열 번도 더 입에 올렸다. 나는 하루에 한 번씩 창말과 샘말을 돌아다니며 그들이 시키는 일을 했다. 저녁에 국민학교 교실에 부녀자들을 모아놓고 그들이 주는 선전 책자도 읽어주었고 아이들에게 노래도 가르쳤다.

그들은 며칠 가지 않아 남편을 풀어주었다. 남편은 시아버님의 친구 동생이라는 내무서 사람을 통해서 의용군에 지원한다는 각서를 쓴 것이다. 남편이 의용군에 들어가는 날로 시아버님을 풀어준다는 조건이었다. 남편은 며칠 사이에 몹시 수척해 있었고 또한 풀이 죽어 있었다.

"창배 동무, 참 잘 생각허신 일이유."

심 서방이 남편한테 말했다.

"글쎄 절 보구 창배 동무를 감시하라는구먼유. 그러니까 딴 생각은 마시는 게 좋겠구먼유."

남편이 고개를 끄덕였다. 그리고 그날 밤 내게 말했다. 시키는 대로 의용군에 들어가 도망을 치겠다는 것이다. 내가 뒷일을 책임질 것이니 몸을 피하라고 하자 고개를 설레설레 저었다. 도망을 치는 일도 쉽지 않을뿐더러 그럴 경우 내무서에 잡혀 계신 어른이 풀려나기 어려울 것이란 얘기였다.

"이제 전쟁이 곧 끝날 거요. 내 곧 도망쳐 어디 숨어 있다가 전쟁 끝나면 집에 돌아오겠소."

남편은 내가 요 며칠 창말 인민위원회 패들 놀음에 놀아난 일을 두고 한마디 했다.

"당신 거기 안 껴드는 건데 생각을 잘못한 거 같아."

말은 그렇게 하면서도 남편은 그동안의 내 입장을 이해해준다는 뜻으로 나를 가슴에 안았다. 그러나 나는 남편의 그 한마디 말에 하늘이 내려앉는 느낌이었다. 내가 꽤나 실심한 기색이자 남편이 내 배를 내려다보며 말했다.

"신경 쓸 거 없어요. 내 얘긴 우리 애길 생각해서 그런 거라구. 당신 몸조심하라는 얘기지."

남편은 다음 날로 마을 청년들 다섯과 함께 춘천 시내로 떠났다. 심 서방이 우리 집 대문에 붉은 깃발을 꽂았다. 인민의용군의 집이라는 표시였다.

"내 꼭 살아 돌아올 거라구. 몸조심해야 돼요."

남편은 내게 아이들처럼 눈을 찔금 감아 보였다.

가을로 접어들고 있었다. 국민학교 운동장에 둘러선 미루나무 잎이 누렇게 물들어가고 있었다. 나는 내가 며칠 일하던 인민위원회 사무실 앞을 지나다가 그들이 수군거리는 소리를 들었다. 남조선을 해방시키는 것은 시간문제라고 떠들던 그들이 얼굴에 그늘을 깔리는 것으로 미뤄 전세가 매우 불리한 것 같았다. 나는 그들 곁을 무심히 지나쳤다.

그날 아침나절 시아버님이 풀려났다. 내가 할 일을 해냈다는 자위로 가슴이 뭉클했다. 이제 전쟁이 끝나 내 남편 창배 씨가 돌아와 우리의 애기 출생을 축하해주는 일만이 남았다는 생각을 한 것이다.

그러나 남편을 떠나보내고 돌아오는 발걸음이 허청허청 힘이 잡히지 않았다. 우수수 서낭당 고개 초입에서 가을바람이 불어 마른풀을 흔들고 있었다.

대문에 꽂혔던 붉은 깃발이 보이지 않았다. 시아버님께서 그것을 치웠을 것이다. 나는 시아버님 방으로 가 큰절을 했다. 시아버님 얼굴이 말이 아니게 수척해진 게 정말 가슴이 아파 눈물부터 쏟아졌다. 그러나 시아버님은 겨우 인사를 받고 난 뒤 돌아앉아 담배를 입에 무신 다음 한마디 말도 없으셨다. 나는 가슴이 쿵 내려앉았다. 시어머님이 밖에 나와 나한테 말씀하셨다.

"느 시아버님이 심기가 매우 좋지 않으시다."

당신의 아들이 의용군에 끌려간 것이며 며느리가 빨갱이들과 어울렸다는 사실을 아시고 나서 일절 입을 열지 않으신다고 했다. 행랑채 심 서방이 앞에 나타나면 아예 눈을 감고 말씀을 안 하셨다. 집안 구석구석 침묵이 깔린 속에서 나는 시집을 온 이래 처음으로 외로움을 느꼈다. 시어머님께서도 내게 뜨악한 기분으로 대해주시는 것 같아 나는 정말 괴로웠다.

"주경희 동무, 창말 여맹에서 왜 안 내려오시느냐구 야단이데유."

심 서방이 이제는 내 이름까지 불러대며 성화를 부렸다.

"이놈아, 저 하늘을 봐라."

느닷없이 안방 미닫이문이 열리면서 시아버님이 고함을 쳤다.

"이 배은망덕한 것, 내 며느린 빨갱이가 아녀!"

"으르신네 동무. 섭섭하신 말씀 허시네유? 배은망덕이라니유? 어르신네 동무께서 이렇게 집에 돌아오신 게 누구 덕인데 그러세유. 이 집 안 빳기구 사시는 것만 해두 다 지 덕인 줄 아세야 해유. 아까 아침나절 으르신네 동무가 대문에 꽂은 깃발 찢어버린 거 창말에서 알면 큰일 난다는 것두 아세야 할 거예유."

이미 시아버님은 상종을 않겠다는 듯 방문을 닫은 뒤였다. 나는 강릉집한테 배가 불러 더 이상 창말에 내려갈 수 없으니 잘 얘기해달라는 말을 했다. 일이 더 시끄러워지는 것이 겁난 것이다.

마을 공기가 이상했다. 마을 앞 강변길을 통해 인민군들 몇몇이 떼를 지어 북쪽으로 올라가는 것이 보였다. 하긴 오래전부터 춘천 일대는 비행기가 새카맣게 떠 폭격을 하면서 그 폭음이 샘말까지 들려왔다. 세상이 또 바뀔 징조가 분명해지자 붉은 완장을 찬 지방 빨갱이들은 눈에 더욱 살기를 띠며 창말과 춘천을 들락거렸다. 마을에 남은 젊은 사람들이 모두 의용군으로 끌려간 들판에는 아직 거두지 못한 벼가 누렇게 출렁이고 있었다.

어느 날 새벽에 일어나 보니 강릉집이 안채 마당에 꿇어 엎드려 울고 있었다. 세 살짜리 화순이도 그 옆에 붙어 서서 울었다.

"자네가 뭘 잘못했는가. 세상이 그른 거지. 다 잊어버리구 함께 사세."

시어머님이 화순이를 안아 올리며 말했다. 심 서방이 밤사이 북쪽으로 도망을 쳤다는 것이다.

"난 지금두 믿어지지 않네. 심 서방같이 착한 사람이 그렇게 변할 수가……"

"그러게 말이에유, 저두 뭐한테 홀린 것 같아서 뭐가 뭔지 모르겠어유."

그러나 세상이 아직 바뀐 건 아니었다. 낮이면 인민군 패잔병들이 떼를 지어 마을에 나타나 밥을 해 먹고 북쪽으로 사라졌다. 오히려 여느 때보다 마을은 더욱 흉흉했다. 산에 숨었던 마을 남자들이 나타나 인민군과 총싸움을 벌이는가 하면 민가에 든 인민군을 생포해서 뒷산 금광굴로 끌고 가기도 했다. 강릉집도 마을 사람들이 몰려와 포박을 한 다음 산 밑 움집에 가뒀다.

무서운 일은 마을 사람들이 우리 집에 얼씬도 하지 않는다는 것이다. 시아버님이 한숨을 쉬며 마당을 어정거렸다. 의용군 나간 남편 소식은 알 길이 없었다. 남편과 함께 나갔던 마을 청년들도 매한가지로 소식이 없는 모양이었다. 나는 쥐구멍으로 들고 싶도록 괴로운 시간을 보내야 했다. 시아버님의 한숨 소리가 가슴에 째지듯 울려 어떻게 처신해야 할는지 난감하기만 했다. 그런 중에도 시어머님은 하루에 한 번씩 내 불룩한 배를 어루만져주시며,

"아가, 너무 상심하지 마라. 넌 홑몸이 아니니라."

그럴 때마다 나는 눈물이 쏟아졌다. 어서 남편이 돌아와 내 가슴을 탁 털어 보이고 그 무릎에 엎드려 엉엉 소리 내어 울고 싶었다.

"아가, 너 이리 좀 오너라."

어느 날 대낮 내가 텃밭에 나갔다가 대문 앞에 이르니 시어

머님께서 내 손목을 끌고 집에서 꽤 떨어진 이웃집으로 데리고 들어갔다. 시어머님의 얼굴이 새카맣게 죽고 손을 부들부들 떨고 계셨다.

"어머님, 왜 그러세요?"

내가 몇 번씩 다그쳐 물어도 시어머님은 아무것도 아니란 말만 되풀이하며 그때까지도 계속 덜덜 떨고 계셨다. 임신한 나한테 무슨 놀라운 소식을 안 알리려고 그러신다는 생각을 하니 더욱 불안해 못 견딜 지경이었다.

그때 총소리가 여러 방 우리 집 쪽에서 들려왔다. 시어머님이 땅바닥에 털썩 주저앉더니 어느새 뿌르르 일어나 집 쪽으로 허둥허둥 달려가시는 게 아닌가.

대청마루에 시아버님이 쓰러져 계셨다. 피가 마루를 흘러 봉당까지 적셔 내렸다. 그 총소리 이후 흔적도 볼 수 없었던 마을 사람들이 꽤 오랜 뒤에 하나둘 모여들기 시작했다. 마루에 밥상이 넘어진 채 뒹굴었다. 일의 경위가 밝혀진 것은 시어머님이 제정신을 찾은 밤중이었다.

인민군 두 사람이 들어와 총을 들이대면서 밥을 해내라고 했다. 시아버님이 눈짓으로 밥상을 봐오라고 해 시어머님이 부엌에 계신 동안 시아버님은 인민군들과 이런저런 얘길 나누고 계셨다. 아들 소식을 알까 하고 그러는가 싶었는데 시아버님이 부엌에 슬쩍 들러 귓속말을 했다.

"얼른 밥상을 봐놓고 임잔 며느리 못 들어오게 막고 있어야 하네. 내 저놈들 한번 붙잡아볼라네."

그렇게 말해놓고 다시 대청으로 돌아간 시아버님이었다. 그리고 내가 시어머님과 이웃집에 있는 사이에 일을 당하셨던 것이다. 나는 눈물도 나오지 않았다. 그렇게 급작스레 그리고 처참하게 돌아가신 시아버님 앞에서 하늘이 무너지는 느낌이었다.

이상한 것은 인심이었다. 그렇게 발을 싹 끊었던 마을 사람들이 시아버님이 인민군 총에 맞아 돌아가신 뒤 자기 부모 죽은 것 이상 애석해하며 밤샘까지 했다. 비로소 이웃 아낙네들도 그동안 나를 쏘아보던 그 냉랭한 눈빛을 풀고 다정하게 말을 붙여왔다.

난리통이라 제대로 장사를 지낼 수 없어 뒷산에 가매장으로 모셨다. 시어머님이 다리가 움직이지 않는다고 해서 동네 아낙네들이 부축해 안고 내려왔다.

"아가, 너 몸 괜찮으냐?"

그런 경황 속에서도 시어머님은 틈틈이 내 몸 걱정을 하셨다.

시어머님이나 나나 소복으로 차려입고 스무 칸 드넓은 집 속에서 하루해를 보내고 있었다. 그러나 아들을 기다리고 지아비가 돌아오길 고대하는 두 여자의 영혼은 그렇게 무턱 외롭지만은 않았다. 시어머님은 내 배를 자주 어루만지시며 안타까운 듯 혀를 차시곤 했다.

"괜찮아요, 어머님."

나는 배 속의 우리 아가가 그 어떤 고통 속에서도 꿋꿋하게 견뎌 우렁찬 울음소리를 내며 이 세상에 태어나 축복받은 아이로 자랄 것을 의심하지 않았다. 이 이상의 고통과 어려움을 하느님이 내리지는 않을 것이라는 신념이 가슴속에 자랑처럼 피어올랐다.

그러나 신의 저주는 그때부터 다시 시작되었음을 누가 알았겠는가.

"창말에 아군 선발대가 지나갔다더라."

마을을 다녀오신 시어머님께서 바깥소식을 가지고 오셨다.

"춘천엔 미국 사람인가 뭔가 하는 코가 큰 병정들도 왔다고 하더구나."

아, 드디어 세상이 바뀌었구나. 그래, 이제 남편도 돌아오겠지. 나는 설레는 가슴을 안고 집안 청소를 하고 있었다. 그러나 가슴 한구석으로는 남편이 북쪽으로 갔거나 더 뭣한 생각까지 껴들어 뒤숭숭했다.

뒤꼍 장독대를 보살피고 있는데 안마당에서 뭔가 심상찮은 기척이 났다. 난생 본 일이 없는 외국 병정들 대여섯이 마당 한가운데 서 있었다. 시어머님이 그들에게 잡혀 시커먼 손아귀에 입을 막힌 채 대청으로 끌어올려지고 있었다. 어느 한순간 시어머님의 눈길이 내 눈과 부딪쳤다. 애원과 절망과 공포와…… 그런 모든 것을 내쏘는 눈빛이었다.

나는 그 자리에 얼어붙은 채 온몸의 힘이 싹 빠져 내렸다. 시커먼 짐승 셋이 다가오는 것을 멀거니 바라보며 그 자리에 주저앉았다.

안방으로 끌려 들어가면서 나는 내가 할 수 있는 온갖 힘을 뻗쳐 발버둥을 쳤다. 나는 무심결에 내 배를 그러쥐며 애원하는 손짓도 해보았다. 있는 힘을 다해 소리를 질렀다. 넓적한 손아귀가 내 입을 막았다. 나는 그 짐승들의 냄새를 맡았다. 그것은 노린내였다. 짐승들의 흰 이빨이 보였다. 그들은 낄낄낄 웃음소리를 내고 있었다.

나는 의식이 있는 동안 하느님을 찾았다. 하느님의 이름으로 그 짐승들을 저주했다. 나는 드디어 무서운 고통 속에서 하느님 그분을 저주하며 의식을 잃었다.

사람 웅성거리는 소리에 정신이 돌아왔다. 정신이 들면서 불현듯 서울에 두고 온 늙으신 친정어머니의 얼굴이 떠올랐다. 눈물이 주르르 흘러내렸다. 그러나 다음 순간 내 흐트러진 아랫도리가 천 근만큼 무겁다는 것을 느꼈을 때 나는 나를 낳아 준 어머니를 저주했다.

짐승들은 대청마루에 레이션 상자 두 개를 놓고 갔다.

어머니가 끌려 들어간 건넌방에서 마을 할머니들의 혀 차는 소리가 들려왔다.

"난리여, 난리 땐 무슨 짓을 당해도 벨수가 없는 벱이여."

"아무리 난리기로서니 이럴 수가……"

"아니여, 죽지 않고 산 것만 해도 다행으로 생각해야 하는 게여."

그 일로 시어머님은 두 번이나 목을 맸다. 한번은 내가 광속에서 발견했고 또 한번은 집 뒤의 대추나무에 목을 맨 걸 강릉집이 풀어냈다. 두 번이나 저승길을 가던 시어머님께서는 그것도 기진맥진 방에 몸져누운 채 눈을 감고 아무하고도 얘기를 나누려 하지 않았다. 꼬박 나흘씩이나 입에 물 한 모금도 넣지 않았다. 코에서 수뜨물 같은 피를 술술 쏟으면서도 사람만 접근하면 손을 내저어 쫓았다.

"새댁을 생각해서라두 이러시면 안 돼유 글쎄."

움막에서 풀려 나온 강릉집이 애원을 했다.

"그애 어떻게 됐나?"

처음으로 들어보는 시어머님의 목소리였다.

"어머님, 저 아무렇지도 않아요."

그날부터 시어머님은 거짓말같이 일어나 앉아 음식도 입에 대고 다시 내 배를 만져보시며 생기를 되찾으셨다.

나는 그 일 이후 가끔 배에 통증을 느끼고 있었지만 시어머님을 실망시킬 것이 두려워 나 혼자 배를 안고 뒹굴었다. 그런대로 통증은 멎어가고 나는 내가 살아 있다는 그 사실 하나만으로도 다시 하느님을 생각하기 시작했다. 시어머님이 목을 매는 일이 생기지 않았더라면 나는 이 세상에 살아 있지 않았을 것이다. 결국은 시어머님이 나를 살리신 셈이다. 비록 더럽혀져 죄를 지은 몸이지만 내 배 속에는 우리들의 씨가, 끝내는 축복 받아야 할 최창배 씨 가문의 핏줄이 꿋꿋하게 살아 있었던 것이다. 남편이 어서 돌아오고 그리하여 그이 앞에 우리의 애기를 안겨준 다음 그 자리에서 죽어도 좋을 것 같았다. 그때까지, 축복받아야 할 우리 애기가 태어날 때까지 어떠한 일이 있어도 살아야 한다는 생각이 오기처럼 뻗쳤다.

그해 겨울 동짓달 나는 해산을 했다. 예정일보다 두 달 앞서 여덟 달 만에 사흘간의 무서운 진통을 거쳐 낳은 애였다.

"이보게 강릉집, 거기 뒤주 위에 낫 좀 가져오게."

시어머님의 목소리가 달떠 있었다. 아들을 낳아야 낫으로 태를 가른다던 시어머님이었다.

"아가야, 내가 손줄 봤구나!"

태를 가르고 난 뒤에야 시어머님이 말씀하셨다. 나는 아득하게 가라앉는 그 몽롱한 의식 속에서 시어머님의 말소릴 듣고 눈물을 흘렸다. 하느님 감사합니다.

그러나 하느님은 내 간사한 마음을 비웃기라도 하듯 끝내 얼굴을 돌리셨다. 나는 껍질이 벗겨진 술가재처럼 형태가 제대로 잡히지 않은 핏덩이를 내려다보며 몸서릴 쳤다. 그러나 그 핏덩이는 숨을 쉬고 있었다. 나는 저주받은 생명을 이 세상에 내던진 것이다.

산골에는 눈이 더 많이 내렸다. 정강이에 차는 눈을 아예 치울 생각도 못한 채 새해를 맞았다.

아이가 태어난 그 겨울 막바지에 또 한 번의 난리를 치렀다. 1·4후퇴였다. 이번 난리는 여름에 댈 것이 못 된다고 모두 벌벌 떨면서 피난 보따리를 싸 짊어지고 집을 떠났다. 마을은 텅텅 비었다. 북쪽에서 밀려 내려오는 피난민들이 빈집에 하룻밤씩 머물러 가면서 휘휘한 소문만 남겼다. 빨갱이들이 독이 올라 이제는 사람을 보는 대로 죽인다고 했다. 누비옷을 입은 되놈들은 빨갱이들보다 더 무섭다고 했다.

그러나 시어머님과 나, 그리고 화순이를 등에 매달고 다니는 강릉집, 이렇게 세 여자는 남들이 다 떠난 빈 마을에 남아 한가닥 기대 속에 살고 있었다. 이제야 비로소 의용군으로 끌려간 남편이 돌아오리란 기대였다.

"애 아버이가 오면 제발 맘 고쳐먹고 발 뻗구 자다가 죽자구 할 꺼예유."

강릉집도 북쪽으로 도망간 남편이 당장 마을로 돌아올 것이란 기대로 화순이를 업고 매일 대문 밖에 나가 서성거렸다.

시어머님도 당신의 아들이 입을 솜바지저고리를 짓는 등 들떠 있었다. 나는 갓난것을 품에 안고 남편의 귀가를 기다렸다. 도저히 살아날 가망이 없는 애를 시어머님의 정성으로 살려냈다. 이처럼 발육이 불완전한 애가 어떻게 젖을 빨 것인가 싶었지만 갓난것은 믿어지지 않을 만큼 억센 힘으로 젖을 빨았다. 나는 가끔 그 아이가 무서운 생각이 들 때가 있었다. 이것은 사람이 아니다. 그럴 때마다 나는 아이를 방바닥에 밀어놓고 치를 떨렸다. 온몸이 부들부들 떨렸다. 내 몸속의 애를 위해 이를 악물고 억눌러왔던 그 증오가 분수처럼 거세게 솟구쳐 올랐다. 그 시커먼 짐승들을 칼로 퍽퍽 찔러 검고 끈적끈적한 살갗 그 깊숙한 데서 콸콸 쏟아지는 피를 받아 이웃 사람들 눈앞에 내보이고 싶었다. 가끔 우리 집에 들러 우리 애를 마치 징그러운 뱀을 보듯 몸서리치며 바라보는 이웃 사람들에 대한 분노이기도 했다. 나는 발작처럼 손끝으로 뻗치는 증오 때문에 더 견디지 못하고 마루로 뛰어나가곤 했다.

그렇게 애타게 기다리는 남편은 돌아오지 않았다. 꼭 다시 돌아올 것이란 약조를 남기고 떠났다는 강릉집 그네의 남편도 소식이 없었다. 강릉집은 징징 울면서 마을 앞 강변을 오르내리며 남편을 기다렸다.

"애가 어떻게 된 거냐?"

평소 잔걱정 내색을 잘 안 하시는 시어머님께서 아들의 바지저고리를 마지막 손질하면서 깊은 한숨을 내쉬었다.

"에미야, 더 기다려보자꾸나, 걔가 이 에미하구 제 자식을 보기 전엔 절대 안 죽을 게다. 두고 보렴. 걘 절대 안 죽었다. 언제고 꼭 돌아올 게여."

난리 전보다 열 살은 더 늙어버린 시어머님의 얼굴에 경련이 일고 있었다. 당신의 마음속에 어떤 확신을 심는 고통의 흔적이었다.

우리 식구들은 인민군과 다시 나타난 지방 빨갱이들로 해서 또다시 시달림을 받아야 했다. 창말에서 나를 다시 찾고 있었지만 나는 결코 대문 밖을 나가지 않았다. 중공군들이 뭐라 뭐라 쏼라대며 우리 마당을 파헤쳤다. 집안에는 한 톨의 감자도 남지 않았다. 중공군들이 시어머님 가슴에 총을 들이대며 어느 곳에 곡식을 감췄는지 당장 내놓으라고 발을 굴렀다. 시어머님은 의연한 자세로 버티고 서서 고개만 저었다.

강릉집이 마을의 빈집을 돌며 먹을 것을 구해와 겨우 끼니를 이었다. 먹는 것이 부실하니 갓난것은 빈 젖을 더욱 악착같이 빨아댔다.

다시 전세가 바뀌어 중공군이 북쪽으로 쫓겨 올라가면서 샘골 일대는 치열한 싸움터가 되었다. 낮이면 비행기 폭격으로 산이 불탔고 밤이 되어서도 고막이 터져나가는 총소리로 마을 전체가 뒤숭숭했다. 산골짜기에는 중공군 시체가 나뭇등걸처럼 쌓여 바람이라도 있는 날이면 송장 썩는 냄새가 마을까지 내려왔다.

"에미야, 이제야 애비가 오는가부다."

드디어 중공군이 물러간 마을에 국방군이 나타나자 시어머님은 대청을 서성거리며 마을 입구 샛길을 기웃거리셨다. 강릉집은 싸움이 뜸한 어느 날 화순이를 업고 집을 나가 다시는 모습을 보이지 않았다. 돌아오지 않은 남편을 찾아 북쪽으로 갔으리란 소문만 돌았다.

피난 나갔던 사람들이 돌아오고 얼었던 땅이 녹아 묵은 밭에 풀이 무성해졌지만 내 남편 최창배는 돌아오지 않았다. 휴전에 앞서 한발이라도 더 물러서지 않기 위한 북쪽에서의 치열한 포성도 멎었지만 남편은 돌아오지 않았다.

그러나 내 배 속에서 태어난 최창배의 자식 아베는 아직도 몸을 뒤치지도 못했다. 날이 갈수록 배냇병신 티가 분명히 드러났다.

"애, 인민군들이 숱하게 포로로 잡혔는데 그 사람들을 이승만 대통령이 죄다 풀어줬대더라."

마을 사람들이 얘기하는 1953년 6월 18일의 반공애국포로 석방을 두고 하시는 말씀이었다. 나 역시 거기에 기대를 걸고 살았다. 남편이 자진해서 포로가 되었다가 이번 기회에 풀려났을 것이란 기대였다. 그러나 남편은 그 여름이 다 가도록 돌아오지 않았다. 그해 7월 27일 휴전협정이 돼 전쟁이 끝났는데도 시어머님과 내가 그처럼 학수고대 기다리는 사람은 영영 모습을 보이지 않았다.

나는 그동안 서울 친정집 소식을 들을 수 있었다. 친정어머니는 물론 오빠까지 난리통에 폭격으로 돌아가셨다는 소식이었다. 혼자된 올케가 애들 둘을 데리고 샘골까지 왔다가 내 형편이 또한 기구한 것을 알고 그날로 되돌아갔다.

더 견딜 수 없는 것은 시어머님의 마음이 변한 일이다.

"애, 어미야 애빈 꼭 온다."

말씀은 늘 그렇게 하시면서도 당신의 답답한 마음을 주체하지 못해 툭하면 마을 사람들과 싸우고 들어오셨다. 싸움의 발단은 언제나 시어머님께서 상대편에 대해 듣지 못할 소리로 악담을 퍼댔기 때문이다. 그렇게 싸우고 들어오신 시어머님께서는 방바닥에 널브러진 채 헐떡거리고 있는 어린것을 향해,

"에이 더러운 놈의 씨!"

이 같은 욕을 퍼대곤 하루종일 거들떠보지도 않았다. 어린것이 외국 병정들 씨라는, 실로 말 같지도 않은 욕을 퍼댈 때마다 나는 시어머님의 그 독이 오른 얼굴을 뻔히 쳐다볼 뿐 아무런 말도 나오지 않았다. 시어머님의 그 악담은 더욱 잦아졌고 나는 모두 다 팽개치고 도망쳐버리고 싶은 생각이 하루에도 몇 번씩 치밀곤 했다.

그러나 나는 고개를 저었다. 시어머님이나 내 어린것, 그 둘 모두 버릴 수 없는 터였다. 나는 일꾼들을 사서 아버님이 짓던 농사를 짓느라 이런저런 시름을 잊고 있었다.

아베가 다섯 살이 되는 봄이었다. 아베는 네 살부터 겨우 기기 시작하여 이제 갓난애처럼 겨우 발걸음을 떼었다. 그것도 사지를 뒤틀면서 아주 어렵게 걸었다. 아이가 입을 벌려 낼 수 있는 소리가 고작 '아…… 아…… 아…… 베'였다.

"아, 아베……"

아이 목소리와 함께 그 사람이 왔다. 내가 부엌에서 낮에 먹은 그릇 설거지를 하고 있는데 아베를 안고 대문으로 들어서는

사람이 있었다. 아베는 대문 밖에서 아랫도리를 아예 입지 않은 채 놀고 있었던 것이다. 아베를 안고 들어온 사람은 큰 키에 몸과 얼굴이 무척 수척해 뵈는, 삼십이 훨씬 넘어 뵈는 낯선 얼굴이었다. 나중에 알게 됐지만 그때 그는 겨우 스물일곱 살 청년이었다.

나는 처음 그를 보았을 때 부엌에서 뛰어나가고 싶은 충동을 받았다. 낯선 얼굴인데도 도무지 처음 보는 사람 같지가 않았다. 오 년 전 의용군에 끌려가 아직 돌아오지 않고 있는 남편 생각을 했을 것이다. 어쩌면 이제까지 누구도 거들떠보지도 않던 내 아들 아베를 가슴에 덥석 안고 있는 그 사람에 대한 감동이었을 수도.

"뉘시요?"

방안에 계시던 시어머님도 어지간히 놀란 기색이었다. 그러나 실망과 의혹이 섞인 그런 눈으로 그 사람을 훑어보고 계셨다.

"애기가 밖에서 혼자 놀고 있기에 데리고 들어왔습니다."

아직도 아베를 가슴에서 떼놓지 않은 채 그는 시어머님한테 허리를 굽혀 절했다.

"게 좀 올라앉구랴."

시어머님이 마루를 가리켰다. 낯선 사람만 보면 아들 소식을 얻을까 해서 붙들고 늘어지는 시어머님이었다.

그는 그렇게 해서 우리 집 식객이 되었다. 강릉집이 살던 다 쓰러져가는 행랑채가 그의 거처가 되었다. 시어머님은 행색이 그야말로 초라한 그가 밥을 허겁지겁 퍼먹는 것을 바라보다가 돌아앉아 눈물을 닦으시곤 했다. 시어머님이 여러 가지를 물어

보셨다.

"고향이 어디우?"

"황해도 장연입니다."

"이북이구먼. 그럼 집엔 부모님들이 생존해 계시나?"

"모르겠습니다. 집 떠난 지가 오래돼서요."

38선이 그어지기 전에 여동생 하나와 서울 외삼촌네 집에 와 학교를 다니다가 난리가 터져 다시는 고향에 돌아가지 못했다는 것이다. 난리 때 외삼촌네는 풍비박산돼 남쪽에 있는 단 하나뿐인 여동생마저 잃었다고 했다. 그는 시어머님 앞에 신원이 확실하다는 걸 보여주기 위해 도민증과 군대 제대증까지 내보였다.

"그럼 아주 외톨이구먼. 헌데 젊은 사람이 왜 이렇게 떠도누?"

그 물음에 그는 대답하지 않았다. 그의 밥그릇이 싹싹 비워졌다.

"아…… 아…… 아…… 베."

아베가 마루에 걸터앉은 그 사람 앞으로 뒤뚱뒤뚱 다가가자 그는 서슴없이 애를 안아 올렸다.

참으로 불편했다. 여자만 사는 집에 외간 남자가 함께 기거하면서 얼굴을 쳐다보고 살아야 한다는 것은 남편 없는 젊은 여자로서는 차마 못할 일이었다. 그는 새벽같이 논에 일을 나가고 집에 들어오면 아베하고만 어울렸다. 나한테 할 말도 꼭 아베를 통해 했다.

"야, 아베야, 나 냉수 좀 줘라."

그런 식이었다. 그는 믿어지지 않을 만큼 아베를 좋아했다. 그냥 이쪽 눈에 들기 위해 그러는 게 아니라 남이 보지 않는 데서도 아베를 안아주는 등 진심에서 우러나오는 것 같았다. 호랑이도 제 새끼를 귀여워하면 침을 흘린다더니 그렇게 천대받던 아베가 다른 사람으로부터 사랑을 받는 모습을 본다는 것은 하늘을 얻은 느낌이었다. 시어머님도 그 젊은이를 좋아했다.

이웃 사람들이 이상한 눈으로 기웃거리며 수군거렸다. 그러나 이미 남의 눈총을 받는 데는 익숙해진 터라 별로 두려울 것이 없었다.

문제는 나 자신의 마음이었다. 한집안에 외간 남자를 두고 산다는 일이 무척이나 거북했다. 하루에도 몇 번씩 그 사람이 아베의 아버지 같은 착각에 놀라곤 했다. 남편에 대한 죄의식이 가슴 밑바닥을 송곳처럼 쑤시고 올라왔다. 나는 밤이면 방에 누워 문득 행랑채의 그 남자를 생각하고 소스라쳐 놀라곤 했다. 그런 다음 날 아침이면 나는 시어머님이나 그 사람의 얼굴을 쳐다볼 수 없을 정도로 민망스러웠다.

"재 애비, 살아 있을까?"

"그럼요. 틀림없이 아베 아버지는 살아 있습니다. 저도 군대 생활을 했지만 군대에선 마음먹은 대로 할 수가 없어요. 인민군은 더욱 그렇지요. 도망이 어디 그렇게 쉽습니까? 어쩔 수 없이 이북 어딘가에 살아 있을 겁니다."

그 사람은 늘 시어머님과 아베의 아버지 얘기를 나누었고 그럴 때마다 내 남편이 반드시 어딘가 살아 있을 것이라는 말을 힘주어 말하곤 했다.

"그놈에 통일은 언제 되지?"

"됩니다. 틀림없이 통일이 될 겁니다. 이렇게 살아 계시다가 보면 아드님 만나는 좋은 날을 반드시 보실 겁니다."

그는 시어머님한테 희망을 불어넣기 위해 무척 애를 쓰는 것처럼 보였다.

그가 우리 집에 머문 지 다섯 달이 넘고 있었다. 가을걷이를 하면서 나는 그와 자주 마주쳤다. 우차에 볏단을 싣다가 서로 같은 볏단을 잡은 적이 있었다. 문득 그가 나를 쳐다보았다. 나는 그의 눈 깊은 데서 활활 타오르는 빛을 보았다. 그 순간 내 온몸의 피가 꽝꽝 요란스러운 소리를 내며 밖으로 터져 나오는 것 같았다.

다만 그것뿐이었다. 그러나 며칠 사이에 그 사람과 나를 바라보는 시어머님의 눈초리가 심상치 않았다. 자연 내 쪽에서도 시어머님을 맞바로 쳐다보지 못했다. 시어머님도 자신의 마음을 달래느라 무척 괴로워하시는 것 같았다. 휑하니 밤마을을 나가기가 예사였다. 그렇게 되면 텅 빈 집에 그 사람과 나만 남겨지게 됐다.

"이제 그만 우리 집에서 떠나주셔야 하겠어요."

어느 날 내가 그 사람한테 마음을 도사려 먹고 한 말이다.

"알겠습니다. 그러잖아도 진작 떠난다는 것이 그만 아베한테 정이 들어서요."

그 사람이 쉽게 대답했다.

거짓말하지 마세요. 나는 그렇게 부르짖고 싶었다. 당신이 그 흰 손으로 농사일을 하는 걸 나는 더 볼 수가 없어요. 당신은 농사꾼이 아녜요. 더구나 당신은 내 남편이 살아 있다고 몇 번씩 말했어요. 그래요, 내 남편은 살아 있어요. 우리 아베의 아버지는 언제고 돌아올 거예요. 나는 그이의 아내예요.

나는 그런 외침을 마음속으로 내지르며 잠이 든 아베를 끌어안고 숨죽여 울었다.

그런데 뜻밖에 그 사람과 내가 아베를 데리고 떠나야 할 일이 빨리 생겼다. 시어머님이 일을 그렇게 만드셨다. 아닌 밤중에 홍두깨요 마른하늘에 날벼락이었다.

"에미야. 넌 이제 내 식구가 아니다."

어느 날 시어머님께서 나를 불러 앉히고 말씀하셨다. 너무나 뜻밖에 당하는 일이라 어리둥절해 있는 나를 향한 시어머님의 말이 단호했다.

"더 속여야 소용없다. 내가 이미 다 알고 있었다."

"무슨 말씀이세요, 어머님?"

"다 안대두 그러는구나. 내 이웃 챙피해서두 큰 소리는 안 내겠다. 어여 느덜 짐 싸가지고 나가거라."

시어머님의 말소리는 너무 착 가라앉아 소름이 끼칠 정도였다.

"뭘 꾸물거리고 있는 게냐? 어서 짐을 싸라니까. 애까지 데리고 가는 거다. 그건 느덜 씨니까 말이여."

"어머님, 무슨 말씀을 하고 계시는 거예요?"

"너 그렇게 계속 시치밀 떼야 하겠냐?"

시어머님의 언성이 높아졌다.

"그렇다면 내 물어보겠다. 너 우리 집에 시집온 게 언제지?"

나는 무슨 말씀인지 몰라 대답을 못했다.

"너 시집와서 몇 달 만에 앨 낳았는지 그건 알겠구나?"

나는 뭐가 뭔지 더욱 아리송해 시어머님 얼굴만 쳐다볼 수밖에 없었다.

"그래, 입이 열 개 있어두 말 못할 게다."

"어머님 무슨 말씀이신지 전 도무지……"

"긴소리 더 할 것 없다. 이것들아, 내가 그렇게 어수룩한 줄 알았더냐? 그래 어떤 부처님이 제가 맨들지두 않은 병신 애새낄 끌어안구 다닌다더냐?"

시어머님이 하시는 말씀의 뜻이 한꺼번에 짚여들자 나는 그만 온몸의 힘이 빠져나갔다. 행랑채의 그 사람이 아베의 친부라는 것이다. 결혼한 지 여덟 달 만에 애를 낳고 다시 오 년 뒤에 떠돌이 서울 사람이 찾아와 남들이 사람 새끼로 취급도 안 해주는 병신 아베를 안고 다니는 그의 수상쩍은 행동거지를 두고 하시는 말씀이었다.

나는 어느결에 대문 밖에 몰려온 마을 아낙네들을 바라보면서 치를 떨었다. 내가 몇 년 사이에 겪어낸 그 어떤 고통보다 큰 아픔이 쇠뭉치가 되어 내 머리통을 내리쳤다.

"어머님……"

"닥쳐라, 내 입에서 더 못된 소리 나오기 전에 어서 떠나지 못할까?"

시어머님은 입도 벙긋 못하게 호통을 치셨다. 행랑채 그 사람이 달려 나왔지만 시어머님은 이미 내 옷가지와 패물들을 마루에 내던지고 있었다.

시간이 흐르면 시어머님께 내 억울한 사정을 이해시킬 수 있을 것 같아 마당에 무릎을 꿇고 앉아 버텨보았지만 시어머님은 바늘구멍 하나 찌를 틈도 주지 않으셨다.

"사정이야 다 있겠지만 저렇게 가라구 할 때 어서 떠나게."

마을 사람들이 몰려와 혀를 차면서 별의별 소리를 다 떠들었다.

"염치가 없구먼. 해두 너무했어."

칼로 배를 찢어내 속을 보여야 마땅한 일이로되 그 더러운 삶의 한 가닥 애착 때문에 저주받은 씨 하나를 안고 마을을 떠났다. 저만큼 앞서 행랑채 그 사람이 보따리 하나를 들고 휘청휘청 걷고 있었다.

"내 자식은 반드시 돌아온다. 이 더러운 것아, 다시는 발걸음 비치지두 말어."

울음 섞어 질러대던 시어머님의 말소리가 귀에 쟁쟁했다. 마을 사람들은 쫓겨나는 우리들을 향해 쯧쯧 혀를 차는가 하면 모질게 침을 뱉기도 했다. 이를 악물자 쏟아지던 눈물도 더 이상 흐르지 않았다.

김상만 씨, 그는 하느님 당신이 저주 내리신 불쌍한 아베를 위해 특별히 보내주신 사람이라고 나는 그렇게 믿고 싶었다. 아베를 위해서, 그리고 나 자신의 아직 꺼지지 않고 있는 그 더러운 생명의 마지막 연소를 위해서 나는 그 사람과 새살림을 차렸다. 그 사람은 가능한 한 6·25때 실종된 전남편 최창배 씨 앞으로 출생 신고된 아베를 완전히 자기 자식으로 바꿔놓고 싶다고 그 법적 절차까지 다 알아두고 있었다.

그러나 나는 그 문제만은 단호하게 머리를 내저었다. 아비 없는 자식으로 키우기보다는 차라리 떳떳이 김씨 성을 주어 친자식으로 키우겠다는 그의 진심을 내가 모르는 바 아니었지만 나는 마음속에서 그것을 용납할 수 없었다. 아무리 저주받은 병신으로 이 세상에 태어나 제 구실을 못하고 죽을 그런 인간이지만 아베는 어디까지나 최씨 가문의 핏줄이었던 것이다. 더욱이 아베는 사대독자 집안의 유일한 뿌리였다. 아베가 더 뿌리를 내리든 아베 그 대에서 뿌리가 끊이든 그것은 문제가 아니었다. 아베는 어디까지나 최창배의 자식이지 김상만 그의 자식은 될 수 없는 게 아닌가.

나는 내 남편이 된 김상만 씨가 어떤 불치의 병을 가지고 있는 사람이라는 걸 쉽게 알아냈다. 물론 그 병은 눈으로 가늠할 수 있는 어떤 육신의 병이 아니었다. 뭔가 삶의 의욕을 잃은 것 같은 그의 그 멍청함을 통해 나는 한 인간이 지닌 고뇌의 깊이를 짚을 수 있었다.

김상만 씨와 나 사이에서 첫애가 태어나기 전에 나는 내 가슴에 새겨진 상처 하나를 그에게 털어놓았다. 우리는 남들이 말하는 부부간의 성애, 그 즐거움을 전혀 느끼지 못하고 살았다. 나는 그 원인이 모두 내 상처에서 비롯된 것이라고 믿고 있었다. 우리는 몸에 불을 붙여 활활 타오른 다음 그 육체 결합을 통해 구원받고자 안간힘 썼다. 그이는 나보다 더 집요하게 자신의 몸에 불을 당기기 위해 발버둥쳤다. 그러나 우리는 동물이 생식 본능에 의해 갖는 그런 요식 행위 이상의 결합을 가질 수 없었다. 우리는 서로 몸을 기댄 채 허망한 마음으로 안타까움을 달래곤 했다. 그럴 때 나는 참지 못하고 여자가 무덤 속까지 가지고 가야 할 그런 과거를 털어놓은 것이다.

"다 알고 있었소. 동네 사람들이 그 얘기부터 해줍디다."

나는 내 몸이 천 길 낭떠러지로 떨어져 내리는 현기증을 느꼈다.

"당신 그러면 그 일 때문에?"

내가 신음처럼 중얼거리자 그이는 고개를 저으며 내 어깨를 어루만졌다.

"아베 엄마, 당신 지금도 그 사람들을 미워하고 있소?"

얼마 만에 그이가 물었다.

"그럼 제가 그 사람들을 사랑해야 되겠어요? 난 이제 아무도 미워하지 않아요. 미운 건 오직 내가 이렇게 끈질기게 살아야 하는가 하는 그 의문이에요. 나는 이 의문이 머릿속에 떠오를 때마다 두려워서 견딜 수가 없어요."

"무슨 소릴 하는 거요. 당신은 아베를 키워야 할 엄마고 또한 우리가 갖게 될 아이들의 엄마이기 때문에 당당하게 살아야 하는 거요."

"아베는 키울 만한 가치가 없는 아이에요. 그런데 당신은 입때껏 아베를 사랑해왔어요. 아니에요. 사랑하는 척해왔어요. 나는 그게 무서워요, 줄타기에 나간 애인을 바라보는 여자처럼 겁나고 조마스러워요. 어떻게 자신의 핏줄이 아닌 병신 자식을 사랑할 수 있단 말에요."

"사랑할 수 있소. 난 아베를 내 자식처럼 사랑하면서 살 수 있소. 두고 보면 알 것이오."

"그렇지 않아요. 우리들 사이에서 아이들이 태어나면 당신 마음은 달라져요. 동정과 사랑은 같을 수가 없어요."

나는 여자의 본능으로 내 자식에 대한 사랑을 확인하고 싶었던 것이다.

"동정이든 사랑이든 나는 아베를 버릴 수가 없소. 아베는 내 자식이오."

그이가 결연하게 외쳤다. 그리고 말하기 시작했다.

—내가 아베와 거의 비슷한 아이를 만난 것은 1·4후퇴 당시 황해도 내 고향 근처의 어느 산속이었소. 서울서 대학을 다니다가 난리를 만났고 유엔군과 함께 북진하는 국군에 뛰어든 거요. 고향에 두고 온 내 부모를 만나고 싶었던 것이오. 북쪽으로 가기만 하면 내 부모들을 만날 수 있을 거라 생각했던 거요. 물밀 듯 밀고 올라갈 때는 이제 아무 때고 부모를 만날 수 있다는 생각에 무심코 고향을 지나쳤지만 막상 중공군에게 밀려 내려오게 됐을 때 나는 고향 땅을 그냥 지나칠 수가 없었소. 불현듯 고향 마을이 눈에 잡히고 38선이 막히기 전 마지막 본 부모님과 형들이 미치게 보고 싶었소. 더구나 고향 마을에는 양가 부모님들끼리 정해놓은 내 약혼자가 있었던 것이오. 나는 그때 고향 집에 돌아가고 싶다는 생각 외는 아무것도 생각할 수 없었소. 사상도 나라도 내게는 상관이 없는 거였소.

나는 후퇴하는 부대 후미로 뒤처지기 시작했소. 산 하나를 넘으면 내 고향 마을이 보일 수 있는 그런 낯익은 길을 걷고 있었지요. 나는 정말 잠깐이면 내 고향 집에 이르러 보고 싶은 얼굴들을 만날 수 있을 것 같았소. 그리고 내 부모들을 이끌고 남하할 그런 계획도 가지고 있었던 것이오. 나는 내 계획대로 부대에서 이탈하는 데 성공했소. 그러나 나는 내가 숨어 있던 바위 뒤에서 몸을 일으킨 순간 좀 떨어진 곳에 세 사람의 군인이 내 쪽으로 오고 있는 것을 보았소. 부상병 한 사람을 두 병사가 부축해서 걸어오고 있었소. 나는 몸을 숨길 겨를도 없이 그들에게 발각된 것이오. 그때 그들은 이제 내 적이었소.

어이, 이것 좀 받아줘.

그들 중에서 한 사람이 내게 자신들의 총을 내밀었소. 가운데 부축을 당한 병사는 배를 움켜쥐고 신음하고 있었소. 부대는 이미 산모퉁이를 다 돌아가 보이지 않고 있었소. 나는 그들 뒤에서 총을 쏘아댔던 것이오. 세 사람이 땅에 쓰러져 뒹굴었소. 나는 카빈총 하나를 들고 길을 벗어나 산속으로 치뛰기 시작했소. 얼마쯤 치뛰다가 문득 길 쪽을 돌아보니 눈 위에 넘어졌던 세 사람 군인 중 한 사람이 일어나 한쪽 무릎을 땅에 끌며 움직이고 있었소. 그는 얼마 못 가 눈 속에 넘어졌다간 다시 일어나 그렇게 어려운 걸음을 떼어놓고 있었소. 나는 다시 정신없이 산을 치뛰기 시작했소. 바람에 눈이 몰려 어떤 지점은 허벅지까지 눈에 덮였지만 나는 몇 시간이고 그렇게 산속을 헤맸던 것이오. 아무리 가늠해봐도 내가 목표로 했던 고향 마을의 낯익은 산을 찾을 수가 없었소. 나는 다음날 새벽까지 그 눈 덮인 산속을 헤맸던 것이오. 나는 몸에 지닌 건빵 한 조각도 없이 산속을 헤매느라 기진맥진하였고 무서운 허기를 느꼈소. 발과 손이 얼어 감각을 잃었고, 나는 아무 데나 쓰러져 잠들고 싶도록 지쳐 있었던 것이오. 그때 내 눈앞에 문득 초가 한 채가 보였소. 산 밑 외딴집이었소. 그 외딴 초가로부터 꽤 떨어진 곳에서너 채의 인가가 보였소. 나는 군모와 계급장을 다 떼어버리고 그 외딴집으로 숨어들었소. 봉당에 한 아이가 앉아 똥을 누고 있었는데 아랫도리는 아베처럼 아예 벌거벗고 있었소. 대여섯 살쯤 돼 보이는 아이였지요. 그 아이가 사립문을 들어선 나를 향해 히쭉 웃었소, 나는 총을 겨누면서 봉당에 올라서 방문을 열어젖혔소. 가족들이 껌껌한 방에 모여 앉아 밥을 먹고 있었지요. 나는 그들을 방 한구석으로 몰아붙인 다음 상 위의 밥을 허겁지겁 퍼먹기 시작했던 거요. 우툴두툴한 옥수수밥이었는데 나는 지금도 그 옥수수밥 맛을 잊을 수가 없소. 방구석에서 쯧쯧 혀를 차는 소리가 들렸소. 정신없이 밥을 퍼먹던 나는 무의식중 그쪽으로 총구를 들이댔소. 벌벌 떨면서 웅크려 앉은 사람들 속에 얼굴이 쪼글쪼글한 노파가 내 얼굴을 딱하다는 그런 눈빛으로 쳐다보고 있었소. 그러나 다른 식구들, 중년 부부와 열예닐곱쯤 돼 보이는 처녀, 그리고 사내아이 둘, 그들은 살기를 띤 내 눈을 피해 얼굴을 돌리며 몸을 와들와들 떨고 있었소. 나는 다시 정신없이 옥수수밥을 먹다가 소스라치게 놀랐소. 누가 내 등에 업힌 것이었소. 나는 그것을 방바닥에 밀어던졌소. 봉당에서 똥을 누던 그 어린애였소. 놈은 방바닥에 나가떨어져서도 나를 향해 해죽이 웃었지요. 밥을 다 퍼먹고 나자 나는 얼었던 몸이 방 안 온기에 풀리면서 심한 식곤증을 느꼈소. 나는 총을 거머쥔 채 벽에 기대 눈을 감았던 거요. 형언할 수 없는 그런 안식이 내 몸 전체를 녹여 내리고 있었소. 깜박 졸았던 모양이오. 어떤 기척에 퍼뜩 정신을 차려보니 방 안의 분위기가 이상했소. 사십대 그 주인 남자가 보이지 않았소. 나는 문을 열어젖혔고 거기 봉당을 내려서는 그를 보았소. 나는 정말 무의식중에 그 사내를 향해 총을 쏘았던 것이오. 그리고 귀청을 찢는 비명이 들렸소. 나는 몸을 돌려 어둑한 그 방구석을 향해 총을 난사했소. 턱이 덜덜 떨리는 공포를 느끼면서 실탄 케이스를 갈아 끼운 다음 다시 총을 쏘아대기 시작했소. 그리고 밖으로 뛰쳐나왔소. 내가 쏜 그 주인 남자가 봉당에서 마당으로 떨어진 채 피를 쏟으며 쓰러져 있었지요. 사립을 나서며 나는 문득 방 쪽을 돌아다보았소. 그때 방 문턱에 벌거벗은 아랫도리를 그냥 내놓은 채 걸터앉아 나를 향해 히죽 웃고 있는 그 반편이 사내아이를 보았던 것이오. 나는 비로소 내 정신을 되찾아 도망치기 시작한 거요. 나는 후퇴하는 다른 잔류부대를 만나 곧 원대 복귀할 수 있었고, 정신에 이상이 있다고 낙인이 찍혀 후방 병원으로 넘겨져 거기서 의병제대를 했던 것이오.

나는 길거리에서 다리를 저는 상이용사만 만나면 가슴이 철렁 내려앉으면서 며칠씩 손에 맥이 풀렸지요. 한쪽 무릎을 끌고 눈길을 걷다가 쓰러지고 다시 일어나 걷곤 하던 그 병사의 환영이 나를 괴롭혔던 것이오. 나는 내가 죽인 사람들 때문에 괴로워한 게 아니라 내가 죽이지 못한 사람, 그 절름거리는 병사와 문턱에 걸터앉아 나를 향해 웃던 반편이 사내아이가 내 삶의 알맹이를 모조리 빼앗아가버렸던 것이오. 나는 어렸을 때

강둑에서 살모사 한 마리를 죽인 적이 있는데 뱀에 대한 극도의 공포로 해서 나무 막대기를 정신없이 내리쳐 살이 문드러질 정도로 만든 다음 풀숲에 던지고 돌아왔던 것이오. 그러나 저녁을 먹고 잠자리에 든 순간 문득 살모사는 꼬리만 성하면 땅기운을 찾아 다시 살아나서 원수를 갚는다는 말이 생각났소. 나는 부랴부랴 잠자리에서 일어나 어두워진 강둑으로 달려가 그 죽은 뱀을 찾아냈던 것이오. 그리고 그제는 더 살아날 수 없을 정도까지 돌로 짓이겨놓은 다음 뽕나무 가지에 걸어놓고 들어왔던 것이오. 그제서야 잠을 잘 수가 있었지요. 아마 나는 그곳이 휴전선 이쪽이었다면 당장 달려가 그 아이를 찾아내었을게 틀림없소. 그리고 그 반편이 아이를 죽였을는지 모르오.

그리고 여기저기 떠돌며 살다가 당신이 사는 그곳에서 아베를 본 것이오. 나는 결코 내 눈을 의심하지 않았소. 아베가 바로 몇 년 전 내가 죽이지 못한 그 아이라고 생각했소. 물론 나이도 모습도 많이 틀렸지만 나는 그런 것을 생각할 겨를이 없었던 거요. 나는 아랫도리를 벌거벗고 땅바닥에 앉아 노는 아이를 안아 올렸소. 아무 생각도 없이 그렇게 했던 것이오. 그 순간 나는 실로 형언할 수 없는 충동으로 몸을 떨었소. 그것을 뭐라고 설명해야 할는지…… 그렇소. 나는 가슴으로 끓어오르는 뜨겁고 커다란 것을 분명히 느낄 수 있었던 것이오. 그것은 사랑이었소.

남편은 그 사랑을 충분히 입증해 보였다. 우리들 사이에서 네 아이가 태어나 큰애 진호가 열여덟 살이 되도록 아베에 대한 남편의 사랑은 변함이 없었다. 그이는 어떠한 사람 앞에서도 아베를 자기 자식이라고 말했다.

아버지, 어째서 아베는 우리 호적에 안 올라 있는 거예요? 고등학교에 들어가기 위해서 호적등본을 떼어 온 진호가 그런 질문을 던졌다. 그런 난처한 경우가 한두 번이 아니었다. 그럴 때마다 남편은 대답했다. 병신 자식이라 남들이 제대로 살지 못할 거라고 해서 한두 해 미루다가 이렇게 됐구나. 그처럼 남편은 철두철미하게 아베를 자기의 자식들과 구별 없이 키웠다. 아베로 인해서 집안이 시끄럽고 아이들이 비뚤어져 나가도 그이는 그 어떤 싫은 소리 하나 내지 않고 참아냈다. 오히려 그이는 아베로 인해서 내 마음이 상하는 게 괴로운 듯 늘 안타까운 얼굴을 보이곤 했다. 나는 다시 한 번 당신이 저주 내리신 불쌍한 아베를 어여삐 여기사 그 사람을 보내주신 하느님한테 감사했다. 하느님, 감사합니다.

아아, 그러나 하느님은 아직 내 편이 아니었다. 나는 이제 하늘을 잃었다, 어둠과 절망과 가슴이 갈기갈기 찢기는 아픔만이 내게 남아 있었다.

동두천에서 온 남편의 여동생, 아이들의 고모가 찾아왔을 때부터 나는 가슴에 구멍이 뚫리기 시작하는 남편을 알아볼 수 있었다. 고모의 몸에서는 노린내가 났다. 나는 그 노린내를 맡으면서 이상한 예감으로 가슴을 떨었다. 그 여자가 아베를 짐승처럼 바라보던 그 눈을 통해서 나는 육감적으로 어떤 불길한 생각에 휘말렸다.

남편은 자기의 혈육인 그 여동생을 통해서 구원받으려 하고 있었다. 아베를 버려야 가능한 일이었다. 남편은 타고나기를 심약한 기질이라 아베를 통해 한 가닥 빛을 찾았을 뿐 그 뒤로도 계속 죄의식에 시달렸다. 그의 가슴속에서는 아직도 확인하지 못한 그 절름거리는 병사와 그가 죽인 사람들이 하나둘 살아나서 그를 괴롭히고 있었던 것이다. 그는 항상 멍청해 있지 않으면 어렵게 얻은 직장을 쫓기듯 허둥허둥 물러나와 겁먹은 얼굴로 방에 숨어 살았다. 그는 자기와 같은 피부, 같은 생각, 자기와 같은 말을 하는 사람들을 겁내고 있었다. 그는 한국을 떠나 어디 먼 곳에 가 살고 싶다고 늘 말해왔다. 숨이 막혀. 그는 늘 기어드는 소리로 말했다. 북한에 살아 계실는지도 모르는 그의 부모형제 얘기만 나오면 가슴을 쥐어뜯으며, 아이구, 답답해! 그렇게 신음하곤 했다.

그러한 남편으로 해서 우리 가족은 오늘의 안일은 물론 내일의 희망까지 빼앗긴 채 늘 우울하고 암담한 시간을 가져야 했다. 나는 그 숨 막히는 어둠 속에서 우리 가족을 건져 올리고 싶었다. 암담한 뿌리를 송두리째 끊어버리고 보다 굳건한 뿌리를 뻗게 하고 싶었다. 그러나 우리는 그 비참한 가난에서 헤어나지 못하고 허덕거려야 했으며 이제 스물다섯으로 접어드는 아베로 해서 집안은 항상 음습했다. 아베는 커갈수록 동물의 본능적인 그 성적 욕구를 발산하지 못해 에미인 나한테까지 몸을 비벼대곤 했다. 아베와 씨가 다른 우리 아이들은 정말 본능적으로 아베를 싫어했다. 싫어할 수밖에 없었다. 자기들 아버지의 무기력이, 지긋지긋한 가난과 집안 불화의 씨앗이 모두 아베에게서 비롯된 것이라고 믿었던 것이다.

진호는 학교에서 제적을 당한 뒤에도 계속해서 사고를 냈다. 제 친구 여럿과 함께 벌인 그 일을 알았을 때 나는 죽어버리기로 마음먹었다. 이때껏 그 굴욕과 고통에 찬 삶을 용케 견뎌온 나로서도 진호의 그 일을 보고서는 정말 이 세상이 싫었다.

그때 미국에 사는 아이들 고모한테서 초청장이 날아온 것이다. 아이들은 물론 남편까지 환호성을 내질렀다. 사실 남편은 오래전부터 동생으로부터 초청장이 오기를 기다려오던 터였다. 나 역시 한때 기뻤다. 내 남편이 그처럼 좋아하는 일이기도 하지만, 내 사랑하는 자식들을 위해서라면 어딘들 못 갈 것인가, 그래, 남편에게 숨이 확 트이는 넓은 하늘을 주자. 그리고 빛을 받지 못해 휘어진 내 아이들이 싱싱한 빛깔을 되찾아 꼿꼿이 뿌리를 내릴 수 있는 광활한 땅으로 떠나자. 나는 남편과 아이들의 뜻에 순순히 따르기로 했다.

이민에 따르는 그 어려운 수속은 주로 내 힘으로 했다. 남편은 지레 겁을 집어먹고 그 일에 나서지 않으려 했다. 오십 나이에 태권도다 용접 기술이다 그런 데만 쫓아다니느라고 정신이 없었다. 남편은 어린애가 됐다. 나는 남편이 보이는 그런 배신적 변화에 대해 이를 악물고 아무런 불평도 내색하지 않았다. 그는 어디까지나 내 하늘이었다. 그러나 나는 그 까다로운 수속에 필요한 서류를 갖추는 동안 아무도 몰래 울음을 삼켰다. 나는 미어지는 가슴을 누구에게 털어 보일 수가 없었다. 물론 죽음도 생각해보았다. 그러나 내 남편과 아이들을 위해서 그것은 있을 수 없는 일이라고 나는 마음속에 다짐했다. 그들과 함께 미국으로 가 그들 곁에서 그들에게 힘을 보태야 하는 것이 아내와 에미로서의 도리라고 생각한 것이다.

어제 비자 발급을 위한 면접을 했다. 우리 식구들은 대사관 영사과에 갔다. 영사과 정문 수위로부터 출입 확인을 받는 순간 남편의 손은 떨고 있었다. 아침 여덟시에 들어가 열두시에 호출을 받기까지 남편은 안절부절못했다. 나는 은근히 겁이 났다. 우리가 비자 신청 서식에 답한 그 마흔두 가지의 질문 중 '당신은 체포되거나 유죄 판결 혹은 감옥에 구금된 일이 있습니까'란 것이 있는데 만약 영사관 쪽에서 그런 걸 물으면 남편이 '예, 나는 사람을 죽였습니다' 그렇게 대답할 것 같은 얼굴을 하고 있었기 때문이다.

기다린 시간과는 달리 면접은 그리 오래 걸리지 않았다.

"여기 적은 모든 사항이 거짓이 없다는 것을 맹세할 수 있습니까?"

미국인의 말을 한국 여자가 통역했다.

남편은 우물우물 입속말로 대답했다. 물론 우리가 기재한 그 내용에는 아무런 하자가 있을 수 없었다.

남편과 나, 진호, 정희, 진구 그리고 막내, 모두 한 호적에 올라 있는 우리 여섯 식구는 분명한 가족이며 이민 허가가 제한되는 정신병자, 심신 허약자, 알코올중독자, 마약중독자, 귀머거리, 벙어리가 아니라는 증거가 신체검사 결과에 나타나 있었다.

면접을 끝내고 집에 돌아오니 아베가 방구석에 갇힌 채 잠들어 있었다. 아이들이 집을 나갈 때 문고리를 밖에서 잠갔던 것이다. 아베 나이 스물여섯, 열흘만 지나면 그의 생일이었다.

오늘도 식구들은 아베에 대해서 일절 입을 열지 않았다. 하느님이 당신의 버리신 자식을 위해서 보냈다고 내게 믿음을 주셨던 남편마저 아베 같은 건 까맣게 잊고 있었다.

다만 막내가 아베에 대해 물었을 뿐이다.

"엄마, 아베도 정말 미국 같이 가는 거지?"

"그러엄, 큰형도 가고말고!"

나는 더 참지 못하고 밖으로 뛰쳐나갔다. 하느님 아버지, 원하옵건데 제발 이 죄인에게 힘을 주옵……

3

저녁 여덟시쯤 돼서 석필이가 나타났다. 예비군들이 입는 얼룩무늬 군복에 빡빡이 머리. 사 년 세월이 그 애송이 얼굴을 어느 정도 어른티가 나게 바꿔놓았다.

"재두, 갠 너 미국 가구 얼마 안 돼 뱃놈 된다구 부산 내려가선 아직 소식 깜깜이다. 그때 걔 얘기론 원양어선 타구 외국에 나가 배에서 도망친다구 했다."

"재두, 걔 간질병이 심하잖니?"

"누가 아니래. 그러니까 아무도 아는 사람이 없는 외국에 나가 혼자 살다가 죽겠다는 거지."

"부산 간 뒤론 정말 소식이 없단 말이지?"

"그렇다니까. 나쁜 새끼 같으니라구. 개네 꼰댄 천호동 사는

데 한번 찾아가봤더니 아직두 사는 게 말이 아니더라. 재두 여동생이 벌어서 먹구산대."

"형표, 갠 군대 갔다면서?"

"그래, 작년 봄에 갔다. 휴가 한번 나왔었는데 최전방이라구 하더라. 북쪽 놈들하고 서로 얼굴 쳐다보면서 웃기도 한다더라."

"군대 생활 할 만하대?"

"집에서 지내는 것보단 백번 낫다구 하더라. 삼 년 푹 썩다 보면 사람 되는 거지 뭐."

"개 군대 가기 전에두 또 사고 냈냐?"

"별루. 참 형표 군대 가기 전에 페인트 만드는 공장에 취직했었다. 한 달에 육만 원씩 받아 적금두 들구 즈 살림에도 보태고……"

"야, 정말 놀랬다. 그런데 형표 아버지 병은 고쳤냐?"

"고치긴, 너 미국 가구 금방 돌아가셨다. 돈이 있었으면 수술을 했을 건데 그냥 질질 시간만 끌다가 죽은 거지 뭐."

"결국 고향에두 못 가보고 돌아가셨구나!"

"돌아가시면서 그러더랜다. 이북에 있는 큰아들이 불러서 간다구."

"큰아들?"

"너 몰랐구나? 형표 아버진 육이오 때 월남해서 이북에 두고 온 가족 때문에 혼자 살다가 나중에 결혼해서 형표를 낳은 거야."

"그랬었구나, 어쩐지……"

문득 석필이의 형 생각이 났다. 수재라고 소문이 자자했다. 그러던 중 대학의 무슨 학생 서클 관계로 제적을 당했다고 했다. 제적을 당하고도 학교에 드나들며 무슨 일을 일으켜 끝내 감옥에 갔을 때 우리는 미국으로 떠났던 것이다.

"야, 느 형 어떻게 됐냐?"

"응, 일 년하고도 삼 개월 치르구 나왔다."

"학교는?"

"고만이지 뭐. 집에서 빈둥빈둥 놀다가 요즘 맘 잡구 산업전사 됐다."

"산업전사?"

"공돌이 된 거지 뭐. 적성에 딱 맞는대. 야 참, 더 웃기는 건 말이야 너 놀래지 마!"

"말해봐, 난 미국 시민이다."

"너, 내 말 믿어지지 않을 거다. 우리 형 결혼했다."

"미국 시민은 그런 유머에 안 웃는다. 미국 사람두 결혼하거든."

"인마, 그게 아냐. 우리 형이 누구하고 결혼했는지 그걸 알면 미국 놈도 놀랄 거다."

"누군데, 여자냐?"

"그래 여자다. 너 유성애란 계집애 기억나겠지?"

"유성애? 글쎄…… 듣던 이름 같다."

"역시 미국은 좋은 나란가 보다. 넌 행복하구나."

"말해봐. 그 유성애란 여자가 니 형수님이란 말이지?"

"너 도깨비시장서 열쇠 장사하던 유씨라면 생각날 게다. 우릴 경찰서에서 꺼내준 바로 그 사람 말이다."

"……그 유씨 딸이 느 형하고?"

"기쁘다. 미국 놈도 놀래줘서. 어떻든 느 놈들이 나눠 가져야 할 고통 나 혼자 때우느라 말씀 아니다."

"느 형 미쳤구나!"

"우리 형이 미친 게 아니라 유성애, 바로 우리 형수님이 뻔뻔이스트지."

나는 벌떡 일어나 여관방 벽에 걸린 남방셔츠를 벗겨 입었다.

"나가자!"

"너 일기 쓰냐?"

석필이가 가방 옆에 놓인 대학노트를 끌어당기며 물었다. 나는 석필이 손에서 그 노트를 낚아채어 가방 밑바닥에 넣은 다음 지퍼를 채웠다.

"일기가 아냐, 역사책이다."

"너 미국 가더니 늦게 사람 됐구나. 공불 다 하구!"

"그래, 나 공부 좀 더 하러 왔다. 사인조 해단식도 해야 하겠고……"

"해단식?"

"결단식이 있었으면 해단식도 있는 법이다. 생각이 깊어지면 어릴 때 한 짓이 우스꽝스러워진다."

"미국식이냐?"

"우리 아버지 식이다, 왜."

석필이가 뭔가 얘기를 더 하고 싶어 했지만 나는 앞장서서 여관을 나왔다.

"아저씨, 늦게 들어오실 거예요?"

잡채밥 하나를 얻어먹은 여관 보이가 문턱 나무 의자에 앉았다가 알은체를 했다.

"그래, 내 방에 가방 좀 잘 봐줘라."

여관 현관 위의 전등에 나방들이 어지럽게 날고 있었다. 비라도 올 듯 후덥지근한 여름밤이다.

"너 아는 데 맥주집 하나 안내해라. 미국 시민은 돈이 많다."

시장통을 걸으면서 내가 말했다. 밖에 나오자 석필이는 어느새 빡빡머리에 얼룩무늬 모자를 쓰고 있었다.

"맥주 마심 나 배탈 난다. 우리 쐬주 먹자!"

"쐬주? 우리 둘이서?"

"난 혼자서두 잘 마신다. 우리 형수님 얼굴 본 날은 꼭 혼자서 쐬줄 마셔야 잠이 온다. 넷이 먹어야 할 걸 나 혼자 마시는 거지."

그래, 그때 우리는 넷이서 처음으로 술을 입에 댔다. 지금 저 어둠 속 천수산 중턱에 앉아 아랫동네에서 사서 가지고 올라온 사 홉들이 소주 두 병을 돌려가며 거꾸로 물고 나발을 불었다. 그렇지만 우리들은 꿀꺽꿀꺽 먹는 시늉만 떨었을 뿐 술은 좀처럼 없어지지 않았다. 그렇게 반은 그냥 흘려버렸지. 그러나 몇 모금씩 목구멍을 넘어간 소주는 우리들을 풍선처럼 부풀려 올렸던 거야. 죽어버리고 싶다, 내가 말했지.

나두.

석필이도 죽고 싶다고 했다,

나는 살고 싶지 않다. 형표 말을 받아 재두가 말했다.

지랄, 이하 동문!

그날 우리들은 더 많은 말을 했다.

그러나…… 하고 내가 말했다. 우리는 죽을 수 없다. 죽을 필요가 없다구. 이 병신 천치 머저리 같은 새끼들아, 우리가 왜 죽니?

맞아, 우린 죽지 않는다. 석필이가 말했다. 성공해야 한다. 우린 성공해야 한다.

그래, 돈을 버는 거다. 돈, 여자, 그리고 오래오래 잘 먹고 잘 사는 거다.

재두가 그렇게 말하면서 이제까지의 허풍과 달리 소주병을 들어 벌떡벌떡 병나발을 불었다.

자, 우리 사인조 사자클럽 결단을 위해서! 형표가 재두의 술병을 빼앗아 벌떡벌떡 들이켜기 시작했다.

우리의 위대하신 담임선생님을 위해서! 내가 술병을 빼앗아 들었다.

나는 그날 오전 무려 네 시간 동안이나 교무실 앞 복도에 꿇어앉아 있었다. 선생들이 지나다니며 내 머리통을 쥐어박았다. 이놈 정말 문제아군. 저 새끼 한번 오라구 그렇게 연락을 해두 끄떡두 안 하는 거야. 교무실 사환 계집애가 드나들며 핼금핼금 웃었다. 차가운 시멘트 바닥의 그 습기가 배 속까지 번져 올랐다. 이 새끼, 똑바로 앉지 못해? 교련 선생이 꿇어앉은 내 무릎을 구둣발로 짓눌렀다. 나는 네 시간 삼십 분 만에 교무실로 불려 들어갔다. 얼어붙은 다리가 저려 일어서다가 그냥 주저앉았다. 담임은 난롯가에 앉아 적금통장을 뒤적이고 있었다. 반성했나? 담임이 물었다. 선생님 제가 뭘 잘못했는지 말씀해주십시오. 담임의 얼굴이 험악해졌다. 이 새끼야, 너 정말 몰라서 묻냐? 네, 저는 제가 잘못한 걸 모르고 있습니다. 이 새끼 봐라, 이거! 너 정말 기어오르기냐? 선생님, 전 등록금을 연기해달라고 말씀드린 일밖에 없습니다. 이 새끼야, 느 애비에미가 직접 와서 연기하라구 내가 몇 번씩 말했냐? 우리 부모님들은 학교에 오실 수 없습니다. 교무실의 다른 선생들이 내 주위로 몰려들었다. 야, 이 새끼야, 너 학교 다니고 싶지 않지? 담임이 내 멱살을 잡아 풀무질하듯 앞뒤로 흔들어댔다. 학교 다니기 싫지? 네, 학교 다니기 싫습니다. 자퇴할래? 네, 자퇴하겠습니다.

석필이, 재두, 형표는 나와 같은 중학교 동창이었다. 네 사람 모두 나와 비슷한 처지로 학교를 그만두었다. 그러나 유독 재두만은 고질인 간질병으로 해서 그 비관이 더 컸다.

자, 시작하는 거다. 사인조 사자클럽!

형표가 말했다. 우리들은 담배 한 개비씩을 나누어 물었다. 똑같은 시간에 담배에 불을 붙였다. 캑캑, 힘껏 다섯 모금씩 빨아들인 다음 서로의 얼굴을 쳐다봤다. 처음 먹은 술에 얼굴이 붉게 물들어 있었다. 우리는 다시 두 번 힘껏 담배를 빨아들이면서 둘씩 짝을 지어 앉았다. 나는 재두의 왼손을 잡았다. 재두 역시 내 왼손을 잡았다. 우리는 동시에 담뱃불을 시계를 차는 그 팔목 위에 댔다. 우리는 신음했다. 그러나 이를 악물고 입을 모아 하나 두울 세엣 네엣 다섯 여섯…… 스물까지 세었다. 살 타는 냄새가 났다. 담뱃불에 지져진 그 시커먼 데서 노란 액체가 줄줄 흘렀다. 우리는 그 상처 위에다가 먹다 남은 소주를 부었다. 네 사람 입에서 각기 무서운 비명이 나왔다. 그리고 서로의 얼굴 위에 솟은 땀방울을 쳐다보며 웃었다. ㅎ, ㅎㅎ ㅎ. 누군가 말했다. 이 세상에 이만큼 무서운 고통은 더 없다!

그렇다. 우리는 이러한 무서운 고통을 참고 견뎠다.

"아주머니, 여기 날두부 한 접시하고 쐬주 한 병!"

사 년 전에도 있었던 낡은 건물 한구석에 자리 잡은 술집에 들어서면서 석필이가 말했다.

"웬 날두부냐?"

"우리 형두 교도소서 나올 때 친구들이 연탄잴 뒤집어씌우고 날두불 멕이더라. 그렇게 하는 거래."

"야, 내가 교도소에서 나온 사람이냐?"

"마찬가지야. 우린 느네가 미국 떠나는 거 보고 부러웠다. 그래서 이렇게 생각했다. 니가 대역죄인이라서 유배를 간 거라구. 넌 지금 집행유예로 풀려난 거야. 우리 형처럼 사람이 달라져 나왔겠지!"

유배, 그렇다. 우리 식구들은 귀양을 간 거야. 도피가 아니라구.

"참, 느네 형 생각보다 빨리 나왔구나. 그때 칠 년이니 팔 년이니 하더니."

"사람이 됐다니까 자꾸 그러는구나. 친구들을 배신한 것만 빼고."

"배신?"

"그래 배신한 거야. 자기만 그런 일 안 했다구 주장한 거지."

"느 형 깨끗했을 거다."

"천만에, 깨끗한 사람이 아냐. 그게 괴로워서 유성애하고 결혼한 거다."

"우리 아버지 식이구나."

"느네 아버지?"

나는 대답하지 않았다. 대답할 수가 없다. 그 일을 내가 이해할 수가 없기 때문이다. 그러나 아버지가 어머니를 배신한 것만은 틀림이 없다. 유배지에서 풀려나기 위해서인지 모른다. 그러나 어머니는 침묵하고 있다. 귀양 온 걸 억울해하고 있는 게 분명하다.

"야 석필아, 느 형 얘기 마저 듣자. 유성애하고 결혼한 그 얘기."

"얘긴 간단하다. 형이 잡혀 들어가기 전에 우리가 그 일을 저질렀잖니! 그때 우리 집 내 보호자로 형이 왔다 갔다 했잖아. 그러다가 잡혀 들어간 거구. 유치장 속에서 내내 유성애만 생각했겠지. 그리고 풀려나자 결혼한 거야."

"한국엔 아직두 그런 정신병자가 많구나."

"그런 정신병자 때문에 오히려 많은 사람이 피해를 입는다."

"피해?"

"그래. 물론 우리 형은 따로 나가 산다. 그렇지만 우리 어머니는 며느리 앞에서 고개를 못 든다. 나 괴로운 건 더 말할 수도 없다."

"정말 많이 변했구나. 네가 그 일을 가지고 괴로워하다니!

정말 괴로웠냐?"

"그래, 지금두 괴롭다. 너두 내 입장이 돼봐라. 형표 개두 함께 괴로워했다."

"그렇게 말하는 네 얼굴을 보니까 한국은 정말 살기 좋은 나라라는 생각이 든다. 이제 사인조 사자클럽은 해체하겠다. 자, 건배!"

우리는 세상에 무서운 게 없었다. 담뱃불로 팔목을 지글지글 지지던 그 고통을 함께 나눈 우정을 가지고 우리는 하나처럼 움직였다. 산동네와 시장통 어깨들이 우리를 피할 정도였다. 체육관 패들도 우리에게 손을 내밀었다. 미친개한테 물리긴 싫다. 그들이 그렇게 말했다. 우리는 가끔 천수산 중턱 그 바위 밑에 앉아 술을 마셨다. 미성년인지라 술이 깨기 전엔 마을로 내려갈 수 없었다. 청량리에서 우리 같은 애들한테만 몰래 파는 그 노골적인 성인만화를 구해다가 킬킬거리며 읽었다. 여체와 성기와 그 교성이 환장할 정도로 리얼하게 그려져 있었다. 우리는 견딜 수 없었다. 수음을 했다. 어느 날 되게 야한 불량만화를 보던 중 재두가 간질을 시작했다. 사지를 뒤틀면서 게거품을 입에 물었다. 그리고 잠시 후 부스스 일어나 히익 웃었다. 그때부터 재두는 말을 잃었다. 우리는 우울했다. 그러나 우리들의 성기는 팽창한 채 몹시 툴툴거렸다. 그때 우리의 앞에 그 계집애가 나타난 것이다. 유성애. 그 현란한 여름옷이 우리의 눈을 현혹했다. 맵시 있게 차려입은 옷이었다. 우리는 동시에 일어섰다. 재두 혼자만 멍청히 앉아 있었다. 그 계집앤 가까이 보니 생각보다 나이가 들어 보였다. 그러나 우리는 행동을 개시했다. 막상 벗기고 보니 몸이 너무 빈약했다. 만화 속의 그림과 같은 것은 오직 그네의 그곳뿐이었다. 그래서 우리는 해치웠다. 만화의 내용과는 너무 달랐다. 우리는 다만 실망과 열없음의 그 찜찜한 기분으로 도망쳤다. 그리고 재두네 집에 모여 앉아 기타를 치다가 잡혔다. 우리가 해치운 여자애는 시장통 양장점에서 일하는 계집애였다. 어쩐지 옷이 맵시 있더라니. 우리는 속은 게 분했다. 몸이 그렇게 빈약한 계집애도 있다니. 우리는 경찰서 대기실에 앉아 툴툴거렸다. 우리들의 보호자가 불려왔다. 형표네는 칠십이 가까운 병든 형표 아버지가 왔다. 석필이 형은 제적을 당했으면서도 대학 교복을 입고 있었다. 그는 우리를 둘러보며 으르렁거렸다. 우리 어머니가 그들을 데리고 그 양장점 계집애가 있는 병원으로 달려갔다. 도깨비시장에서 열쇠 장사를 하는 유씨가 자기 딸을 범한 우리들을 선처해달라고 경찰관에게 애원하고 있었다.

내가 잘못했습니다유. 제 에미가 위장병에 걸려 내가 개더러 산에 들어가 삽초싹 뿌리를 캐오라고 한 것이 잘못이었지유. 그리고 제 딸년이 옷을 너무 야하게 입고 있었던 것두 잘못이지유.

우리 어머니와 석필이 형이 하루에 한 번씩 경찰서에 왔다. 합의서를 썼다고 했다. 우리는 미성년자였다. 잡혀 들어간 지 두어 주일 만에 풀려날 수 있었다. 다시는 재수 없는 그 계집애 얼굴을 못 봤다. 다만 그 계집애의 어머니가 시립병원에 입원했다는 말만 들었다.

"야, 진호, 이 개새끼야, 너하고 술 마시니까 드럽게 취한다."

개새끼 둘이 이홉들이 소주 세 병을 다 바닥냈다. 석필이는 저녁을 먹지 않은 속이라 무척 취하는 모양이었다.

"야, 인마, 이젠 니 얘기 좀 해라. 미국 가서 잘 먹고 잘살다 뒈질라고 이민 간 그 얘기 말이다."

"내 얘기하러 여기까지 오지 않았다. 느덜 얘기가 듣고 싶어 한국에 온 거다."

"인마, 네 속 내가 모를 줄 아냐? 비참한 우리들 얘기가 듣고 싶다 그거지?"

"그건 오해다. 그렇다면 내가 한 가지만 얘기해주지. 우린 미국에서 아파트에 산다. 저 아래 도깨비시장 옆 열두 평짜리 서민 아파트보다 통로가 더 좁고 불결한 그런 아파트에 산다. 바퀴벌레가 버글버글한다. 위층에서는 돼지같이 생긴 흑인 연놈들이 생음악을 연주하며 카펫도 깔리지 않은 데서 댄스파틴지 지랄인지 밤낮없이 발광이다. 우린 그런 데서 여기서와 똑같은 밥, 같은 반찬을 먹고 산다. 오히려 여기서보다 더 못 먹고 더 맛없는 반찬을 먹고 산다. 믿지 못하겠지만 믿어줘라."

"느가 그렇게 사는 건 그래두 미래를 위해서 그러는 거 아니냐?"

"미래? 누구, 누구의 미래냐? 뿌리가 없는데 어떻게 꽃이 피냐? 우리 식구들은 지금 화병에 꽂힌 꽃망울과 같다. 어쩌다 한때 꽃이 필 수도 있겠지. 그러나 결국은 쓰레기통 속에 집어 던져지고 말 거다."

"인마, 진호야. 나 너한테 그런 식으로 위로 안 받아도 좋다. 네가 생각하는 것처럼 한국 사람들이 모두 미국을 동경하고 있는 줄 아냐?"

석필이가 빈정거리고 있었다. 그러나 난 그 빈정거림에 맞서고 싶은 생각이 없었다. 나는 가슴이 허하게 비었다. 문득 빈약한 가슴을 가진 채 시들시들 메말라가고 있는 이씨의 딸이 생각났다. 그네는 꽃망울인 채 시들어가고 있었다. 누가 화병에 물을 갈아 넣을 것인가. 누가 그 꽃나무를 땅에 꽂아 뿌리가 내릴 수 있게 물을 줄 것인가. 누가 우리 아버지의 자책으로 인한 그 거짓의 삶에 일깨움을 주어 병든 영혼이 구원받을 수 있는 길을 열어줄 것인가. 나는 아버지가 그처럼 열심히 탐닉하는 천한 노동과 휴일이면 찾아가는 한인교회 기도를 통해서도 결코 구원받지 못한 채 방황하고 있는 것을 잘 알고 있었다. 누가 내 동생들에게 따뜻한 손길을 내밀어 눈이 먼 그네들이 참되게 사는 빛을 줄 것인가. 어머니, 그래 어머니만이 우리 모두에게 사랑과 호된 채찍을 휘둘러 그 드넓은 땅 메마른 흙 속에 뿌리를 내리게 할 수 있었다, 그러나……

"야, 진호야. 한 가지만 물어보자."

석필이가 내 어깨를 쳤다. 앉은 채 잠깐 졸더니 술이 좀 깬 것 같았다.

"아주머니, 여기 술 한 병 더!"

이번에는 내가 주모한테 술을 주문했다.

"진호야, 느네 형, 아베 잘 있는지 그게 늘 궁금했다."

석필이가 말했다. 우리 형, 아베가 잘 있는지 궁금하다고. 놀라운 일이다. 이 세상에 아베에 대해서 생각하는 사람이 또 있다니, 놀랄 일이다. 누가 남의 집에서 키우던 짐승에 대해서 그 안부를 묻겠는가. 저걸 왜 집에 둬두니? 언젠가 우리 집에 와 그렇게 물었던 석필이 바로 그놈이 아베의 안부를 물었다.

"내가 오늘 여기 와서 너하고 술을 먹는 건 네가 궁금해하는 그 아베의 행방에 대해서 알고 싶기 때문이야."

내가 역습을 했다. 석필이가 무슨 소리냐는 듯 고개를 갸우뚱거렸다.

"석필아, 너 우리 집 아베 못 봤냐? 보진 못했더래도 뭔 소식이라도 못 들었니?"

"지금 무슨 소릴 하는 거야? 아베를 못 봤느냐, 그게 무슨 얘기냐?"

"그래, 우리 형 아베를 못 봤느냐고 그렇게 물었다."

"그럼 아베가 한국에 나왔단 말이냐?"

"아베는 미국에 가지 않았다."

"아니, 그럼 어떻게 된 거냐?"

"그걸 나도 모른다."

어머니는 아베에 대해서 말하지 않았다. 아버지 또한 아베의 행방에 대해서 말하지 않았다. 비자가 나와 우리가 떠나야 할 날이 다가왔을 때까지 아베는 평시와 다름없이 집에 있었다. 아무도 아베 같은 것에 대해 관심을 둘 만큼 한가하지 않았다. 어머니마저도 우리들을 데리고 동대문시장을 다니면서 우리 식구들이 입어야 할 내복을 사서 짐을 꾸리기에 정신이 없었다. 산동네 우리들이 살던 무허가 건물이 꽤 비싼 값으로 팔렸기 때문에 아버지는 태권도 도장 사범과 저녁을 먹는 등 전에 없이 활기를 띠고 있었다. 우리들은 미국에 가 돈을 벌어 비행기표 값을 월부로 갚기로 계약했기 때문에 집이랑 몇 가지 쓸 만한 가재도구를 판 돈으로 미국에서 사기 어려운 생활필수품을 사들이기에 여념이 없었다. 우리 식구들은 공중에 붕붕 떠다니는 기분으로 한국에서의 마지막 날들을 보내고 있었다.

"나 오늘 외사촌형한테 좀 다녀올 거요."

출국일을 이틀 앞두고 아버지가 경기도 광주에 이사 가 사는 단 하나의 친척인 당신의 외사촌형 집에 인사를 간다고 아침 일찍 나갔다. 우리 남매들도 친구들을 마지막 만나보기 위해 가슴에 실로 묘한 감상을 매달고 밖으로 뿔뿔이 흩어져 나갔다. 그날 집에 남겨진 것은 아베와 어머니뿐이었다.

그날 우리들은 어머니가 밤늦게까지 돌아오지 않아 잠을 자지 않고 기다렸다. 물론 아베도 집에 없었다.

"엄마가 느덜한테 아무 말도 안 했단 말이지?"

아버지가 초조한 기색으로 우리한테 거듭거듭 다그쳤다. 우리 남매들은 고개를 가로저으며 서로 눈길을 피했다.

"형, 아벤 미국 안 가는 거지?"

아베에 대해서 말한 것은 막내뿐이었다. 그것도 나만 듣게 속삭인 말이다.

"야, 인마. 낼 일찍 일어나려면 빨리 자기나 해!"

내가 막내의 머리통을 툭 치며 말했다. 막내는 방 한구석에 쓰러져 한국에서의 마지막 잠을 잤다. 진구도 정희도 잠들었다.

"너두 그만 자거라."

아버지가 또 다른 담배에 불을 붙여 물며 말했다. 열두시가 넘어 산동네 아래의 소음도 잠들어버린 시간이었다. 나는 몰래 훔치듯 아베를 생각했다. 아베의 그 헤벌린 입과 거기서 끊이지 않고 흘러내리는 침과 그 냄새와…… 나는 되도록 아베의 더러운 것만 골라 생각했다. 아베는 사람두 아니야. 그래. 차라리 아베보다 살모사가 더 기르기 좋을 거야. 아베 때문에 우리 식구들은 입때껏 고통을 당했어. 아베 때문에 나는 학교에서 제적을 맞은 거야. 아베 때문에…… 아베 때문에 우린 내일 떠날 수 없을는지도 몰라. 나는 아베에 대한 분노로 속이 부글부글 끓어올랐다. 그렇게 뒤척이다가 잠이 들었다.

우리는 김포공항에 늦어도 오후 네시까지 나가야 했다. 다섯시 반에 뜨는 비행기였다. 어머니는 비행기가 뜨는 그날 오후 한시까지 돌아오지 않고 있었다. 아버지는 계속 담배를 피워댔다. 아버지의 그 커다란 체구가 형편없이 짜부라져 차마 맞바로 보기에 민망할 정도였다. 아버지는 안절부절못하며 아주 크게 한숨을 몰아쉬었다.

그때 우리 판잣집을 산 사람들이 들이닥쳤다. 그들의 너저분한 이삿짐이 쪽마루에 가득가득 쌓였다. 장독이 들어오고 연탄도 들여왔다. 우리들은 몇 개의 작은 가방들을 저마다 하나씩 들고 그 이삿짐 사이를 이리저리 비켜서야 했다. 막내가 징징 울기 시작했다. 아버지의 입술이 꺼칠하게 타고 있었다. 정희가 악쓰듯 말했다.

아버지, 엄마 놔두고 우리끼리 가!

바로 그때 어머니가 나타났다. 나는 시계를 보았다. 오후 두 시 사십오분. 아무도 어머니한테 말을 붙이지 못했다. 나는 이제까지 그렇게 초췌한 어머니의 모습을 단 한 번도 본 적이 없었다. 그렇다. 어머니의 그 넋 나간 얼굴은 그때부터였다. 아침부터 우리 집을 기웃거리던 이웃사람들도 어머니의 그런 표정 앞에서 누구도 입을 열지 않았다.

그러나 어머니는 애써 굳은 표정을 풀면서 이것저것 짐을 들어내며 떠날 채비를 했다. 남은 연탄 다섯 장은 바로 앞집 여자에게 넘기고 다 나눠주고 아직도 남았던 작은 항아리 하나는 옆집에 혼자 사는 할머니한테 넘겼다.

"이쪽 쪽마루를 조심해서 디디세요. 아주 오늘 손봐서 사시는 게 좋으실 거예요."

우리 집을 사 이사 온 여자한테 어머니가 쪼개진 쪽마루를 가리켜 보이면서 말했다.

"이제 고만들 들어가세요. 정말 잊지 못하겠어요."

골목 아래까지 따라온 이웃 사람들을 향해 어머니가 마지막 인사를 했다. 아버지가 약국 앞에서 택시 두 대를 잡았다.

앞차에는 아버지와 정희 그리고 진구가 탔다. 나는 어머니와 함께 뒤차를 탔다. 막내가 뒷자리 어머니 곁에 붙어 앉았다. 시장통을 다 빠져나가 차가 6차선 큰길을 내달릴 때도 어머니는 말이 없었다. 내 이마 위 백미러를 통해 어머니 얼굴을 찾았다. 백미러 속 어머니 얼굴은 눈을 감은 채 굳어 있었다. 강변도로를 달릴 때 막내 목소리가 뒤에서 들렸다.

"엄마, 아벤 어딨어?"

나는 창밖 빠르게 흘러가는 경치를 바라보면서 신경을 곤두 세웠다. 그러나 나는 공항에 다 이를 때까지 아무 소리도 듣지 못했다. 어린아이들에겐 용기가 있다. 그러나 아무리 용기 있는 막내라 할지라도 그 이후 어머니 앞에서 아베 이름을 두 번 다시 입에 올리는 것을 볼 수가 없었다.

"야, 석필아 집에 가서 자라!"

석필이와 나는 맥주집에 옮겨와 있었고 테이블 위에 놓인 맥주 다섯 병은 겨우 세 개가 비어 있었을 뿐이다. 석필이는 알아들을 수 없는 소리를 흥얼거리며 의자에 목을 꺾어 기댄 채 잠들어 있었다. 나는 내가 하나도 취하지 않았다는 걸 알고 놀랐다. 인마, 네 배 속에 기름이 져서 그런 거다. 나쁜 새끼 같으니라구. 내가 술이 취하지 않는 이유를 석필이가 그렇게 말했다.

"이제 고만들 가세요. 술집에 와서 술두 안 먹구 자는 사람이 어딨어요."

옆에서 술을 따르던 계집애가 가슴이 많이 파인 옷자락을 흔들어 몸에 땀을 식히며 툴툴거렸다. 아무리 희미한 조명 아래 술 취한 눈으로 봐도 예쁘지 않은 얼굴이다. 그러나 나는 몹시 목이 말랐다. 계집애가 몸 하나는 좋았다. 불량만화책 속에 그려진 그대로의 풍만한 허벅지가 탐났다.

나는 문득 시외버스 속에서 한자리에 앉았던 미스 박이란 여대생이 적어주던 전화번호를 생각해냈다. 수첩 갈피에 그 쪽지가 있었다. 시계를 보았다. 밤 열한시 오분이었다. 쪽지 속의 전화번호를 내려다보면서 나는 생각했다. 시간은 내일도 있다.

그리고 다음 주도 또 다음 주도…… 그러나 나는 고개를 가로저으며 그 종이쪽지를 반으로 접었다. 그리고 한 번 두 번 세 번…… 내 손끝에서 발기발기 찢긴 그 종이 부스러기가 풍만한 젖가슴을 가진 그 계집애 얼굴에 뿌려졌다.

"여자야, 너 아베가 어디 있는지 아니?"

"이 손님 참 이상하셔."

계집애가 자기 얼굴에 붙은 종이 부스러기를 떨어내며 말했다.

"아베가 누군데 저한테 그런 걸 묻는 거예요?"

"대답만 해! 아베가 어디 있냐?"

"그걸 제가 어떻게 알아요."

그래서 너한테 묻고 있는 거다. 우리 어머니가 그걸 나한테 알려주지 않았다. 어머니는 그 수기를 다 끝맺지 못하고 있었다. 어찌 더 쓸 수 있었으랴.

……하느님 아버지, 원하고 원하옵건대 제발 이 죄인에게 힘을 주옵……

"말해봐, 우리 어머니가 아베를 어떻게 했지?"

"손님, 도대체 아베가 뭔데 그러세요?"

"아베…… 아벤 사람이다. 우리 형이다."

"그런데 뭘 그래요. 사람이면 집에 있겠지 뭐."

"집?"

"그래요. 아버지, 어머니, 할머니가 있는 집 말예요. 나두 우리 할머니가 있는 시골집에 가구 싶어 죽겠어요."

"할머니가 있는 집?"

"그렇다니까요. 돈만 벌면 나두……"

"알았어! 네가 그랬지? 할머니가 있는 집이라구?"

나는 뛸 듯이 기뻤다. 테이블 위의 술병 하나를 병째 들어 벌떡벌떡 마시기 시작했다.

"여자야, 너 오늘 밤 나하고 자자!"

"손님 여기는 술집이에요!"

나는 뒷주머니에서 돈지갑을 꺼냈다.

"난 급해! 너 분명히 말해라. 몸은 안 팔겠다는 거냐?"

계집이 내 얼굴을 한참이나 쳐다봤다. 그리고 고개를 떨구며 작은 목소리로 말했다.

"요즘은 불경기예요. 더구나 여긴 가난한 동네기 때문에 팁도 못 받아요."

"그래서?"

"나 여기에 열두시까지 있어야 해요. 자기, 어디 있을 거예요?"

계집이 고개도 들지 않은 채 눈만 살짝 치떠 쳐다보았다.

"너, 저 윗동네 극장 바로 옆에 있는 여관 알아?"

"한강여관 말이지요?"

나는 그 계집에게 계산서를 가져오게 한 다음 술값과 몸을 사는 데 필요한 돈을 고액권으로 두 장 내놓았다. 계집의 눈이 휘둥그레졌다. 술값을 제하고 제 몸값을 젖가슴 속에 집어넣는 그네의 얼굴에 가느다란 경련이 스쳐 가는 것을 나는 보았다. 윤정아, 핏기없는 네 얼굴에 빛깔을 주기 위해 나는 어른이 되고 싶은 거다. 윤정아. 나는 입속으로 난생처음 이씨 딸의 이름을 굴렀다.

"오우, 원더풀!"

토미가 연해 감탄을 쏟아놓았다. 지난주 내가 한 장난으로 해서 버스에서 내렸던 그 시골의 풍경도 좋았지만 오늘 나와 함께 걷고 있는 이 물가 풍경은 자기가 이때까지 본 경치 중에서 단연 으뜸이란 것이다. 춘천에서 버스를 타고 다시 삼십 분을 달려와 내린 다음 엄청난 규모의 댐 둑을 건너 호수를 끼고 펼쳐진 산비탈, 그 뒷산이 호수 속에 푸른 그림자를 선연하게 던지고 있었다. 길 아래 물가 드문드문 목 좋은 곳을 골라 앉은 낚시꾼들의 적요가 그대로 그림이었다.

우리는 자동차 하나가 겨우 다닐 수 있는 그런 산비탈길을 터벅터벅 걷고 있었다. 새벽까지 내린 비에 우거진 녹음이 한결 싱싱해 보였고 흙길은 먼지도 일지 않았다. 우리들 앞에서 경운기 한 대가 탈탈거리며 다가오고 있었다. 그 경운기 소리에 한여름 대낮의 침묵이 괜찮게 깨져 낚시꾼들이 새삼 낚싯대 미끼를 갈아 끼느라 조금씩 움직임을 보였다. 우리들 앞에 달려온 경운기 위에는 웃통을 벗어버린 젊은 사람이 앉아 있었다.

"샘골 아직 멀었습니까?"

그 젊은이가 경운기를 가볍게 세우면서 토미와 나를 얼마간 경계하는 눈빛으로 훑어보았다.

"우리 샘골까지 갑니다. 샘골, 아직 멀었습니까?"

그러자 그 젊은이가 문득 자기가 돌아온 호수 그 위쪽 한 군

데에 눈길을 주었다간 되돌리며,

"샘골은 지금 없어졌어유. 이 댐이 생기기 전까지 저 꼭대기 밤나무 많은 그 안쪽 골짜기가 샘골이었지유. 지금은 수몰이 돼 없어졌지만 그전엔 아주 큰 마을이 저 물속에 있었다니까요. 하긴 지금두 산비탈에 몇 집이 남아 있긴 하지만유."

"거기 아직 집이 남아있습니가?"

"그렇지만 아무도 거길 샘골이라곤 하지 않아요."

"혹시 거기 살던 최창배 씨라고 기억납니까?"

그는 잠시 생각하는 눈치더니,

"그런 사람 모르겠는데유."

그러면서 토미와 나를 번갈아 훑어본 다음 경운기에 발동을 걸었다.

"저쪽 산모퉁이를 돌아가면 그 샘골로 들어가는 초입에 가겟집이 하나 있어유. 거기 가서 물어보면 알꺼구먼유."

나보다 네댓 살 위로 보이는 그 청년은 다시 탈탈탈 경운기를 몰고 우리 곁을 떠났다.

"지노 킴, 네가 찾고 있는 사람이 거기 살고 있다는 건가?"

토미가 묻고 있었다. 나는 토미를 쳐다보았다. 껑충하게 큰 키에 팔뚝에는 누런 털이 징그럽게 덮여 있었다. 그 순간 나는 노린내 같은 걸 맡았다. 그들 속에 묻혀 살면서도 한 번도 맡아보지 못한 냄새였다. 나는 걸으면서 물었다.

"토미, 너 코리안 워, 육이오 전쟁을 아니?"

"안다, 잘 안다."

물론 우리는 신병 훈련소에서 정훈교육 시간에 한국 역사에 대해서, 우리들 임무와 관련된 6·25에 대해서 배웠다.

"토미, 말해봐라. 뭘 아는가?"

"형제가 싸웠다."

토미가 대답했다. 그는 자기가 유머를 쓰고 있다고 생각하는 양 싱글싱글 웃고 있었다.

"그래서?"

"우리 미국이 너희 한국 사람을 도와서 이기게 한 전쟁이다."

그는 자랑스럽게 말했다.

"인마, 미국이 아니라 국제연합군이다."

내가 한국어로 씹어뱉었다.

"홧?"

"네 말이 옳다는 뜻이다. 토미, 그때 이겼다면 너는 왜 지금 여기 와 있는가?"

"한국은 아직 전쟁 중이다. 한국의 형제들이 원하지 않아도 치러야 하는 그런 전쟁이다. 그래서 우리가 도우러 왔다."

"왜, 무엇 때문에 돕는 거냐?"

"친구니까."

"인마, 그렇다면 붕우유신이란 말씀부터 명심해라?"

내가 다시 한국어로 씨부렸다.

"홧, 훳스 민?"

그러나 나는 대답하지 않아도 좋았다. 우리는 이미 아까 그 청년이 일러준 골짜기 입구 길 옆에 위치한 구멍가게에 이르러 있었던 것이다.

가게 진열대 한구석 마루에서 젊은 아낙네 하나가 갓난아기한테 젖을 물리고 있다가 황황히 몸을 돌려 앉으며 옷매무새를 바로 다듬고 있었다. 젖을 빨던 어린애가 입언저리를 젖으로 흥건히 적신 채 가게 앞에 선 우리 두 사람을 말똥말똥 쳐다보았다.

그때 우리는 뒤에 어떤 인기척을 느꼈다. 가게 앞에 평상이 두 개 놓여 있고 그 한쪽에 노파 하나가 모로 누워 있다가 몸을 일으키고 있었다. 토미와 나는 그 평상 한쪽에 궁둥이를 붙이고 앉아 땀을 닦았다. 이제까지 우리가 끼고 올라온 호수의 원줄기와는 달리 가게 앞쪽으로 또 다른 호수가 넓게 펼쳐지고 있었다. 청년이 말한 옛날 샘골이 바로 그 호수 속에 잠겨 있을는지 모른다.

내가 주문한 대로 아낙네는 사이다 두 병과 맥주 두 병, 그리고 과자 한 봉지를 평상 있는 데까지 날라 왔다. 사이다와 맥주는 집 안마당으로 들어가더니 물에 젖은 걸 들고 나왔다. 그런대로 병이 찼다. 우물물에 담갔던 모양이다.

가게 마루에 혼자 남은 갓난애를 향해 걸어가는 그 노파를 내가 붙들었다. 칠십쯤 되는 아주 작은 체구의 노파는 토미를 자꾸 흘금거리며 평상에 엉거주춤 앉았다. 나는 노파에게 사이다를 따라 건넸다. 그리고 가게 안 마루에서 이쪽을 겁먹은 눈으로 보고 있는 갓난아이에게 과자를 쥐여주었다. 나는 노파의 경계심을 풀기 위해 이것저것 시골 일에 대해서 물었다. 갓난아이는 노파의 넷째 아들네 아이였다. 아들 넷, 딸 둘의 몸에서 열여덟 명의 손자 손녀를 둔 체구가 작은 그 노파는 올해 여든

둘의 나이답지 않게 정정해 보였다. 귀도 전혀 어둡지 않았다.

"할머니, 여기 샘골에 오래 사셨어요?"

"암, 오래 살다마다! 열여섯에 조 너머 창말에서 일루 시집을 와가지고설랑 칠 년 전에 여기 물이 들어차서 다들 대처루 떠났어. 허지만 난 아즉두 여기 살구 있으니께 육십여섯 핼 예서만 살았어야."

노파는 점방에 앉아 사람을 많이 겪은 탓인지 비교적 쉽게 얘기가 됐다.

"할머니, 그럼 최창배란 사람 아시겠네요."

노파는 잠시 길 아래 호수 쪽으로 눈길을 주는가 싶더니,

"그런 사람은 모르겠구먼, 샘골에 최씨라면 최멘장 최두세 이밖에 없었는데……"

"맞아요, 할머니 그 최 뭐라는 부면장 하시던 분의 아들이 바로 최창배 씨 아네요?"

"그럴지도 모르지. 그 최멘장한테 아들이 하나 있긴 했지만……"

"그 최면장 아들이 어떻게 됐어요?"

"내가 아나. 죽었는지 살았는지. 육이오 난리 때 인민군에 끌려가선 입대껏 소식이 읎으니까."

"그러면 그 집 할머니가 여기 샘골에서 사셨을 텐데요?"

노파는 새삼 내 얼굴을 휘휘 뜯어보고 나서 말했다.

"최멘장 마누라 말인가?"

"네 그래요, 할머니!"

"거 왜, 새삼스레 죽은 사람을 찾누?"

"죽었어요, 그 할머니가?"

나는 퉁기듯 평상에서 일어났다가 도로 주저앉았다. 토미는 가게 마루에 걸터앉아 갓난아이를 데리고 놀고 있었다. 그의 요란스러운 남방셔츠 깃을 다잡아 쥔 채 그 갓난애가 키들키들 웃고 있었다.

"죽었어. 그놈에 친구 맨날 나보다 십 년은 더 산다구 자랑해 쌌더니만 사 년 전에 저세상에 갔수!"

"사 년 전이요?"

"거 왜, 남쪽과 북쪽 것들이 왔다 갔다 지랄들 하던 그해 말이여. 그때 그 늙은이, 아들 만나게 됐다구 덩실덩실 춤을 추더니만……"

해가 쨍쨍한 여름 대낮 주름 깊은 노파의 얼굴에 눈물이 보였다.

"젊은 사람이 신문도 못 봤는가? 우리 애들이 그러는데 그 늙은이 죽은 거 강원도 신문에 크게 났다던데……"

"어떻게 돌아가셨는데요?"

"그놈에 돈이 웬수지."

"돈이요?"

"아들 돌아오구 손자 찾으면 준다구 꽁꽁 뭉쳐뒀던 그 돈 말이여. 최멘장네 땅이 샘골서 제일 많았어. 땜이 생겨 물에 잠기는 보상으루다 타낸 돈 말이여. 돈이 적기나 한가. 남들이 위험하다고 춘천은행에 맽기라구 그렇게들 얘기했건만…… 난리가 나면 은행두 못 믿는다구 집 안에 감춰가지고 있더니만 결국 당한 거지 뭐여."

"범인은 잡혔나요?"

"웬걸, 창말 살던 건달패 녀석인데 돈을 싹 쓸어가지고 도망을 쳤대. 얘기들이 없는 걸 보니까 안즉 못 잡은 게 분명해."

"그 할머니 어디에 사셨는데요?"

"먼저 살던 그 큰 집이야 저 물속에 잠겼구…… 저기 보이는 저쪽 저 낡은 집이우. 게다가 집을 짓고 혼자 살았지. 대처루 나가면 아들과 손자가 돌아와두 못 찾을 게라구 하면서……"

나는 노파가 가리켜 보이는 골짜기 안쪽 노송이 두어 그루 물 쪽으로 가지를 펼치고 있는 언덕 위의 그 오뚝한 집 한 채를 바라보았다.

"저기 지금 누가 사나요?"

"누가 그 흉한 델 들어가 살겠수. 빈집으루 저렇게 썩어가는 거지. 가끔 낚시꾼들이 비를 피해 들더구만."

어깨에 힘이 쭉 빠져나가는 느낌이었다.

"그 할머니 산소가 어딥니까?"

"그 친구 저 죽으면 즈 영감태기 옆에 묻어달라구 해서 그 옆에다가 아무렇게나 파묻었지. 합장해줄래야 돈이 있어야지. 땡전 한 푼 안 남기고 다 털렸으니 어째. 마을 사람들이 추렴을 해서 장살 지냈어야."

"거기가 어딘데요?"

"왜, 찾아가볼래우?"

노파가 다시 내 아래위를 훑다가 말했다.

"그 늙은이와 뭔 관곈진 몰라두 여튼 고맙수."

노파는 두 그루 노송 있는 언덕 뒤편 골짜기를 가리키며 무덤 위치를 자세히 일러주었다. 그리고 혼잣소릴 했다.

"그래두 그 할망구 무덤을 찾는 사람이 또 있군!"

"할머니, 누가 또 찾아왔었어요?"

"왔었지. 그 늙은이 죽은 지 반년 뒨가 그 최씨 집 메누리가 그때 데리구 나간 병신 자식과 같이 왔더구만. 할망구가 그렇게 애면글면 찾아 나서던 손잔데, 그땐 이미 죽어 땅에 묻혔으니 하나뿐인 핏줄이 찾아왔는데두 볼 수가 있어야지. 오려면 진작 올 게지. 매정한 것들!"

"그 할머니가 손자를 찾았다고요?"

"찾다마다! 한 해에 한 번씩은 대처를 훠훠 나댕기다가 실심한 얼굴루 돌아와선 늘어진 걸 내 눈으루 직접 보구 살았구먼."

"왜 찾았어요?"

"이런 사람! 아, 제 핏줄을 찾는 게 인지상정 아닌가. 그 늙은이 생각 한번 잘못해 가지고 죽을 때가지 가슴 치며 살았어야. 그래두 제깐엔 젊은 것 잡아둘 수 없다구 맘 크게 먹고 일부러 구실 붙여 내쫓긴 했지만 손자까지 왜 줬는지 모르겠다고 땅을 치며 후회했어야."

"할머니, 그때 찾아왔던 그 여자하고 병신 아들은 어떻게 됐지요?"

"어떻게 되긴. 지 얘기룬 시어미이가 내쫓은 뒤 재가해서 자식 여럿 두고 잘산다고 하면서, 시어머이 죽은 걸 꽤나 애통해하더구만. 제엔장할 것, 그렇게 애통하면 죽기 전에 찾아뵐 거지. 못써어! 젊은것들은 우리 같은 늙은이 속 너무 모른다 그

거여!"

"저기 저 집에 갔었나요? 그 며느리하고 손자……"

"갑디다. 몸을 잘 가누지두 못하는 병신 자식을 껴안구 산술 찾아갑디다. 핏줄이 뭔지……"

"그리고 그 사람들 돌아갔나요?"

"아, 돌아가지 않으면, 아무도 없는 게서 뭘 하겠어."

"할머니가 직접 보셨어요? 그 사람들이 저기서 돌아오는 거 말입니다."

노파는 무슨 소리냐는 듯이 내 얼굴을 뻔히 쳐다보고 나서,

"봤수다. 올라간 뒤 몇 시간이 돼두 안 내려오길래 참 이상타 했더니 날이 꽤 어두워서야 내려옵니다."

"그 병신 남자두요?"

"그랬을 거여. 우리 가게서 빵이랑 사이다랑 잔뜩 사 멕여 가지고 저쪽 길루 내려갔으니께."

노파는 좀 전 토미와 내가 걸어온 산비탈 길을 턱으로 가리켜 보였다.

"잘 걷지도 못하는 병신 자식하고 그 컴컴한 절벽 길을 우트게 갔는지…… 서울 산다구 하더구만."

나는 평상에서 일어섰다. 그리고 젊은 여자한테 물건값을 치렀다.

아울러 사홉들이 소주 한 병과 곰팡이 낀 마른 북어 두 마리를 사서 누런 봉투에 넣었다.

"헤이, 토미!"

토미는 그 가겟집 갓난애를 안고 물가 고추밭에서 잠자리를

잡기 위해 우스꽝스럽게 몸을 웅크리고 있었다. 누런 털이 숭숭한 그 팔에 안긴 갓난애가 키들거리고 있었다.

나는 토미를 그네들의 무덤까지 데리고 갈 참이었다. 그리고 내 친구 토미에게 소주를 먹이고 싶었다. 한국을 알고 싶어 하는 미국 사람에게는 소주로부터 시작할 일이다. 또한 황량한 들판에 던져진 그 시든 나무들의 꿋꿋한 뿌리가 돼줄는지도 모를 우리의 형 아베의 행방을 찾는 일도 우선 그 무덤에서부터 시작할 생각이었다.

◌1978년 『한국문학』 10월호

형벌의 집

회양댁, 돼지네

울 밖으로 길게 이어 지은 돼지우리 속에서 모이를 찾아 깝신거리던 참새 떼가 후룩후룩 날아올랐다. 한때는 스물두 마리까지 불어나 샘말 돼지집 하면 읍내까지 알려질 정도로 큰 규모의 돼지치기였다. 삼팔선 이북 강원도 땅 회양에서 시집왔다고 난리 전까지만 해도 회양댁으로 불리던 가호가 돼지네로 슬그미 바뀐 것도 그 무렵이다. 무슨 억하심정으로 애 낳은 지 서너 달도 안 돼 돼지치기를 시작했는지 모를 일이다. 정월에 쳐내려와 버캐 앉은 오줌통에 흰죽을 퍼담으며 좋아라 쏼라대던 되놈들이 눈깔 파란 코쟁이들한테 되밀려 올라간 그해 가을 혜자를 낳았다. 태어나 제 아버지 얼굴도 못 본 혜자가 백일을 맞던 그해 봄 강 건너 망령산 골짜기에서 다 썩어 문드러진 송장 하나를 추슬러 떠메다가 곡소리 하나 없이 땅에 묻은 뒤 그 귀신에 덮어씌우기라도 한 듯 서둘러 시작한 돼지치기였다. 남자들 두엇이 붙어도 힘든 농사일에 온 동네 뜨물을 죄 모아 먹여 돼지 머릿수를 늘려가는 그네의 그 억척스러움을 두고 동네 사람들이 비아냥댔다.

저 예편네, 객귀 된 서방 뼉다구 찾아다 묻고 나더니만 이젠 돼지한테 개가를 한가베.

동네 집들도 하나둘 가축을 놓기 시작하면서 뜨물 얻어내기가 어렵게 되자 이번에는 대기버덩에 주둔한 군부대 뜨물을 받아냈다. 처음과는 달리 군부대에서 뜨물을 받아내는 일도 그렇게 쉽지가 않아 부대의 높은 사람이 바뀔 때마다 민간인의 부대 출입이 금지되는 등 어려움이 많았다. 아예 부대에서도 후생사업으로 돼지치기를 시작하자 돼지네는 발을 넓혀 오 리 거리의 강 건너 읍내 여러 집에 뜨물통을 놓고 며칠에 한 번씩 리어카로 날라왔다. 정말 힘들었던 일은 나루터까지 끌고 온 뜨물통을 실은 리어카를 나룻배에 싣고 내리는 일이었다. 뱃사공 황 대장이 한결같이 무던한 낯으로 거들어주긴 했지만 뜨물통을 실은 리어카를 집까지 끌어올리고 나면 돼지네의 입에서는 헉헉 뜨거운 단내가 끼쳤다. 겨울철 돼지우리 바닥에 깔아준 짚북데기가 오줌똥에 꽁꽁 얼어붙어 안 떨어지는 걸 쇠스랑으로 뜯어내노라면 몸에서 김이 올랐다. 처음에는 새끼 볼 욕심으로 암퇘지만 길렀는데 닭바위 마을에 있는 종돈과 흘레붙이기 위해서는 서너 주일에 한 번씩 주기적으로 일어나는 암컷의 발정을 살펴 제때에 시집보내는 일이 중요했다. 돼지네가 국방색 몸뻬를 입고 발정한 암컷의 디룩 걸음을 회초리로 몰아가며 뛰어가는 모습은 마을 사람들에게 진귀한 구경거리였다. 닭바위 마을 종돈한테 시집가는 암컷의 오릿길 뜀질은 항상 허둥허둥 엉뚱한 길로 접어들어 한 마장 거리에 두어 시간씩이나 잡아먹었다. 그러나 일단 흘레 끝난 뒤의 암컷은 내가 언제 그랬느냔 듯 회초리가 몸에 닿을세라 오던 길을 잘도 알아 씽씽 신바람을 일으키며 내닫곤 했다. 어떤 때는 기껏 몰고 가도 수컷의 건강이 어쩌니 저쩌니 하며 다음에 오라고 뻗대는 종돈 주인 영감의 밉살스러운 흥정에 부아가 나, 죽어도 시집가겠다고 꽥꽥거리는 암컷의 다리를 묶어 끌고 온 적도 있었다. 그러나 얼마 뒤에는 마을의 암퇘지들이 돼지네의 순종 요크셔와 버크셔의 씨를 받기 위해 줄을 섰다. 돼지네가 손수 흘레를 붙였다. 과부 예편네가 거 못하는 게 없구먼. 누구 앞이고 상관 않고 수컷의 샅고랑을 움켜쥐고 암컷의 불룩한 궁둥이에 그것을 밀어넣는 그네를 두고 마을 사람들을 혀를 내둘렀다. 수태하고 정확히 백열닷새면 새끼를 낳는 암퇘지를 보살피는 돼지네의 정성 또한 대단했다. 암퇘지가 새끼를 낳는 날은 아예 잠을 자지 않고 돼지우리 주변을 맴돌았다. 많이 낳으려구 애쓸 거 읎어. 그저 튼튼한 놈으루 여섯만 뽑아놓아. 꼭 사람한테 말하듯 그렇게 중얼거렸다. 번식용 종돈을 제외한 돼지는 젖을 떼기 전 적기에 질 좋은 지방이나 고기 맛을 얻기 위해 거세를 해야 하는데 돼지 불알을 까는 일도 그네가 혼자 다 해냈다. 여름철 부랄 깐 것이 화농이 돼 애를 먹는 일도 있었지만 일단 거세가 된 돼지들은 성질도 온순해지고 살도 뒤룩뒤룩 잘 쪘다. 돼지네는 항상 돼지들의 몸을 손으로 만져 열을 재곤 했는데 두어 번 낭패를 본 적이 있는 돈콜레라를 겁내서였다. 돼지 몸에 열이 나고 똥이 딴딴한 작은 덩어리로 나오면서 귀와 가슴의 피부에 자색 무늬가 생기면 여지없이 그 병인 것이다. 때로는 멀쩡하던 돼지가 숨을 몰아쉬며 모로 자빠져 네 다리를 떨었다. 우쩐지 네놈 처먹는 게 미련타 했었다. 돼지네는 몸뻬 주머니 속에서 가위를 꺼내 식체 난 돼지의 귀에 피를 낸 다음 궁둥이를 철썩 손바닥으로 때렸다. 모로 쓰러져 다 죽어가던 놈이 벌떡 일어나 언제 그랬느냔 듯 주둥이를 짚북데기에 문질러댄다.

큰아들 종호가 읍내 농고를 나온 것이나 둘째 종태가 서울 올라가 대학까지 나온 것도 그네의 그런 돼지치기 덕분이었다.

그러나 사 년 전인 '1971년 겨울, 늘 쉬쉬 숨어 사는 그런 눈치의 둘째아들 종태가 그 행방을 완전히 감추면서부터 뜨물통을 진 돼지네의 어깨에 맥살이 풀렸다. 그때부터 흐지부지 치우기 시작한 돼지들이 혜자마저 실종된 지난봄에는 완전히 빈 돼지우리만 덩그렇게 남았다.

돼지치기를 그만둔 뒤에도 돼지네는 돼지똥 냄새가 생생한 빈 돼지우리를 매일 돌보았다. 돈콜레라로 기르던 돼지 스무 마리를 몽땅 잃고 그 홧병을 고칠 겸 해서 시작한 매해 겨울 시골장을 도는 미곡 장사 팔 년여를 빼고도 무려 십오 년이나 손때가 묻은 돼지우리가 아니던가. 그네는 돼지가 없어도 먹을 때가 되면 요란스레 꿀꿀거리던 돼지 소리를 듣고 있었다. 더구나 이렇게 조용한 저녁나절 돼지우리를 둘러보고 있노라면 십여 걸음 뒤에서 살금살금 걸어오는 혜자의 기척을 느낄 수가 있어 좋았다. 고개만 돌리면 뒤쪽에 그 웬수의 히죽거리는 얼굴이 환하게 있을 것 같았다. 그러나 그네는 그 웬수가 실종되기 전에도 항상 그랬던 것처럼 시치미 뚝 뗀 채 결코 뒤를 돌아다보지 않았다.

애물이여, 죄다 애물이여.

혼잣소리로 중얼대는 그네 뒤에서 인기척이 났다.

"예서 무얼 하세유?"

새마을 지도자로 반장까지 보고 있는 대기버덩 사는 철구다. 돼지네의 맏아들 종호와 동갑내기로 어렸을 적이나 지금이나 막역한 사이다.

"우쩐 일인가?"

아들 친구를 대하는 돼지네의 말투가 뻑뻑하다. 철구 동생 철래 생각을 한 것이다. 혜자 때문에 창피스러워 못 살겠다고, 그년을 죽이지 못하겠거든 두 다릴 분질러 집 안에 처박아두라고, 아직 마빡에 피도 안 마른 놈이 찾아와 강짜를 놓는가 하면 돼지네가 보는 앞에서 혜자를 개패듯 발길질하던 철래 놈. 그놈이 혜자를…… 혜자가 귀신도 모르게 자취를 감춰버린 뒤 돼지네는 그것이 철래 그놈 짓일는지 모른다는 생각을 떨쳐버릴 수가 없었다. 홀린 듯 뒤를 따르는 혜자를 으슥한 골짜기로 끌고 가 허구한 날 남의 면상 쥐어패는 그 우악스러운 손으로 목을 졸라 죽이는 환상이 떠오를 때마다 돼지네는 가슴이 떨렸다.

"아주머인 어디 가셨어유?"

돼지네는 며느리를 찾는 철구마저 밉살머리스러워 면박 주듯 내지른다.

"자네가 더 잘 알면서 뭘 그러나. 그놈에 새말인가 헌말인가 하는 일루 읍내에 나갔다 온다구 하더구먼서두."

아침나절 국민학교 1학년짜리 은주를 학교에 보낸 뒤 새마을 운동 어쩌구 하며 다섯 살배기 은애를 맡기고 나갈 요량으로 눈치를 보는 걸 모른 척 시치미 떼고 며느리보다 한발 앞서 집을 나섰던 것이다.

"참, 그렇구만유. 오늘이 새마을 부녀회가 있는 날인 걸 몰랐네유."

"뭔 일인데 그러나?"

"아무것도 아녜유. 전국적으루 인구조사를 하는데, 그 조사하는 종이를 돌리구 있는 중이에유. 종호 퇴근하거든 써놓으라구 허세유."

"뭔 조살 한다구?"

내색은 안 했지만 돼지네의 가슴이 덜컥 내려앉았다. 얼마나 많이 놀란 가슴인가. 간덩이를 꺼내 볼 수만 있다면 참숯처럼 새까맣게 타 쪼그라 붙었을 게 틀림없다. 웬놈의 조사가 그렇게도 많았던지 샘말로 올라서는 양복장이만 봐도 가슴이 후당후당 뛰었다. 공작산 산악대들한테 묶여 읍내 경찰서로 끌려가던 남편 생각만 해도 가슴이 터질 것 같았다. 끌려가다가 도망을 쳤다는 남편의 주검이라고 짐작되는 것을 망령산 골짜기에서 대충 짚어 공동묘지에 묻고 나면서부터였다. 이미 죽은 사람에게 덮어씌운 죄는 죽었다고 해서 끝난 것이 아니었다. 맏아들 종호가 읍내 농업고등학교를 일등으로 졸업한 성적으로 육사를 지원해 일차에 합격하고도 끝내는 떨어지고 만 뒤 아예 상급학교 진학을 포기하고 금융조합 서기로 취직했던 것도 결국은 그 망할 신원조사 때문이 아니었던가. 더욱 가슴을 옥죄여야 했던 것은 둘째아들 종태가 대학 데모의 주동자로 지목을 받으면서부터였다.

어머니 태몽이 맞긴 맞네요. 어머니, 저처럼 이렇게 큰사람 되기도 어려운 겁니다. 보세요, 제가 저렇게 호위병까지 거느리고 다니잖습니까.

아들 종태가 우스갯소릴 했지만 그 아들 뒤를 그림자처럼 따라붙던 낯선 사람을 확인한 돼지네의 심정은 그게 아니었다. 남편의 경우가 그랬던 것처럼 둘째가 행방불명이 된 뒤에도 큰아들 종호가 겪은 고초는 이루 헤아릴 수 없었다. 여북했으면 지난해 봄 산정호수에서 건져 올린, 두 다리에 쇠뭉치가 달린 채 죽은 무연고의 청년 시체를 제 동생이 틀림없다고 신고까지 했겠는가.

"인구조사라고, 몇 년에 한 번씩 우리나라 총인구가 얼마나 되나 알아보는 거예유."

철구한테서 인쇄된 종이 두 장을 받아들며 돼지네는 혼잣소리하듯 씨우적거렸다.

"이런 걸 뭣허러 조사허누. 난리 한번 났다 하문 이쪽에서 더 죽이나 저쪽에서 더 죽이나 내기를 하문서. 그러니까 난리루 또 울매만큼 죽여야 하나 그걸 알기 위해서 하는 짓거린가?"

"종호 어무니, 이젠 난리는 절대 안 납니다유. 저쪽 애들이 먼저 쳐내려오기 전엔유. 문제는 저쪽 애들이 난리를 일으킬 마음을 못 갖두룩 새마을 운동을 잘해서 살기 좋은 나랄 맹그러놓는 일이지유."

"옛날부터 옻물이 솟아 샘말인 걸 갑작시레 새마을인가 뭔가루 동네 이름을 바꾼다는 것두 난리를 막자구 하는 짓들인가?"

"그건 종호 어무니께서 새마을 운동의 근본 취지나 그 정신을 모르시기 땜에 허시는 말씀이세유. 거시기, 새마을 운동은 잘살기 위한 운동인 동시에 근면 자주 협동 정신을 바탕으루 한 일종에 정신계발 및 정신개조 운동이다— 그렇게 말씀디릴 수 있는 것으로서, 거 뭐드라, 첫째루다 우리의 생활환경 개선을 통한 지역사회 개발에다 최고 역점을 둔 것인데, 이를테면 재작년에 갈마곡에 다리가 놓여 저 앞으루다 신작로가 훤하게 뚫려 우리 새마을이 땅값도 많이 올라 소득증대에도 크게 기여하게 된 것두 다 조국 근대화와 민족통일을 지향한 우선적이구 범국민적인 약진 운동이다 그겁니다유. 다시 쉽게 말씀드리자구 하면, 한마디루다 우리 마을 사람들의 낡은 정신상태를 싹 뜯어고치지 않고서는 안 되겠다 그런 겁니다유. 그런 뜻으루다 당뿌리 성황당을 헐어버리구 집집이 젯상을 치웠는가 하면 용근이 같은 노름꾼을 마을에서 쫓아낸 거 아니겠습니까유."

"자네 유식허게 말두 잘허네만, 누가 뭐래두 동네 이름 바꾼 것하구 동네 젯상다리 분질러놓은 거, 그거 하나두 잘한 일 아니네. 거기다가 내가 모를 줄 아나? 자네들이 마을 풍기가 어쩌구저쩌구하면서 우리 혜잘 마을에서 내쫓자구 의논들을 했다는 거 말일세."

"무슨 말씀을 그렇게 허세유. 혜자 얘긴 잘못 전해진 말 같구먼유. 혜자 같은 앨 받아주는 무슨 재활원인가 뭔가 그런 기관이 있다는 얘길 했을 뿐인걸유 뭐."

"다 듣기 싫네. 난리가 따로 있는 게 아냐, 내 보기엔 자네들 하는 짓거리가 바루 난릴세. 그리고 나헌텐 우리 종태하구 혜자 읎어진 것이 하늘 무너지는 것보다두 더 기막힌 난리란 걸 알아달라 그 말이여."

"즈이가 생각해두 혜자가 없어진 건 정말 귀신이 곡할 노릇이라구유."

"자네네 집에서야 우리 혜자 죽어 읎어진 게 백번 잘된 일 아니겠는가."

"뭔 말씀을 그리하세유. 철래두 혜자가 없어진 뒤론 꽤 안됐어 하던데유. 그래선지 운동두 제대루 안 되는 모양이던데유. 여기 출신 이안사노 선수가 우리 철래가 제일루 가능성이 있다구 칭찬을 했다지 않어유."

"우리 혜자 귀신이 씌워서 남에 면상을 패대지 못한다던가?"

"전 그런 뜻으루 말씀드린 게 아니에유. 그러구 혜자가 어디 죽었다는 증거라두 있나유. 종태도 그렇구유. 종호보고 그 조사지에다 종태랑 혜자두 있는 식구루다 써넣으라구 허세유."

"아암, 있는 식구구말구. 생각해줘서 고맙네."

"다 즈덜 책임이 아니겠어유. 어떻든 그런 일이 생겨서 마을 책임자루다 멘목이 없네유."

그쯤에서 인사를 하고 돌아서는가 싶던 철구가 다시 멈칫거렸다.

"자네 나한테 헐 말이 있는가 본데, 접때 우리 큰애한테 했다는 그 애긴가?"

"종호 어무니, 돼질 다시 치세유. 여태까지 애써오신 보람을 찾으셔야 하잖겠어유. 종호랑 이 집 아주머이두 우리 새마을을 양돈단지루 만들자는 의견에 전적으루다 동의하구 있다구유. 종호 어머니께서 옛날에 벌써 다 알아서 시작하신 것처럼 우리 마을은 입지적 조건으루다 양돈과 양계밖엔 마땅한 사업이 없는 것 같아유. 시작만 했다 하면 새마을 사업으루다 우선적으로 지원을 받게 되고…… 농협에서 돈 빼내는 문제는 종호가 벌써 다 알아놨다는걸유."

"양돈이구 뭐구, 우리 애들한테 종태하고 혜자부터 찾아내라구 허게. 그애들이 내 눈앞에 나타나기 전엔 금을 보따리루 싸다 준대두 난 싫네. 게다가 우리 큰애들은 그전부터 내가 돼지부랄 까는 걸 꽤 마뜩찮아 해왔으니까 아마 돼지 얘기만 나와두 십 리나 도망을 칠걸세."

"그건 종호나 아주머이가 잘못 생각했던 거라구 저번짝에 용설 빌었잖습니까유."

"내 기력두 옛날 같지가 않아."

"어머니보고 옛날처럼 뜨물통 져 나르란 말씀이 아닙니다유. 이젠 양돈두 현대적으루 과학적으루다 하지 않으면 소득을 올리기 힘들거든유. 그런 건 즈이들이 다 알아서 할 것이니께루 우선 이 돈사를 즈이들한테……"

"그렇겐 못하네. 이거 내 손으로 죽데기 짤라 못질할 때 거들어준 사람 아무도 없었네. 내 손으로 지은 거니까 내 손 아니면 누구두 허물지 못해."

"제발 그러지 마시고……"

"두말 하기 싫네. 제 발로 나간 종태야 그렇다 치고, 입 있어두 배고프단 말 못허는 우리 혜자부터 찾아놓으라구 허게."

아들 내외가 혜자를 어쩌지 않았나 하는 실낱같은 한 가닥 희망을 염두에 두고 한 말이다. 어떻든 며칠 전에도 아들 내외와 양돈 문제를 놓고 싫은 소릴 한 생각을 하니 철구가 더욱 고깝게 보여 돼지네는 몸을 홀쩍 돌리고 말았다.

이괄, 이관흠

샘말은 화양강 물줄기 동남쪽 오룡산 기슭의 높드리 마을이라 바로 아랫동네 닭바위 마을 건너편 강변을 끼고 작고개 밑까지 길쯤하게 누운 읍내가 한눈에 건너다보인다. 해방되기 삼 년 전 금강산 줄기 회양 땅 깊은 골에서 이곳으로 시집와 강 건너 홍천 읍내를 한눈에 넣었을 때는 벙긋벙긋 웃음이 저절로 나왔다. 가슴까지 탁 트이는 느낌이었다. 스물셋에 시집와 만으로 쉰여섯이 된 이 나이까지 읍내에서 벌어지는 큰일은 죄다 손바닥 들여다보듯 환하게 바라보며 살았다. 해방이 되던 해 쪽바리 여편네 하나가 읍내 사람들한테 몰매를 맞다가 도망쳐 샘말에 숨어든 것을 시부모가 집 안에 숨겼다가 살려 보냈을 땐, 그 여편네가 벗어놓고 간 그 일본 옷을 곱게 빨아 난리 전까지 장농 속에 넣어뒀다. 여름 난리가 터졌을 땐 말발굽고개와 대기버덩에서 그야말로 큰 싸움이 벌어졌다. 그 치열한 싸움이 끝나면서 읍내 쪽으로 쏟아져 들어가는 북쪽 병사들의 행렬을 바라볼 때만 해도 그것이 남의 일처럼 느껴졌던 것은 곁에 남편이 시퍼렇게 살아 있었기 때문이다. 그러나 남편 없는 그해 동지섣달 대기버덩 눈길 위에 인산인해를 이루던 피난민 행렬을 바라볼 때는 왜도 그리 서러웠던지. 비행기 옆구리에서 꼭 솔방울 같은 게 졸래졸래 쏟아져 내려 급기야는 일제 때 놓인 연봉다리가 두 동강 났다. 겨울 난리 전후해서 수십 차례 폭격으로 불바다가 된 읍내가 끝내 허허벌판이 되고 마는 걸 오룡산 골짜기에서 건너다보기도 했다. 난리 끝나기가 무섭게 뚝딱뚝딱 읍내에 다시 집이 세워지는가 하면 곧장 선거를 치르느라 높은 건물에 설치된 스피커에선 바락바락 고함치는 소리가 밤낮없이 건너왔다. 선거 결과는 보나마나 자유당의 이 아무개가 휩쓸 게 마련이었지만 4·19가 난 그해에는 서울에서 머리에 붕대를 감고 내려온 청년들이 이 아무개 선거참모였던 아무개네 집을 박살냈다는 소문이 쏜살같이 건너오곤 했다.

종태가 고등학교 1학년 주제에 그 서울 패들 틈에 끼었더란 전갈을 받았을 땐 그야말로 눈앞이 캄캄했다. 그런 아들이 대학 나오고 군대까지 갔다 와 취직도 못한 채 쉬쉬 숨어다니는 눈치더니 급기야 서울 간다고 강 건너간 뒤 영영 소식이 끊겨버린 삼 년 세월을 오직 읍내 쪽만 바라보고 살았다. 어디 그뿐인가. 읍내 경찰서에서 자치대에 인계됐다던 남편이 도망쳤다는 소식을 듣고 남편을 찾아 헤매며 남모르게 기다려온 억하심정은 둘째가 스물다섯 나이에 실종되어 가뭇없는 그 삼 년 세월의 수십 배나 더한 것이었다. 비록 큰아들 종호가 읍내에 직장을 가지고 있었지만 남편 잃고 자식까지 잃은 돼지네에겐 강 건너 읍내가 철천지원수의 땅이나 다름없었다.

종태가 없어진 다음 해인 1972년 여름의 큰 장마로 강이 범람하여 읍내를 덮었을 땐 읍내는 물론 세상천지가 개벽이라도 되길 빌었다. 겨울이면 추위에 얼어붙은 강이 쩌엉쩡 금가는 소리를 들으며 잠을 못 이뤄 뒤척였다. 해빙기가 되면 깨어진 얼음 조각이 여울 물살에 처르르 처르르 씻겨 내리는 소리에 가슴이 째지는 것 같았다. 소문부터 요란해 자기 힘이라고 생색내는 사람만 많던 갈마곡 다리가 놓인 1973년 가을부터는 지척이면서도 그렇게 멀 수밖에 없던 읍내가 한걸음으로 다가섰다. 다리가 놓이면서 새로 낸 신작로엔 동면이나 수타사를 찾는 자동차가 심심찮게 들락였다. 효험 본 사람이 많다는 샘말의 옻물을 찾아오는 읍내 사람들이 늘어감에 따라 마을도 그전과는 달리 꽤나 시글시글했다. 샘말을 왕래하는 사람들이 많아짐에 따라 혹시나 하는 눈길에 영락없는 남편이나 종태의 모습이 보일 때가 있어 소스라치게 놀라는 일이 한두 번이 아니었다.

오늘도 돼지우리를 한 바퀴 돌고 난 돼지네는 읍내가 한눈에 건너다보이는 대문 앞 김장밭 머리에 섰다. 샘말 아홉 집 중 가장 높은 곳에 위치한 집터라 등지고 선 오룡산 쪽을 빼놓고는 앞이 훤하게 트여 전망이 썩 좋았다. 읍내 작고개 쪽 송학정 숲 위로 기우는 저녁 햇살이 자신의 가슴만큼이나 황량하게 느껴졌다.

이런 기구한 년의 팔자.

돼지네는 갈마곡다리로 이어지는 신작로에 눈길을 보낸 채 왼쪽 입언저리를 경련하듯 쫑긋거렸다. 혜자가 없어진 뒤로 생긴 병이다. 혜자 생각만 하면 바른쪽 관자놀이께가 송곳으로 쑤시듯 아프면서 왼쪽 입언저리가 저절로 실룩거렸다. 큰아들 내외는 돼지네의 그 입 쫑긋거리는 증세가 풍이 아니냐고 지레 겁을 먹고 있는 눈치였다. 물론 젊어서 겪어낸 일이긴 했지만 남편이 실종된 당시에는 하늘이 무너진 듯한 충격을 받았다. 지아비를 잃은 그 고통보다 결코 덜하달 수 없는 둘째아들 종태의 실종도 있었다. 그러나 남편이나 종태의 경우에는 남한테 괴로움을 내보이는 게 뭔가 수치스럽게만 느껴져 오히려 더욱 모지락스레 마음을 다지며 바지런을 피워, 저 예편네 가슴은 무쇠덩이로 채워진 게라고 흉까지 떨렸다. 그러나 혜자가 눈앞에 보이지 않게 되면서 돼지네는 자신이 생각해도 내가 왜 이럴까 싶게 몸이 형편없이 쇠잔하게 짜부라드는 느낌이었다. 손에 맥살이 풀려 빗자루 드는 게 천근처럼 무거웠고 가슴은 구멍이 뻥 뚫린 듯 허전했다. 아무리 호된 병을 앓으면서도 세끼 먹는 일만은 거르지 않고 아귀처럼 먹어댄 그 식성인데 이제는 세 때를 굶어도 밥 생각이 없었다.

누가 찾아와 아무리 긴한 얘길 해도 그냥 멍한 눈으로 그 사람 입만 쳐다보는가 하면 읍내 극장에 큰불이 났다는데도 그저 그러거니 싶었을 뿐이다. 그렇게 넋이 나간 것과는 달리 돼지네의 눈은 육순을 바라보는 나이에도 불구하고 젊은이들 못지않게 밝았다. 볼 것 못 볼 것 다보고 살았는데 이제 눈 좋으면 뭐하누. 남들이 눈 밝아 얼마나 좋으냐고 부러워할 때마다 오히려 눈 밝은 걸 부끄러워했다. 지금도 돼지네는 갈마곡 다리로 뻗어나간 신작로 그 끝에 개미 크기만 한 형체로 얼씬거리는 것이 읍내 학교에 갔던 아이들이 학교 파하고 돌아오는 아무개네 아이들이란 것까지 훤하게 가려냈다. 그러나 그네가 찾고 있는 텔레비에서 본 그 우스꽝스런 북쪽 여군 병사들처럼 윗몸을 잔뜩 뒤로 젖힌 채 양쪽 팔을 좌우로 흔들어대며 걷는 혜자의 그 뒤뚱 걸음은 어느 곳에도 보이지 않았다.

읍내 쪽에서 드럼통을 망치로 때리는 소리가 떠엉떠엉 울려오고 있었다.

돼지네는 신작로에 보냈던 눈길을 속개에서 당뿌리까지 훤하게 펼쳐진 추수 끝난 들판으로 옮겼다. 당뿌리 마을을 감싸고 있는 오룡산 자락을 휘돌아 나온 바람이 강 건너 옛날 군량뜰로 불리던 대기버덩을 훑으며 내려오는 강바람과 합세해 속개 앞 강둑의 미루나무 방풍림을 뿌리째 뽑아낼 듯 휘몰아치고 있었다. 신작로 아래 대기버덩 마을까지도 바람이 몰아쳐 슬레이트 지붕이 요란스레 울고 있었지만 이상하게 샘말은 아직 바람기를 느낄 수 없었다.

으허 으으허 어어어엄…… 어느 곳에 있으나 이맘때면 혜자 입에서 흘러나오는 그 울음소리가 들렸다. 때로는 바람소리가, 때로는 이웃집 아이들의 울음소리가 혜자의 그 소리로 환청을 일으켰다. 돼지네는 바싹 긴장한 얼굴로 사방을 휘휘 둘러보았다. 그러고 보니 얼마 전까지 전연 느끼지 못하던 바람기가 빈 돼지우리 위에 덮인 루핑 자락을 가볍게 흔들고 있었다.

으으으허, 으으 어어어엄…… 어찌 들으면 아주 먼 데서 나는 소리였다. 오룡산 깊은 골짜기에서 혹은 당뿌리 마을 앞을 흐르는 수타개울 쪽에서 나는 소리 같기도 했다. 어쩌면 속개 마을 앞쪽 강 김소에서 나는 소리 같기도 했다.

돼지네가 허둥거리기 시작하는 것도 바로 이맘때다. 그네는 해가 뉘엿뉘엿 기울 즈음이면 좌불안석으로 지금까지의 멍한 얼굴과는 전연 다른 표정이 되곤 했다. 눈에 이상한 빛을 번쩍이며 꼭 귀신한테 홀린 듯 어디론가 휘휘 내닫기 시작했다.

"어무님, 어디 나가세유?"

마루에 앉아 저녁거리 감자를 깎고 있던 며느리가 스웨터 찾아 입고 나오는 돼지네를 향해 몸을 반쯤 일으켰다. 둘째손녀딸 은애가 제 엄마 곁에서 깎아 물에 담가놓은 감자를 주무르고 있었다. 돼지네는 뭔가 입엣소리로 중얼거리곤 곧장 대문 밖으로 내달았다.

하나 있는 그 며느리가 밉진 않았다. 아들이 군대 생활을 하던 양구에서 그 지방 처녀와 인연이 닿아 한 결혼으로 시집와서 이날 입때까지 윗사람한테 말대답을 하거나 얼굴을 찡그리는 걸 못 보았다. 부모를 일찍 여의고 오빠 밑에서 자란 처지라 그런지 돼지네를 시모가 아닌 친정어머니 대하듯 살갑게 대했다. 그러나 자식 사랑은 안으로 하는 법이라고 돼지네는 며느리가 애를 둘씩이나 낳아 기르는 이때까지 겉으로 후후 어르거나 허튼소릴 흘리지 않았다. 며느리한테 그러하듯 아들 종호한테도 엄격했다. 갈마곡 다리가 놓이면서 집 앞으로 뚫리는 신작로를 측량하기 위해 나온 측량기사와 이웃집 땅으로 더 들어간 열세 평을 찾을 수 없겠느냐고 돼지네가 말하는 중인데 종호가, 어머닌 좀 가만히 계세요, 하면서 그 십삼 평 이야길 가로막고 나선 적이 있었다.

얘, 아범아, 그건 십삼 평이 아니라 열세 평이 맞다.

열세 평이나 십삼 평이나 마찬가지 아녜요.

무슨 소릴 하는 게냐, 열세 평이 십삼 평보다 크다!

어머니, 무슨 말씀이세요. 그건……

이놈, 에미가 더 크다면 큰 거야!

결국 돼지네는 어른의 말을 자르고 나섰던 아들이 두 무릎을 꿇고 잘못을 빌 때까지 열세 평이 더 크다고 목소릴 높였다. 시집온 지 얼마 안 된 며느리가 감기몸살을 앓는 중에 넋두리하듯, 아이고 죽겠네, 아이고 머리야, 아이구 나 죽겠어— 하고 앓는 소리를 심하게 하자 돼지네는 뒤꼍 복숭아나무 가지를 두 개 꺾어 들고 방에 들어와 느닷없이 며느리와 방바닥을 미친 듯 두드려대며, 훠이 훠이, 귀신은 물러가거라! 하고 소리쳤다. 놀란 아들이 달려와 가로막으며 왜 그러느냐고 해도 막무가내로 회초리를 내려쳤다. 귀신이 씌우지 않고야 젊은것이 몸이 좀 아프다고 죽겠다는 소리가 뭐냐는 것이다.

마을 사람들도 돼지네의 경우 밝고 그악스러운 그 성깔에 겁을 먹었다. 아직 나이 젊은 과수댁이라고 희롱하려 들던 사내들이 똥을 뒤집어쓰는 등 큰 봉변을 당했다. 몇 년 전인가, 논에 물을 대는 일로 시비가 붙어 사리 경우가 꿀린 상대가 빨갱이 서방을 둔 년 어쩌구 했다가 네놈 혓바닥도 빨가니까 그걸 짤라버리자고 사흘 동안이나 그 집에 늘어붙어 강짜를 부려 결국 사과를 받아낸 적도 있었다. 게다가 돼지네는 남의 집 할머니처럼 손녀들을 등에 매달고 자상하게 보듬을 줄도 몰랐다. 시어머니가 애들한테 그렇게 정 쏟고 앉았을 한가한 이가 아닌 줄 알면서도 며느리는 그걸 늘 서운해했다.

우리 어무님은 따님밖에 모르신대유.

며느리 말대로 돼지네는 혜자에 대해서만은 있는 정성을 다 쏟았다. 물론 곁에 끼고 앉아 불쌍하다고 등을 투덕거리는 그런 사랑이 아니다. 그네는 혜자가 병신 자식이라고 해서 남달리 가엾어 하는 기색을 일절 하지 않았다. 저 웬수가 어서 뒈져 읎어져야…… 입버릇이 된 이런 저주가 혜자에 대한 유일한 연민이었다. 스무 살이 넘은 다 큰 계집애가 열서너 살짜리 사내애들이 옷을 벗으란다고 옷을 훌훌 벗어던지는 그런 어처구니없는 망신을 당할 때 혜자의 머리채를 낚아채 끌고 집으로 들어가는 돼지네의 입에선 짐승 같은 소리가 났다. 매를 맞는 혜자나 때리는 자신이나 둘 다 제물에 지쳐버린 순간 느닷없이 터져 나오는 그런 경우의 오열이 아니곤 혜자 문제로 일절 눈물을 보이지 않는 돼지네였다.

저게 내가 전생에 진 죄여.

그 죗값을 이승에서 할 양이면 저렇게 병신 자식을 학대하는 법이 아니라고, 돼지네의 매정함을 이웃 사람들이 뒷전에서 흉보았다. 그러나 돼지네에게 있어 혜자에 대한 그 저주와 매질이야말로 이 세상의 그 어떤 사랑보다 깊은 사랑이라는 것을 아들 내외는 알고 있었다. 돼지네는 혜자를 무섭게 매질하고 난 뒤에는 반드시 물을 데워다 머리를 감기고 손발을 씻긴 뒤 새 옷으로 갈아입혀 잠을 재웠다.

"어무니임! 아범한테 어디 가셨다구 그럴까유?"

신작로를 건너 대기버덩으로 내려가는 샛길로 들어서는데 김장밭까지 따라나온 며느리가 사뭇 애원조로 물었다. 그렇게 한번 휘휘 나가면 사나흘 가뭇없기 일쑤여서 그럴 때마다 집안이 한바탕 소란이 일었다. 그러나 돼지네는 며느리의 말을 들은 척도 않고 바람이 세차게 몰아치는 대기버덩을 향해 힝힝 내달았다. 겉으로 내색은 안 했지만 요즘 돼지네는 며느리 마주하기가 공연히 부끄러웠다. 이 세상 그 많은 죄를 자기 혼자 다 저질러 그 벌을 받는 것만 같아 그것이 참으로 부끄러웠다. 내놓고 말은 안 하지만 딸만 둘 낳아놓고 아예 단산할 기미를 보이면서 가족계획이다 새마을 운동이다 하며 밖으로 나도는 며느리가 그전과 달리 당당해 보이는 것도 내심 가탄스럽게 여겼다.

지금의 돼지우리를 싹 헐어내고 그 자리에 새 우리를 지어 마을 공동의 양돈을 시작하자는 것도 며느리의 발상이라는 것을 돼지네는 짐작하고 있었다. 착한 천성과는 달리 며느리는 꿈이 크고 막상 시작한 일은 끝까지 해내고 마는 극성이었다.

그 시어미에 그 메누리라니깐.

대가 세기로 이름난 돼지네가 며느리를 밖으로 내돌릴 때야 그 며느리 수완이 보통이 아니란 이웃들의 얘기대로 며느리는 시어머니 비위를 잘 맞췄다. 시어머니의 아픈 데를 일절 건드리지 않고 매사를 눈치껏 처신했다.

시어머니 스스로 입을 열기 전에는 얼굴도 못 본 시아버지의 이야기나 삼 년 전 실종된 시동생 이야기를 결코 입에 올리지 않았다. 올봄 시누이가 없어진 뒤 그 딸을 찾아 헤매는 그 몇 달 동안의 시어머니 행적에 대해서도 얼굴 한번 찡그리는 법이 없었다.

시동생에 이어 시누이마저 연거푸 실종이 되면서 완전히 낙담한 시어머니를 예전처럼 되살릴 묘안이 바로 양돈 계획이었는지도 모른다. 그러한 며느리의 속셈을 모를 리 없는 돼지네라 그 마음 씀씀이가 기특하게 생각되는 것과는 달리 뭔가 며느리한테 눌리고 있다는 느낌 또한 떨칠 수가 없었다. 그네가 요즘 부쩍 아들 내외에게 박정하게 대하는 것도 모두 그런저런 심사였을 것이다.

집에서 내려다보던 것과 달리 속개버덩으로 치부는 강바람이 꽤 세찼다. 돼지네는 강바람에 휘이잉 휘이잉 울어대는 미루나무 방풍림이 촘촘히 선 강둑을 따라 오르다가 수타개울이 화양강 옆구리를 찔러드는 그 지점의 모래밭까지 내려가 모래가 좀 높게 쌓였다 싶은 곳이면 모두 작대기로 찔러보곤 했다. 으으허 으으으허 어어어엄…… 소리가 나는 쪽이 강 건너 대기버덩도 같고 수타개울 위쪽 오룡산 밑 땅뿌리 마을 같기도 했다. 그네는 다시 허둥지둥 땅뿌리 마을 쪽 개천을 끼고 오른다. 저런 웬수, 혜자야, 이년 이 쥑일 년아. 이 에밀 생각해서두 너 그럴 수가 읎다. 혜자야, 이 에민 으째야 좋단 말이냐! 수타개울 둑을 허위허위 치닫는 돼지네의 반백 머리가 바람에 마구 흩날렸다. 당뿌리 마을과 음달말의 개들이 서로 다투어

악패듯 짖어댔다.

돼지네는 수타개울을 건너 억새가 무성한 오룡산으로 치닫는다. 오룡산은 검율리와 땅뿌리 마을 한중간에 느닷없이 불쑥 솟은 마을 가까이 있는 나지막한 야산으로 그 정상이 백여 평도 넘는 널찍한 평지다. 옛날 이괄이 건너편 산등성이에서 말을 타고 뛰어넘어 용마를 조련했다는 그 평지다. 그래서일까 마을 사람들은 오룡산 건너편 산등성이를 가리켜 이괄산성이라고 했다.

으으허 으으으허 어어어엄…… 돼지네는 그 소리를 따라 허위허위 오룡산 꼭대기까지 치닫는다. 그러나 막상 꼭대기에 오르고 보니 소리가 나는 곳은 건너편 이괄산성 아래 이괄바위 쪽이다. 저 웬수…… 숨이 턱에 찬 돼지네는 오룡산 꼭대기 보득솔밭에 주저앉아 땅을 친다. 저 웬술 그때 죽였어야 해.

돼지네는 우우 내려 덮이기 시작한 어둠 속에서 재작년 가을 혜자가 올라서서 이상한 짓을 하던 그 마당바위에 오른다. 종태가 행방불명이 된 지 일 년이 넘은 어느 날이다. 사랑방에서 작은손녀 은애가 숨넘어가는 소리로 울었다. 돼지네에 앞서 방으로 들어간 며느리가 비명을 내질렀다. 혜자가 납작한 제 젖가슴에 세 살짜리 계집애 얼굴을 우악스레 처박고 있었다. 깐에 젖을 물리는 꼴이었지만 그걸 마다해 발버둥질하며 우는 어린애의 얼굴이 새파랗게 질려 있었다. 갓난애를 인형 다루듯 두 다리를 쥐고 휘휘 휘두른 일로 며느리가 기겁한 적은 몇 번 있었어도 이렇게 애한테 젖을 물리는 짓은 처음이었다.

그 일이 있은 며칠 뒤 돼지네가 오래전부터 걱정해오던 일이 드디어 벌어졌다. 치우다 몇 남지 않은 돼지를 돌보고 있는데 집안에서 큰손녀가 아우성치는 소리가 들렸다. 벽이 온통 피투성이였다. 혜자가 제 사타구니의 것을 손가락에 묻혀 벽에 바르고 있었다. 스물셋 나이에 처음으로 있을 것이 시작된 혜자의 몸에 큰 변화가 왔다. 납작하던 젖가슴이 솟고 얼굴도 뽀얗게 피었다. 그러나 그런 변화와 아랑곳없이 혜자로 해서 가족들이 겪는 고통은 이루 말할 수가 없었다. 길에서 사내만 보면 넋을 놓고 침을 질질 흘리다간 느닷없이 달려들었다. 작은아들 종태 일로 늘 찾아오는 그 남자도 혜자가 팔을 붙들고 늘어지자 기겁을 해 도망쳤다. 혜자가 대기버덩 철래한테 넋을 놓고 따라다니기 시작한 것도 그 무렵부터였다.

돼지네가 혜자를 오룡산 꼭대기까지 끌고 올라간 것은 혜자가 제 오빠와 올케가 자는 방에 벌거벗고 들어간 다음 날 새벽이다. 너 죽고 나 죽으면 그걸로 다 끝이라는 작심이었다. 어쩌자고 혜자가 얼마 안 있어 날이 샐 희붐한 새벽에 산꼭대기까지 뒤뚱뒤뚱 순순히 따라 올랐다. 전날 밤 산중턱에 미리 숨겨 놓은, 딸 죽은 뒤 자신도 마실 농약이 든 사이다 병을 잊지 않은 일만 해도 다행이다 싶었다. 혜자가 약을 안 마실 것에 대비해 몸뻬 속에 가는 밧줄도 감고 올라왔다.

물 먹자. 돼지네가 혜자한테 먹일 농약이 든 사이다 병을 품에서 더듬는 순간 여우고개 쪽 산잔등에서 해가 삐죽 솟았다. 그 시간을 기다리고 있었기나 한 듯 마당바위 한가운데 섰던 혜자가 으허으허 어엄…… 소리를 내지르며 떠오르는 해를 향해 두 손을 활짝 펴들고 겅중겅중 뛰었다. 몸도 제대로 가누지 못하는 병신이 하는 짓이 아니었다. 마치 그 마당바위에서 춤을 추기 위해 산에 오른 것처럼 그 뜀질에 신명이 붙었다.

아니, 저것이!

혜자를 따라 돼지네도 겅중겅중 뛰었다. 뜀질에 맞춰 돼지네의 입에 소리가 실린다. 어허, 신령님 드신다, 산신령이 드시는구나, 어허, 칠성님이 드신다! 혜자와 눈을 맞춰 겅중겅중 뛴다. 새벽 햇살을 받은 건너편 이괄바위가 움쩍움쩍 움직인다.

그래, 바로 그 바위였다. 그때도 새벽 햇빛 속에서 남편을 따라 이렇게 겅중겅중 뛰었다. 오룡산 꼭대기 마당바위 널펀펀한 바로 그 자리였다. 해방이 되던 그해 여름, 바로 그날 새벽이다. 땅뿌리 밭에 나가는 중에 남편이 느닷없이 돼지네를 끌고 올라간 데가 바로 오룡산 꼭대기였다.

임자, 해방, 해방이여! 여우고개 등성에서 떠오르는 해를 바라보며 남편이 마당바위 위에서 겅중겅중 뛰었다. 돼지네도 남편의 신명에 휘말려 겅중겅중 뛰었다. 건너편 이괄산성과 그 아래 이괄바위도 우줄우줄 움직였다. 겅중겅중 뛰던 그 기세로 두 몸뚱이가 얽혔다.

저 건너 바월 보니까 옛날 이괄이 생각나는구먼. 그 양반 어떻게 여기까지 왔었는가 몰라.

새벽 해 솟는 중에 바위 위에서 일을 치르고 난 남편이 담배를 말며 히죽이 웃었다.

이괄인가 그 양반, 저 아래 용소에서 기생첩과 바둑을 두며 놀았다믄서유?

그네의 응수에 남편이 말을 받았다.

그랬다더구만. 그 첩이 바둑에 지면 명주 한 필이 들어가는 용소에다 집어 던지구 이괄이 지면 여기 오룡산까지 맨 동아줄에서 줄타기를 했다네. 지금 내가 임자 배를 탄 것두 그런 거 아니겠나.

그러구보니 그 이괄 양반들은 죄다 못쓰겠네유. 망칙한 짓만 허구.

이괄. 돼지네가 샘골로 시집을 오니 이관흠이란 버젓한 이름을 가진 남편을 모두 이괄이라 불렀다. 옛날 이괄이 그러했듯 시골 사람답지 않게 희멀끔한 얼굴에다 몸이 장대한 외지 사람이 이곳에 들어와 숨어 산다는 그런 뜻이었을 것이다. 이관흠의 양부모인 송 영감 내외 말로는 양자로 들어온 아들이 툭하면 이괄산성과 오룡산에 올라가 넋 나간 사람처럼 앉아 있어 그때부터 아예 이괄로 불렸다는 것이다.

바로 이 자리에서 백마 다섯 마리가 날아올라 별이 됐다는 게야.

두 사람이 그 짓을 벌인 마당바위를 손바닥으로 투덕이며 남편이 말했다. 당뿌리 밭에 일 나와 오룡산을 쳐다볼 때마다 듣는 전설이다. 남편은 일이란 죽을 때까지 하는 것이니 쉬엄쉬엄하자며 마을에 전해지는 이야기를 풀어놓곤 했다.

저기 동면 쪽으로 높게 솟은 게 수타사가 있는 공작산 아닌가. 저것이 수컷이라면 읍내에서 횡성 땅으로 넘어가는 삼마치 고개의 오음산이 암컷이라구. 옛날옛적 저 공작산과 오음산이 합궁을 하느라 석달 열흘 동안 뇌성벽력이 치며 그 음수가 비로 쏟아져 내렸다는 게야. 그뒤 오음산 아랫고을 사람들 사이엔 그 산에서 장수 다섯이 태어나리란 풍수설이 돌았는데 장수가 나면 마을이 화를 입는다고 산의 음부쯤 되는 골짜기에 구리를 끓여 붓고 쇠말뚝을 박았대요. 그러자 거기서 검붉은 피가 솟아오르면서 다섯 가지 괴이쩍은 울음소리가 사흘 밤낮을 그치지 않더니, 주인 잃은 백마 세 마리가 나와 산줄기를 타고 여기 샘말 뒷산까지 달려와 살았대서 오룡산이 됐다는 얘기지. 그 용마 다섯 마리가……

말이 세 마리였대면서유?

허허, 임잔 멀 잘 모르는군. 오음산에선 세 마리였지만 삼마치서 오룡산까지 오는 동안 암말 두 마리가 새끼 하나씩을 낳았던 거지. 임자두 이제 종호놈 동생을 낳게 될 거 아니겠나. 어떻든 그 용마 다섯 마리가 어느 날 여기 이 오룡산 꼭대기까지 훌쩍 건너뛰어 닷새 동안이나 히힝거리며 껍질을 벗더니 모두 하늘로 올라가 별이 됐다는 게야.

저 아래 논 가운데 저것두 말무덤이라는데, 그건 또 으떻게 된 거예유?

여깃 사람들은 이괄이 타던 용마가 이 오룡산으로 옛날 그 용마들처럼 뛰어오르다가 떨어져 죽은 그 무덤이라데. 그런 얘긴 세월이 흐르면서 자꾸 바뀌게 마련이야. 임자, 이담에 우리 종호가 어른 되거든 다시 물어보게. 그때까지 저 돌무덤이 남아 있을는지도 의문이네만. 아무튼 세상일이란 그 옳고 그른 게 밝혀지려면 많은 세월이 흘러야 해. 많은 세월이 흐른 뒤에도 그 잘잘못이 가려지지 않는 경우도 많겠지만 말이야.

이쯤에서 남편 입에서 불쑥 이런 말이 나왔다.

임자, 이괄이가 정말 예 와서 살았을까?

그 생뚱같은 말에 이참이다 싶어 돼지네도 궁금한 걸 물었다.

지는 그 이괄은 모르구유, 지금 지 눈앞에 있는 이괄 으른은 대체 으떤 사람인지 그게 궁금하구먼유?

임자 말에 뼈 있구먼. 그것두 잊지 말구 이담에 우리 애들한테 물어보게.

돼지네는 남편과 몸 섞어 산 팔 년여 동안 지아비의 마음을 제대로 헤아려본 적이 없었다. 함께 두엄을 퍼 나르며 농사짓고 엉덩이 어루만지는 잠자리에선 그렇게 자상한 사람이 한번 입 꽉 다물었다 하면 백사에 초연한 모습으로 바뀌어 전혀 처음 보는 남만 같았다. 경기도 수원 사람으로 어려서 부모 잃고 돈 있는 친척 덕에 일본 유학까지 갔다가 귀국한 후 곧바로 전혀 객지인 이곳 홍천강변 샘말에 빌붙어 사는 사람이란 것이 돼지네가 알고 있는 남편 이관흠의 전부였다. 처음 일머슴으로 들였다가 양아들 삼은 송 영감 내외도 그 자식 앞에서 눈을 감는 그날까지 아들 이관흠이 일본 유학까지 갔다 온 식자라는 걸 몰랐다고 했다. 잠자리에서 딱 한 번 흘린 그 일본 유학 얘기가 사실이 아닐는지도 모른다고 생각할 정도로 남편 이관흠은 난 체하며 자기를 내세울 줄 모르는 위인이었다. 남의 어려운 일을 제 돈 버려가며 해결해주면서도 한마디 공치사도 하지 않았다. 돼지네가 보기에 남편은 너무할 정도로 무슨 일에나 그 옳고 그름을 가려 자기 생각을 쉽게 내놓지 않았다. 이웃 사람이 읍내 장에 나갔다가 이러이러한 억울한 일을 당했다고 펄펄 뛸 때도 읍내에 나가 직접 그 자초지종을 알아본 뒤가 아니면 자기 생각을 쉽게 말하지 않았다.

돼지네가 남편의 과거 사연을 어렴풋이나마 느낄 수 있었던 것은 해방 후 두어 번 찾아와 숙덕이다가 안 좋은 얼굴로 인사 한마디 없이 훌쩍 가버리던 양복장이 서넛 중 그 한 사람이 여름 난리로 인공치하가 된 읍내의 무슨 책임자로 왔을 때다. 읍내에서 좀 나오라고 두 번씩이나 전갈이 왔는데도 남편은 그 더운 날 방 안에 처박혀 몸이 아프다는 핑계를 내보냈을 뿐이다. 결국 그 사람이 직접 샘말까지 건너왔고 둘이서 무슨 얘기 끝에 그는 남편 얼굴에 침까지 뱉고 돌아갔다. 그 사람이 뱉고 간 험악한 말 중에서 돼지네가 기억하는 것은, 도야지 새끼처럼 배때기에 기름이 낀 악질반동, 그 말이었다.

며칠 뒤 읍에서 나온 내무서원들한테 강제로 끌려간 남편이 만신창이가 된 몸으로 우차에 얹혀 돌아왔다. 그것이 액땜이었나 아무튼 남편은 인공치하에서 팔뚝에 완장을 차는 일만은 면했다. 그러나 구장집에서 머슴을 살던 최완재와 읍내 양조장에서 일하던 속개 마을의 박문식이 붉은 완장을 차고 앓아누운 남편을 뻔질나게 찾아왔다. 그들이 올 때마다 돼지네는 남편이 또 끌려가지나 않나 싶어 가슴이 벌벌 떨렸다. 그러나 두 사람은 남편한테 뭔가 조언을 구하고자 찾아오는 눈치였다. 멀리 후동리나 좌운리 같은 데서도 사람들이 남편을 찾아와 뭔가 묻고 갔다.

여보게 이괄이, 대기버덩 허만세이 땅을 압수해 논아 갖자구들 하는데 어째야 좋은가. 그 집 아들이 한청 간부로 있다가 도망을 가버렸잖은가 말이야.

어떤 사람은 돼지네 남편을 통해 세상 돌아가는 판세를 염탐하기도 했다.

이괄이 동무, 같은 이웃에 살면서두 자네가 그런 사람인 줄은 꿈에두 몰랐네. 읍내 인민위원회 엄지손가락 동무가 이괄이 자넬 잘 모시라고 하데나. 그런 자네니까 묻네만 지금 이 난리가 어떻게 될 것 같은가? 이괄이 동무, 정말 우리 인민군대가 부산까지 홀랑 먹게 되는가?

그러나 남편은 누가 무슨 말을 물어도 그 당장에 시원한 답을 내놓지 않았다. 고작 한다는 말이, 무슨 일이든 상대의 처지부터 헤아려 하면 별 탈이 없을 거란 뜻의 말만 몇마디 했다. 열흘 붉은 꽃 없다, 칼자루 쥐었다고 생각될 땐 얼른 그 칼날 맨손으로 잡을 사람 입장부터 헤아리란 것이다.

찾아왔던 사람들이 돌아가고 나면 남편은 깊은 한숨을 내쉬었다.

저 사람들 중엔 내 언동을 살피러 온 사람도 있을걸세.

돼지네는 남편이 한숨 끝에 딱 한 번 그런 소릴 하며 미간을 흐리는 걸 보았다.

마을은 그런대로 별 탈 없이 그 긴 여름을 넘기는 듯싶었다. 고문을 당하고 와 처음에는 굴신도 못하던 남편의 건강도 많이 좋아져 이웃으로 나들이를 나갈 정도였다. 그러나 혼자 있는 시간이면 강 건너 대기버덩을 멀거니 바라보고 있는 남편의 그 허한 모습을 볼 때마다 돼지네의 가슴은 덜컥 내려앉았다. 남편의 얼굴에 평시 볼 수 없던 그늘이 짙게 깔려 있어서다.

그해 가을 어느 날, 뱃사공 황 대장이 남편을 몰래 찾아왔다.

어젯밤 공작산에 들어간 장도행이가 나한테 다녀갔네. 유엔군인가 뭔가 인천에 상륙을 했대요. 라지오에서 들었대는 게야.

장도행은 대기버덩 사람으로 그 아우가 경찰관이라 난리가 나자 마을에서 곧장 자취를 감췄던 사람이다. 장도행이 산에서 나무를 하다가 독사에 물린 걸 남편이 업고 내려와 집에 단 한 마리 기르던 암돼지 배를 가르고 그 속에 뱀에 물린 다리를 넣어 독을 빼 살려낸 것이다. 그 집의 어려운 사정을 잘 아는 남편이 돼지 값을 한사코 안 받자 와락 달려들어 울음을 터트리며 형님으로 모시겠다던 사람이 바로 장도행이다.

장도행 그 사람이 자네 걱정을 많이 하데. 산악대들이 나설 때가 됐다는 게야.

황 대장이 뜸을 두어 말을 이었다.

자기 힘으론 아무래두 어렵다구, 자네보구 여차하면 몸을 피하라는 게야.

처음부터 황 대장 말에 별 표정을 보이지 않던 남편이 한참 뒤에 입을 열었다.

저 하나쯤이야 아무래도 좋습니다. 문제는 이 난리가 그렇게 손바닥 뒤집듯 쉽게 끝나지 않을 것 같으니 그게……

북쪽 것들이 그렇게 쉽게 물러가지 않을 거란 얘긴가?

그런 뜻이 아닙니다. 생각해보세요. 두 집 애들이 싸우는데 한쪽 집 어른이 역성들고 나왔으니 다른 집도 이때구나 싶어 나오지 않겠는가 그겁니다. 하긴 그 어른이란 것들이 즈덜 마음대로 땅에 금을 그어놓곤 이건 내꺼 저건 네꺼 한 것부터가 잘못이었지요. 아무튼 이제 그 두 집 애들은 평생을 원수로 지내게 될 겁니다. 그게 이번 난리의 문제라는 것이지요. 아저씨두 조심하세요. 이런 난리엔 사람이 다 제 마음이 아니거든요.

그래서 내가 하는 얘기가 아닌가. 다 제 마음만 같다면야 죄 없는 자네한테 왜 피하라고 하겠는가. 상은 못 내릴망정.

황 대장이 다녀간 뒤 열흘쯤 지난 어느 날 읍내의 최완재와 박문식이 붉은 완장을 차고 허둥지둥 남편을 찾아왔다. 돌아가는 판국이 심상찮다며 돼지네 남편한테 이럴 때 어떻게 대처해야 할 것인가를 의논하러 온 것 같았다. 처음 밀고 내려올 때와는 달리 대오도 제대로 갖추지 않은 인민군 병사들이 대기버덩을 통해 외삼포 쪽으로 꾸역꾸역 올라가고 있었다.

죽은 정승이 산 개만 못하네. 우선 몸을 피하는 게 상책일세. 어디 멀리 숨었다가 세상 조용해지거들랑 눈치껏 처신하게.

다들 북쪽으로 간다던데, 나두 가야 하나?

박문식이 겁먹은 목소리로 물었다.

그건 자네 마음대로 하게. 허나 문식이 자넨 남들과 달라. 노부모두 계시구 딸린 식구두 여럿이잖은가.

식구들을 죄 죽이겠지?

그런 일이야 없겠지만 자네 혼자 살려구 가버리면 남은 식구들은 뭘 믿구 살겠나?

이거 봐, 이괄 동무!

지금까지 돼지네 남편의 말에 고분고분하던 박문식이 버럭 고함을 내질렀다. 눈에 살기가 번쩍했다.

나보구 반동이 되라 그거 아냐? 식구들? 썩어빠진 이승만이

괴뢰 정권과 부르조아 반동 새끼들을 타도해 남반부를 해방시키는 이 혁명 사업에 그까짓 식구가 문제야? 역시 이괄이 너, 이 개놈에 새낀 대가리가 반동 사상으루 꽉 찼구나. 이 악질반동의 새낄 오늘 내 손으루 죽이지 않군……

돼지네가 달려왔을 때 남편은 이미 두 손으로 턱을 싸쥔 채 봉당에 푹 꼬꾸라지고 있었다.

혜자

으흐 으으으흐 어어어엄……

이제 더 이상 속지 않겠다고 마음을 다잡지만 귀에 쟁쟁 울리는 그 소리는 어쩔 수가 없었다. 저 웬수. 돼지네는 몸을 뿌르르 일으켜 여우고개 쪽으로 내려가는 산길을 더듬었다.

남들 말대로 혜자 그년이 애물은 애물이라고 어둠 속 산길을 헤쳐 내려오며 돼지네는 마음을 오지게 사렸다. 서방도 없이 설움 많은 이십 몇 년을 마음 독하게 먹고 버텨올 수 있었던 것은 애오라지 자식 무탈하게 잘 키워 여봐란듯이 내보이고 싶은 그 오기 덕이랄 수 있었다. 그러나 두 아들 키우는 그 보람이 기껏 쌓은 돌담 허물어지듯 와르르 무너졌다. 혜자의 그 헬렐레 벌린 입에서 나는 헛김 빠지는 소리를 들을 때마다 돼지네의 두 손으로 살기가 뻗쳤다.

태어나는 일부터가 뭇사람의 관심거리였다. 혜자는 수태한 지 꼭 열두 달 만에 태어난 것이다. 서방만 곁에 있어도 구태여

밝히지 않아도 좋을 열두 달이다. 그러나 말 많은 동네 여편네들이 돼지네의 남편이 집 떠나던 날부터 시작해 출산 예정일을 손가락으로 꼽으며 수군거렸다.

멀리 북쪽에서 대포 소리가 아직도 간헐적으로 이어지는 어느 날 혜자를 낳았다.

내 이 나이까지 살면서 두 달이나 올려 태어난 놈 첨 보네. 삼신할머이가 노망을 하지 않구서야.

빨갱이집이라고 남들이 발길 하기를 꺼리는 돼지네의 해산 구완을 자청한 장도행 모친이다. 그네는 탯줄을 가를 때부터 더 이상 못 참겠다며 돼지네를 다그쳤다.

이보게, 회양집. 내니까 이래 묻네만 증말 다른 일은 읎었재? 소문이 하도 못되게 떠돌아 내라두 밝혀주구 싶어 그러는 게야.

해산 바람으로 얼굴이 퉁퉁 부은 돼지네는 몸을 벽 쪽으로 모지락스레 돌려 누운 채 이를 악물었다. 서방하고 마지막 잠자리를 한 게 언제냐고 다그치는 장도행 모친의 심사가 이해 안 되는 바는 아니었으나 돼지네는 그 말만은 죽어도 입 밖에 내선 안 된다고 더욱 오지게 이를 악물었다. 밝히고 나설 얘기가 따로 있지, 그렇다고 쉽게 가라앉을 소문도 아니었다. 모든 게 서방이 곁에 없는 죄였다. 하늘 같은 서방 잃은 것도 서러운데 어쩌다 그런 복장 지르는 소릴 들을 때마다 칼로 배를 가르고 싶도록 원통 절통했다.

껌둥이 안 나오길 다행이지.

그게 뙤놈 애 아닌가 몰라. 정월에 뙤놈들이 왔었잖는가.

돼지네의 배가 불러오면서부터 그런 소문이 돌았다. 흰둥이 껌둥이 마을에 처음 들어오던 그 시월에도, 되놈 병사들이 쏼라대며 들이닥친 그 정월에도 돼지네 네 식구는 마을을 떠나지 않고 버티고 살았던 것이다.

여러 마을에서 당했다는 소문이 돌자 마을 여자들은 남장을 하거나 얼굴에 숯검정을 칠한 채 숨어 다닐 때였다. 다섯 살짜리 종태를 데리고 텃밭에 심은 고구마를 캐고 있었다. 대기버덩 신작로에 마른풀을 엮어 덮은 스리쿼터 한 대가 서면서 깜둥이 세 놈이 우줄우줄 올라오고 있었다. 돼지네는 고구마 캐던 호미를 쥔 채 종태를 끌어안고 잿간으로 뛰어들었다. 잿간문에 매단 거적때기가 떨어져 나갔다. 잿간 안을 들여다보던 껌둥이들이 코를 싸쥐며, 오우 오우, 갓뎀!

돼지네가 두 손에 생똥을 버무려 쥐고 서 있었던 것이다.

겨울 난리 때도 그렇게 버텼다. 난리가 길어지면 입에 곡기 넣기 어려울 거라며 남편이 불편한 몸으로 잿간 잿더미 밑에 묻은 쌀을 쇠꼬챙이로 찔러 들춰내는 되놈들에게 역시 생똥을 칠한 손으로 덤벼들어 쫓았다. 그러나 되놈에게 몸 주고 쌀 얻어냈다는 소문만 돌았다.

또 다른 소문은 혜자가 황 대장 씨라는 것이다.

본 사람은 다 그러데. 그 애 긴 인중 하며 황 대장을 그대로 빼 썼다는 게야.

그러고 보니, 황 대장하구 둘이 이괄이 시신이라두 거둬들인다구 찾아 헤맬 때 그렇게 됐나부네.

데리고 들어온 자식이 월남전에서 유골로 돌아오자 시름시름 앓다가 그대로 저세상 사람이 돼 지금은 없는 황 대장 마누라가 식칼을 들고 찾아왔던 것도 그런 소문 때문이었다. 혜자가 태어나기 전까지만 해도 황 대장네와는 각별하게 지낸 사이였다. 남편보다 네 살인가 연상인 황 대장은 난리 전이나 다름없이 돼지네의 일이라면 아무리 궂은 일이라도 백사를 제쳐놓고 거들었다. 남편이 그만큼 베풀기도 했겠지만 돼지네에 대한 황 대장의 마음 씀씀이는 각별했다. 그가 아니었더라면 그 송장을 거둬 남산 공동묘지에 묻는 일도 엄두를 내지 못했을 것이다.

혜자가 남편 이관흠의 씨가 아니라는 온갖 소문은 그 당사자가 하늘로 솟은 듯 자취를 감춘 뒤에도 여전했다.

그년이 멀쩡하게만 컸더래두, 그 말 많은 연놈들 아갈머릴 몽창 찢어놨을 거여.

돼지네는 가끔 그런 속엣말을 웅얼거렸다. 백일 지날 무렵까지 그렇게 똘똘하던 어린것을 등에 업은 채 그 무덤을 파헤치던 날 일어난 경기가 문제였다. 무덤을 파헤치다 말고 낌새가 이상해 업은 것을 풀어놓고 보니 눈을 허옇게 뒤집어쓰고 있었다. 그날 이후 껍질 잡히지 않은 가재처럼 물컹한 팔다리를 늘어뜨린 채 첫돌이 지나도록 고개도 쳐들지 못했다.

천벌을 받고 있다고 생각했다. 남편 그 지경에 사람 구실도 못하는 딸이라니, 하늘 부끄럽고 이웃 사람들 만나기 참으로 면괴스러웠다. 이게 무슨 일인가, 곰비임비 아무리 곰곰 되씹어도 삼팔 이북 땅 회양에서 홍천 샘말에 시집와 늙은 양시부모 공경하다 수시(收屍)까지 한 뒤 오직 남편 하늘같이 알아아들 둘 낳아준 죄밖에 없었다.

망령산 골짜기에서 형체를 알아보기 어렵게 썩어 문드러진 떼죽음들을 뒤적여 남편의 것이라고 생각되는 송장 하나를 추슬러 묻은 그날 이후 돼지네는 말을 잃었다.

혜자는 여덟 살이 되도록 누운 자리에서 똥오줌을 가리지 못했다. 몸은 그 나이의 여느 애들과 다르지 않게 자랐지만 그 몸뚱이를 제 힘으로 가누지 못하는 게 문제였다. 돼지 키워 번 돈으로 용하다는 침쟁이, 좋다는 약은 안 써본 게 없었다. 죽어 없어지기만을 바란 그 죄스러움에 대한 속죄였다. 그런대로 지성이면 감천이라고 열 살 무렵부터는 오줌은 못 가릴지언정 몸 움직임만은 제대로 돼가는가 싶었다. 그러나 제대로 돼가는 몸 움직임과는 달리 그 지각은 갓난아이 그것이나 다를 바 없었다. 경기가 일 때 영사를 너무 강하게 써서 그렇다는 사람들도 있었고 보약재로 쓴 녹용의 부작용이라고도 했다. 죽어서도 저승에 못 든 원혼이 씌워 그렇다는 무당의 말을 따라 사흘 밤낮 굿판을 벌이기도 했다. 동네의 노인들은 이관흠이 장가들 무렵 새집을 지을 때 송 영감의 말을 듣지 않고 이괄산성의 돌을 져다 주춧돌로 썼기 때문에 집안에 액이 서렸다고 했다. 옛날 인조 때 이괄이 넓적한 강돌을 배로 실어다 산성 쌓는 데 썼는데 그 돌을 가져다 구들장을 놓거나 장독받침으로 쓴 아무개 집 누구누구가 피를 토하고 죽은 얘기까지 곁들였다. 그 말에 고등학교 다니는 종호를 설득해 그 주춧돌을 빼내 있던 자리에 돌려놓기도 했다.

혜자를 학교에 보낸다는 것은 생각도 못했다. 혜자는 그 외양이 비교적 멀쩡해 뵈는 것과는 달리 지능은 전형적인 백치였고 감정 표현의 진폭이 컸다. 어떤 때는 양순하게 수줍디수줍은 얼굴이다가도 느닷없이 사나워졌다. 이래도 히히 저래도 히히 항상 헬렐레해 보이다가도 한번 토라지면 쇠귀신이었다. 저를 싫어하는 사람은 용케도 가려내 그 곁에 근접도 안 했다. 집에 찾아온 사람의 용무가 이쪽에 이로운 것인가 해로운 것인가를 미리 알려면 혜자의 얼굴만 살펴도 알 정도로 사람에 대해선 예민했다. 제 마음에 드는 물건이나 좋아하는 사람은 지겹도록 검질기게 따라붙었다. 몸에 달마다 있을 것이 있게 된 스물둘 그 나이부터 남자를 보면 몸을 교태스럽게 뒤틀었다. 대기버덩 철래한테 미친 것도 그 무렵이었다. 멀끔하게 생긴 것과는 다르게 성질이 난폭한 철래한테 그렇게 무섭게 얻어맞으면서도 끈질기게 따라붙는 것을 보면 정말 무엇에 씌지 않고는 그럴 수가 없다는 생각이 들었다.

쟈가 이제야 사람 구실을 하려구 그러는 게 아니냐?

이날 입때까지 자고 나면 뭔가 좀 달라진 게 없나 하는 기대로 혜자의 하는 짓거리나 그 표정을 하나라도 놓칠세라 살폈다. 하룻밤에도 몇 번씩 다시 베어주는 베개를 어쩌다 아침까지 그대로 베고 있는 걸 본 날이면 이제야 뭔가 달라지는가 싶어 가슴이 뛰곤 했다. 스웨터를 제 손으로 얼굴에 뒤집어써 입으려는 걸 보았을 땐 하늘을 얻은 것만 같았다. 철래에게 주려고 꽃을 한 아름 꺾어 들고 다니는 일만 해도 혜자로선 큰 변화가 아닐 수 없었다.

돼지네가 그 병신 딸을 두고 가장 안타까운 것은 혜자가 먹는 일과 옷 입는 일에 대해 전혀 백치라는 사실이다. 배가 고파도 배고프다는 표현을 할 줄 몰랐다. 어쩌다 때를 놓쳐 두어 끼 굶어도 그런 기미가 전혀 나타나지 않았다.

너 죽기 전에 이 에미 못 죽는다. 에미 읎으면 네년은 그날루 굶어죽어.

옷 입는 일도 그랬다. 여러 번 입어 눈에 익은 옷 아니고는 아예 몸에 걸치는 걸 마다해 새 옷으로 바꿔 입히려면 며칠씩 애를 먹었다. 입었다가도 낯설다 싶으면 금방 벗어던졌다. 정말 기겁할 일은 혜자가 제 손으로 옷을 벗을 줄은 알아도 그걸 다시 입을 줄 모른다는 것이다. 짓궂은 아이들이 치마를 벗으라고 하면 서슴없이 벗고는 누가 나타나 그 옷을 입혀줄 때까지 그만이었다.

이게 어떤 놈한테라두……

돼지네는 그 생각만 해도 치가 떨렸다. 사내만 보면 애 설 게 뻔한 이치인데, 제 서방 씨 낳는데도 별의별 흉한 소리 다 들어야 하는 판국에, 병신 자식 배 속에 뭐 들었다 하면 주리를 틀어도 시원찮을 그 몹쓸 것들 입방아가 오죽하겠는가.

겨울철 농한기를 이용한 팔 년여 장돌뱅이 생활을 하는 중에도 이것이 밥이나 제때 얻어먹나 혹시 에미 찾아 강을 건너다가 잘못된 건 아닐는지, 불현듯 혜자 생각만 하면 좌불안석 일이 손에 잡히지 않아 장사고 뭐고 다 집어 던지고 백리 길을 오밤중에 달려오곤 했다.

그러나 돼지네는 장돌뱅이 생활에도 돼지 키우는 일 못지않게 억척이었다. 이왕이면 상품 물건을 한 푼이라도 헐하게 사기 위해 남보다 한걸음 앞서 뛰었다. 짐을 높이 실은 미곡상 트럭 꽁대기 밧줄에 몸을 지탱해 시골길 수십 리를 새벽에 달리다 보면 담요를 뒤집어쓰긴 했지만 몸이 동태처럼 꽁꽁 얼었다.

저 돼지네 말일세. 장꾼 중에 눈 맞은 사내가 있는가베. 그러지 않고서야 이 강추위에 저럴 수가 있는가. 남정네도 어렵다는 저 장살 하구 다니다니.

왜 아니래. 이제 두고 보게나. 자식 새끼들 내빼리구 새서방 얻어 훌쩍 날아갈 것이니께.

돼지 키우는 바람 멎더니 이제 진짜 바람이 났구먼. 하긴 얼굴두 반반한데다 나이두 아직……

마을 사람들의 흉구덕 못지않게 같은 장돌뱅이 중에도 돼지네가 과수댁이라고 넘보는 사람도 있었다. 한번은 짐차에 기어오르는 돼지네 뒤를 따라 오르던 사내가 몸뻬 입은 돼지네의 엉덩일 손바닥으로 투덕이며, 돼지네, 우리 연애 한번 합시다, 했다. 그 순간 돼지네가 뒷발질로 그 사내의 가슴팍을 냅다 걷어찼다. 돼지네 발길질로 땅바닥에 나뒹군 그 사내는 새벽부터 계집년이 재수 없게 발길질이라고 화가 머리끝까지 뻗쳐 당장 무슨 일이라도 저지를 듯 쫓아 올라갔다간 돼지네 손에 들린 칼을 보곤 기겁해 또 한 번 엉덩방아를 찧었다.

시상천지에 저 종호 에미처럼 억척시룹구 바지런한 건 두 번 다시 읎을 게여. 심정 바른 건 또 으떻구. 이 동네 누구고 종호 에미 나쁘단 소리 했다간 그 자리에서 베락 맞아 죽을 게여.

장도행 모친은 한결같이 돼지네를 감싸고 돌았다. 돼지네 남편 이관흠이 살려낸 자기 아들이 난리 때문에 죽었다며, 어쩌면 남편 죽은 지 삼 년도 못 채워 어린 자식을 떼어놓고 재가한 며느리에 대한 야속함이었는지도 모른다. 아무튼 일흔여덟 나이의 장도행 모친은 돼지네 집에 무슨 일만 터진 기미면 영락없이 달려왔다. 그 노파 아니었으면 혜자가 돼지네의 매질을 견디지 못해 벌써 죽었을는지도 모른다.

혜자가 헛간에 두 번씩이나 불을 내는 등 저지레를 할 때마다 돼지네는 제정신이 아니었다. 이런 자식 남겨놓고 혼자 간 남편에 대한 원망, 모진 세상에 대한 저주였다. 아들 내외까지도 혜자에 대한 돼지네의 그 매질을 어쩌지 못했지만 이 사람아, 이제 그만해두게. 장도행 모친의 그 한마디만이 돼지네를 진정시킬 수 있었던 것이다. 그러할 때 두 다리 한껏 뻗고 울음을 터뜨리는 것도 오직 그 노파 앞에서뿐이었다.

인세이 할머이 저 웬순 빨리 죽어야 해유. 저 웬수가 죽어야……

입 닫게. 그런 소리 함부로 허는 게 아녀. 웬수라니, 저건 애물이 아닐세. 자네 딴생각 안 먹구 아들 둘 훌륭허게 잘 키우라구 하늘이 저걸 보내준 걸세. 왜 은젠가 여길 지내가던 읍내 성당 눈 파란 신부님두 쟈가 하눌 천사라구 하잖던가. 내 알기룬 하눌 천사면 우리네 옥황상제 모시는 선년데, 하눌에서 사람으루 내려올 땐 일부러 저렇게 태어난다구 허데. 그러니께 저런 불쌍헌 것 괄시하면 죄받는다는 것두 괜헌 소리가 아닐게여.

장도행 모친의 이런 다독거림도 혜자가 사라지고부터 통하지 않았다. 둘째아들 종태가 실종됐을 때만 해도 그렇게까지 무너져 내리지 않던 돼지네다. 그렇게 죽어 없어지기를 바라던 혜자가 사라진 뒤 돼지네는 말 그대로 실성을 했다.

혜자의 발길이 갔을 만한 데가 마음에 짚이면 멀고 가까운 곳 가리지 않고 찾아 나섰다. 냇가 갯버들 속을 헤집고 보거나 장마로 웅덩이진 그럴싸한 곳이 있으면 사람을 사 뒤져보고야 물러났다. 사람을 풀어 인근 산속을 이를 잡듯 뒤지고 나서도 또 못 미더워 그네 스스로 밤낮없이 헤매고 다녔다. 길에서 사람만 만나면 이러저러한 여자애를 못 보았느냐 물어대며 한나절 걸음의 인근 마을을 하나도 빼놓지 않고 돌았다. 밤에 잠을 자다가도 밖에 비가 내리면 애가 우산도 없이 나갔다며 그 비를 다 맞으며 날이 훤하게 샐 때까지 헤매고 다녔다. 여름 두어 달은 정신박약아들을 수용하는 전국의 그럴 만한 곳을 모두 찾아다녔다. 집 떠난 지 꼭 두 달 만에 십 년은 더 늙어 초췌한 모습으로 돌아온 돼지네는 아들 종호가 적어다 준 그렇고 그런 데의 여러 시설 주소지 적은 걸 홱 내던졌다.

이거 말고도 많이 있다고 하더라. 네가 알려주지 않는다고 해서 내가 못 찾아낼 줄 아냐?

어서 무슨 얘기를 들었는지 아들 내외를 외면한 채 며칠씩 곡기를 입에 대지 않았다. 돼지네는 혜자가 누군가에 의해 잘못됐을 수도 있다는 생각으로 의심 두는 데가 많았다. 혜자가 없어졌다는 것을 알았을 때 가장 먼저 떠오른 것이 맨날 운동가방을 메고 다니는 철래였다. 제 말마따나 때려죽이고 싶도록 얄밉게 적당한 거리를 지키며 할금할금 따라붙는 혜자를 없애기로 한다면 싸움질하는 그 주먹 몇 대면 가능했을 것이다. 또 하나 의심이 가는 데는 뱃사공 황 대장 영감이었다. 그럴 리가 없다고 생각은 하면서도 혼자 사는 황 대장의 음침한 얼굴에서 유난히 음험해 보이는 그 눈빛을 받을 적이면 가슴이 덜컥, 곧장 안 좋은 생각이 떠오르곤 했다.

종호 갸가 생각이 보통 깊은 게 아니데.

무슨 얘기 끝엔가 장도행 모친이 하던 그 말이 떠오른 것은 정신박약아 수용소나 무슨 기도원 같은 델 찾아다닐 때였다. 지옥이 따로 없었다. 그러나 그런 곳의 많은 아이들 중에는 부모가 버젓이 있는데도 그 집 식구들 위탁으로 맡겨진 아이가 많다는 것이다. 죄 없는 멀쩡한 다른 식구들까지 피해를 받으며 함께 사는 것보다야 백번 낫지 뭘 그래요. 돼지네가 만난 어떤 사람은 그게 당연하다는 투로 말했다.

에미야, 니 생각엔 어떠냐? 이미 죽어 썩구 있는 걸 이 시에미가 미욱해서 찾고 있는 거지?

그런 식으로 슬쩍, 며느리를 떠보는 것도 아들 내외에 대한 한 가닥 의심이요 천 가닥 희망이었다. 아들 내외가 혜자는 마음 착한 사람 만나 공경받으며 잘살고 있을 것이라는 건성 대답을 했지만 돼지네는 더 이상 다그쳐 묻고 싶지 않았다. 천 가닥 희망을 잃고 만길 낭떠러지 어둠 속으로 떨어져 가는 것보다 한 가닥 기대를 택하기로 한 것이다. 그럴수록 아들 내외가 서먹서먹 멀어지는 것 같았다. 그것은 돼지네에게 또 하나의 견뎌내기 힘든 외로움이었다.

그렇게 죽어라 싫다는 목욕은 왜 시키려 했누. 겨우내 못 시킨 목욕을 시켜볼 생각으로 옛날 큰 함지박만 한 고무 그릇을 찾으니 그릇 밑바닥이 쩍 갈라져 있었다. 목욕물을 데워 붓고 작지도 않은 그 몸뚱이를 씻기려면 그만큼 큰 그릇이 아니면 어림도 없었다. 봄볕은 더할 나위 없이 따사롭고 때마침 아들네 식구들은 처갓집 잔치 보느라 춘천에 가 빈집이라 혜자 목욕 시키기엔 제대로 맞춤한 날이었다. 어차피 장만할 것 며느리한테 큰소리도 할 겸 이날이 좋다 싶어 왕복 한 시간 작정하고 고무 그릇을 사러 읍내로 내달았다.

바로 그날, 그 한 시간도 못 되는 사이에 혜자가 없어진 것이다. 요즘 날이 풀리면서 혜자가 밖으로 뛰쳐나갈 기미가 있어 자는 시간이 아니면 아예 방에 가둬놓고 지켰다. 더구나 이제 끝난 듯싶은, 몸엣것이 있는 동안은 손가락으로 찍어 벽에 처바르는 흉한 꼴 안 보려고 종태가 학교 다닐 때 입던 태권도복 허리띠로 두 손을 꽁꽁 묶어놓기까지 했다. 에미가 곁에 있는데 오늘이야 어떠랴 싶어 제멋대로 내버려뒀던 게 잘못이었다. 제대로 알아듣지도 못하는 걸, 집 잘 지키고 있으라고 수십 번 다짐을 둔 뒤 힝하니 나갈 때만 해도 쪽마루에 앉아 조카들과 함께 가지고 놀던 인형을 안고 헬렐레 웃고 있던 혜자다.

황 대장

발동기에서 제분기로 연결되는 피대가 끊어져 주인 신씨가 그것을 손보는 사이 황 대장은 정미소 앞에 놓인 평상에 걸터앉아 담배를 피웠다. 저녁참으로 신씨와 함께 마신 막걸리가 거의 다 깨어가는 중이었다. 담배에 불을 붙일 때만 해도 바람이 세차게 몰아치는 읍내 쪽 다릿목에 가물거리던 두 사람의 형체가 담뱃불을 끄기도 전인데 다리 이쪽 신작로로 접어들어 사뭇 비틀걸음으로 다가오고 있었다.

제길헐 눔의 꺼, 다리가 좋긴 허구먼.

다리가 놓인 뒤 줄곧 해오는 속엣말이다. 수십 년 삿대질로 배를 밀어온 그 힘살 좋은 황 대장의 어깨에 힘이 쭉 빠졌던 것은 닭바위에 다리가 놓인다는 소문이 떠돌면서였다. 마누라를 셋씩이나 갈아 들였지만 그 마누라 셋에게 쏟은 정 몽땅 합해도 배에 대한 사랑에 비하면 아무것도 아니었다. 그렇게 정든 뱃바닥에 죽은 의붓아들이 입던 옷을 실어 휘발유로 불을 놓아 흘려보낸 것은 강바닥에 까마득 높이 세운 웅장한 다릿기둥 위로 자동차가 달리게 된 1973년 그해 가을 장마 때였다. 자기 배 자기가 불을 질렀는데 방화범으로 몰려 혼쭐이 나긴 했어도 강둑에 뒤집혀진 채 썩어가는 것을 보기보다는 한결 잘했다는 생각이었다.

"즈덜 벼 다 찧으셨나요?"

점심때쯤 경운기로 벼를 실어다 놓고 읍내에 볼일 보러 나갔던 동면 덕치리 사람들이다.

"조합 이 대리 만나 한잔했어유."

"술은 누가 샀어?"

"저번짝에두 신세를 져 이번엔 우리가 낼려구 했더니 글쎄 지가 먼저 계산을 해뿌렸잖아유."

두 사람 모두 거나하게 취해 있었다. 샘말 돼지네 맏아들 종호와 국민학교 동창들이다. 황 대장은 그들이 이십여 년 전 읍내 학교 다닐 때만 해도 보통 개구쟁이들이 아니었다는 생각을 했다. 학교 오가는 길에서는 물론이고 강 건너에서 배 기다리는 동안도 서로 끌어안고 드잡이를 하거나 여자애들 치마를 들추는 등 그 짓궂기가 여간 아니었다. 그러나 그 개구쟁이들은 일단 배에 올랐다 하면 뱃전에 엉덩이를 얌전하게 걸친 채 코만 훌쩍훌쩍 황 대장 눈치만 살폈다. 언젠가 두 놈이 배 안에서 장난을 하다 황 대장에게 잡혀 물속에 던져진 일이 있었던 것이다. 짓궂기는 이팔의 맏아들 종호도 매한가지여서 애들이 머리가 영특하면 그만큼 장난기도 많은 모양이라고 황 대장 나름으로 생각한 적도 있었다.

그러나 난리가 끝나면서 겨우 열 살밖에 안 된 종호가 그렇게 달라질 수가 없었다. 밝던 얼굴이 이상하게 짜부라져 보였다. 누가 무슨 말을 시켜도 입을 꽉 다물고 숙인 고개를 고집스레 쳐들지 않았다. 사람들이 발길을 하지 않아 흉가처럼 돼버린 돼지네 식구들 모두가 이웃의 눈을 피해 배돌았다. 동네 아이들은 돼지네 두 아들만 보면 돌을 던지며 욕을 퍼댔다. 눈에 핏발 선 어른들 입을 통해 들어뒀던 소리다. 야, 빨갱이새끼들아!

"황 대장 아저씨, 술 한잔허실래유? 즈가 조 위에 가게에 올라가 사올 테니께유."

"그만두게, 저 안에 주인 있으니까 찧어놓은 거나 찾아 싣구 가게나."

처음 대하는 사람은 황 대장이 귀머거린 줄 안다. 무슨 말을 물어도 들은 척을 안 하기 때문이다. 그는 자기가 필요할 때만 말을 하는 사람이다. 누가 찾아와 모를 내는 데 하루 품만 얻자고 하면 묵묵부답 그냥 돌아서고 만다. 잠깐 뒤면 황 대장이 그 사람네 못자리로 올라가는 걸 보게 된다. 자기가 싫다고 느끼면 누가 무슨 말로 사정을 해도 막무가내였다. 누구의 말도 믿지 않는 대신 한번 믿었다 하면 어떤 일이 있어도 그 마음을 달리하지 않았다. 이괄 이관흠이 살았을 때나 조금도 다름없이 돼지네 식구들을 대하는 마음부터가 그렇게 한결같았다.

읍에서 종호한테 술을 얻어먹고 온 덕치리 패들이 종호 이야기를 한다.

"종호 개, 아까 그거 무슨 뜻으루 허는 애기 같았냐? 십 년 넘게 댕긴 조합인데 이제 그만둘 때두 됐지 않느냐구 하던 말 말이야."

"그냥 해보는 소리 같더구먼 뭘. 고등학교 나와서 대리쯤 됐으니까 한번 그래본 거겠지 뭐."

"혹시 개 지 동생 일루 아직두 곤란 받구 있는 건 아닐까? 직장으루 무슨 압력이 들어온다든가."

"누가 들었다간 큰일 날 소릴 다 하구 있네. 더구나 종태 행방불명 된 지가 벌써 삼 년이나 지났는데 뭔 소리야."

"삼 년 아니라 삼십 년이 지났어두 아직 확실하게 죽었다는 소식이 없으니까 하는 애기지."

"그건 종호 아버지 경우두 마찬가지였잖아. 그때 모두들 종호 아버지가 어딘가 살아 있을 거라구 얼마나 떠들었냐 말야.

여북했으면 새루 만든 그 무덤에 들어 있는 게 가짜라구 공작산 산악대들이 파헤치기까지 했잖은가 말이야."

"그게 종호 아버지 시체라는 증거두 없었대잖아!"

"종호 아버지가 죽구 안 죽구 그게 문제가 아니라니깐!"

"그럼 뭐이 문제냐?"

"그 문젤 지금 살아 있는 사람들한테까지 연결시켜 약점으루 잡구 괴롭히는 건 안 좋다 그거야. 그렇게 되면 조상 성분까지 따져 출세허구 못허구 허는 북쪽이나 뭐가 다를 게 있냐?"

"지난 이월, 니가 야당 말 듣구 국민투표에 부표 던졌다구 하더니, 너 정말 많이 변했구나."

"내 얘긴 무슨 일만 있으면 과거 사돈의 팔촌까지 들먹이는 건 나쁘다 그거야. 종태 일은 종태 것인데 그걸 왜 이제 와서 종호한테 연결시키느냐 그 말이야."

"너 이 새끼, 날 공격하는 거야? 이 새끼 종호한테 술 얻어 처먹드니, 아주 웃기구 자빠졌네. 너 옛날 종호보구 빨갱이새끼라구 놀려댄 생각은 안 나냐?"

"개소리 까지 마!"

"뭐야, 이 새끼가……"

그들은 술이 거나해 황 대장을 아주 귀머거리로 여겨 제쳐놓고 자기네끼리 종태 얘기를 나누다가 급기야는 험악하게 맞서기까지 했다. 발동기 피대를 잇던 정미소 주인 신씨가 나와서야 서로 거머쥔 멱살을 풀었다.

"내가 왜 그런 얘길 꺼냈는가 하면 말이야. 재작년까지만 해두 남북적십자회담이니 남북조절위원회니 해서 서루 여러 번

오갔으니까 종태가 일본으루 해서 북쪽에 가 있다는 게 그냥 소문만은 아닐는지 모른다는 얘기두 있구 해서…… 그래서 종호가 지 동생 일루다……"

"글쎄 자꾸 그런 소문으루 종호를 보지 말라니까 그러네. 우리가 중학교 다닐 때 종호 아버지가 평양 시장이 됐다는 소문이 마을에 떠돌아 종호네 식구들이 얼마나 혼났는지 알잖아. 재순이 할머이가 자기 아들 박문식이 인공 때 완장 찼다가 북으루 도망간 뒤 소식 없는 것두 다 종호 아버지가 시켜서 그런 거라며 아들 생각만 나면 그 집 찾아가 강짜 부리느라 눈 허옇게 뒤집어쓰고 누웠잖아."

"그러니까 생각나네. 그때 우리두 읍내 멸공 궐기대회 끝나구 돌아오다가 수십 명이 종호네 집 앞에서 구호를 외치면서 돌을 던졌잖아. 빨갱이는 물러가라, 물러가라, 그러면서."

"그뿐이 아니지. 강 건너 마을에선 고등학교 보내는 게 힘든데, 종호 어머이가 돼질 쳐 돈을 벌어 종호 고등학교 보내니까 뭔 소문이 돌았냐 하면 종호 아버지가 간첩으루 넘어와 그 자금을 보내줘서 돼지두 사구 그랬다는 거였지. 종호가 육사 떨어지니까, 종호 아버지가 잡혔다는 소문이 돌았잖아. 지금은 그게 다 헛소문이 됐지만 그땐 그게 모두 진짜 같았다구. 소문이 사람 잡은 경우가 얼마나 많았다구."

황 대장은 먼저 걸터앉은 그 자리에서 벌써 세 개비째의 담배를 피우고 있었다. 정미소 집에서 저녁 찬으로 준비하는 가지 볶는 냄새 탓인가 배에서 꾸르륵 소리가 났다. 오늘도 종호를 만날는지 모른다는 생각이 들었다. 저녁이 빨리 나와야 후

딱 먹어치우고 일어설 텐데 잠깐 얼굴을 내밀었던 신씨는 더 이상 얼굴을 내밀지 않았다.

난리 때 고작 십 세 미만이었던 덕치리 사람들의 지난 시절 이야기는 아직 계속되고 있었다.

"이제 그 얘기 그만두자. 사실은 아까 이 대리한테 술 얻어먹으면서두 뭔가 자꾸 미안헌 맴이 들더라구. 옛날 지나간 일이야 그렇다 치고. 종태가 그렇게 소식이 없는데다 설상가상으루 봄에 그 여동생까지 그렇게 됐으니 말이야."

"정말 그 집 집터에 무슨 문제가 있거나 뭔 가탈이 있는 건 분명하다구. 그렇지 않고서야 거듭 두 사람씩이나 몇씩이나……"

"샘말 사람이 그러는데 정말 큰 변괴는 종태 때까지만 해두 종호 아버지 죽었을 때나 마찬가지루 눈물 한 방울 흘리지 않고 남 보기에도 너무할 정도로 멀쩡하던 종호 어머이가 딸 없어지고 나선 완전히 실성을 했다는 거야. 밤새두룩 산속을 헤매다가 들어와선 집안을 한바탕 뒤집어놓곤, 난 어쩌면 좋으냐, 긴 탄식을 하며 하염없이 운다는 거야."

"왜, 그 얘긴 못 들었나. 그 딸을 누군가 유괴해다가 어떻게 한 게 틀림없다구. 그게 누군지 밝혀내는 날엔 그날이 그 사람 제삿날이 될 거라고 벼르더란 게야. 좌우지간 어떤 사람이 한번 오지게 당할 거니 두고 보라구."

저녁나절 그렇게 세차게 몰아치던 바람이 밤이 되자 씻은 듯 잠잠히 죽었다. 논두길을 가로질러 곧바로 집으로 길이 있었지만 황 대장은 일부러 신작로를 택해 다리목까지 간 다음 제방둑을 타고 올라가기로 마음을 먹으며 잔을 비운다.

"몇 시 됐수?"

정미소 집에서 늦은 저녁을 먹은 다음 곧바로 닭바위 마을 담배 가게로 올라온 것이다. 추우니 방에 들어와 마시란 담뱃집 주인의 말을 못 들은 척 시렁 위에 음료수 몇 병 얹어놓고 파는 가게 쪽마루에 앉아 혼자 소주 두 병을 비웠다. 담뱃집 주인이 손바닥만 한 외상장부에 소주 세 병이라고 적은 뒤 시렁에서 소주 한 병을 꺼내 황 대장에게 내민다. 황 대장이 집에 들어가 마실 술이다.

"아홉시 반밖에 안 됐는데 벌써 들어가실려구유? 집에 가셔야 혼자신데 더 노시다 가시지유 뭘."

황 대장은 대답 없이 일어나 종이 봉지에 든 소주 한 병을 들고 어둠 속으로 나선다. 취했지만 썰렁하니 한기를 느낀다. 넓은 신작로를 취기에 걸맞은 그런 걸음으로 비틀비틀 걷는다. 자기가 일하는 정미소 앞까지 왔으나 정미소는 이미 그 안채까지 불이 꺼져 있다.

나룻배를 부릴 때도 장마 때나 밤을 타 지금 사는 집 근처에 있던 물레방앗간에서 일을 했다. 여느 날 대낮에도 배 손님이 뜸할 적이면 물레방앗간에서 살았다. 세번째 마누라가 데리고 들어온 의붓아들도 월남에 가 돈 벌어다 닭바위 정미소를 인계받는 게 꿈이었다. 그러나 부부가 서로 돌아누우면 남 된다고 아들 유골 받은 뒤 쓰러져 영영 못 일어난 그 마누라는 죽으면서까지 아들 죽은 값으로 받은 연금을 몽땅 자기 친정 떨거지들한테 돌려놓았다. 십여 년 함께 산 정을 그런 식으로 끊어간 데는 그만한 사연이 없지 않았다. 돼지네의 세 자식 중 적어도 두 애가 황 대장의 씨라는, 참으로 어처구니없는 그 악의에 찬 소문을 곧이곧대로 믿은 것이다. 언젠가 황 대장 마누라는 잔치집에서 술 한잔한 호기로 돼지네한테 그 얘기를 맞대놓고 따졌다가, 모자라두 한나절 모자라는 이런 우라질 예편네는 아가릴 찢어놔야 한다면 벼락같이 달려든 돼지네한테 정말 입이 찢기는 개망신을 당한 일도 있었다. 그런 소문은 이괄이 살아서부터 그 집 출입이 잦은데다 그 집 일이라면 열 일 미뤄놓고 달려간 황 대장의, 남의 눈 아랑곳하지 않은 그 처사에서 비롯됐을 것이다.

그 일만 해도 그랬다. 파죽지세로 밀고 올라가던 기세와는 달리 전쟁은 그때까지도 삼팔선 근처에서 치열하게 벌어지던 4월 초순이었다. 수복은 되었다지만 포화 입은 읍내에선 아직도 연기가 오르고 있었다. 민간인 통행이 자유롭지 못해 도민증보다는 군부대에서 내주는 무슨 증명서 같은 것이 있어야 출입이 허락되던 때다. 이 골짝 저 골짝 불에 타 죽은 중공군 시체가 무더기로 널려 있어 그 냄새로 코를 싸쥐어야 할 판이었다.

배터에는 황 대장의 배 대신 군부대에서 하루 걸려 놓은 가교가 있었다.

어디 가시게유?

황 대장은 물레방앗간 옆에 끌어다 엎어놓은 배를 손보다가 삽 하나를 들고 배터로 나오는 돼지네를 본 것이다. 갓난애를 등에 업고 있었다.

태학리에 좀 다녀올려구유.

나쁜 일을 하다 들킨 아이처럼 당황한 얼굴로 황 대장을 외면한 채 군인들이 놓은 가교 쪽으로 다가가는 돼지네의 걸음걸이가 이상하게 허둥거렸다. 그네가 다리를 다 건너가 국도에 올라서서 태학리 쪽으로 사라지는 것을 확인한 뒤 황 대장은 서둘러 일어섰다. 돼지네가 눈치채지 못할 거리를 지키며 뒤를 밟았다. 그네의 거동이 아무래도 수상쩍었기 때문이다. 지난해 가을 읍내에 인공기가 내려진 뒤 공작산 산악대들한테 끌려 강을 건넌 남편 생사를 수소문하느라 병으로 오늘내일하는 두 늙은이한테 아이들을 맡겨놓은 채 가을 내내 사방팔방 헤매고 다니는 돼지네다.

태학리 북쪽의 망령산 골짜기였다. 작은골에서 큰골까지 단 한 번도 뒤돌아보는 일 없이 휘휘 치오르던 돼지네가 문득 걸음을 멈춰 선다. 황 대장이 뒤를 밟고 있다는 걸 눈치챈 듯 아예 기다리고 섰는 자세다.

좀 도와주세유.

남편 이괄이 죽어 묻힌 델 알아냈다는 것이다. 지난 정월에 알아냈지만 겨울 난리가 터진데다 눈까지 덮여 봄 오기만을 기다려 벌써 며칠 전에 한 번 다녀왔다는 얘기다.

거의 끝 무렵인 진달래가 산을 뒤덮고 있었다. 눈이 녹아 땅으로 스민 물이 골짜기 마른 덩굴 밑으로 졸졸 흘렀다.

그네가 이곳일 거라고 가리켜 보이는 골짜기 후미진 곳을 파보았지만 허사였다. 다시 의심쩍어 보이는 곳을 파헤치기 서너 시간 만에 한 구덩이에 여럿이 뒤엉켜 묻혀 썩은 송장들을 찾아냈다. 그렇게 심하게 썩을 수밖에 없는 것이 실오라기 하나 걸치지 않은 알몸들이 마구 뒤엉겨진데다 그 위를 덮은 흙이 반 뼘도 안 돼 빗물과 바람이 그대로 통했던 때문이다. 몸 뒤로 손을 묶었던 검정 전깃줄만이 윤기를 내고 있었다. 문드러지는 송장들을 어렵게 헤쳐놓고 보니 사내 넷에 여자 하나, 모두 다섯이었다. 너무 심하게 상한 시신들이라 누가 누군지 전혀 식별이 되지 않는 상태였다.

처음에는 몸을 와들와들 떨망정 황 대장을 도와 시체에 걸려 있는 전깃줄을 잡아당기는 등 제정신이 아니게 달라붙던 돼지네가 저만치 달아나 토악질을 했다.

아주머이, 이걸 도루 묻어야 하겠는데유. 아무래도 그 사람은 여기 없는 거 같구만유.

망령산 골짜기에 뒤따라 들어와 돼지네가 하는 몇 마디 말을 들었을 뿐 송장을 혼자 손으로 다 파내놓을 때까지 입 한 번 열지 않던 황 대장이다. 바위에 엎드려 꽤 오랫동안 토악질을 하던 돼지네가 정색한 얼굴로 다가왔다. 그네는 파헤쳐놓은, 거의 사람 형체를 구별하기 어려운 다섯 구의 벌거숭이 시체들을 망연히 내려다보았다. 선 채로 죽었는가 싶게 꼼짝하지 않고 시체를 오랜 시간 내려다보던 그네가 가장 심하게 썩은 송장 하나를 가리켜 보이곤 또다시 저만치 달려가 토악질을 해대기 시작했다.

돼지네가 자기 남편이라고 가려낸 그 송장은 다음 날 황 대장 주선으로 남산 공동묘지에 묻혔다. 마을 사람들이 일러줘 찾아왔다는 돼지네 두 아들 형제가 보는 앞에서 간략히 치른 장사였다. 종호 형제 말고도 황 대장이 가을에 쌀 반 가마 주기로 하고 데려온 읍내 사람 하나가 유일한 문상객으로 일을 도왔다.

그렇게 남산 공동묘지에 묻힌 이괄 이관흠의 시신은 꼭 일 년만인 휴전되던 그해 봄에 공작산 산악대 사람들에 의해 다시 파헤쳐졌다. 그러나 망령산 골짜기에 있을 때의 그것보다 더 상한 상태라 산악대 사람들은 고개만 절래절래 흔들고 물러섰다. 그 송장을 되묻은 뒤 뗏장까지 입힌 것도 황 대장이었다.

다리목까지 이르니 읍내 전기불빛으로 하늘이 환하게 밝아 이쪽 강둑 주변이 어슴푸레 드러났다.

강바람은 아직도 휘잉휘잉 다릿기둥과 씨름하고 있었다. 밝은 대낮에는 전혀 듣지도 못한 강물 소리가 어둠 속에서는 강기슭에 가볍게 찰싹이는 소리까지 선명했다. 다리 밑 여울의 물소리는 더욱 또렷하게 들려왔다. 삿대질 삼십여 년, 강변에 살면서 어둠 속에 듣던 그 갖가지 강물 소리를 그는 철에 따라 날씨 따라 모두 달리 기억했다. 봄밤 달빛이 하얗게 부서져 내릴 때의 물소리와 가을밤 스산한 바람 속에서 듣는 물소리는 사뭇 달랐다.

자네 새장갈 들 때가 됐구먼.

황 대장이 젊어 첫 부인을 잃고 이삼 년 혼자 지내던 때였다. 강변에 바람 쐬러 나왔던 송 영감은 황 대장의 물소리 얘기에 물소리가 그렇게 때에 따라 달리 들리는 건 사람 마음이 외롭기 때문이라고 했다. 샘말 송 영감은 황 대장에게 은인이었다. 도벌범으로 산림간수한테 잡혀 가던 부친이 무엇 때문인지 길에서 급사를 한 일로 그 원수를 갚는다고 산림간수 어깨를 낫으로 찔러 삼 년 징역을 살고 나와 오갈 데 없는 처지의 황 대장이 닭바위 대장간에서 일하게 된 것도 송 영감 덕이었다. 황 대장이란 별명도 그때 얻은 것이다. 대장간이 없어지자 배터 배 부리는 자리를 주선해준 것도 송 영감이었다.

황 대장은 일제강점기 대동아전쟁이 일어나기 전부터 배를 부렸다. 동면 쪽 장정들이 일본으로 징용 가는 것도 자신의 배에 태웠고 자식이나 남편을 읍에서 떠나보내고 돌아오는 식구들의 그 넋 잃은 얼굴도 많이 보았다. 자기 배를 이용하는 멀고 가까운 마을 사람들의 집안 형편까지 알게 돼 몹시 궁한 사람에게서는 일 년에 벼 서 말 받는 배삯을 받지 않았다. 이런 사람 저런 사람 참 별의별 사람들을 많이도 태웠다. 외간 남자와 배가 맞아 보따리 싸 도망치는 여자며 새술막 아무개 집 아들이 죄짓고 쇠고랑 차고 끌려가며 고개 푹 숙이고 겸연쩍어하는 그 얼굴도 보았다. 마을 사람들은 아무개가 지금 집에 있는지 없는지를 알아보기 위해서 황 대장을 찾는 경우도 많았다.

객지에서 들어온 이관흠이 송노인의 양아들이 돼 샘말 사람이 된 것도 황 대장 역할이 컸다. 건장한 체구에 얼굴까지 희멀끔해 대번에 도회지 사람이라는 것을 알아볼 수 있는 젊은이 하나가 오룡산 기슭을 가리키며 저쪽 마을에 머슴을 살 데가 없느냐고 묻자 자식이 없이 두 내외가 사는 송 영감네 집을 소개해줬던 것이다.

이관흠은 송 영감 집에 들어가 꼭 일 년 만에 그 집 양아들이 되어 그해 가을에 장가까지 들었다. 얼굴이 도화덩이 같은 색시가 회양 땅에서 샘말로 들어오던 날 후행 온 사람은 이쪽에서 무슨 소리냐고 두 손을 내젓는데도 새색시 곱게 강 건네준 값이라며 꽤 두둑한 뱃삯을 던져주고 갔다.

황 대장은 다리목에 선 채 김소 쪽 어둠을 내려다보았다. 이관흠이 샘말에서 마지막 모습을 보인 것도 이런 가을밤이었다. 장도행 등 안면 있는 사람은 다 빠진 공작산 산악대들이 이관흠을 묶어 배에 태웠다. 읍내 경찰서에 인계하러 간다고 했다.

황 대장, 당신이 이 빨갱이하고 가장 친했다며?

이관흠이 잡혀가는 날 산악대원 중 누군가 어둠 속에서 그런 소릴 했다.

당신, 우리 산악대하구 내통만 안 됐어두 함께 잡아갔을 거야.

그때 자신은 왜 귀머거리 행세를 했던가. 이 사람은 아무 죄가 없다고, 이 사람은 빨갱이도 뭐도 아니라고, 왜 그 앞을 막아서지 못했는가. 이십 몇 년 동안 이관흠의 식구들을 볼 때마다 그런 회한으로 시달려온 황 대장이다. 읍내 경찰서에 인계하러 간다니까 법이 있고 그를 잘 아는 이웃 사람들이 있는 한 이관흠만은 무사하리란 생각을 했다고는 하지만 왜 그 행선지를 확인해두지 못했던가. 그때 그 패에 이관흠과 친한 장도행이 보이지 않는 일로 무언가 눈치챘어야 했지만 그걸 몰랐던 불찰도 크다.

강둑으로 내려서던 황 대장은 주춤 멈춰 서며 다리 건너편을 쳐다봤다. 어둠 속이지만 희끄무레한 형체의 움직임이 분명 그 사람이었다. 일찍 퇴근하는 날이면 정미소에 들러 꼭 인사를 하고 올라가거나 황 대장이 쉬는 참이면 소주 한 병을 컵에 부어 내민 다음 그것이 다 비워지기를 기다려 자리를 뜨는 사람이다. 두어 달에 한 번쯤 술이 많이 취해 늦게 들어오는 날은 속개 마을 조금 못미처 강변에 있는 황 대장 집까지 술을 사 가지고 찾아왔다. 함께 술을 먹는다고 해도 두 사람 다 말을 하지 않았다.

안주를 좀 많이 잡수셔야 해유. 술 더 사올까요?

종호가 황 대장에게 하는 말이란 고작 그런 것이었다. 황 대장은 말에 더욱 인색했다. 종호 아우 종태가 행방불명이 되고 그 일로 여러 군데를 불려 다닐 무렵에도 황 대장은 그 일에 대해 단 한 번이라도 물어본 적이 없었다. 몸을 겨우 가눌 정도로 만취가 된 채 술병을 들고 황 대장을 찾아온 종호 역시 술기운에서라도 한마디 흘릴 법하건만 잠시 머물다 가는 그 시간 일절 입을 열지 않았다. 혜자가 없어져 샘말은 물론 근동 마을이 떠들썩할 때도 두 사람은 그 얘기를 입에 올리는 법이 없었다.

"벌써 들어가시는 길이세유?"

종호가 먼저 알아본 양 인사를 건네왔다. 황 대장은 몸을 심하게 비틀거렸다.

"월말이라 바쁜데 집사람이 반장집에 내려와 전화를 걸었잖아유. 어머니가 또 어딜 가신 모양이에유."

그렇게 종호가 지나쳐 가자 황 대장은 손에 꺼내 들었던 소주병을 주머니에 꽂으며 그 자리에 슬그머니 주저앉았다.

휴전이 된 그다음 해 겨울 돼지네의 양시부모인 송 영감 내외가 일주일 사이를 두고 서로 약속이나 한 듯 눈을 감았다. 송 영감 내외 장례에는 이관흠의 무덤이 파헤쳐졌던 게 불과 서너 달 전인데도 송 영감 글씨를 알아주던 읍내 유생 몇 사람과 이웃 노인들 여럿이 문상을 왔다. 돼지 한 마리를 잡는 등 양시부모를 저승 보내는 돼지네의 정성이 극진했다. 벌써 오래전에 죽을 병인데 그 며느리가 약을 많이 써 이때까지 지탱했다고, 그 집 내막에 훤한 장도행 모친이 양시모를 위한 돼지네의 그 정성을 전했다. 실제로 두 노인이 생전에 장만해 부치던 당뿌리 논 여섯 마지기가 모두 약값으로 날아갔다고 했다.

황 대장은 남들이 생각하는 것과는 달리 혼자 사는 돼지네한테 다른 마음을 품어본 적이 없었다. 이관흠이 비록 자기보다 나이는 어렸지만 송 영감 다음으로 존경하는 사람이 그였다. 그가 생각하는 이 세상의 모든 배운 사람 중에서 가장 정직하고 성실하게 산 사람의 표본이 이관흠이었다. 이관흠은 진정으로 샘말 사람이 되기 위해 마을 사람들 편에 섰던 사람이라는 것을 황 대장은 알고 있었다.

그러나 이관흠이 죽자 난리 때 크든 작든 부역 행위를 한 사람들 대부분이 진짜 속이 붉었던 것은 이관흠이라고, 그가 모두 시켜서 한 일이라고 그 죄를 이관흠에게 떠넘겼다. 그러나 이관흠은 세상 돌아가는 일에 무지스러운 그들이 다시 바뀌는 세상에 살아남을 수 있도록 하기 위해 스스로 그 길을 택한 것이라고 황 대장은 믿고 있었다. 이관흠이 다른 사람들에게 난세에는 잠시 몸을 피하는 것이 좋다는 말을 했듯, 당신도 몸을 피하는 게 좋지 않겠느냐는 황 대장의 말에 그는 무슨 뜻인가, 저는 갈 데가 없습니다, 더구나 저까지 피했다간…… 그렇게 말끝을 사리던 사람이다.

송 영감 내외가 앓아누웠을 때만 해도 스스럼없이 그 집에 문병을 가던 황 대장은 이관흠의 것이라고 생각되는 그 시신을 땅에 묻은 뒤 그 집에 일절 발걸음을 하지 않았다. 돼지네를 만나는 일이 그렇게 어려웠다. 돼지네 역시 황 대장 보기를 그다지 달가워하지 않는 눈치가 분명했다. 마치 자기네 집의 재앙이 모두 이쪽에서 불러다 준 것인 양 무슨 일이 생길 때마다 적의 짙은 눈길을 보내 오는 걸 완연히 느낄 수가 있었다.

종호 아우 종태가 행방불명이 되면서 여러 기관 사람들이 뭔가 조사를 하러 샘말에 오르내릴 때다. 돼지네가 황 대장한테 뿌르르 달려와, 우리 종태한테 아저씨가 개 아버지에 대해 무슨 이야기를 해주었느냐고 다그친 일도 있었다.

돼지네는 배터는 물론 황대장이 일을 도와주는 물레방앗간 근처에 혜자가 내려가는 걸 몹시 싫어했다. 그러나 황 대장의 일터인 그 강변 둑은 혜자의 놀이터였다. 돼지네가 등짝을 후려치며 떠밀고 올라간 지 서너 시간도 안 돼 다시 강둑에 앉아 있곤 했다.

혜자는 강변에 피는 들꽃을 꺾어 강물에 던지는 일을 좋아했다. 초여름부터 강변을 덮는 망초꽃이나 달맞이꽃이 혜자의 손에 잘려져 강물 위로 너저분하게 흘렀다.

황 대장은 읍내 장에 나가는 인근 마을 사람들이 뱃삯 대신 놓고 가는 엿이나 과일을 혜자에게 안겨주곤 했다.

동네 아이들도 황 대장만 강변에 있으면 혜자 근처에 접근을 못했다. 황 대장은 혜자가 배를 타보고 싶어 하는 눈치를 알고 있으면서도 단 한 번도 배에 태우지 않았다. 언젠가 물레방앗간에서 낮잠을 자다 꾼 꿈에 혜자가 배에 실려 무수히 흘려보내던 그 들꽃처럼 떠내려가는 걸 본 것이다. 꿈이지만 그것이 너무 생생해 나루터에 내려가 보니 망초꽃 한 아름이 뱃머리에 놓여 있었다.

갈마곡다리가 놓인 뒤 종호네 식구가 걱정하는 것과는 달리 혜자는 다리목까지만 다가설 뿐 다리 위에 한 발짝도 나서지 않았다.

황 대장은 어느 날 혜자가 진달래꽃 한 아름을 안고 다리목에 서서 읍내 쪽을 바라보고 있는 걸 보았다. 혜자가 읍내 고등학교 다니는 대기버덩 철래한테 미쳤다는 심심찮은 이야깃거리가 떠돈 것도 그 무렵이다.

혜자가 없어진 뒤 황 대장은 자신이 집을 비운 사이에 돼지네가 두 번씩이나 집 안팎을 샅샅이 뒤지고 갔다는 이야기를 들었다. 그러나 혼자 사는 늙은이에 대한 돼지네의 그 의심이 너무나 당연하게 생각됐다. 어떤 때는 문득 자기가 정말 혜자를 어떻게 한 것이 아닌가 하는 생각이 들 때도 있었다. 남들 입에 오르내리는 소문처럼 혜자가 자기 자식인지도 모른다는 엉뚱한 생각으로 몸을 떨기도 했다. 그것은 같은 마을에서 이십여 년간 그 병신 아이를 바라보고 살아오는 동안 자신의 마음속에 막연히 깔린 바람 같은 것일 수도 있었다.

읍내 쪽 강변이 갑자기 환하게 밝아졌다. 밤 고기 뜨러 나온 사람들이 석유 칠한 솜방망이에 불을 댕긴 것이다.

황 대장은 천천히 몸을 일으켰다. 아무도 기다리고 있지 않은 빈집을 향한 발걸음이 유난히 무거웠다.

철래

여우고개 마루턱에 이르자 검율리 마을의 불빛이 보이기 시작했다. 밝을 때면 신바람 나게 씽씽 내달릴 고개 내리막길이다. 그러나 그들은 개운리 윗수골 지춘만네 집에서부터 자전거를 끌고 오는 중이다. 겁 없이 마신 술로 몸이 말을 잘 안 듣는데다 낮에 수타사에 들어갔다 넘어진 철래 자전거는 앞 포크가 부러졌고 경수 것은 체인이 늘어나 자꾸 벗겨지는 통에 경수의 손은 온통 기름 범벅이었다. 비교적 온전한 재두 자전거는 헤드라이트가 들어오지 않았다. 칠흑 같은 어둠에다 지난여름 장마로 길바닥이 많이 패여서 자전거를 끌고 가는 일이 그렇게 불편할 수가 없었다. 라이트가 전혀 들어오지 않는 경수는 벌써 몇 번씩이나 자전거를 안고 넘어졌다.

"야, 느덜 여기선 정말 조심해야 돼. 여긴 이괄이 귀신이 나오는 데라구!"

철래가 벼랑 쪽을 피해 산 밑으로 들어서며 말했다. 사실 여우고개는 밝은 대낮이라고 해도 노폭이 좁고 굽이가 심한데다 수십 길 가파른 벼랑을 끼고 있어 거의 매년 술 취한 사람이 떨어져 죽었다.

"이괄이 귀신? 아까 춘만이네 집에서 얘기하던 그 수박빨갱이 말이냐?"

"물론 그 귀신두 있겠지만 아까 낮에 올 때 내가 이괄바위라구 하던 거기 진짜 무서운 귀신이 있다니까. 지금은 캄캄해 안 보이지만 그 이괄바위 밑 용소에서 사람이 얼마나 많이 죽었다구."

"철래, 너, 웃기지 마, 지금 세상에 귀신이 어딨냐?"

"그래, 그렇게 생각하라구. 그래야 쫌 있다가 거기서 제대루 놀라지."

그들은 고개 마루턱에 자전거를 세워놓고 숨을 돌리고 있었다. 세 사람 모두 담배에 불을 붙였다.

"춘만이 그 새끼 와이프 참 삼삼하더라."

"이뻐봤자야, 그 시골서 땅 파구 살 건데 뭐."

"야, 춘만이 그 새끼, 겨우 두 달 재미 보고 입대할 걸 왜 그렇게 서둘러 결혼을 했다냐?"

"이런 병신, 춘만이가 큰집 대를 잇기 위해 양자루 들어갔대잖아. 걔 큰아버지가 딸 둘만 낳구 육이오 때 납치됐거든."

"납치가 아니라 자진 월북했다던데?"

"납치구 월북이구 그게 그거지 뭐."

"천만에! 그게 어떻게 같으냐? 여기 남은 가족 입장에선 그게 아니지. 빨갱이 집이냐 그게 아니냐 그건데 그게 같은 거냐?"

"맞아. 그건 아까 얘기한 이괄, 아니 이관흠이네 집만 봐두 안다."

"느 애인 집 말이니?"

"마, 듣기 싫다!"

"철래 네가 천사 같은 그 여잘 무서워하는 건 그 집이 빨갱이네 집이라서 그렇잖아. 그러나 통일되면 상황이 많이 다를 거다."

철래 아닌 다른 아이가 껴들었다.

"통일이라구, 통일 좋아하네. 고등학교 때 사회 선생이 그랬잖아. 우리 세대에 통일을 바라는 건 낳지두 않은 애 환갑 기다리는 거나 마찬가지루 어리석다구."

"난 남북적십자회담이다 남북조절위원회다 맨날 왔다 갔다 하길래 금방 통일이 되는 줄 알았지 뭐야. 통일만 됐다 하면 느덜 나 보기 힘들 거다. 우리 할아버지 땅이 평양 중심가에 이만 평이나 있다. 할아버지가 돌아가시기 전에 우리 꼰대한테 그 땅문서를 넘겨주는 걸 내가 이 눈으로 직접 봤다니까."

"야, 정말 웃기는 건 중학교 이학년 때 서울로 전학 간 재철이 꼰대 있잖아, 그 꼰대 읍에서 식품군납 공장에다 주유소까지 해 번 돈으로 서울 어딘가 오층 빌딩을 샀는데 통일되면 서울 땅값 떨어지구 세두 못 놔 먹는다구 재작년에 팔아버렸대잖아. 그런데 그걸 팔고 나니까 그 근처 땅값이 다섯 배루 뛰었다는 거야. 남북회담 때문에 망했다구 개 꼰대 홧병으루 입원까지 했다더라."

"어떻든 내가 볼 때 이제 남북회담 같은 건 힘들겠더라구. 작년 팔일오 육영수 여사 저격 사건에다 비무장지대에 또 땅굴이 발견됐다구 하잖아. 우리 쪽에서 아무리 무슨 촉구, 무슨 성명 해봤자 쟈들은 무슨 대민족회의니 하면서 이쪽하고는 대화를 않겠다고 뻗대고만 있잖아."

철래가 자전거 제동장치를 발로 밀어 풀며 말했다.

"넌 인마, 대학 갔으니까 그런 거라두 알지. 우린 그런 거 좆도 관심 없다. 인마, 느 대학생 새끼들 맨날 데모나 하다 이렇게 집에 내려와 빈둥거리는 건 잘하는 짓인 줄 아냐?"

"일학년이라 잘 모른다. 그런데 데모하는 삼학년 선배 하나 만났는데, 야 정말 무섭더라. 잠깐 만났는데두 내 머리가 확 돌더라니까."

철래는 문득 삼 년 전 행방불명된 돼지네의 둘째아들 종태를 생각했다. 종태가 없어지기 몇 달 전 겨울, 그때 철래는 중학교 3학년이었다. 마을 사람들이 늦가을마다 임시로 놓는 나무다리 건너편에서 대학생 종태를 기다리고 있었다. 종태가 무슨 일론가 다리목에서 만나자고 했던 것이다.

읍내 고등학교를 졸업하고 서울 일류 대학에 들어간 사람은 강 건너 마을에서 종태가 유일했다. 종태한테서는 늘 찬바람 같은 게 느껴졌다. 서울서 가정교사를 하고 있다는 그가 어쩌다 고향에 내려올 때는 돼지 먹이는 뜨물통 리어카를 끌고 읍내를 드나들면서도 마을 사람들과는 일절 말을 섞지 않았다. 마을 사람들은 종태가 그 외양은 이괄을 빼닮았지만 그 성질 매서운 것은 돼지네 그대로라고 혀를 내둘렀다.

다리목에서 대학생 종태가 기다리고 있었다.

김철래, 너 나하고 얘기 좀 하자.

무슨 얘긴데요?

철래야, 너 지금 몇 살이지?

열다섯 살인데요.

그러면 6·25 땐 이 세상에 있지도 않았지?

물론이죠.

그런데 어떻게 겪지도 않은 얘길 그렇게 잘 썼지? 네가 쓴 글, 느 학교 교지에서 읽었다.

어른들 얘기 듣구 그냥 막 쓴 거예요.

그런 얘길 막 써두 괜찮은 거냐?

그해 여름, 6·25를 맞아 교내 반공 글짓기에 써낸 글이다. 자기가 직접 겪은 일이 아니라도 자기 부모나 이웃 사람들이 직접 겪은 얘길 써내면 반공도덕 점수를 많이 준다고 했다. 어른들한테 늘 들은 대로 샘말 이관흠이 겉으로는 멀쩡해도 속은 새빨간, 아주 무서운 공산당원으로 난리가 터지자 동네 경찰 가족과 대한청년단 사람들 여럿을 인민재판을 해 돌로 쳐 죽였다는 내용에, 아군이 삼 일만 늦게 들어왔어도 이관흠이 가지고 있는 반동분자 명단에 오른 동네 사람 열 명이 더 학살을 당했을 것이란 내용이었다. 그렇게 악랄한 이관흠이 북쪽으로 도망가는 걸 공작산 산악대들이 붙잡아 읍내 경찰에 넘겼다는 이야기도 덧붙였다. 인민재판 이야기는 6·25 수기 같은 데서 많이 본 것이라 거짓으로 꾸며 쓴 것이지만 이관흠이 도망갈 때 죽이고 갈 동네 사람들 명단을 만들어놓고 있었다는 얘기는 마을 어른들한테 많이 들었다. 뜻밖에도 그 글이 학교에서 일등으로 뽑힌 뒤 도 대회에 올라가 장려상까지 탔던 것이다.

철래야, 넌 네가 사는 동네 이야기를 그렇게 막 써두 된다고 생각하니?

형네 아버지를 생각하고 쓴 게 아니에요. 그냥……

철래는 종태를 마주 쳐다볼 수가 없었다. 불현듯 자기 형 철구가 어렸을 때 종호를 빨갱이 자식이라고 놀렸다가 그 동생 종태가 돌을 손에 쥐고 며칠씩 따라다니는 바람에 혼났다는 어른들 말이 생각난 것이다.

누구 아버지 얘기든 마찬가지다. 네가 직접 보지 않은 건 그렇게 함부로 쓰는 게 아냐. 나는 6·25 때 겨우 다섯 살이라 그렇지만 우리 형은 여덟 살이었는데도 그때 무슨 일이 어떻게 일어난 것인지 잘 모른다는 거야. 더구나 우리 어머니까지두 우리 아버지가 어떤 사람이었는지 잘 모른다고 하셨다. 다만 분명한 것은 우리 아버지가 네가 쓴 것처럼 그렇게 나쁜 사람이 아니었다는 거다.

그래두, 좋은 사람으루 쓰면 반공 작품이 안 되잖아요. 반공사상을 고취하려면……

무심코 그런 말을 하며 종태를 쳐다봤으나 그의 표정은 오히려 처음보다 부드럽게 느껴졌다. 조금 웃고 있는 듯도 싶었다.

반공사상이 나쁘다는 건 아냐. 그러나 너의 그런 생각 때문에 죄 없는 사람들이 피해를 보는 수도 있다는 걸 생각해봤으면 하는 거다. 내 동생 혜자가 너희들한테 아무런 해도 끼치지 않는데 걔가 너희들보다 모자라는 애라구 돌을 던지고 해서 우리 식구들이 마음이 아픈 것과 마찬가지라는 거다.

"더 쉬었다 가자. 야, 썅, 술이 너무 취한다."

철래를 따라 자전거 제동을 풀었던 경수와 재두는 몇 걸음 나가다 아예 자전거를 땅바닥에 눕혀놓고 그 위에 걸터앉았다. 고등학교 3학년 때 같은 반이었던 지춘만이 두 달 전 장가를 갔다는 소식을 듣고 쳐들어가 얻어 마신 술이다. 마실 때는 맛이 달콤해 쉽게 마셨지만 집에서 담근 진짜 농주라 그런지 시간이 갈수록 취기가 올랐다.

"철래야, 인마, 너 깔치하구 재미 본 얘기 좀 해라."

"이 새끼 깔치가 한둘이냐? 서울식당 옥란이두 있구, 꽃 꺾어 가지구 찾아오는 혜자두 있잖아."

"그래, 참, 그 혜자라는 계집앤 도대체 어떻게 된 거냐? 너 그전 때 개 처치해달라고 우리한테 청부까지 줬잖아! 혜자 씨의 첫사랑 그 순정에 미칠 것 같다구 말이야."

"이 새끼들아, 나 먼저 간다. 여기 여우고개 귀신은 맨 뒤에 오는 사람부터 나꿔챈다더라."

철래는 자전거의 양쪽 핸들에 브레이크 레버까지 꽉 다잡아 쥔 채 이괄바위 쪽 어둠 속으로 걸어나갔다. 자전거 바퀴가 구르면서 헤드라이트에 희미하게 불이 켜졌다. 칠흑 속의 그 불빛으로 해서 자기 위치만 노출된 것 같아 기분이 안 좋았다.

혜자 얘기만 들어도 그랬다. 친구들이 장난으로 네 애인 저기 와 있다는 말만 해도 몸에 소름이 돋았다. 도장에서 글러브를 끼고 샌드백을 칠 때도 혜자 얼굴만 머리에 떠오르면 숨이 차면서 주먹이 리듬을 잃었다. 어떤 때는 스파링 상대로 나선 애 얼굴이 혜자의 얼굴로 보여 진저리 치며 뒤로 물러선 적도 있었다. 참으로 지긋지긋 귀찮은 계집애였다. 저 계집애 제발 내 눈앞에 안 보이게 해줄 수 없느냐고 친구들한테 하소연했던 것도 사실이다. 정말 죽여버리고 싶도록 그 계집애가 보기 싫었다.

어렸을 적 동네 친구들과 어울려 고쟁이 뒷부분을 터 아무데서나 변을 볼 수 있게 만든 이상한 옷을 입고 다니는 혜자 뒤를 따라다니며 놀려댈 때만 해도 그 계집애에 대해 혐오감 같은 걸 가져본 적이 없었다. 오히려 다른 마을 아이들이 혜자를 못살게 구는 걸 볼 때면 가로막아 싸우기까지 했다. 나이가 더 들면서부터는 또래의 읍내 여학생들에게 관심이 쏠려 혜자 같은 건 전혀 아랑곳하지 않았다. 혜자가 무슨 저지레를 해 돼지네한테 머리채를 끌려 들어가 죽도록 매를 맞더란 얘기를 듣고도 별 느낌이 없었다.

고3 가을이었다. 읍내 농고 축산과를 택할 때부터 권투나 할 생각으로 진학을 포기한 것이지만 막상 진학반 아이들이 과외수업을 받는 시간에 집으로 가려니 좀 심란했다. 읍내 도장도 건물 수리로 문을 닫아 하릴없이 집으로 가는 길이었다.

갈마곡 시멘트 다리를 다 건너 닭바위 쪽 신작로로 자전거를 달릴 때였다. 갑자기 한 묶음의 꽃다발이 저녁 햇빛을 받아 환하게 눈앞을 가득 채웠다. 엉겁결에 자전거를 세우며 그것을 받아들고 보니 눈앞에 입을 헬렐레 벌린 혜자의 얼굴이 히죽이 웃고 있었다. 산국 코스모스 사루비아 등 갖가지 가을꽃으로 뒤섞인 그 꽃묶음을 든 채 망연히 서 있으려니 혜자가 뒤뚱뒤뚱 그 우스꽝스러운 걸음으로 도망치고 있는 게 보였다.

그날 이후 그런 일이 하루가 멀다하고 일어났다. 그러고 보니 철래는 언제부터인가 자신이 다니는 길 옆에 혜자가 서 있는 것을 여러 번 본 것 같았다. 혜자는 때와 장소를 가리지 않고 철래가 있는 곳이면 느닷없이 모습을 드러냈다. 철래 옆에 사람이 있든 없든 가리지 않고 십여 미터 떨어진 곳까지 접근해 오직 철래 얼굴만 멍청히 쳐다보고 섰다가 느닷없이 달려와 꽃묶음을 안겨주곤 했다. 꽃을 꺾을 수 없는 겨울철이 되자 자기 조카의 장난감을 들고 나오기 시작했다.

철래가 고등학교를 졸업하던 그 봄에는 혜자의 가슴에 온통 진달래꽃이었다. 혜자는 철래가 운동을 하는 읍내 도장까지 찾아와 철래가 권투 연습하는 걸 지켜보고 서 있었다. 지금까지 한 번도 갈마곡다리를 건너지 않았다는 혜자가 읍내까지 다녀왔다는 사실에 돼지네도 많이 놀란 듯 철래네 집에 와 그 사실을 확인까지 했다. 저녁때 권투 연습을 끝마치고 나와 보면 자기 자전거 위에 꽃이 한 다발 놓여 있기도 했다. 철래네 집 뒤꼍 뽕나무 곁에 앉아 몇 시간이고 철래 나오기를 기다리는 날도 있었다. 무슨 일론가 철래가 집에서 매를 맞고 있을 때 혜자가 달려 들어와 철래 모친한테 무섭게 달려든 적도 있었다. 철래 친구들은 혜자가 보는 앞에서 일부러 철래를 때리곤 했다. 그럴 때면 저만큼 떨어져 철래만 뚫어져라 쳐다보고 있던 혜자가 그 우스꽝스러운 꼴로 뒤뚱뒤뚱 달려드는 걸 보기 위해서였다.

혜자의 그 짓거리가 정말 창피해서 견딜 수 없었다. 병신이 그러는 것이니 그냥 모른 체 지나가면 될 거 아니냔 어른들 말대로 많이 참아도 보았다. 그러나 혜자만 보면 발길질 주먹질이 자기도 모르게 나갔다. 혜자는 철래의 사정없이 내지르는 주먹질에 나가자빠져 눈을 허옇게 뒤집어쓰기도 했다. 그런 주먹질에 혜자가 조금 겁을 먹기는 했지만 아무 데서나 느닷없이 달려들어 꽃을 안겨주는 일만은 여전했다.

철래가 심하게 주먹질을 해 얼굴이 온통 퉁퉁 붓기만 하면 돼지네가 대기버덩 철래네 집에 내려와, 사람 패 죽이려고 주먹 운동하는 놈 구경이나 하자며 몇 시간이고 안 일어섰다. 물론 철래를 따라다니는 일로 혜자는 돼지네한테 매도 많이 맞았다. 두 손을 묶어 며칠씩 방에 처박아둔다는 이야기도 있었다. 실제로 혜자의 두 손목이 퍼렇게 멍든 것도 여러 번 보았다.

철래는 차츰 혜자가 무서워지기 시작했다. 혜자가 자기한테 미쳐 그렇게 쫓아다니는 게 아니라 이쪽을 괴롭히려고 일부러 그러는 게 아닌가 하는 생각이 든 것이다. 삼 년 전 행방불명이 된 혜자의 둘째오빠 종태 얼굴이 떠오르면서부터였다. 어떤 때는 혜자가 종태처럼 느껴져 가슴이 덜컥 내려앉은 적도 있었다.

혜자로 해서 생긴 돼지네 식구들에 대한 막연한 두려움은 혜자가 없어진 뒤에도 마찬가지였다. 혜자를 찾아 헤맨다는 돼지네와 마주치는 것이 두려워 철래는 샘말을 지날 때마다 자전거 페달을 죽어라 힘껏 밟았다.

"야 인마, 같이 가자아!"

"저 새끼, 정말 귀신한테 홀렸나, 저렇게 혼자 내빼게."

흐릿한 자전거 헤드라이트 불빛이 아래쪽 길바닥에 어른거렸다. 경수와 재두도 자전거를 일으켜 세워 철래의 자전거 불빛이 어른거리는 이괄바위 쪽 어둠 속 내리막길을 더듬거려 자전거를 끌었다.

"야, 이 새끼들아, 위험해! 왼쪽으로 바싹 붙어!"

앞쪽 어둠 속에서 철래가 소리쳤다. 경수와 재두는 철래 말대로 산비탈로 바싹 붙어 거의 뛰다시피 자전거를 끌고 나갔다. 경수의 자전거 헤드라이트에 제법 밝은 불빛이 들어오면서 길 한가운데 자전거와 함께 서 있는 철래 모습이 드러났다.

"새애끼들, 겁두 되게 많네."

경수들이 다가오기를 기다려 철래가 다시 포크가 부러져 덜렁거리는 자전거를 밀고 나가기 시작하자 두 개의 흐릿한 불빛이 삼 미터쯤 앞 길바닥 위에 초점 없이 어른거렸다. 철래가 어느 지점에 이르자 그 불빛 하나를 이쪽저쪽으로 번갈아 비춰가며 말했다.

"여기서부터가 정말 위험한 데라구. 아까 얘기한 이괄바위 그 벼랑이 바루 저기거든. 그 밑이 낭떠러지구, 저 아래가 바로 개울이야. 김소라구. 지금은 별로지만 옛날엔 명주실 세 꾸리가 풀려 들어갈 정도로 깊은 소였대. 어떤 사람들은 이괄바위를 쳐다보다가 낭떠러지에서 떨어져 죽었대. 죌 많이 진 사람이 쳐다보면 그 바위가 자기한테루 무너져내리는 것 같아 뒷걸음치게 된다는 거야. 그래서 낮에도…… 어?"

그때, 그 소리를 들은 것은 철래 혼자가 아니었다. 경수와 재두도 동시에 걸음을 멈췄다.

"저쪽에서 누가 오는 거 아냐?"

"그런가 봐."

그러나 그들은 누구도 움직이지 않았다. 칠흑 어둠 속, 벼랑 아래 개울물 소리와는 확연하게 구별되는 그 소리는 여전히 처음 듣던 때의 높이로 계속되고 있었다.

"귀신이다!"

"까불지 마!"

그들은 그 소리에 귀를 바싹 곤두세운 채 나직하게 속살거렸다.

"누가 막 슬프게 우는 거 같은데."

"우는 게 아냐. 누굴 막 욕하구 저주하는 소리야."

"욕을 하긴. 저건 뭔가 간절하게 하소연하고 있는 소리라구."

"아아, 하느님한테 기도하는 소리구나."

"뭔 기도 소리가 저러냐? 저건 불경 외는 소리라구!"

"푸닥거리하는 소리 같은데."

그것이 사람 목소리가 틀림없다는 것이 차츰 밝혀지면서 그들은 다소 긴장이 풀렸다.

"저건 술 먹고 쓰러져 주절거리는 소리라구."

"여자 소리 같은데?"

"여잔 술 못 마시냐? 저건 철래 애인이 술상 차려놓고 철래 유혹하는 소리다…… 쉬어간들 어떠리. 그리하여 자전거에서 내린 처얼래는……"

"야, 새끼야. 까불지 마!"

그들이 장난스레 속살거리는 사이에 그 소리는 멈췄다. 멀리 검율리 쪽에서 개 짖는 소리가 들렸다.

"저거다!"

"그래, 저기 저기!"

그 소리가 그치면서 어둠 속 바싹 긴장한 그들 눈앞 삼십여 미터쯤 거리에 희끄무레한 형체가 잡혔다.

그들은 헤드라이트에 불이 켜지지 않을 정도의 느린 속도로 더듬더듬 자전거를 조심스레 밀고 나갔다. 그렇게 십여 미터 이상 다가서던 그들이 흠칫 움직임을 멈췄다. 그 흐릿한 형체가 어떤 움직임을 보였기 때문이다. 형체가 커 보였다 작아졌다 하는 그 움직임은 거의 같은 간격으로 되풀이되었다.

"여기서 하자!"

처음 그 묘안을 낸 경수의 말을 따라 그들은 자신들의 자전거를 소리 나지 않게 반쯤 눕혀 앞바퀴가 번쩍 들리게 한 다음 자전거 헤드 부분에 달린 라이트를 그 형체 쪽으로 가늠해 돌렸다. 라이트가 고장이 난 재두는 자기 자전거를 땅바닥에 눕혀 놓고 철래의 자전거 앞바퀴 페달에 손을 댔다.

"돌려!"

경수가 한 손으로 자기 자전거의 앞바퀴를 냅다 밀어치며 명령했다. 두 대의 자전거 바퀴가 돌면서 발전해내는 헤드라이트 불빛이 그 형체를 고스란히 잡아낸 것은 바로 그 순간이었다.

이괄바위, 김소 벼랑을 뒤로하고 이괄바위를 향해 두 손을 높이 들어 올려 합장한 노파의 모습이 거기 있었다.

"더, 더 돌려!"

철래가 다급히 부르짖었다. 불빛에 드러난 노파가 이쪽 자전거 헤드라이트를 향해 손을 마구 휘젓고 있었다. 노파의 바로 반 발짝 뒤쪽은 나락 같은 어둠이었다.

종태 형 종호

"벌써 열시예유. 어디 계신 것두 모르면서 그냥 나가기만 하면 으쩔 거예유?"

종호는 방에서 잠바를 건네며 투덜대는 아내의 말투가 귀에 거슬렸다. 집에 들어와 앉지도 않고 바로 나가는 남편이 안타까워 그러는 것이겠지만 요즘 어머니 문제로 사사건건 맞서는 아내의 태도에 마음이 무거웠다. 그런대로 이제까지 어머니 편이면서도 일에 임해서는 아내 입장에 서야 한다는 생각으로 처신해왔다.

"어머니가 어디 계시는지 알고 있으면야 찾아 나설 필요두 없겠지."

"어머님이 그렇게 나가신 게 어디 한두 번이에유?"

"저런 사람, 그래두 나한테 연락을 했어야지."

"오늘은 스웨터에 요즘은 잘 신지도 않던 농구화까지 신고 나가셨어요."

"그러니까 찾아 나가는 거 아닌가. 내, 여우고개 마루턱까지 갔다가 음달말로 돌아서 올 거니, 어머니 들어오셔두 내가 찾아 나섰단 얘긴 말아요."

"할 거예유. 찾아나간 게 뭔 죄라구 그걸 숨겨유?"

종호는 짐짓 대꾸를 피한 채 대문을 활짝 열어놓는다. 집안에 뭐가 그리 중한 게 있다고 대문을 닫아 놓느냐고 늘 역정을 내던 어머니다. 혜자가 없어진 뒤론 아예 대문을 활짝 열어놓고 나무 절구통을 기대놨다. 어머니가 그렇게 열어놓은 대문을 아내가 곧잘 잠가버려 그 일로 집안이 시끄러워진 적이 여러 번이었다.

"이렇게 캄캄한데 전지불도 없잖아요!"

"우리가 언제 그런 거 썼던가. 난 올빼미니까 염려 말아요."

아직까지 집에 플래시가 없었다. 새끼를 낳은 암퇘지가 무슨 일로 흥분이 돼 제 새끼를 물어 죽이는 오밤중에 그것을 격리하는 일도 플래시가 있으면 한결 쉬웠을 것이다.

어머니는 사람 눈은 보려고만 하면 아무리 캄캄한 데서두 뭐든 다 보인다고 했다. 플래시 불뿐이 아니라 어머니는 집안에서 한밤중에 불을 켜 들고 다니는 것을 그렇게 싫어했다. 종호 자신도 맷돌 돌리는 소리처럼 시작되는 폭격기 비행음 못지않게 한밤중의 플래시 불빛에 대한 공포가 있었다. 아버지가 공작산 산악대들에게 붙잡혀 읍으로 끌려가던 중 도망을 쳤다는 소문이 떠도는 가운데 도망친 사람을 잡기 위한 플래시 불빛이 집 주변은 물론 읍내 구석구석에 번쩍였다.

이런 얼뜬 녀석! 어머니는 도망쳤다는 아버지를 찾는 사람들이 돌아가고 난 뒤 잠자리에 누운 채 오줌을 싼 종호의 엉덩짝을 오지게 후려치곤 했다. 그러나 종호보다 세 살이나 어린 종태는, 아까 방에 들어와 다락을 뒤지던 사람이 누군지 자기는 안다며 어깨를 으쓱거렸다.

새벽 두세시쯤에 집으로 들이닥치는 그 플래시 불빛은 어머니가 망령산 골짜기에서 아버지 시신이라고 거둬 묻을 때까지 거의 반년이나 계속됐다. 얼마 뒤 그 무덤이 다시 파헤쳐질 무렵 또 한차례 들이닥친 플래시 불빛을 향해 어머니가 두 손을 휘저으며, 정말 왜들 자꾸 이러는 거예유, 하면서 절규하던 일을 종호는 평생 잊을 수가 없었다.

세월이 많이 흐른 뒤 종호는 아버지의 죽음에 대한 여러 가지 의문점을 나름대로 정리해보았다. 소문은 세상이 흉흉할수록 가을날 검불 타오르듯 무섭게 번진다. 그 소문이 난리 속의 아버지를 괴물로 만들었다.

—이관흠은 남로당 잔존 세력으로 북쪽 공산당의 지시에 따라 지하에서 남침에 필요한 강원도 일대의 여러 정보를 제공해온 핵심 세포다. 그러나 막상 인공치하가 되자 혁명 과업에 소극적 자세를 보임으로써 당성을 의심받아 고문을 당한 뒤 군 전역에 걸친 반동분자 색출에 필요한 결정적인 자료를 내놓은 일로 제 위치를 찾았다. 그러나 그 고문 이야기는 끝까지 신분을 노출시키지 않고 지하에 남으려는 위장이었다. 이관흠이 직접 나서지 않고 마을 사람 몇 사람에게 완장을 채워 하나부터 열까지 뒤에서 조종한 것이 바로 그 증거다.

종호는 어릴 때 어른들 입에 오르내리는 아버지 얘기를 모두 그대로 믿었다. 그것은 인조 때 이조 개국 이래 가장 큰 규모의 반란을 일으켰던 이괄이 이 마을에 머물렀다는 그 행적을 모두 믿는 것이나 다르지 않았다. 어쩌면 그것은 이괄이라는 별명에 걸맞은 아버지의 존재와 그 죽음까지를 아이다운 환상으로 미화

하는 일로, 그동안 아버지로 해서 자기 가족이 겪어낸 고통에 대한 보상으로 생각했는지도 모른다.

그러나 종호는 나이가 들면서 아버지에 대한 사람들의 그 말이 한낱 풍문에 지나지 않을 것이란 생각 쪽으로 마음을 굳혔다. 그 풍문을 날리고 그것을 믿는 사람들에 대한 분노였다. 그렇게 선망하던 육군사관학교 생도로서의 꿈이 깨졌을 때의 그 분노였다. 그러나, 그것을 넘어서기 위한 마음의 중심이 필요했다. 그것은 영원히 죽지 않을, 정직하고 성실했던 아버지의 참모습을 가슴에 심는 일이었다.

아직 시월이지만 밤바람이 찼다. 신작로 가까운 집에서 텔레비전 소리가 왕왕거렸다. 귀 어두운 노인이 있어 그러기도 하겠지만 시골 사람들은 대체로 라디오나 텔레비전 볼륨을 있는 대로 높였다. 상감마마, 성은이 망극하외이다! 한 발 앞이 구별이 안 되는 어둠이었다. 하필이면 이런 그믐밤, 어머니는 지금 어디를 헤매고 계시는 걸까. 종호는 신작로에 선 채 시작도 끝도 없는 어둠을 향해 망연한 눈길을 보냈다. 아내한테 말한 대로 여우고개로 해서 소군이 마을로 건너가 거기서부터 수타천을 타고 오룡산 밑까지 온 다음 음달말로 빠져 샘말로 올라오는 방법이 있었다. 그 코스를 거꾸로 도는 방법도 있었지만 그것은 어머니가 길들인 코스기 때문에 중간에서 어머니와 만날 확률은 그만큼 적었다. 또 다른 길은 닭바위 마을을 거쳐 강을 끼고 벼랑을 이룬 남산 신작로를 걸으면서 남산의 이 골짝 저 골짝의 기척을 살피며 밤나뭇골까지 들어갔다 오는 것이다.

자다가도 느닷없이 일어나 무슨 소리가 난다며 집을 뛰쳐나가곤 하는 어머니의 발길이 가던 곳들이다. 그 어느 곳에도 살아 있는 딸과 만날 가능성은 없었다. 그러나 어머니는 포기하지 않았다. 결단코 포기하지 않을 것이다.

그 심정 오죽할라구. 잊을 게 따로 있지.

왜 아니야. 키우던 개가 나가두 그렇게 허전할 수가 없는데.

어찌 생각하면 그 병신 없어져 괴로운 게, 있어서 지겨운 것보다 백번 나을는지두 모르지.

혜자가 없어진 뒤 상성(喪性)한 어머니를 두고 마을 사람들은 평소 병신 자식을 학대한 죄 갚음을 그 스스로 하느라고 저런다고 했다. 그러나 종호는 어머니가 그처럼 사방팔방 쉼 없이 헤맬 수 있는 불가사의한 힘은 혜자가 어디엔가 살아 있을 것이란 어떤 마음의 당김이 없고서는 도저히 불가능하다는 생각이 들었다. 죽지 않고 살아 있으리란 거의 신앙에 가까운 확신은 아버지나 종태의 경우를 통해 더욱 뚜렷이 드러났다.

망령산 골짜기에서 그 주검을 거둬 남산 공동묘지에 묻고 난 뒤에도 어머니는 남편의 죽음을 일절 입에 올리지 않았다. 남편이 살아 있을는지 모른다는 말을 입 밖에 내지 않은 것처럼 남편이 죽었다는 말 또한 단 한 번도 입에 올리는 법이 없었다. 느덜 아버지가 지금 계신다면…… 느덜 아버진 난리 전만 해도…… 아버지에 대한 어머니의 말투는 늘 현재형이었다.

읍내에서 건너온 사람들이 한바탕 집뒤짐을 끝내고 돌아간 뒤면 어머니는 이제까지와는 달리 생기 있는 얼굴로 종태를 으스러지게 끌어안곤 했다. 무덤 속 시신이 가짜라며 공작산 산악대들이 아버지의 무덤을 파헤쳤을 때도 종호는 어머니의 얼굴에 떠돌던 그 야릇한 표정을 잊을 수가 없었다.

그게 으트게 된 일인구 하면……

당뿌리 김씨는 그때 자기만 알았어도 그렇게 아버지가 끌려가지 않았을 것이란 걸 전제해놓고 종호가 묻지도 않은 그때의 상황을 이야기했다. 공작산 산악대가 아버지를 읍내 경찰서에 인계할 목적으로 끌고 나가다가 도중에서 읍내 치안대들을 만난 것이 문제였다. 아직 경찰이 들어오지 않았으니 자기들한테 넘기라고 해 치안대한테 넘긴 것인데 뒷날 산악대들은 그런 일이 전혀 없었다고 잡아떼었다. 누군가 아버지를 몰래 풀어줬거나 놓쳐 그 책임을 면하기 위한 빨뺌이라고 했다.

내 생각에 그건 산악대들이 자네 부친을 어떻게 하구선 괜히 그러는 걸세. 그때 읍내 사람들이 자네네 집을 여러 번 수색한 것두 그 산악대들이 자네 부친을 빼돌렸다는 정보가 들어왔기 때문이야. 그때만 해두 자네 부친이 굉장한 인물루 알려졌었거든.

한때 아버지와 조합에 같이 있다가 그만둔, 옛날 그 치안대에서 일했다는 사람도 그런 말을 했다. 그러나 종호는 읍내 치안대 사람이든 공작산 산악대 사람이든 아버지를 직접 끌고 갔거나 인계받는 현장에 있었다는 사람을 만난 적이 없었다.

어머니에 의해 망령산 골짜기의 그 주검이 남산 공동묘지에 묻힌 지 오 년쯤 됐을 때다. 그때 열 살이던 종태가 물었다.

서엉, 우린 왜 아버지 제사를 안 지내?

그랬다. 어머니는 나흘 간격인 할아버지 할머니 제사는 잊지 않고 차리면서도 아버지 제삿날은 없었다. 지아비 시신이라고 당신이 직접 파헤쳐 장사를 지내놓고도 아버지 제사를 안 지내는 어머니에 대한 종태의 시위를 종호가 달랬다.

아버지가 어느 날 돌아가셨는지 확실한 날짜를 몰라서 그러는 걸 거야.

어머닌 그날도 안 울었잖아!

종태는 아버지 시신이 남산에 묻힐 당시의 어머니를 똑똑히 기억하고 있었다. 어머니는 그때 남산에서도 집에 돌아와서도 울음소리는커녕 단 한 방울의 눈물도 보이지 않았다.

넌 잘 몰라서 그렇지, 사람이 너무 기가 막힌 경우를 당하면 울음두 안 나온다는 거야. 어머니두 아버지가 돌아가신 걸 직접 눈으루 보신 순간부터……

그게 정말 아버지 시체 맞아?

그때 중학생이던 종태가 한 말이다. 그러나 고등학생이 된 종태는 더욱 분명한 말을 했다.

형, 아버진 죽지 않았어! 황 대장 아저씨한테 내가 따졌거든. 그때 어머니하구 망령산에서 찾아낸 게 진짜 우리 아버지 시체냐, 그렇게 따졌다고.

그랬더니?

물론 황 대장 아저씬 아무 대답도 안 했어. 그렇게 대답을 안 하는 건 아버지 시체가 아니기 때문에 그런 거라구 내가 못을 박았지.

그랬더니?

그래도 아무 대답도 안 했어! 그게 그 아저씨 특기 아냐. 그렇지만 난 그 아저씨 얼굴 표정을 보고 확신을 얻었던 거야. 아버진 그때 안 죽었어!

네 확신대루 아버지가 돌아가시지 않았다면 얼마나 좋겠니. 어디 계시든 말이다.

그러나 대학생이 된 종태는 아버지의 삶이나 그 생사 여부에 대해 몹시 비판적이었다.

형, 아버질 자꾸 미화하지 마! 아버진 패배주의자였어. 좀 좋게 말한다면 감상적 휴머니스트 외엔 아무것도 아니야. 기회주의자는 차라리 어떤 상황의 우세를 점칠 수 있는 역사에 대한 통찰력이라도 있어 그 기대가 상황을 결정짓는 데 기여할 수도 있는 법이거든. 그러나 아버지가 택했던 삶은 역사의 필연적 진행을 알게 모르게 방해했거나 본질적인 것을 변질시키고 흐리게 하는 역할밖에 하지 못했다는 거야. 내가 이런 말을 하는 건 형도 아는 것처럼 아버지가 당시의 주위 사람들과는 비교가 안 될 정도의 지식인이었기 때문이야.

종태는 70년대 초반의 그 암울한 상황 속을 젊은 지성의 열기로 열심히 뛰었다. 3선 개헌이 되면 끝장이에요. 종태가 가장 많이 입에 올리는 말은 자유 민주 그리고 독재타도였다. 그가 신봉하는 정의로써 그런 일을 해낸다고 큰소리쳤다. 그러나 그는 항상 불안한 얼굴을 하고 있었다.

형, 무서워. 난 이때까지 어떤 조직이나 음모와도 관계를 맺어본 적이 없어. 그런데도 나를 쫓고 있는 사람들은 내가 그런 조직의 중심에 있다고 보는 거야. 나를 쫓고 있는 사람들이 생각하는 나는 이미 내가 아니야. 형, 그게 얼마나 무서운 건지 알아? 그건 내 자유의지에 의해 내가 한 일과는 전혀 무관한 것들이라고.

종태는 행방불명되기 직전 종호와 가진 술자리에서 만취상태이긴 하지만 그것이 자신이 하는 일에 대한 회의인지 아니면 쫓기는 처지의 강박감인지 모를 암시적인 말을 남겼다.

형, 내가 높은 빌딩 벽에 매달려 있고 그런 나를 밑에서 많은 사람들이 쳐다보고 있다고 생각해봐. 그건 내가 바란 자유가 아닌데도 사람들은 점점 많이 몰려와 쳐다보는 거야. 이제 그 사람들은 내가 그 빌딩 벽에 매달린 채 바야흐로 엄청난 일을 해낼 거라고 믿기 시작했어. 그렇다면 좋다! 나는 그럴 때 내가 매달려 있는 밧줄을 탁 끊어버리고 싶은 충동을 느껴. 형, 생각해보라구. 내가 그 밧줄을 끊는 순간 그 빌딩이 굉장한 소리를 내며 무너져 내릴 것만 같거든.

그러던 종태가 실종됐을 때 어머니는 다소 어깨에 맥살이 풀린 기색이면서도 도무지 아들을 잃어버린 어머니답지 않게 의연했다.

세상 사람이 다 어떻게 돼두 걔만은 절대 안 죽는다!

남편의 경우와는 달리 아주아주 단호하게 아들의 생존을 확신했다.

느 아버지 따라 오룡산 꼭대기 올라갔다가 걔를 뱄다. 그래서 그런지 태몽두 예삿것이 아니었지. 장대 같은 소낙비가 쏟아지는데 그게 모두 여의주라고 했다. 그걸 치마폭에 받고 있는데 오룡산 꼭대기서 누런 용이 솟아오르더니 나한테 덮쳐오는 게야. 용은 귀가 있다고 해서 보니까 정말 애들 손바닥 같은 게 붙어 있지 뭐냐.

무연고 익사체를 종태라고 신고했던 일로 종호는 큰 곤욕을 치렀다. 가장 난감했던 것은 제 피붙이 하나 알아보지 못하고 경거망동한 사람은 내 자식이 아니라며 나흘간이나 꼬박 곡기를 끊은 어머니를 달래는 일이었다.

이 에미가 이렇게 눈 시퍼렇게 살아 있는 한 그놈은 절대 안 죽는다. 내 말이 우습게 들리냐?

아닙니다. 어머니가 살아 계시는데 걔가 어떻게 먼저 죽겠습니까.

이제 그걸 알았으면 이 에미부터 죽여라. 그래야만 네 동생이 죽을 게 아니냐.

검율리 마을 쪽에서 개 여러 마리가 한꺼번에 짖어댔다. 산비탈 군부대 정문에는 위병 하나가 총을 어깨에 멘 채 신작로 쪽 어둠을 멍하니 내려다보고 서 있었다. 군부대 정문 초소에 매달린 백열등 불빛 때문인가, 모처럼 익숙해진 어둠이 갑자기 캄캄절벽으로 막아섰다.

사방이 벽이었다. 자기를 바라보는 모든 사람들이 벽 저쪽에서 자기들끼리 눈을 맞추며 웃고 있었다. 마을에서 함께 자란 부랄친구들도 벽을 쌓은 뒤 그 벽의 뚫린 구멍을 통해 자신을 바라보았다. 읍내의 직장 사람들도 이쪽을 자기들과 다른 위치에 세워놓고 바라보았다. 그들은 하나부터 열까지 모든 걸 알고자 했다. 어쩌다 이쪽이 흘린 말이나 표정에서 어떤 단서를 잡으려 신경을 곤두세웠다. 이쪽이 괴로우면 괴로울수록 그들은 들떠 올랐다. 이미 전설적인 인물이 돼버린 아버지에 대해 그 자식의 말을 듣고 싶어 했다. 어머니의 그 억척스러움 뒤에 감춰진 통곡 소리를 그 자식의 입을 통해 듣고자 했다. 종태의 행방불명에 대한 떠도는 소문으로 그 형이 얼마나 곤욕스러워 하는가를 확인하려 했다. 물론 그들 중에는 험난한 이 시대를 함께 사는 동지애의 그런 아픔의 눈으로 이쪽을 바라보는 사람도 있긴 했다. 그러나 그런 이해의 눈은 벽 구멍에 댄 그 한쪽의 눈일 뿐 다른 한쪽의 눈은 교활한 호기심으로 반들거리고 있었다. 그들은 백치 여동생을 둔 이쪽의 괴로움은 어떤 것일까 호시탐탐 엿보다가 혜자가 실종되자 이쪽보다 먼저 한숨을 깊이 몰아쉬었다.

종호에게 가장 괴로운 것은 집을 나간 종태나 혜자가 죽지 않고 어딘가 살아 있다는 어머니의 확신이 풍문에 의해 흔들리는 일이었다. 그러할 때 어머니는 마음의 흔들림을 감추기 위해 억지 능청을 떨었다. 종태의 경우가 특히 그랬다.

봐라, 때가 되면 다 온다! 이 옘병할 잡것들아.

남북이 한창 화해 분위기에 젖어 서로 오가며 회담을 할 때였다. 남북이 그렇게 느닷없이 만나 회담을 벌이는 것처럼 당장 내일이라도 하나가 될는지 모른다는 기대가 부풀어 있는 중이었다.

아범아, 네 생각은 어떠냐? 남북통일인가 뭔가가 사람들이 말하는 것처럼 그리 쉽진 않겠쟈?

종태가 자취를 감춘 지 일 년쯤 지나 그를 찾고 있는 사람들조차 전혀 모르는, 종태의 일본 밀항과 입북설이 파다하게 떠돌 무렵이었다. 종호는 어머니가 자기 입만 쳐다보며 숨을 죽이고 있음을 알았다. 통일이 쉽지 않으리란 어머니의 지레 체념에 더 할 얘기가 없었다.

그래요. 생각하는 것보다 통일이 그렇게 쉽진 않을 거예요.

그렇지 않구! 그게 어디 그렇게 쉽겠냐. 원앙같이 죽네사네 붙어 살던 부부도 한번 헤어지면 그만 아니냐. 그러나 이쪽저쪽이 서루 왕래를 한다든가 편지라두 띄울 수는 있을 거 아니냐, 어떠냐. 그런 일이야 하자구만 하면 내일이라두 당장 되겠지?

그것두 두고 봐야 알아요.

그렇담 그 회담인가 돌담인가 그 지랄들은 뭣하러 하는 게야?

종호는 애면글면 달라붙다가 끝내는 역정으로 바뀌는 어머니를 향해 자기도 모르게 억지를 쓴다.

남북통일 되는 거하고 우리하고 뭔 관계가 있다고 자꾸 그러세요?

관계가 있잖구! 그쪽 소식이라두 들었으면 원이 없겠다.

도대체 뭔 소식 말입니까?

내가 느덜한테 말은 안 했다만 요즘 자꾸 회양 친정집 식구들이 꿈에 보여야. 옛날엔 같은 강원도루 엎어지면 코 닿을 텐데 지금이야 갈 수 없는 천릿길 아니냐. 해방된 이듬해에 니 큰 외삼촌이 다녀가시군 입때꺼정 친정 소식을 못 들었다. 니 외조부님들이야 벌써 돌아가셨겠지만. 그저 고향 땅이라두 한번 밟아보는 게 소원이다.

듣고 보니 아버지와 종태의 생사 못지않게 어머니에겐 또 다른 귀중한 것이 있었다.

대기버덩 마을에서 자지러지게 우는 갓난애 울음소리가 들려왔다. 눈알이 돌아간 채 밤을 새워 울던 혜자의 경기 난 울음소리가 꼭 저랬다 싶었다. 혜자를 등에 업은 어머니가 망령산 골짜기에서 그 무덤을 파헤치다가 나둥그러질 때 혜자 머리가 땅에 부딪혀 일어난 경기라고 했다. 갓난애 울음소리가 그치면서 어둠은 더 짙은 두께로 밀려왔다.

전단도 수천 장 돌렸고 전국의 알아볼 만한 곳은 다 알아본 뒤 어머니가 내린 결론은 혜자가 자식 없는 어느 집 씨받이로 들어가 대우 받고 누웠다는 것이다. 세상엔 남한테 말 못할 기구한 별의별 사정이 다 있다는 얘기다.

에미야, 어디 네 생각 좀 들어보자. 니 시누가 죽진 않았겠쟈? 안 그러냐? 걔가 뭔 죄를 졌다고 비명횡사를 했겠느냐 말이다.

그것은 며느리의 생각을 듣겠다는 물음이 아니다. 그럴 때 종호는 아내가 어떻게 나올 것인가 몹시 조마스러웠다.

그러믄유, 어무님. 우리 애기씬 천사라고 신부님이 그러셨잖아유. 천사가 죽는 법이 있나유 뭐.

에미 말이 맞다. 그러니까 사람 천사는 사람 구실두 해야 되지 않겠냐?

그러믄유, 어무님.

에미야, 니 시눈 엉덩짝두 크구 하니까 애낳이두 할 수 있겠쟈?
그러믄유, 어무님.
그러나저러나 너처럼 애를 쉽게 낳는 여잔 내 첨 봤다.
그래두 얼마나 힘들었다구유, 어무님. 아들을 못 낳았으니까 힘든 척을 못한 거죠.
그런데 에미야. 니가 볼 때 니 시누년두 너처럼 앨 쉽게 낳을 거 같지 않더냐?
그럴 꺼에유, 어무님.
너두 알지? 니 시누년이 미역국이라면 사족을 못 쓰고 처먹던 걸.
그래유, 애기씬 미역국을 좋아하셨에유.
아이구, 이 일을 으쩌면 좋단 말이냐.
어머니가 갑자기 땅이 꺼지게 한숨을 쉬었다.
앨 낳으면 미역국을 꼭 먹어야 하는데 미역국이 있대두 그걸 누가 먹여주느냐 말이다.
염려 마세유, 어무님. 집에 있을 땐 어무님이 애기씨가 숟가락질을 못한다면서 먹여주셔서 그렇지만 혼자 있으면 어떻게 든지 잘 먹을 거예유. 습관하기 달린 거지유 뭐.
에미 말이 맞다. 숟갈질을 못하믄 국그릇에 입을 대구 핥어라두 못 처먹겠냐.
그러나 상성한 어머니의 마음은 수시로 변했다. 혜자가 없어진 날을 기준해서 수태부터 입덧 해산 날짜까지 꼽고 앉아 뭔가 웅얼거리던 이가,
쌔구 쌘 게 기집인데 으떤 눔이 그런 병신을 데려갈꾸.

종호는 그렇게 상심해 늘어진 어머니를 보고 있노라면 가슴으로 암울한 안개가 피어올랐다. 어머니는 한번 마음이 달뜨면 좌정을 못하고 사방팔방 나돌았다.

아범보고 나 찾지 말라고 그래라.

이런 말 한마디를 남기고 훌쩍 집을 나가면 며칠씩 감감이다가 느닷없이 경기도 평택이나 서해안 어느 작은 마을의 지서 순경이 읍내 조합으로 연락을 해오곤 했다. 몸에 지닌 돈도 없이 집을 나가 발길 가는 대로 정처없이 떠돌다가 지쳐 쓰러진 것이다.

읍내에서 북쪽으로 이십여 리 산길을 걸어 들어가면 십여 가구가 띄엄띄엄 떨어져 사는 사랑골이란 작은 마을이 있다. 어머니가 그 골짜기까지 들어가 열병으로 남의 집 골방에 누워 있었다. 종호가 달려가 손을 잡자 어머니는 헛소리를 했다. 큰아들을 작은아들로 알아본 것이다.

종태야, 니가 이제 외삼촌이 됐다. 혜자가 앨 낳어. 떡두꺼비 같은 아들이여, 아들.

그러나 자기 정신으로 돌아왔을 때의 어머니 얼굴은 차마 쳐다보기 민망할 정도로 비참했다.

아범아, 내가 잘못했다. 내가 내 맴이 아니어서 그래.

그런 집안일로 종호는 직장에 사표까지 제출한 적이 있었다. 툭하면 자리를 떠야 하는 게 미안했기 때문이다. 외로웠다. 이 세상에 자기 괴로움을 알아줄 사람이 단 하나도 없다는 그런 단절감이었다. 그 단절감이 세상 모든 것에 대한 미움으로 바뀌었다. 그럴 때 종호는 술을 먹었다. 그런대로 술 취한 발걸음이 속개 마을 쪽 황 대장네 집으로 향하고 있을 즈음이면 세상에 대한 미움이 어느 정도 가라앉았다.

은주 아빠, 우리 여기서 이사 가유. 남들이 다 그러는데 여기 집터가 안 좋대유.

종호는 어느 날 아내의 초췌한 얼굴을 보는 순간 괴로움을 겪고 있는 것이 자기 혼자가 아니라는 것을 알았다. 이 마을을 뜨지 않고 함께 남아 버텨줄 또 한 사람의 동지가 바로 곁에 있었던 것이다. 여자와 쪽박은 밖으로 내돌리면 망가지는 법이라고 며느리의 바깥출입을 못마땅해하는 어머니를 설득해 아내가 마을의 새마을부녀회 책임을 맡았을 때 그 일을 전적으로 지원하고 나선 것도 그 때문이었다.

그러나 어머니는 하루하루 속수무책으로 무너져 내렸다. 그처럼 의연하고 억척스럽던 어머니가, 없어도 백번 좋았을 병신 자식 하나 때문에 저처럼 형편없이 무너져 내린다는 것은 분통이 터지는 일이었다.

며칠 전 일요일이다. 아내가 아이들을 데리고 읍내에 나가 집에는 어머니와 단둘이 남아 있었다. 엊그제의 추석은 유난히 심란하게 지나갔다. 아무리 집안이 난사라 해도 추석을 그냥 넘길 수는 없는 법이라며 아내가 떡을 빚고 고기를 사다가 전을 부쳐도 방에 면벽을 하고 누운 채 얼굴 한 번 내밀지 않던 어머니는 끝내 그 추석 음식에 손도 대지 않았다.

애, 아범, 지금 무슨 소리 못 들었냐?

종호가 마당 멍석 위에 널어놓은 참깨를 뒤적이고 있는데 머리칼이 부스스 흩어진 어머니가 나왔다. 집 뒤껼 산자락 숲에서 간간이 새소리만 들릴 뿐 따가운 가을 햇볕에 잠긴 마을은 온통 정적에 싸여 있었을 뿐이다.

아무 소리도 안 나는데요.

어머니가 또 밖에 나갈 구실을 찾았구나 싶어 역시 집에 있길 잘했다는 생각이었다.

어머니는 빈 돼지우리 쪽으로 해서 집 주위를 한 바퀴 빙 돌고 들어와 종호의 참깨 뒤적이는 모습을 멀거니 내려다보고 서 있었다. 종호는 그런 어머니의 시선을 짐짓 외면한 채 그늘에 잠기기 시작한 멍석을 양지 쪽으로 끌고 갔다. 그 순간이었다.

아범, 나 좀 보자!

칼로 베듯 하도 단호한 목소리여서 종호는 벌떡 일어나 어머니를 돌아다보았다. 그렇게 무서운 얼굴을 한 어머니 얼굴은 처음이었다.

이놈아, 혜잘 어쨌니? 이제 그만큼 괴롭혔으면 얘길 해라. 혜잘 어따 갖다 숨겼는가 말이여?

어머니, 무슨 말씀이세요?

이놈아, 혜잘 내놔!

어머니, 제가 혜잘 어떻게 했다고 그러십니까?

에이, 나쁜 놈! 능청떨지 말고 어서 혜자 있는 델 대거라.

혜자 있는 델 제가 어떻게 압니까?

이놈아, 느 연놈들이 짜구서 어따가 숨겨둔 거 내가 다 안다.

그런 일 없어요, 어머니!

내놔, 이놈아! 혜자만 내놓으면 내 다신 느덜 괴롭히지 않구 산속에 데리구 들어가 안 나올 거니 어서 내놓으라니까!

그 어처구니없는 생떼는 어머니가 혜자에 대해 가지고 있는 마지막 희망이었을 것이다. 종호는 혜자를 내놓으라고 다그치는 어머니의 얼굴에서 절망을 읽었다. 그런 일이 있고부터 어머니는 건잡을 수 없이 허물어져 내렸다.

나흘 전 갈마곡다리를 건너 닭바위 쪽으로 들어서는 신작로에서다. 밤 열시가 넘은 캄캄 절벽이었다. 누군가 앞을 불쑥 막아섰다.

아범이냐?

어머니, 여기 웬일이세요?

아범 마중 좀 나오면 안 되냐?

고마워요, 어머니.

그러면서 종호는 새마을 지도자 철구 말대로 다시 돼지를 쳐야 하겠다는 생각을 할 때다.

어머니가 어둠 속에서 느닷없이 땅바닥에 꿇어앉는 기색이더니 종호의 무릎을 끌어안았다. 종호는 어머니의 손이 격렬하게 떨고 있음을 알았다. 어머니가 큥큥 울고 있었다.

아범아, 제발 나 줌 살려줘어. 난 죽구 싶지 않어. 니 동생 종태랑 혜잘 이 눈으루 다시 보기 전엔 난 절대로 못 죽는다.

어머니, 어서 일어나세요.

아범아, 니 동생 종태는 안 죽었쟈?

어서 일어나시라니까요!

혜자두 어디 살아 있겠쟈?

어머니, 이제 그만 일어나세요!

아범아, 내 말 잘 들어야 한다. 느덜 아부진 그때 안 돌아가셨다.

이것이 어머니가 아버지 생사에 대해 처음이자 마지막으로 입에 올린 말이다. 그 순간 종호의 기억 밑바닥에 묻혀 있던 어둠 속 목소리 하나가 스치듯 살아났다. 아버지가 공작산 산악대한테 끌려간 지 두어 달쯤 지난 어느 밤이다. 잠결이다. 아니, 꿈결이었을 것이다. 살아 있어야…… 무슨 일이 있어도 꼭…… 두런두런. 그런 꿈이다. 그런 꿈을 꾸었다고 아침 밥상에서 그 이야기를 하려다 그만두었다.

꿈이었어. 종호는 어머니가 잡고 있는 다리를 조금 거칠게 빼냈다. 어머니의 망상, 그 음모에 동참할 수가 없었다. 그것은 자신이 이제까지 어렵게 살려내 마음의 중심으로 세운 진짜 살아 있는 아버지를 잃을 것 같은 두려움이었다.

어머니는 아직도 어둠 속 땅바닥에 무릎을 꿇고 있었다. 이번엔 아버지도 종태도 아닌 혜자였다.

아범아, 내 이렇게 빌겠다. 제발 혜잘 찾아줘어!

왜 이러시는 거예요. 어머니!

아범두 알구 있지? 혜자 그년은 느 아부지나 종태하군 다르다. 손이 있으니 옷 하나 제대루 입나, 입이 있으니 어디가 아프면 아프다구 말을 할 수 있나. 젤루 걱정되는 건 그년은 배가 고파두 배고프단 말 한마디 못해요. 그저 이 에미가 알아서 찾아 먹여야 좋다구 히히거리던 년인데…… 그년 어디서 배곯구 앉았을 생각을 하면…… 흐흥 흥, 흥…… 아이구, 가슴 답답해라.

밝을 때 같으면 이괄바위와 여우고개가 한눈에 들어오는 검율리 언덕배기였다. 종호는 이쯤에 서서 대기버덩 너른 벌판과 속개 마을을 거쳐 오룡산 기슭 수타천으로 이어지는 강둑을 바라보면 뭔가 가슴에 가득히 채워지는 느낌이었다. 대기버덩에서 강변을 끼고 펼쳐진 길쯤이 누운 읍내가 한눈에 조망되면서 가슴이 두근거렸다. 그것은 강 건너 세계에 대한, 시골 사람들이 갖고 사는 막연한 동경과 위구심이었다. 읍내에 직장을 가지고 있으면서도 읍내가 고향이라고 생각되지 않는 그 서먹함이 바로 그것이었다.

마을을 병풍처럼 둘러친 오룡산의 끝 봉우리에 있는 이괄산성과 바로 그 곁의, 이괄바위로 불리는 바위 절벽은 또 다른 뜻에서 종호의 가슴을 설레게 했다. 이괄이 인조반정에 대공을 세우고도 논공행상에서 낮은 녹공을 받는 등 괄시를 당하자 반란을 일으켰다가 결국은 씨 몰살을 당한 역사적 사실 같은 건 중요하지 않았다. 또한 무관 출신이지만 문장과 필법에 능했다는 이괄이 이곳 읍내 현감쯤으로 한 삼 년 머무는 동안 전망 좋은 데다 산성을 쌓고 그 밑 용소에서 기생들과 놀이도 했을 것이고 오룡산 꼭대기 너른 데서 말을 조련시켰을 가능성도 있다. 중요한 것은 그런 이야기가 오랜 세월 사람들의 입을 통해 전해질 수 있는 근거로서의 그 산과 바위와 물이 지금 여기 그대로 남아 있다는 사실이다. 종호에게 이러한 고향 인식은 하나의 구원이었다.

앞으로도 쉼 없이 또 다른 아버지와 더 똑똑한 종태들이 이

산과 물에서 잠시 머물다 갈 것이다. 그네들이 여기 머무는 동안 어떻게 살았는가 하는 것 또한 이 산하와 이 산하를 지키고 사는 사람들의 입과 입에 오르내릴 것이다. 문제는 자신이 이 산하에 머물러 사는 동안 아버지와 종태의 이야기가 그릇되게 전해지는 것만은 막아야 한다는 생각이었다. 이괄이 타던 용마가 바위 절벽에서 떨어져 묻혔다는, 논 한가운데 봉긋이 솟은 두세 평 넓이의 돌더미를 헐어버리는 게 어떻겠느냔 논 임자와 새마을 지도자 철구의 의견에 자신이 반대하고 나섰던 것도 수백 년 동안 그 돌무덤이 헐리지 않게 막아온 그 수많은 사람들의 염력, 주술에 대한 믿음이었을 것이다.

어둠이 갈갈이 찢기는 느낌이었다. 검율리 아랫마을 개들이 그처럼 극성맞게 짖어댔다. 한쪽에 벌겋게 구멍이 뚫리며 어둠이 마구 흔들렸다.

종호가 걸음을 멈췄다. 검율리 언덕배기에서 이괄바위 쪽으로 뻗다가 산모퉁이를 휘돌아야 하는 굽잇길이었다. 느닷없이 그 굽잇길에서 여럿의 뜀질하는 소리가 났다. 불빛이 보였다. 자전거 헤드라이트가 분명한 두 개의 불빛이 길바닥에 어른거렸다. 언덕배기라 자전거를 끌고 올라가는구나 생각하는 사이 뜀질하는 그 패들은 숨을 헉헉 몰아쉬며 종호 곁을 지나쳤다.

자전거를 끌고 가는 패들이 언덕배기로 사라지자, 개 짖는 소리마저 멎어, 찢겼던 어둠은 더욱 농밀한 두께로 우욱우욱 눈앞을 가로막았다.

종호는 팔십여 미터쯤의 바위 절벽의 흐릿한 윤곽을 눈에 잡으며 여우고개 마루턱을 향해 터벌터벌 걸어갔다. 수타천 김소로 흘러내리는 개울물 소리가 어둠 속에서 유난히 청량했다.

이괄바위

삼우제를 지낸 그 다음다음 날 철구가 찾아왔다. 종호는 방에서 깜박 잠이 들었다가 상주로서의 인사를 황망 결에 치렀다.

"자네, 이번에 우리 집 일루 욕 많이 봤네."

"종호 자네, 조합에 있으면서 남한테 인심 안 잃구 살았더구먼. 우리 새마을에 그렇게 많은 문상객들이 들기는 아마 이번이 처음일 거야."

"우리 어머니, 당신 괴로운 것만큼 그 반대루 남들한테 많이 베풀고 사셨다는 걸 이번에 비로소 알았네."

"하긴 그 고생을 하시면서두 어려운 사람 찾아오면 맨손으로 내보내는 법이 없었으니까."

잠깐 침묵을 했다가 철구가 다시 입을 열었다.

"그런데 문상객 중에 종태 일루 늘 찾아오던 형사두 뵈던데, 누가 부고장을 거기까지 보낸 모양이지?"

종호가 얼굴을 돌리며 대답을 피하자 철구가 또 다른 화제를 찾아냈다.

"참, 자네. 조합을 그만둔다는 얘기가 들리던데, 그거 무슨 얘기여?"

"왜, 그만두면 안 되는가?"

"그렇담 여길 아주 뜰 생각인가? 하긴……"

"여길 뜨다니, 그건 아니네."

"그럼, 왜?"

"어머니가 안 계시는데 누가 농살 짓겠나."

"농사 땜에 조합을 그만둬?"

"어머니 생전에 진작 그랬어야 했지."

"도대체 이핼 할 수 없군. 월급쟁이 그만두구 농살 짓겠다니, 이거 원……"

"자네, 한심한 새마을 지도자군."

철구는 아무래두 이해가 안 된다는 듯 고개를 계속 설레설레 흔들다가, 문득 돼지우리 쪽으로 시선을 돌리며,

"그렇담 저번 내가 얘기하던 양돈단지 만드는 일은 쉽게 되겠구먼."

그러나 종호는 쉽게 대답이 나오지 않았다. 이때까지 모든 걸 어머니한테 미뤘지만 이제부터는 사정이 달라진 것이다.

"좌우지간 우리 새마을이……"

"자네 아까부터 새마을 새마을 하는데 그 새마을은 도대체 어디 있는 건가?"

"이 사람아, 지난번 내가 얘기했잖아. 우리 샘말을 아주 새마을로 마을 이름을 바꾸자구 말이네."

"난 그거 반대네. 아주 오래전부터 옻물이 솟는 샘터가 있어 샘말이란 마을 이름이 생긴 건데 그런 마을 이름을 바꾸다니 그건 말두 안 돼!"

이제까지 상주답게 나직나직 말을 주고받던 종호의 말투가 갑자기 거세지자 철구가 머쓱하니 물러섰다. 되려 멋쩍은 쪽은

종호였다. 별것 아닌 일에 목소리부터 높인 게 몹시 부끄러웠다. 그 기미를 안 철래가 급히 화제를 돌렸다.

"참, 황 대장 영감이 요즘 정미소에 안 나온다네."

"병이 나셨을 게야. 우리 일루 그렇게 애를 쓰시더니……"

"병이 났으면 집에라두 있을 건데 벌써 사흘째나 집이 비었다던데."

종호는 자기도 모르게 마루에서 벌떡 일어났다.

"아니, 그럼 그 양반이 어찌 됐다는 겐가?"

"낸들 그걸 알 수가 있나. 다만……"

"다만, 뭐야?"

"어떤 애들이 보니까 며칠 전 밤중에 갈마곡다리 한가운데서 있더라는 거야."

"아니, 그럼……?"

"설마 게서 떨어져 죽었겠어. 다 늙은이가 자살을 했을 리두 만무하고. 요즘은 술도 전혀 입에 대지 않았다던데."

종호 또한 어머니 장지에서 누군가, 황 대장 저 엉큼한 영감태기 저 혼자 오래 살려고 그렇게 잘 처먹던 술을 입에도 안 댄다는 말을 들은 것 같았다.

황 대장은 사지가 제멋대로 굳은 어머니의 그 험한 시신을 이 괄바위 아래 김소에서 어렵사리 펴 염을 하면서도 일절 입을 열지 않았다. 하관은 물론 회다짐과 봉분 만들기까지 빠지지 않고 앞장서던 황 대장이 가끔 종호 쪽으로 눈길을 서너 번 줬을 뿐이다. 그때 종호는 황 대장의 눈빛에서 오래전 산악대에 끌려가며 어린 아들을 바라보던 아버지의 절망을 본 느낌이었다.

황 대장, 이미 저세상 사람이 된 어머니 말고 이제 아버지의 생사, 그 진실을 알고 있을 유일한 사람이다. 황 대장을 찾아 나선 종호의 발걸음이 무겁다.

◌1986년 『문학정신』 10월호

실반지

누군가 내게서 아내를 빼앗아갔다. 그가 우정 내 아내를 빼앗기 위해서 왔었다고 단정할 수는 없는 일이지만 결과는 매한가지다. 나는 아내를 잃었다. 잃어버렸다는 표현 이상의 적절한 말을 생각해낼 수가 없었다. 아내가 이미 이 세상 사람이 아니라는 것을 알았을 때 내 머릿속에 가장 먼저 떠오른 것은 그네를 되찾지 않으면 안 된다는 당혹감이었다.

나는 그네의 주검을 타 넘어 방문을 열어젖뜨린 다음 밖으로 뛰쳐나갔다. 하늘이 희붐하게 벗겨지고 있는 새벽이었다. 혹시 마당 한구석에 서성거리고 있을는지도 모르는 아내를 찾기 위해 나는 두 손을 휘저으며 마당을 헤맸다. 문득 희붐한 하늘 가운데에 뿌린 듯 박혀, 오들오들 떨고 있는 새벽별 한 무더기가 눈에 띄었다. 비로소 나는 아내를 잃었다는 형언하기 어려운 낭패감에 휩싸였다. 천길 낭떠러지로 까마아득 떨어져 내리는 느낌이었다. 집과 가까이 있는 도로 위로 차량들이 무섭게 질주하고 있었다. 속내의 바람에 맨발, 내가 마당 한가운데에 우두커니 서 있었다. 도로의 소음과 몸을 오싹 조이는 한기, 꿈이 아니었다. 이것이 꿈이지 하는 기대가 무너지면서 나는 더 큰 절망과 만났다.

그러나 나는 포기할 수가 없었다. 대문은 빗장이 걸린 채였다. 나는 빗장을 뽑고 대문을 열어젖뜨렸다. 밤새도록 막다른 골목에 웅크려 앉았던 차가운 바람이 기다렸다는 듯 열린 대문 안으로 밀어닥쳤다. 나는 대문을 한껏 활짝 열어놓았다. 어쩌면 그 열린 대문으로 아내가 돌아올 것 같았다. 그러나 나는 결국 대문을 열어놓은 채 돌아서고 말았다. 그 순간 내 몸은 걷잡을 수 없이 와들와들 떨려왔다. 이까지 딱딱 마주칠 정도로 몸이 떨렸다. 그것은 아내가 버리고 간 우리 방 안에 남겨진 그네의 주검과 다시 만나야 하는 공포였다. 그네의 주검 가운데 깊숙이 꽂힌 칼날이 내 심장을 향해 날아오는 그런 공포, 나는 무너지듯 마루에 주저앉았다.

그 새벽 추위로 해서 나는 감기가 들었다. 어쩌면 바이러스는 그보다 일주일쯤 전부터 내 몸속에 잠입하여 서서히 증식해 왔을 것이다. 바이러스의 잠입 징후는 맨 처음 재채기로 나타났다. 나는 내 방 앉은뱅이책상에 붙어 앉아 요란한 재채기를 했다. 당신 감기 들었나 봐요. 연탄구멍 다 열어놨어요. 아내가 털 스웨터를 들고 나와 내 곁에 앉으며 말했다. 벌써 며칠째 너무 무리하는 것 같아요. 나는 서류에서 눈을 떼지 않으며 아내가 하라는 대로 손을 뻗쳐 스웨터를 입었다. 됐어, 들어가 자. 내가 퉁명스럽게 말했다. 오늘도 여기서 그냥 주무실 거예요?

아내는 책상 옆에 펴놓은 이부자리 밑에 손을 넣으며 말했다. 그리고 조용히 일어나 내 어깻죽지를 주무르기 시작했다. 건강도 생각해야죠. 나는 대답하는 대신 왼손을 바른쪽 어깨로 뻗쳐 그네의 손을 잡았다. 그네의 보드라운 손가락이 잡히고 거기 3부짜리 다이아 백금 반지가 깔끄럽게 감촉됐다. 내가 그네를 소유하겠다는 정표로 그네에게 끼워준 결혼반지다. 일찍 주무세요. 아내가 내 귓가에 속삭인 다음 조용히 일어나 나갔다. 열한시 이십분. 나는 슬며시 울화가 치밀었다. 그것은 내게 이런 일을 맡긴 회사 중역에 대한 것이라기보다 이러한 일을 맡고 나선 나 자신을 향한 분노였다. 그네들이 나를 택했다. 그러나 내가 원하지 않았다면 맡지 않을 수도 있었다. 민 과장을 발탁해온 건 바로 이런 일 때문이었소. 중역이 말했다. 기회를 놓치지 마시오. 서류를 뒤져보면서 내가 알아낸 것은 회사 중역들의 너무 많은 것을 갖기 위한 지나친 욕심이었다. 적절한 투자와 균등 분배의 원리가 무시된 변칙 운영에 따른 수지 결산이 엉망이었다. 중역들이 살고 아울러 회사가 연명할 수 있는 길은 탈세뿐이었다. 이중장부가 필요했다. 연말 결산에, 세무 감사가 눈앞에 다가오고 있었다. 남의 눈을 피해서 해야 할 일이었다. 아내를 위해서, 우리가 낳아 키우는 아이들을 위해서, 그리고 나 자신이 줄기차게 꿈꾸어온 나의 야망을 위해서 나는 그 일을 맡았다. 그것이 내가 소유하고 싶은 것을 완전하게 소유할 수 있는 최선의 길이라고 믿었다. 나는 소유하고 싶은 게 너무나 많았다. 가난했던 어린 시절 가져보지 못한 장난감에서부터 서른두 살 그 나이까지 가정을 이루지 못한 내 불우한 젊음이 지녀 누리고 싶은 것들이 헤아릴 수 없이 많았다. 항상 허기진 사람처럼 눈을 번들거리며 탐욕하는 나를 아내가 가로막곤 했다. 아내는 내가 지닌 욕망의 불길을 알고 있었다. 아내는 늘 토닥이듯 나를 달래곤 했다. 당신은 왕자예요. 갖고 싶은 걸 다 가졌어요. 당신은 내 전부를 가졌어요. 그리고 당신은 우리 아이들, 아람과 하나의 아버지예요. 아내는 머리맡에 숱한 장난감을 늘어놓은 채 입을 벌려 잠든 아람과 하나의 머리를 쓸어 넘기며 말했다. 당신은 세상 전부를 가진 거나 다름없어요. 욕망은 밑 빠진 항아리예요. 가지고 싶은 것을, 그런 무모한 욕망을 버릴 줄 아는 것이 정말 소중한 것을 지키는 거예요. 진정한 소유는 독점하지 않고 두고 보는 데 있어요. 사실 아내는 그네의 말대로 분수에 맞는 것만을 골라 남들 모르게 조용히 지켜보는 걸 좋아했다. 버려야 할 것이 무엇인가 알아 쉽게 버렸다. 그것은 실상 버린 것이 아니었다. 처음 그네를 만났을 때 나는 그네가 행복을 만드는 여자라는 것을 알았다. 나는 매일 매일 아내의 행복한 얼굴과 만났다. 나는 그네의 행복에 매혹되었고 그네의 모든 것을 가지기 위해서 노력했다. 한 마리의 파랑새를 잡기 위해 나는 모든 것을 버릴 수 있다고 생각했다. 그때 나는 모든 것을 버리는 것이 그 모든 것을 새로이 얻는 것임을 깨달았다. 그러나 나는 범부였고 아내가 일깨워준 욕망을 죽이는 법을 곧 잊었다. 그네를 소유한 자만으로 해서 눈이 먼 것이다. 그것이 아내를 잃게 된 결정적 요인이다. 훗날에야 그것을 알았다. 버리지 못해 모든 것을 잃었다는 것을.

"민 과장님, 이런 경황 중에 도리가 아닌 줄 압니다만 고인을 위해서도 협조해주셔야 합니다."

내 의사와는 관계없이 아내의 주검은 벌거벗겨진 채 뭇 사내들의 눈앞에 공개되었다. 나는 현장을 처음 목격한 그때의 정황을 열 번이나 넘게 되풀이해야 했다. 그리고 방 문턱 바로 밑에 반듯이 누워 있던 아내에 대해서도 거듭거듭 말해야 했다. 암울, 그 절망의 늪에 빠져 탄식하며 슬퍼해야 마땅할 시간에 나는 어처구니없게도 아내의 죽어 넘어진 그 위치를 말하고 있었다. 도대체 사랑하는 아내의 죽음을 조용히 애도할 그럴 겨를이 없었다.

"다른 방에서 주무신 이유를 말씀해주십시오."

"회사 일을 했습니다. 시간이 없어 밤을 새웠습니다."

"그날, 사건이 일어난 날 밤에 밤을 새우셨단 말이지요?"

"아닙니다. 그 전날 얘깁니다. 그날 밤은 나도 모르게 쓰러져 잠이 들었습니다."

나는 허둥지둥 얘기를 바로잡았다. 몇 번씩 되풀이한 말인데 막상 그들과 얘기를 나누다 보면 전후가 헛갈렸다.

"수사상 저희들이 보관하고 있는 그 서류 때문에 다른 방을 쓰셨다 그 말씀이신데, 그게 그렇게 중요한 것입니까?"

이것은 또 다른 고통이었다. 회사 중역의 얼굴이 떠올랐다. 서류, 아내의 죽음과는 또 다른 공포가 엄습했다. 아내를 위해서, 사랑하는 우리 아이들을 위해서 출세하고 싶었던 내 욕망을 어떻게 설명할 수 있단 말인가.

"좋습니다. 그렇게 묵비권을 행사하시면 우리 나름대로 해

석할 수도 있습니다. 이를테면 민 과장님께서 돌아가신 부인과 같은 방을 쓰지 않을 정도로 사이가 나빴다는 것을 생각할 수 있다는 거지요."

남들이 알면 우리가 마치 사이가 나빠 별거한다고 생각할 거예요. 아내가 말했다. 부부가 각방을 쓰는 것은 이유야 어쨌든 안 좋은 거 같아요. 난 우리 사이에 그런 안 좋은 게 끼이는 걸 용서할 수 없어요. 아내는 이삼 일 동안 아이들과 함께 안방에서 자고 난 뒤 숫제 눈물을 보였다. 일주일이야, 일주일만 참아줘. 나는 그 일주일 동안에 비밀 장부의 숫자에 조화를 부려낼 자신이 있었다. 우리 회사를 잡아먹고 싶어 하는 회사가 많다는 걸 명심하시오. 기밀이 새거나 서류 중 일부라도 누출될 경우 우리 회사는 끝장이오. 내게 일을 맡긴 사람이 다시 말했다. 실례의 얘기지만 부인한테도 극비로 하시오. 회사에서는 그만한 보상은 다 생각하고 있을 거요. 회사를 위해서가 아니라, 나 자신을 위해서도 그것은 중요한 일이었다. 나는 서류와 함께 잠을 잤다. 출입문과 창문을 잠근 다음 커튼까지 쳐 외부와 모든 걸 차단했다. 나를 믿는 사람들을 배신하는 것은 죄악이라고 생각한 것이다. 낮에는 더 바빴다. 장부상의 하자를 때우기 위해 간부들을 수없이 만나야 했고 출고와 재고, 그리고 거래상사들과의 비밀한 입맞춤과 동료들이 눈치를 채지 못하게 하기 위한 연막으로 커피를 마시며 농담도 해야 했다.

여보, 문 좀 열어주세요. 어느 날 새벽녘 아내가 밖에서 애원하고 있었다. 무서운 꿈을 꾸었어요. 아내의 가슴이 파닥파닥 뛰고 있었다. 당신이 절벽에 매달려 살려달라고 애원하고 있었고, 망치를 든 사람이 당신이 몸을 지탱한 그 손가락을 망치로 내리치고 있었단 말예요. 그네는 내 손을 더듬어 쥐며 말했다. 나쁜 꿈은 현실에선 좋은 거야. 나는 아내의 말을 흉내 냈다. 무서워요. 아내가 품에 파고들면서 몸서리쳤다. 아내의 몸은 뜨거웠다. 그러나 나는 그 뜨거움을 통해서도 관능의 불을 당기지 못했다. 내 몸은 딴 방을 쓰는 그날부터 차갑게 식어 있었다. 건강한 수만 개의 분자 대신 수억의 화폐단위가 내 몸속을 악몽처럼 휘젓고 있었을 뿐이다. 당신 이제 내가 싫어진 거지요. 품에서 아내가 할딱거리며 다그쳤다. 그렇지 않아. 나는 마음속에서 부르짖었다. 당신을 위해서, 그리고 우리 아이들을 위해서, 모든 것을 완전하게 갖기 위해 나는 지금 나를 충전하고 있는 거야.

"그날 새벽 민 과장이 발견한 현장을 다시 한 번 설명해보시오."

나는 그들의 취조실에서 그들이 내미는 종이에 다시 한 번 그 현장을 그려야 했다. 그림을 좀 배워두는 건데…… 그런 엉뚱한 생각을 한 것도 그때였다.

"큰애는 여섯 살, 사내앱니다. 그 밑의 계집앤 네 살입니다. 아내와 나는 우리 아람과 하나를 똑같이 사랑했습니다. 우리 두 사람 중 한 사람의 사랑이 없어도 그 아이들은 살아갈 수가 없습니다. 그런데 내 아내를……"

"민 과장, 진정하시오. 나도 왕년에 상처를 한 경험이 있소. 모든 사람은 다 자기 배우자를 잃게 돼 있소. 그것이 인생이오.

문제는 현실이오. 다시 시작합시다. 민 과장 말대로 한다면 돌아가신 부인께선 그때 화장대 바로 곁에……"

"아닙니다. 화장대 곁이 아니라 여기 방문턱이었다고 말했습니다."

"아, 그랬던가. 그때 부인께선 여기 방문턱에 잠옷을 입은 채 모로 쓰러져 있었다고 하셨는데……"

"그게 아닙니다."

나는 다시 헐떡거리며 그들의 말을 잘랐다. 내 입으로 몇 번씩 되풀이한 그때의 상황을 그들은 짐짓 내가 말한 것과 다르게 말하고 있었던 것이다.

"아닙니다. 아내는 모로 쓰러져 있지 않았습니다. 아내는 가슴에 그 칼만 없었더라면 잠자고 있는 것처럼 보일 만큼 평화로운 얼굴로 반듯하게 누워 있었습니다."

그날 밤 나는 묵직한 변의를 느껴 잠을 깼다. 잠들기 전 아내가 가져온 주스를 마셨다. 새벽이라도 좋으니 들어와 주무세요. 아침마다 아이들이 잠을 깨선 아빠를 찾아요. 화장실을 다녀오면서 나는 아내의 말을 생각했다. 안방 문을 열었을 때 나는 우선 방에 불이 켜져 있는 것을 발견하고 놀랐다. 당했구나, 하는 생각이 든 것은 의장의 서랍들이 들쑥날쑥 열려 있는 것을 발견했을 때다. 방문턱 바로 밑에 아내가 가슴에 칼을 꽂은 채 반듯하게 누워 있었고 나는 엉겁결에 그 칼자루를 잡았다. 그러나 그것은 생각과는 달리 완강한 힘으로 박혀 있었다.

"이상한 일이 아닙니까. 의장 서랍이 모두 열려 있었는데 어떻게 없어진 물건이 없다는 겁니까. 다시 한 번 살펴보시오."

그날 나는 아내의 주검을 옆에 두고 그네가 그처럼 아끼던 의장 속을 뒤지기 시작했다. 아내의 처녀 때 옷가지들이 곱게 개어져 의장 맨 밑바닥 서랍에 차곡차곡 들어 있었다. 여학교 시절 감색의 말쑥한 동정복 갈피에 하얀 칼라가 빳빳하게 다려져 끼어 있었다. 대학 시절의 추억으로는 졸업 사은회 때 입었다는 연분홍 계통의 한복이 남아 있었다. 아내는 이처럼 지난날 그네가 가졌던 모든 것을 소중하게 간직하려 했다. 과거 추억만으로도 그네는 충분히 행복할 수 있을 것 같았다. 열한 살 때 아버지가 돌아가셨어요. 그날은 하루 종일 비가 내렸어요. 아버지가 돌아가시는 그 방에 나를 들어오지 못하게 하던 간호원의 흰 가운에 그네의 머리카락이 하나 떨어져 있었어요. 왠지 그 흰 바탕 위의 머리카락이 살아 있는 것처럼 보였어요. 내가 손을 뻗어 간호원의 어깨에서 그 머리카락을 집어내자 그 간호원 언니는 얼굴을 살짝 붉혔어요. 그때 아버지가 돌아가셨어요. 아버지는 피를 토하고 돌아가셨대요. 이처럼 아내는 잊어도 좋을 추억들을 차곡차곡 간직했다가 펴 보이곤 했다. 나 역시 아버지의 죽음을 알고 있었다. 내가 열 살 때였다. 아버지는 쫓기고 있었다. 많은 사람들이 아버지를 둘러쌌다. 나는 그러한 아버지의 죽음을 생각하고 싶지 않았다. 실상 내 머릿속에서 몰아낸 지 오래였다. 문득 생각이 나곤 했지만 나는 기억 속에 떠오른 그 주검 위에 침을 뱉을 수 있었다. 나는 아버지를 버린 지 오래였다. 아내는 서랍 속에 우리가 결혼하던 날 그네의 가슴에 안았던 꽃다발 한 묶음을 간직하고 있었다. 칠 년 세월 동안 습기가 증발해버린 그 꽃묶음을 들어 올리자 아스파라

거스 잎들이 먼지처럼 부서져 내렸다.

"민 과장, 부인께서 이 꽃다발을 누구한테 받았는지 알고 계십니까?"

바싹 마른 꽃묶음을 우악스럽게 움켜쥐는 내 격정을 엿보던 그들이 잽싸게 껴들었다. 모릅니다. 나는 말하고 싶지 않았다. 방 안의 은밀한 장소는 다 살펴보았다. 아내의 시계, 그리고 목걸이도 아이들이 돌 때 받은 금패물들과 함께 패물함 속에 고스란히 들어 있었다. 물론 그 전날 밤 내 손에 깔끄럽게 감촉되었던 결혼반지는 아내의 주검 한 부분에 그대로 걸려 있었다.

"저금통장이 보이지 않습니다. 그리고……"

"그리고 뭡니까?"

"더 찾아봐야 알겠지만 아내가 매우 소중하게 여기는 반지 하나가 보이지 않습니다."

말해놓고 나는 곧 후회했다. 내 마음속에서나 생각하고 있어야 할 것을 밖으로 내분 것이다.

"그게 어떤 반집니까? 어째서 그 반지를 부인께서 그렇게 소중히 여겼습니까?"

"나도 모릅니다. 그냥 아내한테 소중한 것처럼 보였습니다."

"민 과장한테 그렇게 보였다면 그것은 부인께 대단히 중요한 반지였을 거요. 생각해보시오, 그 반지를 누가 부인한테 준 것이며 왜 그처럼 소중하게 생각했던가를. 중요한 단서가 될 수도 있을 것 같소."

그들의 나를 대하는 말투가 좀 딱딱해졌다. 나는 허리를 곧추세웠다.

"그 반지는 아내가 처녀 때부터 가지고 있었던 것입니다."

"그렇겠지요. 그랬기 때문에 민 과장한테는 그 반지가 달리 보였을 게고, 민 과장은 그 반지로 해서 부인과 여러 번 말다툼을 했겠지요. 어때요, 내 말이 틀립니까?"

그들의 추리는 옳았다. 실상 나는 그 반지로 해서 아내와 다툰 적이 있었다. 칠 년 전 내가 아내를 처음 소개받았을 때 그네는 그 반지를 끼고 있었다. 실핀보다 약간 넓은, 잘해야 반 돈이 될까 말까 한 그런 빈약한 실반지였다. 그러나 그 실반지는 아내의 통통한 손가락에 너무 잘 어울렸다. 십팔금이에요. 그네가 몹시 수줍음을 타며 그 반지를 가려버렸다. 약혼하신 줄 알고 깜짝 놀랐습니다. 내가 솔직히 내 생각을 말하자 아내는 그냥 얼굴을 살짝 붉혔을 뿐이다. 아내는 결혼 후에도 그 실반지를 즐겨 끼었다. 밖에 외출할 때도 그 반지를 끼고 싶어 했다. 거, 창피하게 노는군. 내가 그 일로 늘 투덜거렸다. 부담이 없어 좋아요. 이걸 끼면 마음이 그렇게 편할 수가 없어요. 아내는 몹시 겸연쩍어하면서 말했다. 그렇다면 내가 해준 결혼반지는 부담스럽다는 얘기군. 결국 우리는 처음부터 어렵게 시작한 쌍이야. 내 빈정거림에 아내가 여느 때와 달리 매섭게 나왔다. 어떻게 생각하든 그것은 당신 자유예요. 그러나 누구에게든 한 가지쯤 혼자만 간직하고 싶은 추억이 있는 법이에요. 이 반지는 내가 누구에게 구속받기 이전 나 스스로가 지킨 순결에 대한 추억이에요. 문제는, 하고 내가 아내의 말을 낚아챘다. 문제는 순결의 징표인 그 반지를 누가 당신에게 끼워주었느냐 그거라구. 말해봐, 그 추억의 사람이 누구지? 말할 수 없어요. 아내가 예상외로 냉랭하게 맞섰다. 말해봐, 그 잊지 못하는 추억을 말이야. 말할 수 없다니까요. 말해. 나는 당신 남편이기 때문에 그걸 들을 권리가 있어. 나는 몹시 격앙된 목소리로 외쳤다. 권리를 남용하지 말아요. 난 당신에게 모든 것을 주었어요. 그러나 내 아름다운 추억까지 당신에게 빼앗기고 싶진 않아요. 남의 추억까지 빼앗으려는 당신의 욕심이 너무 비열해요. 아내가 눈물을 이슬처럼 맺으면서 말했다. 당신은 가끔 옛날 어렸을 적 시골집 생각이 난다며 휘휘 교외로 나가곤 했잖아요. 그런 휴일 오후를 생각해보세요. 가을날 바람이 불어 우수수 낙엽이라도 구르는 날이면 당신은 우리 식구가 모두 함께 있는데도 뭔가 허전하고 쓸쓸한 그런 얼굴을 보이곤 했어요. 가끔 이렇게 물었지요. 산딸기를 따먹어봤나. 찔레순을 꺾어 먹어보지 못했지? 싸리나무 울타리 밑을 헤집고 거기 병아리를 품고 앉은 이른 봄날의 암탉을 못 보았지? 이처럼 당신은 당신의 추억 속에 나를 끌어들이고 싶어 했고 그것이 불가능하다는 것을 알았을 때 더욱 낙담하며 쓸쓸한 얼굴을 했지요. 그럴 때 나는 당신이 전연 모르는 남처럼 보였어요. 그렇게 고집스럽게 혼자만 간직하고 있는 당신의 어린 시절 때문에 나는 가끔 당신이 무서웠어요. 그러나 나는 차츰 깨닫게 되었어요. 한 개인이 가진 추억은 누구에게 줄 수도 또 빼앗을 수도 없으며 또한 남의 추억 속에 껴들 수는 더욱 없다는 걸 말이에요. 나는 아내가 말하는 뜻을 알 수 있었다. 실상 나는 그녀에게 내가 가졌던 어린 시절에 대해서, 내 부모에 대해서, 내 뿌리에 대해서 말해준 적이 없었다. 아내 또한 그것을 굳이 알려고 하지 않았지만 설사 집요하게 물어왔다 해도 나는 결코 내 치욕스러운 지난날을 발설하지 않았을 것이다. 그것은 오늘을 지혜롭게 이끌어가야 할 내 욕망 앞에 한낱 거추장스러운 발뒤꿈치의 때에 불과했기 때문이다. 그런 오욕에 찬 과거를 나는 서슴없이 버린 지 오래였다.

"민 과장, 그렇게 괴로워할 것 없소. 여자란 다 그런 거요. 더 이상 그 반지 일로 해서 민 과장을 괴롭힐 생각이 없소. 그것은 이제 부인의 과거 사생활을 추적해보면 다 밝혀질 거니까 말이오."

"내 아내의 과거를 추적한다고요? 왜, 무엇 때문에, 누구 마음대로 그런 짓을 합니까?"

나는 헐떡거리며 대들었다.

"물론 그런 일을 우리도 하기 싫습니다. 그러나 당신 부인을 살해한 범인이 아직 잡히지 않았단 말이오. 내가 이러이러한 일로 살해했다, 그렇게 나서주는 사람이 있다면 새삼스레 부인의 과거를 찾아 나설 필요가 없겠지요."

그들은 서로 의미심장한 눈짓을 하며 짐짓 여러 가지를 물어왔다. 한 달에 수입이 얼마나 됩니까. 꽤 이름이 있는 회산데 부수입도 괜찮을 거 아닙니까. 회사에 들어간 지 일 년도 채 안 됐는데 어떻게 벌써 과장이 됐소. 회사 중역들의 신임이 대단하다면서요. 술 많이 합니까. 물론 회사 일로 술을 많이 먹어야 했을 거요. 청진동 소라옥이 단골이라시던데, 거기 꽃들이 일급이라더군. 어때, 재미 많이 보셨겠구먼. 그 때문에 돌아가신 부인하고도 많이 다투셨을 게고.

나는 눈을 감았다. 아무것도 듣고 싶지도, 아무것도 생각하기 싫었다. 이젠 아내가 죽었다는 그 사실마저 실감이 나지 않았다. 슬퍼야 할 텐데 슬프지가 않다. 아내의 장례식에 얼굴을 내민 회사의 높은 사람들의 얼굴이 사색이 돼 있었다.

"이보게, 민 과장, 물론 자네 경황이 없을 줄 잘 아네. 하지만 이건 회사의 사활이 달린 걸세. 잘 생각해보게. 어떻게 했나, 그 서류?"

그들은 하소연했다.

"잃어버렸습니다. 아내가 죽던 날, 그날 밤 그 서류가 없어졌습니다."

나는 그렇게 거짓말을 했다. 그렇게 말하고 싶었다.

"이 사람아, 그게 무슨 소린가? 자네 부인이 죽은 거하고 회사 서류하고 무슨 상관이 있단 말인가?"

"상관이 있습니다."

그렇게 잘라 말해놓고 나니까 나는 어느 정도 마음이 풀렸다. 나는 그 서류 때문에 아내를 잃어버렸습니다. 우리 두 사람의 사랑이 있어야만 키울 수 있는 우리 아이들의 엄마가 그 서류로 해서 죽었습니다. 나는 이제 내 아이들을 사랑할 자격이 없습니다. 나는 이제 나 자신도 사랑할 수가 없습니다. 그제야 나는 비로소 가슴에 물결쳐 오는 슬픔의 덩어리를 만질 수 있었다. 나는 울고 싶어졌다. 그때 그들이 내 어깨를 쳤다.

"민 과장, 없어진 저금통장 얘긴데 거기 얼마가 들어 있었소?"

그들은 거듭거듭 다그쳐 물었다. 이 시간 내게 가장 중요한 일은 아내의 죽음이 아니라 아내가 간직하고 있던 그 저금통장의 액수였다.

"모릅니다. 물론 아내는 그 저금통장을 내 이름으로 했다고 했습니다. 삼 년 전 결혼 사 주년 기념으로 시작한 저금이라고 했습니다. 아내는 그 통장에 얼마가 모였는지를 말하지 않았습니다. 우리의 집을 살 수 있을 때까지 모으겠다고 말했지요."

"여보시오, 그럼 이 집이 당신 것이 아니란 말이오?"

"전셉니다."

그래요? 그들은 의외란 얼굴을 했다. 우린 모든 걸 우리 손으로 처음부터 시작하는 거예요. 아내의 말대로 결혼 당시 우리는 아무것도 가진 게 없었다. 나는 천애 고아요. 그네와 결혼하게 되었을 때 나는 사고무친한 내 처지를 이야기하고 싶었다. 부모도 형제도 없어. 집도 재산도 없단 말이야. 됐어요, 그럼 지금부터 시작하는 거예요. 아내는 씀씀이가 헤프지 않았다. 자신의 나들이옷 한 가지를 제대로 해 입지 않았다. 내가 이제까지 혼자 살아온 자유분방한 무절제의 생활 방식이 그네를 당혹하게 만드는 것 같았다. 주머니에 돈이 생기면 쓰지 않고는 못 견디는 없는 자의 낭비벽을 뜯어고치기 위해 그네는 내가 일찍이 경험해볼 수 없는 내핍과 절약을 주도했다. 우선 저축부터 하고 남은 돈에 맞게 생활 계획을 세웠다. 우리의 집을 마련하는 게 그네의 꿈이었다. 아내는 남의 집에 전세를 살면서 좋은 옷, 좋은 음식을 먹는 것은 우리 아이들한테 죄악이라고 말했다.

"민 과장, 감기가 심하군. 그 콧물부터 닦지. 당신이 그렇게 괴로워한다고 죽은 사람이 살아나겠소. 당신이 할 일은 범인을 찾아 당신 부인의 원수를 갚는 일이야."

"범인이라고요? 그런 게 무슨 상관입니까. 내 아내는 죽었을 뿐입니다. 원수를 갚아야 한다고요? 죽은 사람한테 그것이 무슨 소용이 있단 말입니까. 설사 범인이 잡힌다 해도 그 범인은 내 아내를 살려내지 못합니다. 죽은 사람을 위해서는 죽은 대로 조용히 그네의 죽음을 추도해주는 것이 좋습니다. 내가 그렇게 아내의 죽음을 조용히 생각할 수 있도록 내버려두십시오."

아버지를 에워쌌던 사람들이 물러갔을 때 남은 건 아버지의 주검이었다. 머리가 터지고 손이 으깨어진 채 그는 밭고랑에 널브러져 있었다. 아무도 가까이 오지 않은 채 날이 저물고 있었고 어머니는 남편의 주검을 끌어안고 오래오래 울었다. 어린 두 동생과 함께 나는 땅을 파헤쳐 미처 캐내지 못한 고구마를 찾아 으적으적 씹었다. 처음은 우리도 어머니 뒤에 서서 슬프게 울었다. 그것은 아버지의 죽음을 생각해서라기보다 어머니의 울음이 우리들의 가슴에 절박한 느낌으로 와 닿았던 때문이다. 동생들과 함께 고구마를 캐 먹으면서 나는 이제 아이들 눈총에서 벗어날 수 있다는 생각으로 가슴이 뛰었다. 열 살 나이로 아버지를 이 세상에서 마지막 보내는 추도가 그랬다.

"이보시오, 당신 지금 팔자 좋은 소릴 하고 있군. 범인을 왜 잡느냐고? 그건 당신 개인의 문제가 아니야. 법은 한 개인을 위해서 만들어진 것이 아니라 사회 전체의 공익과 질서를 위해서 만들어지고 행사되는 거야."

"한 개인도 사회의 훌륭한 구성원입니다. 사회를 위해서 한 개인의 인격과 생활이 헝클어지고 침해받는 건 옳지 않습니다."

"이 사람 이거 꽤 웃기는군. 당신 말대로라면 지금 우리가 당신 개인의 생활을 침해하고 있다는 뜻인데…… 당신 정말 이렇게 비딱하게 나갈 거야?"

나는 정말 내가 비딱하게 나가고 있다는 것을 깨달았기 때문에 더 이상 할 말을 잊고 고개를 꺾었다. 천근만근 무게의 잠이 무섭게 쏟아졌다.

"여보, 당신 정말 무정한 사람이군. 부인이 칼에 찔려 죽었는데 어떻게 이처럼 태연하게 잠을 잘 수가 있단 말이오."

그들이 내게 담배 한 개비를 내밀었고 나는 그것을 받아 불을 붙이기가 무섭게 내 심장의 피를 빨듯 그렇게 깊이 담배를 빨았다.

"민 과장, 이제 우리 탁 터놓고 얘기합시다. 누구 원한을 살 만한 사람이 있거든 대보시오. 여자관계도 좋고 친구나 직장 동료나……"

아버지에게 세상 사람은 모두 원수였다. 당신이 가져야 할 몫까지 가지지 못했다고 항상 으르렁거리던 아버지에게 가진 사람들은 모두 적이었다. 아버지 세상이 되었을 때 아버지는 자기 몫만큼 가졌으면 되었을 것이다. 그러나 아버지는 자기 몫의 수백 배의 것을 가지려 눈이 뻘겋게 날뛰었다. 난리가 나기 전까지만 해도 아버지는 항상 많은 적을 마음대로 공격해도 용서받을 수 있는 그런 유리한 위치에 있었다. 그러나 막상 아버지가 총을 잡자 문제는 사뭇 달랐다. 그것은 시대착오를 불러일으킨 아버지의 무식 때문이었다. 아버지는 무자비하게 총을 휘둘렀다. 이제 아버지는 발 뻗고 잘 수 없는 그런 불안한 위치에서 모든 사람의 공적으로 외롭게 던져졌다. 결과는 아버지가 이 세상에 살아남을 수 없었다는 것이다. 그리고 어머니와 함께 우리 삼 남매도 아버지를 버렸다. 아버지 최중배 씨는 이 세상에 자식을 남기지 못했다. 개가한 어머니는 우리들의 성을 함께 사는 남편의 성을 따라 민씨로 가호적에 올린 것이다.

"대보시오. 마음에 짚이는 그런 사람이 있을 거 아니오."

"없습니다. 나는 아직 남한테 원한을 살 만한 일을 해본 적이 없습니다. 또한 남을 원망할 일도 없습니다."

"그러시겠지. 그렇다면 몇 가지 묻겠소. 다 조사해서 알고 묻는 거니까 거짓이 없도록 하시오."

그들은 제가끔 수첩을 꺼내 들고 묻기 시작했다. 나는 기침을 했다. 기침이 끝나면 추저분하게 콧물이 흘렀다. 콧물을 닦느라고 수건을 잠시 얼굴에 대면 눈꺼풀이 물먹은 솜처럼 무섭게 내리 감겼다. 아아, 잠.

"양혜옥이와는 어떤 사이였소?"

양혜옥. 그네의 자그마한 요부형 몸뚱이가 떠올랐다. 술집에서 만났다. 석 달을 함께 살기까지 미혼녀로 알았다. 결혼까지 생각했다. 그러나 나는 어느 날 그네의 남편이 죽은 지 불과 일 년밖에 안 된 사실을 알아냈다. 나는 내가 가졌던 모든 것을 주고 그네로부터 도망쳤다. 망할 년. 나는 이를 갈았다. 아버지 주검에 달라붙어 그렇게 서럽게 울던 어머니가 난리가 끝나고 채 이 년도 못 돼 개가했다. 어느 날 아침 눈을 떠보니 막냇동생과 함께 어머니가 보이지 않았다. 바로 밑의 동생과 함께 우리는 거지가 되어 떠돌았다. 우리가 천신만고 끝에 다시 어머니를 찾았을 때 그네는 이미 또 한 아이의 엄마가 돼 있었다.

"당신, 신윤희하곤 언제부터 알았어?"

나는 입을 따악 벌려 그들을 쳐다보았다. 놀랐지, 하는 표정으로 그들이 내 대답을 기다렸다. 아내와 결혼하고 삼 년쯤 됐을 때 광화문통에서 신윤희를 만났다. 그네가 먼저 걸음을 멈추었고 나 또한 대번에 알아보았다. 국민학교 때 한 반이었다. 난리가 터지기 전이었다. 가난한 집 사내놈은 부잣집 계집애의 입성이 늘 깨끗한 게 불만이었다. 그 옷을 더럽히고 계집애의 볼에 손톱자국을 내야 속이 풀렸다. 그 일로 해서 사내놈은 늘 아버지한테 발길질을 당했다. 난리가 터지면서 윤희네는 마을을 떠났다. 그리고 사내놈은 아버지가 죽었고 거지가 되어 떠돌다가 그 도청 소재지에서 어머니를 만나 살게 되었을 때 그네를 다시 보았다. 너, 닭바위 마을에 살던 최형태 아니니? 그네가 내 교복의 명찰을 들여다보면서 놀랐다. 나는 그때 겨우 고등공민학교 3학년이었고 그네는 정규 고등학교 학생이었다. 그네가 알고 싶은 것은 왜 내 명찰에 최형태 대신 민형태로 이름이 바뀌어 있는가 하는 것이었다. 난생처음 느끼는 부끄러움이었다. 내가 수음을 한 최초의 기억도 바로 윤희를 본 그날 저녁이었다. 삼십이 넘어 만난 신윤희는 여전히 예뻤다. 나는 그네를 세 번 만났다. 두 번은 다방에서, 마지막은 여관방이었다. 그네는 스스럼없이 옷을 벗었다. 나는 그네가 나를 통해 유년 시절의 고향과 그 고향의 추억들을 되찾고 싶어 안달하는 것을 알아냈다. 나는 그날 불행한 그네를 위해 내 남자를 끝내 행세하지 못한 채 헤어졌다.

"당신, 알고 보니 꽤 복잡한 사람이군. 당신, 10월 12일부터 13일까지 이틀간 어디서 뭘 했지? 잘 생각해서 대답해."

잘 생각할 필요도 없었다. 나는 그날을 잊지 않고 있었다. 10월 12일은 아버지가 밭고랑에서 마을 사람들한테 몰매를 맞아 죽은 날이다. 법에 앞서 마을 사람들 스스로가 아버지의 죄에 합당한 벌을 내렸다. 국군이 읍내에 이르기 전에 아버지는 공동묘지에 묻혔다. 아버지에게 벌을 내린 그 사람들이 그렇게 해주었다. 마을 아낙네들이 어머니의 손을 잡고 함께 울어주었다. 큰애 아람이 가슴에 안길 때마다 나는 내가 버린 아버지를 생각했다. 의식주가 족하고 나서야 예절을 안다는 옛말대로 나는 근래 옳지 못한 생활 방식에 의해 조금씩 배가 부르면서 막연한 불안에 휩싸이곤 했다. 내가 버린 최중배가 양심처럼 내 가슴에 살아나기 시작한 것이다. 한꺼번에 많은 것을 가지려 날뛰었기 때문에 당신이 이 세상에 남겼다고 생각했던 것마저 깡그리 잃어버린 아버지, 나는 아버지를 생각하기 시작했다. 최중배와 민형태가 어찌 다를 수가 있는가. 나는 그것을 확인하고 싶어 견딜 수가 없었다. 10월 12일부터 13일까지 이틀간의 결근계를 회사에 냈다. 아내한테는 회사 일로 출장을 간다고 속였다. 나는 아내에게마저 최중배와 민형태의 관계를 얘기할 용기가 없었다. 그리고 아직도 그 도청 소재지에서 추하게 늙고 있는 어머니와 동생들을 얘기할 수가 없었다. 나는 집을 버린 지 이미 오래였고 그네들 역시 나를 잊고 있을 것이라 생각한 것이다.

"그 이틀 동안 나는 몸이 아파 집에서 쉬었습니다."

12일 저녁 어렸을 적 거지가 되어 떠난 고향 읍에 도착했다. 아는 얼굴을 만나는 게 무서워 여인숙에 박힌 채 잠을 잤다. 그리고 13일 강 건너의 공동묘지를 뒤지기 시작했다. 실로 이십구 년 만에 아버지가 거적때기에 말린 채 들려 올라간 그 산비탈을 걸었다. 잡초 무성한 공동묘지를 헤매면서 나는 내가 얼마나 무모한 짓을 하고 있는가를 깨달았다. 그러나 죽은 사람과 살아 있는 나와의 관계를 말해줄 그 무덤을 찾을 수가 없었다. 날이 다 저물 때까지 나는 그럴싸해 뵈는, 수십 년 버려진, 잡초 무성한 여러 개의 묵묘 앞에서 서성거리고 있었을 뿐이다.

"이보라구. 당신 지금 거짓말을 하고 있어. 그 이틀간 집에서 쉬었다는 건 거짓말이야. 증거를 댈까? 여기 당신 부인이 쓴 일기에 다 나타나 있어. 당신이 출장을 갔다고. 회사에 알아보니까 당신 그날 결근계가 나와 있더라구, 뭐 했어, 그 이틀간?"

"그건 아내의 착각일 수도 있습니다. 나는 분명 그날 집에 있었습니다. 지금 생각납니다. 아내가 그날 나를 위해 육개장을 끓였습니다."

공동묘지에서 최중배의 무덤을 찾으려 했던 이틀간의 행적을 그들에게 설명해야 할 곤욕보다 집에 있었다는 거짓말이 백번 낫다고 나는 생각한 것이다.

"이봐, 착각은 당신이 한 거야. 그 육개장을 끓인 게 누구였지? 어떤 여자야? 숨겨둔 사모님이 누구냐 그거야."

"그런 일 없습니다."

"이게 왜 이래? 당신 이 일기장을 읽어본 적 있나?"

그들은 대학 노트 서너 권을 한데 묶은 아내의 일기장을 들어 보이며 물었다. 아내의 일기장. 아내의 생활, 생각, 추억…… 내 얘기는 얼마나 들어 있을까. 가식의 삶을 산 내 얘기를 어떻게 썼을까. 우리 아이들의 얘기는 뭐라고 썼을까. 어쩌면 나하고 맺어지기까지의 어려웠던 그 일들도 적었을 것이다. 이놈아, 내 눈감기 전에는 어림도 없다. 그네의 어머니는 젊어서 남편 잃고 혼자서 고생하며 자식을 키운 공을 내세워 주장이 세었다. 사고무친한 사람에게 어렵게 키운 딸을 줄 수 없다는 것이었다. 뿌리도 줄기도 없는데다 십 년 연상의 사람한테 어린 딸을 내놓을 수 없다며 나중에는 하소연까지 했다. 여보시우, 세상에 흔해 빠진 게 여잔데 왜 하필 내 딸을…… 제발 이 늙은이 살려주는 셈 치고…… 그러나 아내가 그네의 어머니를 설득했다. 어쩔 수 없이 딸을 내주긴 했어도 그네의 어머니는 결국 딸이 사는 집에 발길을 끊었다. 이쪽에서 찾아가야 겨우 얼굴을 맞댈 정도였다. 나는 그네 어머니의 꿋꿋함이 무서웠다. 내 거짓의 삶을 속속들이 들여다보는 것 같아 가슴이 떨렸다.

"맞아, 당신이 이 일기장을 보았을 리가 없지. 이것은 당신 아내의 과거거든. 여자의 과거, 죽어서 무덤까지 가지고 간다는 비밀이라 그거야. 이를테면 당신이 부인을 속이고 놀아난 그 이틀간 당신 부인이 누굴 만나 어떻게 지냈는가 하는 게 모두 적혀 있다 그 말씀이야."

"여보시오. 내 아내는 죽었소. 죽은 사람을 화제에 올려 그렇게 말하는 것은 옳지 못한 일이오."

나는 으르렁거렸다. 당장 뛰쳐 일어나 그들의 목을 조이고 싶었다. 그러나 나는 금방 온순해졌다. 한 가닥 음흉한 생각이 안에서 나를 유혹하고 있었기 때문이다. 아내는 죽었다. 아내가 전부가 아니지. 회사가 있다. 회사는 결코 나를 버리지 못할 거야. 이들이 압수해간 서류들은 이미 회사에 돌려주었는지도 몰라. 이들이 그렇게 쉽게 구멍을 찾아냈을 리가 없지. 잘하면 전화위복이 되어 더 크고 완전한 것을 얻을 수 있을는지도 몰라. 수고했어. 어려운 고비를 잘 넘겨줬네. 회사 높은 사람이 내 등을 토닥이겠지. 나는 이제 밖에 나가면 하늘을 볼 거야. 그래, 겨울의 그 음산한 하늘도 좋다구. 언제나 겨울만 계속되는 건 아니니까. 봄, 그렇지. 시간은 흘러가는 거야. 흘러가는 시간은 아픔을 잊게 해주고 그것을 잊었을 때보다 크고 완전한 것을 가져다주는 거야. 내가 최중배의 자식이 아니라 민씨 집안의 자식인 것처럼 말이다. 나는 어디까지나 민형태다.

"우리가 당신 부인을 일부러 헐뜯어 욕되게 한단 말인가? 이봐, 작작 웃겨. 우리는 다만 당신 부인이 누구한테 왜 죽었는가 그걸 밝혀야 한다 그 말이야."

"그렇지만 내 아내의 순결을……"

"알았다구. 괴롭다 그 말씀이지. 그러나 밝혀야 해. 당신 부인이 죽은 것은 단순 강도살해라곤 보기 어렵기 때문이야. 집에 없어진 게 없거든."

"저금통장이 없어졌습니다."

"그건 없어지지 않았어. 어제 우리가 당신 집에서 찾아냈거든. 자, 이게 그거야. 혹시 당신이 거기에 감춰뒀는지도 모르고……"

그들은 아내가 가끔 내게 내보이며 자랑스럽게 웃던 그 저금통장을 흔들어 보였다.

"이제 당신 집에서 없어진 것은 그 실반지 하나야. 당신 부인이 그렇게 소중하게 생각했던 거 말이야. 다시 시작해야 하겠어. 그 반지의 내력을 당신은 알고 있겠지? 이봐, 순순히 말해봐."

나는 고개를 저었다. 하긴 아내가 요즘 한동안 그 반지를 낀 것을 본 적이 없는 것 같았다.

"이봐, 당신은 알고 있었어. 당신 부인이 딴 남자와 만나고 있는 것을 말이야."

맞아요. 내 아내는 두 사람의 남자와 살았습니다. 최형태와 민형태, 두 사람 다 아내를 사랑했습니다. 아내를 독점했다고 생각하고 있었습니다. 나는 그렇게 외치고 싶었다. 그러나 민형태가 신음처럼 중얼거렸다.

"제발 내 아내를 모욕하지 마십시오. 내 아내는 당신들이 생각하는 그런 여자가 아닙니다. 내 아내는 이 세상 그 어떤 여자보다 깨끗합니다."

그것은 진심이었다. 나는 아내의 순결을 믿었다. 아내에게 과거는, 그리고 내 곁에서 다른 남자를 생각했던 것은 있을 수 없는 일이다. 아내는 깨끗하고 아름다운 것만을 가지고 있었다. 그리고 모든 것이 완전했다. 그러나 그들은 내 눈앞에서 아내의 일기장을 장난하듯 돌리면서 읽었다.

"이봐, 당신 내 배꼽 보증 설래? 왜 이렇게 웃겨. 당신 여자란 요물을 몰라서 그런 소릴 하는 거야? 그렇다면 좋아. 당신……"

그들은 제가끔 수첩을 들여다보며 말했다.

"당신, 당신 아내의 과거 속에 등장했던 사람 이름 좀 들어볼래? 이달구, 이달구란 사람 이름 들어본 적 있어?"

"없습니다."

"그렇겠지. 그럼, 장윤석이란 사람?"

"모릅니다."

"김성직, 최주호, 사광연, 유필주…… 이 중에 한 사람은 당신 부인과 동갑이야. 화평물산의 나이 어린 부사장, 당신 회사와 거래가 있는 데지. 어때, 짚이는 게 없나?"

"없습니다."

"없다고 하겠지. 지금 우리가 이 사람들을 뒤쫓고 있는 중이야. 물론 범인은 더 가까운 데 있는지도 모르지."

그들은 서로 마주 보며 고개를 끄덕였다. 나는 고개를 숙였다. 그리고 그들이 말한 이름들을 떠올려보았다. 아내의 입을 통해 단 한 번도 들은 일이 없었던 이름들이다. 물론 아내는 가끔 외출을 했다. 여학교 동창들을 만나고 온 날은 꼭 여학생처럼 들떠 있었다. 아내는 여학교 때 짓궂게 따라다니던 남학생이 있었다는 얘기도 했다. 교회 성가대석에 앉아 있으면 처음부터 끝까지 자기한테만 눈길을 쏟고 있는 남학생이 있어 교회를 몇 주일씩 나가지 않은 때도 있었다고 했다. 돌아가신 아버지 친구의 아들 중에 공군 장교가 하나 있었어요. 그 사람은 자기가 조종하는 전투기로 나를 공격해 오겠다고 선전 포고를 한 적이 있어요. 그러나 나는 당신이 친 그물에 먼저 걸렸어요. 아기의 요람처럼 부드러운 당신의 그물에. 그네가 그렇게 말한 날 나는 소리쳤다. 집어쳐. 당신 질투하는 거예요? 아내가 웃으면서 내 손을 잡곤 했다.

"당신, 그 반지 어디다가 치웠지?"

"난 그걸 치우지 않았습니다."

"그럼, 그 실반지에 얽힌 당신 부인의 애정 행각쯤은 알고 있을 거 아냐?"

"모릅니다. 내 아내에겐 그런 일이 결코 없습니다."

그들은 한심하다는 듯 고개를 홱홱 내저었다. 그때 그네들 중 한 사람이 다른 방에서 여러 개의 서류 뭉치를 들고 들어왔다. 그들은 사무실 한쪽 구석에 몰려서서 그 서류를 넘겨보며 이야기를 나누고 있었다. 아아, 눈이 부시군, 나는 방 한가운데

켜진 백열전등을 올려다보며 하품을 했다. 몸이 으스스 떨려왔다. 콧물이 계속 흘렀다. 아람이가 잘 그랬지. 아빠, 감기 뚝이 뭔지 알아? 그게 무슨 약이더라. 아빠, '2+2=5'라고 한 아이가 있어. 왜 그렇게 풀었게? 그래, 아람이 유치원 선생이 그랬지. 그래 나는 숫자 맞추기에 자신이 있었어. 회사에 발탁되기 일 년 전까지 나는 세무서에서 일했지. 물론 말단이었어. 웬만큼 복잡한 것은 높은 사람들이 내 지혜를 빌리러 오곤 했지. 난 내게 돌아오는 부당 이익을 거절했어. 내 존재는 풍선처럼 커졌지. 여러 회사에서 나한테 손을 뻗쳤지. 최씨 아들이 말했어. 물리쳐. 그리고 너를 지켜. 그러나 민형태가 말했지. 인마, 기회를 놓치지 마라. 기회는 여러 번 있는 게 아냐. 최씨 아들이 또 말했어. 아니야, 너무 큰 것을 가지려다 모든 것을 잃어버린 네 아버지를 봐라. 그러나 민형태가……

"여보시오, 민 선생, 또 주무시나?"

그들이 내 어깨를 흔들었다. 그들의 얼굴은 아까와는 달리 의기양양해 보였다. 나는 더럭 무서움을 느꼈다.

"이제 얘기는 간단해졌소. 남은 건 민 선생의 결심 하나요. 탁 털어놓으면 괴로움이 가셔버립니다. 우리 피차 시간을 아낍시다. 당신도 우리도 잠은 자야 하니까 말이야."

"나는 내 아내를 죽이지 않았습니다."

나는 턱을 벌벌 떨면서 부르짖었다.

"지금 막 지문 조회 결과가 도착했소. 그런데 이상하단 말이야. 당신은 당신 부인을 절대 죽이지 않았다고 하는데 현장에 남긴 지문은 온통 당신 것뿐이더라 그거야. 무엇보다 그 칼자루에 당신 지문이……"

"맞습니다. 거기 내 지문이 있을 겁니다. 그날 새벽 나는 그 칼을 잡은 적이 있습니다."

"그리고 찔렀군!"

"아닙니다. 난 아내의 가슴에서 그 칼을 빼려 했을 뿐입니다."

"왜, 왜 그 칼을 빼려고 했을까? 설마 당신 아이들을 찌르려고 한 것은 아닐 게고……"

"아닙니다. 나는 다만……"

"알았다구. 그렇다면 말이야, 당신 지문이 대문 빗장 근처에 여러 개 나타나 있었거든. 잠긴 대문을 왜 열었지? 다른 사람이 들어와 범행을 했다, 그렇게 보이게 하려고 그랬나?"

"아닙니다. 나는 다만 아내를 찾기 위해서 대문을 열었을 뿐입니다."

"잠깐…… 당신 지금 아내를 찾기 위해서 대문을 열었다고 했지?"

그들이 모두 긴장하는 몸짓으로 모여들었다. 녹음테이프 돌아가는 소리가 아주 먼 꿈나라에서처럼 들려왔다.

"맞아. 당신 그날 밤, 당신 부인과 대판 싸움을 벌인 거야. 그리고 부인이 당신 의처증에 견딜 수 없다며 밖으로 뛰쳐나왔을 거야. 그러자 당신은 곧 뒤쫓아가 당신 부인을 끌고 들어왔던 거야. 그리고 일을 벌인 거지."

나는 그때 희붐한 새벽하늘에 오들오들 떨고 있는 별 무리를 보았어. 그리고 당신이 이미 이 세상 사람이 아니란 걸 깨달았던 거야. 그러나 나는 기다렸지. 당신이 돌아와주길 바라면서 대문을 열었던 거야. 아람 엄마, 그때 당신이 그 열린 대문으로 돌아왔어야 했어. 그리고 잠에서 깨어나 내가 식탁에 앉아서 하는 간밤의 꿈 이야길 들어야 했다구. 꿈에 흉한 꼴을 보면 오히려 좋대요. 아빠, 오늘 좋은 일 생기면 저녁 사시라고 해, 응. 집은 우리가 볼 거야. 아람이가 말했을 거야. 그럴까, 우리? 내가 당신을 쳐다보았을 테고 당신은 웃으면서 말했겠지. 아직은 안 돼요. 우리 집을 산 다음에 당신과 우리 아이들이 영원히 살 우리 집을 산 다음에, 우리 밖에서 저녁을 먹어요. 우리 집을 산 다음에…… ㅎㅎㅎ 나는 웃었다.

"민 선생, 또 하나 묻겠는데, 당신, 당신 방에서 밤을 새워하던 그 작업이 정당한 일이었다고 생각하나? 당신이 꾸미던 그 회사 서류 말이야."

민형태가 말했지. 인마, 기회를 놓치지 마라. 최중배가 죽은 건 그 기회를 잘못 이용한 것뿐이야. 너는 머리가 좋아. 이런 좋은 기회에 머리를 쓰란 말이야. 최씨 아들이 고개를 설레설레 흔들었어. 너무 크게 많이 가지려 하면 가졌던 것마저 다 잃게 되는 거야. 내 아버지가 그랬어. 그러나 민형태가……

"우린 다 안다구. 당신은 회사에서 신임을 받고 있었어. 없어서는 안 될 인물이었지. 당신은 전직 세무서원이었거든. 당신은 회사의 부정을 도맡아 나선 거야. 당신은 그 일로 해서 괴로웠어. 거기다가 당신의 의처증, 아니지, 의처증이 아니라 당신은 부인의 과거로 해서 거의 미친 상태에 있었던 것이고 드디어 어느 날 부인의 탈선을 확인하게 됐던 거야. 약점이 잡힌 당신 부인이 그대로 당할 리가 없었지. 당신 부인이, 당신이 작업을 벌이고 있는 회사의 그 비밀 장부를 물고 늘어졌던 거야. 그때 당신은 눈이 뒤집힌 거지. 아내도 잃고 당신이 꾸미고 있는 회사 부정도 탄로 날 것이고……"

그때 사무실 한쪽 문이 열리며 누군가 종이쪽지를 가지고 들어왔다. 그들이 그것을 읽었다.

"됐어. 드디어 당신의 정식 구속영장이 떨어졌어. 우리는 당신을 임미나 살해 사건의 진범으로 체포한다. 민형태, 당신은 당신 아내를 죽인 흉악범이야."

민형태가 아내를 죽였다. 그것 보라구, 내 말을 들었어야 했어. 최씨 아들이 말했다. 민형태, 범인은 너야.

"너무 무서워하지 마시오. 당신은 여자 복이 없었던 거요. 당신이 범인일 것이란 결정적 제보를 해준 것도 역시 여자였소. 물론 당신과 관계가 있던 여자지."

나는 문득 신윤희의 얼굴을 떠올렸다. 형태 씨, 도대체 어떻게 된 거예요? 지금은 최씨예요, 민씨예요? 형태 씨, 혹시 간첩 아네요? 나는 그네에게 할 대답 대신 여관방을 나와버렸다. 국민학교 때처럼 그네의 옷을 더럽히고 얼굴에 생채기를 내고 싶었던 것은 마음뿐 나는 이미 불알 깐 수퇘지였던 것이다.

"민형태 씨, 마지막으로 하나만 더 물어봅시다. 도대체 당신 부인이 그처럼 소중히 여기던 실반지를 어디다 버렸소?"

"나 역시 마지막으로 말하겠습니다. 나는 내 아내를 죽이지 않았습니다. 당신들은 잘못 알고 있는 겁니다. 내 아내는 정숙한 여자였소. 당신들은 이제 그 이상 내 아내를 모욕해서는 안 됩니다.”

그들 중 하나가 신경질적으로 녹음기의 작동을 중지시켰다.

“당신 정말 끝까지 이러기야? 우리 입에서 당신 부인 비행을 일일이 들춰내길 바라고 있는 거야? 그렇다면 좋다구. 얘기해 주지.”

그들은 잠시 서로 마주 보며 눈짓으로 뭔가 통하고 있었다. 한 사람이 아내의 일기장을 책상 위에 펴놓으며 볼펜으로 밑줄을 긋고 있었다.

“당신 혈액형 A형 맞지? 그렇다면 당신 아이들의 혈액형이 뭔지 알아봤소? 이건 당신 아이들 피 검사를 하면 금방 드러날 거라구.”

이런 제기랄. 나는 숨을 훅 들이마셨다. 이제 이 사람들은 내게서 아이들까지 뺏으려고 하고 있구나. 민형태, 네 아이들은 네 피를 받지 않았다. 최씨 아들이 귓가에서 속삭였다. 너는 이 세상에 단 한 개의 씨도 못 남겼어.

“너무 괴로워하지 마시오. 우리가 너무 잔인한 것 같군. 이제 아이들 얘긴 그만둡시다. 그러나 당신 부인이 그처럼 소중히 간직했다는 그 실반지에 대해서 당신의 입을 통해 들어야 하겠소. 누가 그걸 당신 아내한테 해준 거요?”

“난 모릅니다.”

“그렇다면 우리가 말해줄 수밖에 없군. 그 실반지는 당신 큰 아이의……”

“그만 그만. 당신들 지금 무슨 소릴 하려는 거요? 안 됩니다. 그렇게 함부로 얘기하는 게 아닙니다. 나는 당신들을 도저히 용서할 수가 없소."

나는 온몸을 와들와들 떨기 시작했다.

"진정하시오. 민형태 씨, 당신이 항복을 하지 않고 버티기 때문에 우리가 그러는 거 아니오. 우리는 다 알고 있소. 당신이 6·25 때 죽은 최중배란 사람의 자식이란 걸 말이오. 당신이 그렇게 이중성을 가지고 있듯, 당신의 큰아이 아람은……"

"그만, 그만하시오!"

나는 두 주먹으로 책상을 내쳐치며 부르짖었다. 민형태, 네가 진 거야. 네가 내 아내를 죽였어. 민형태, 차라리 너를 죽여 내 아내의 순결을 지키리라. 최씨 아들이 웃고 있었다. 나는 조용히 자리에 앉아 그들을 둘러보았다. 그들이 다시 녹음기를 작동하며 내 입에서 떨어질 말을 기다리고 있었다.

"다 얘기하겠습니다. 내 아내는 민형태가 죽였습니다."

"왜?"

"의처증이었습니다. 실상 내 아내는 결백했습니다. 그러나 의처증인 나는 아내의 실반지가 마음에 걸려 견딜 수가 없었습니다. 그날 밤 나는 아내한테 그 실반지를 내놓으라고 엄포를 놓았습니다. 그 일 때문에 우리는 몹시 다투었습니다. 아내는 그네의 과거 추억을 단 한 가지라도 남에게 빼앗길 수 없다며 앙탈을 부렸습니다. 나는 더 이상 참을 수가 없었습니다.

나는 민형태를 죽이기로 결심했다. 최씨 아들의 이름을 빌려 민형태를 죽임으로써 내 가슴속에 깨끗하고 아름답고 완전한 내 아내를 영원히 지니고 싶었다. 민형태, 그의 거짓 삶은 죽고 아내는 영원히 살아남을 수 있으리라.

"민형태 씨, 그래 그 실반지를 어떻게 했습니까?"

"버렸습니다."

"어디다가?"

"한강."

"하……"

그들은 서로 얼굴을 쳐다보며 탄식했다. 나는 비로소 마음의 평온을 얻을 수 있었다. 마음의 평온은 걷잡을 수 없는 슬픔을 가져왔다. 아내를 잃은 뒤 처음으로 갖는 흐느낌이었다. 잘했다. 최씨 아들이 속삭였다. 너는 이제 민형태를 버린 대신 아주 귀한 것을 얻게 된 거야. 너의 영원한 아내와 진실과…… ㅎㅎㅎ.

"아니, 이거……"

내 흐느낌을 잠잠히 바라보고 앉았던 그들의 맨 뒤쪽 사람이 숙연한 실내 분위기를 흐트려놓았다. 그는 아까부터 내 아내의 일기장 이곳저곳을 열심히 뒤적이던 사람이다. 그들은 그가 가리켜 보이는 내 아내의 일기장 한 부분에 시선을 모으고 있었다.

"아니?"

그들은 내 아내의 일기장에서 눈을 떼며 허탈해진 그런 표정으로 자리에 주저앉았다.

"민형태, 아니 최형태 씨, 당신 지금 우릴 놀리고 있는 거요?"

그들 중 한 사람이 신음처럼 내뱉으며 아내의 일기장을 내 앞에 내밀었다. 그들이 방금 그렇게 한 듯 일기장 한 곳에 붉은 볼펜으로 줄이 그어져 있었다.

—한때 남편의 오해를 산 적이 있는 그 실반지를 오늘 엄마 손에 돌려드리고 왔다. 엄마는 그 반지를 보시더니 그때 생각을 하고 웃으셨다. 나는 다른 집 아이들과 달리 초경이 늦었다. 딸 하나 데리고 외롭게 사는 엄마는 내게 무슨 탈이라도 생길까 몹시 조바심하고 계셨다. 열일곱 살 때야 비로소 엄마한테 얼굴을 붉혔다. 대견하다는 듯 엄마는 나를 덜렁 업어주셨다. 딸 키우는 엄마의 심정은 다 그런 것일까.

이제 우리 집을 살 돈이 거의 모였다. 집을 사 이사하는 날 엄마를 초대해야지. 그리고 그 실반지의 아름다운 추억을 잊지 않고 지켜 내가 얻어낸 우리의 행복을 말해줄 거야.

◌1979년 『현대문학』 12월호

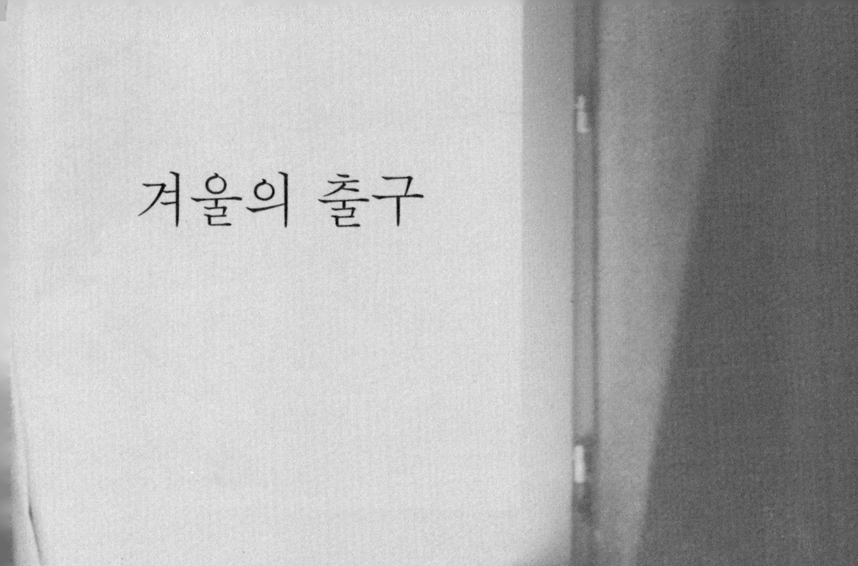

겨울의 출구

"얘들아, 아버지 들어오실 시간이다."

어머니가 부엌에서 연탄불을 갈아 넣으며 우리 방 쪽을 향해 말했다. 머리가 반백인 초로의 어머니는 아버지가 집에 도착할 시간을 어림하고 있다가 그것을 집안 식구들에게 알리는 게 이제 버릇이 됐다. 그것은 우리나라 아낙네들의 지아비에 대한 한결같은 경외심일 것이다.

흥, 책에서 눈을 떼지 않은 채 형이 콧방귀를 날렸다. 아버지를 향한 형의 미묘한 감정의 움직임은 이 콧방귀 하나로 충분했다. 형은 아버지를 멸시했다. 아버지가 생각하고 행하는 여러 가지 생활 방식에 대해 깊은 적의를 가지고 맞섰다. 육친에 대한 미움의 감정이 복받쳐 올라 그것을 미처 주체할 수 없을 때 형은 그 사실로 해서 숫제 괴로워했다. 형이 아버지를 그처럼 미워하는 이유 중의 하나는 아버지의 무능으로 해서 빚어지는 우리 집의 참담한 가난이다. 형은 그 누구보다 우리 집 구석구석에 밴 가난의 땟국에 대한 혐오감으로 거의 미친 상태가 되곤 했다. 그러나 더 중요한 것은 자신이 아버지의 근본을 단 한 뼘도 가늠하지 못하는 데서 비롯되는 울화증이었다. 형은 아무것도 만지지 못하고 있었다. 자기가 그처럼 멸시하는 아버지의 그 무능이 오히려 당신의 달관한 듯한 과묵과 성실로써 교묘히 위장되고 있다고 형은 생각하고 있었다. 형이 캐내고 싶은 것은 그처럼 무능하고 판무식인 아버지가 어떻게 해서 그와 같은 의연한 삶의 태도를 꿋꿋하게 지켜나갈 수 있을까 하는 그 보이지 않는 힘에 대한 것이었다. 그러나 형은 번번이 실패했다. 아버지와, 그리고 아버지의 한 분신인 어머니는 어떤 경우에도 그네들의 어제에 대해서 입을 떼지 않았다. 형은 열리지 않는 문 저쪽의 어떤 보이지 않는 힘에 의해서 시달림을 받고 있다는, 그런 피해의식으로 살고 있었다.

"형 들어왔냐?"

내가 언덕 아래까지 마중을 나갔을 때 아버지는 커다란 짐자전차를 끌고 올라오는 중이었다. 아버지 뒤에는 우리 집보다 더 꼭대기 마을에 사는 재구 청년이 따라오고 있었다.

"시험 본다던 거 봤대?"

"봤대나 봐요."

"자신 있다던?"

아버지는 형에 대해서 추근추근 물어왔다. 늘 그랬다. 형이 아무리 깊은 적의를 가슴에 품고 있어도 그런 것에 전연 아랑곳하지 않는 게 아버지의 한결같은 태도였다. 형은 그러한 아버지의 사랑을 매우 불쾌하게 느끼고 있었다. 이번에 치른 채용 시험도 집안 식구들에게 알려질까 전전긍긍했다.

"오빠가 이번에 아주 중요한 시험을 보나 봐요."

형이 시험을 본다는 것을 알아낸 것은 누나였다. 역시 집안에서 형과 대화가 통할 수 있는 것은 누나뿐이었다.

형은 대학 졸업반이다. 그러나 그는 자신이 지닌 지식과 덕망이 균형을 이루지 못한 채 갈팡거리는 정서불안을 보였다. 자신의 뿌리를 내릴 땅을 찾지 못해 실의와 좌절 속에 심성이 배배 꼬여 있었다. 형의 그 광기를 바람 재우듯 조용히 가라앉히는 마술을 가진 것이 바로 누나였다. 공장의 한낱 여공에 불과한 지혜 누나는 이제 스물둘 한창 좋은 나이였다. 인물이 고우면 속을 못 쓴다던데 저 처녀 어쩌면 저렇게…… 동네 여자들이 누나를 두고 하는 얘기였다.

"누난 여태 안 들어왔냐?"

아버지 물음에 재구 청년이 받았다.

"더 있어야 올걸요. 요즘 수출품이 늘어서 야간에도 작업을 한다던데요."

재구 청년의 여동생이 누나와 함께 그 공장에 다니고 있었다. 그네들은 남매가 남의 방 한 칸을 세내어 살고 있었다. 이 년 전 시내에서 어머니가 교통사고로 죽은 뒤 우리 산동네에 들어와 살았다. 재구 청년은 사람이 신실해 뵈는데다 많이 부지런했다. 아버지처럼 도깨비시장 장사꾼이었다.

"자넨 지금 집에 가서 혼자 밥을 해 먹어야겠군."

"아니에요. 동생이 아침에 다 해놓고 간 걸요."

"먼저 올라가게."

그렇게 말해놓고 아버지가 문득 뒤돌아섰다. 나 또한 아버지의 집 자전차를 멈춰 세우며 뒤돌아보았다. 산동네에서 내려다보는 시가지의 밤 풍경은 아름다웠다. 어둠이 모든 잡스러운 것을 덮어버린 뒤 그 어둠의 한 부분을 밝히기 위해 켜진 수만 개의 불빛이 점점이 현란했다. 멀리 공장 지대의 높은 굴뚝 꼭대기 위에 설치된 야간 신호등이 마치 서로 장난하듯 이쪽저쪽 번갈아 깜박거렸다. 빨간빛과 파란빛이 거리감에 환각을 일으키면서 차가운 밤하늘에 명멸하고 있었다.

누나는 고등학교 1학년 2학기 때 학교를 스스로 포기했다. 아버지가 당신이 쓰는 칼에 손가락을 잘려 얼마 동안 장사를 못할 때였다. 누나는 굳이 공장에 들어가 일하는 길을 택했다. 사 년 동안 한 공장 같은 일을 하면서도 단 한 번도 직장에 대한 불만이나 어려움을 입에 올린 적이 없었다. 다만 누나의 표현대로, 너무너무 고마운 사람들이 너무너무 재미있게 사는 세계가 있을 뿐이었다. 누나가 보는 이 세상의 모든 것은 온통 신기하고 그렇게 신기한 만큼 감동이고 보람이라 했다.

"아버지, 이제 그만 들어가요."

나는 아버지의 눈이 아랫동네를 지나 아주 더 먼 데, 아버지만 아는 어떤 세계에 머물러 있음을 알아냈다. 아버지는 장사꾼답지 않게 가끔 이처럼 멍청한 구석을 보여주곤 했다. 형이 싫어하는, 그래서 집요하게 캐내려 하는 것이 바로 아버지의 이런 면이었다.

"아저씨, 이거 정말 잘 먹겠어요."

어머니한테서 생선 두어 마리를 받아 든 수경 엄마가 아버지한테 인사를 했다. 수경네는 우리 집의 방 하나를 세내어 살았다. 우리가 여기 방 세 개뿐인 산동네 12평짜리 무허가 주택이나마 사고 이사를 오던 오 년 전부터 죽 함께 살아온 사람들이었다. 어지간히 운이 나쁜 집이었다. 수경 아버지는 택시 운전수였다. 오 년 동안 세 번의 큰 사고를 냈다. 운전대를 잡은 날보다 유치장이나 집에서 빈둥거리며 쉬는 날이 더 많았다. 아버지나 어머니는 수경이네가 내는 방세를 받지 않았다. 이제 수경 엄마는 방세 같은 것은 내지 않아도 되는 걸로 알고 있었다. 우리가 조금 더 큰 집을 사서 갈 때 함께 갑시다. 아버지가 그렇게 말하곤 했다.

"아저씨, 새 시장이 곧 문을 연다면서요?"

"예, 이제 다 지었으니 곧 문을 열겠지요."

아버지가 쪽마루에 걸터앉아 발을 씻으며 건성으로 대답했다.

"그 새 시장이 문을 열면 그럼 도깨비시장 사람들은 어떻게 하지요?"

"우리두 거기서 그냥 장사를 할 수 있게 해달라고 당국에다 진정서를 냈으니까 무슨 수가 생기겠지요."

띄엄띄엄 대답하는 아버지의 목소리가 매우 무겁게 들렸다.

"새 시장 사람들이 가만있지 않을 거 아녜요?"

"그렇지요."

아버지는 걸레에 발을 닦은 다음 방으로 들어갔다. 요즘 새 시장 얘기만 나오면 우정 자리를 피하는 아버지다.

도깨비시장 사람들의 처지가 꽤나 난처하다고 했다. 도깨비시장은 천민동 십만에 가까운 사람들의 젖줄이나 다름없었다. 천민동은 철거민촌 혹은 난민촌이라고도 불리는 곳이다. 거치

촌 또는 우범지대라고도 했다. 그런 사람들이 엉겨 살았기 때문이다. 시내 어느 곳에선가 살던 무허가 판잣집이 헐린 사람들이나 시골에서 논밭 팔아 상경한 사람들이 그 돈 다 털어먹고 이리저리 떠돌다가 마지막 정착한 데가 바로 천민동이었다. 그런 사람들이 십여 년 전 모여들어 산자락이나 사태 난 하천부지에 천막을 치고 터를 잡아 앉은 뒤 그 천막 쳤던 자리를 나중에 그 점유권을 얻었다가 다시 불하받는 식으로 나눠 받아 게딱지 같은 집을 지어 이룩된 동네다. 그래도 이런 집들은 버젓이 소유권이 인정됐다. 이보다 더 많은 사람들이 산비탈에 무허가 집을 짓고 살았다. 중구난방으로 무질서하게 들어선 집들은 매년 헐린다 헐린다 하면서도 사 년마다 한 번씩 있는 국회의원 선거 바람에 그 생명을 겨우 버텨오는, 말하자면 약간 특혜를 받는 치외법권에 해당하는 지역이기도 했다. 십 년 동안 많은 사람들이 들어와 살다가 조금 형편만 피면 미련 한 쪽 두지 않고 훌훌 빠져나갔다. 그러나 떠나는 사람보다 들어오는 사람이 더 많았기 때문에 인구는 엄청나게 불어갔고 세월이 흐름에 따라 학교니 극장이니 제법 번듯한 건물도 들어서면서 사는 형편도 조금씩은 나아지고 있었다.

천민동 한가운데 자연발생적으로 생긴 것이 도깨비시장이다. 이 시장의 생리는 우선 시중보다 물건값이 헐하고 질보다는 양을 앞세웠다. 게다가 도깨비 시장은 없는 게 없는데다가 갖가지 웃지 못할 일, 믿기 어려운 일이 곧잘 벌어졌다. 처음은 노점으로 시작된 것이 조금씩 돈 모은 사람들이 노점 곁 집들을 개조해 점포로 꾸미면서 그런대로 시장 규모를 갖추긴 했어도 몇 년 전이나 지금이나 별로 달라진 구석이 없는 전근대적인 무허가 시장에 불과했다. 어떻든 시장은 새벽부터 저녁까지 한결같이 사람이 들끓어 그런대로 흥청흥청 경기가 좋았다. 약삭빠른 사람은 제법 치부도 했고 밑천이 달리는 영세 상인들을 상대로 사채를 놓아 톡톡히 재미를 보는 사람들도 많았다.

아버지는 도깨비시장 입구 다릿목에서 생선 장사를 했다. 시장이 형성될 무렵부터니까 이제는 도깨비시장의 터줏대감이나 다름이 없었다. 새벽 네시쯤 짐 자전차를 끌고 집을 나가 시중의 멀리 있는 어물시장에서 생선 몇 궤짝을 받아다가 다릿목 땅바닥에 벌여놓고 팔았다. 아버지의 생선 파는 노점에는 항상 손님들이 많았다. 어떤 때는 줄까지 섰다.

"생선은 다릿목 그 장수한테 가야 싸고 물 좋은 걸 사요."

이 정도로 소문이 나 있어 생선은 날개 돋친 듯 팔렸고 생선이 다 떨어져 사지 못한 사람은 다음 날 아버지한테 사기 위해 그날은 아예 빈 바구니로 돌아갈 정도였다. 이유는 간단했다. 아버지는 물 좋은 생선만 팔았다. 그리고 친절했다. 단 한 마리를 흥정해놓고 그것을 전을 떠달라고 해도 아버지는 군소리 없이 척척 원하는 대로 해주었다. 생선 밸을 따고 지느러미와 꼬리를 쳐낸 다음 손님이 원하는 대로 정성껏 처리해 싸주었다. 통나무로 된 생선 도마를 항상 깨끗한 물로 씻어냈으며 도마질을 하는 아버지의 칼 솜씨 또한 날렵하기 일품이었다. 더 중요한 것은 아버지가 정직한 장사를 했다는 것이다. 생선값이 항상 시중의 어디보다 헐했다. 그것은 손님을 끌기 위해서 일시적으로 해 보이는 얕은 수작이 아니었다. 처음에는 시샘을 해

펄쩍 뛰던 같은 장사꾼들도 차츰 아버지를 이해하게 되면서부터 별 투정을 하지 않게 되었다.

김씨, 그 돈 벌어 다 어따가 쌓아놓았우? 김씨, 그러다간 국회의원 나가두 되겠네.

아버지 곁에서 장사를 하는 사람들이 농담 삼아 비아냥거렸다. 물론 그들은 아버지가 십 년 동안 그 다릿목에서 맨날 그 꼴로 돈을 모으지 못한 걸 잘 알고 있었다. 아버지를 겪어본 사람들은 누구나 고개를 갸우뚱거렸다.

거참, 알 수가 없는 사람이군. 아버지에 대한 사람들의 궁금증은 컸다. 누구보다 부지런하고 성실한 만큼 자기들 생각대로 하면 엄청 돈을 벌 수 있는데도 우정 돈을 피해 가는 듯한 그 짓거리가 이해하기 힘들었을 것이다.

사람들이 그렇게 생각할 만도 했다. 아버지는 하루 내내 생선 장사만 하지 않았다. 새벽에 생선을 받아다가 아침나절에다 팔아버린 다음 다시 저녁에 아침 장사의 반도 안 되는 생선을 떼어다가 팔면 그만이었다. 아버지에겐 아침저녁으로 장사를 하는 시간을 빼면 하루 대여섯 시간의 공백이 있었다. 바로 그 시간이 아버지가 남을 위해서 사는 시간이었다. 아버지는 손님이 많아 절절매는 사람들을 잠깐씩 돌봐준 다음 시장 여기저기에 쌓이기 시작한 쓰레기를 모아 리어카에 실어 나르는 일을 했다.

"아저씨, 우리 변소가 차서 넘치는데 좀 쳐주실래유?"

"김씨, 우리 지붕이 새는데 좀 들어가봐."

"아저씨, 우리 연탄 아궁이 좀 봐주고 나오세유?"

이처럼 시장 사람들은 아버지를 찾았다. 남들이 손이 모자라 어떻게 할 수 없는 궂은일을 아버지가 도맡아 했던 것이다. 시장 사람들 집에 초상이 나면 만사를 제쳐놓고 달려가 장의사 사람들 손을 빌리지 않고 아버지가 직접 염을 하는가 하면 그 장사가 다 끝난 뒤의 뒷설거지까지 해주었다. 그렇다고 앞에 나서서 잘난 척 떠벌리며 법석을 떠는 게 아니라 뒷전에서 남들이 잊고 있는 일을 차근차근 서두르지 않고 해냈다. 그래서 그 당장은 아무도 아버지가 그런 어려운 일을 도와주었다는 것을 알지 못하고 지내다가 어느 날 문득 그런 궂은일을 도맡아 해준 것이 바로 아버지였다는 걸 알게 된다는 것이다.

그런데 아버지의 생활 터전인 그 도깨비시장에 어떤 커다란 변화가 올 조짐이 약 일 년 전부터 나타났다.

"김씨, 여기다가 도장 하나 찍으시오."

시장에서 돈깨나 모았다고 알려진 홍성철물상 주인과 사채놀이로 치부를 한 우진금고 사장이 우리가 사는 산동네까지 오토바이를 타고 올라왔다. 그들은 아버지 앞에 무슨 서류를 내밀어 보이면서 말했다.

"우리 천민동 일대가 재개발지구로 지정이 돼 이제부터 대대적으로 발전이 될 거란 그 말씀이야. 진작 그랬어야 될 일이지. 그래서 이번엔 우리도 정부 지원을 받아가지고 설라므네 최현대식 시장을 하나 근사하게 만들어보기로 했다 그 말씀이야."

"이미 당국의 허가까지 받아놓았다구."

다른 사람이 거들고 나섰다.

"이제 문제는 천민동 사람들이 일심단결해서 좋은 시장을 하나 만드는 일만 남은 거지."

"시장을 짓다니요?"

"그렇다니까, 정식으로 인가를 받은 그런 새 시장을 만든다 이 말씀이야."

"지금 있는 시장은 어쩝니까요?"

"아, 그거야 언제고 어차피 헐릴 무허가 시장이 아니오. 잘은 모르지만 이번 재개발지구 일차 정비사업상 무사치는 못할 걸."

아버지가 고개를 끄떡거렸다.

"그러면 지금 있는 시장을 헐어내고 그 자리에다가 새 시장을 짓겠구먼요?"

아버지 말에 그들은 서로 마주 보며 어이없다는 듯 킥킥 웃었다.

"그거야 나중 문제고 우선 여기다가 도장이나 찍으슈."

"이게 뭡니까요?"

"우리 현대시장 추진위원회에서 김씨를 특별히 추진위원으로 모시기로 의논들을 했다 그 말씀이야."

그들은 아버지가 도깨비시장 노점상으로는 유일하게 추진위원 자격을 얻었다는 것을 강조했다.

"김씨가 새로 짓는 시장 건립 추진위원이라 그 말씀이여."

"어이구, 저한테 무슨 그런 자격이 있다구……"

아버지가 손을 내저었다.

"글쎄 여기다가 도장이나 꾹 눌러요. 감사하단 얘긴 이담에 듣기로 하고 말씀이야."

그러나 그날 아버지는 끝내 도장 찍기를 사양했다. 찾아온 사람들이 별소릴 다 늘어놓아도 아버지는 막무가내였다.

"거참, 김씨 고집 한번 대단허구먼. 도대체 김씨 고향이 어디요?"

"강원돕네다."

"강원도 어디? 나도 거기 사람이오."

"뭐 여기저기 떠돌며 사느라……"

아버지가 우물우물 얼버무렸다. 항상 그랬다. 누가 아버지의 고향을 캐물을 때마다 여기저기 옮겨 사느라 고향이라고 못 박아 말할 곳이 없노라 대답했다. 아버지의 정확한 고향을 모르기는 우리 남매들도 매한가지였다. 본적이 서울로 옮겨져 있긴 했지만 원적지가 서울 아닌 다른 데인 것만은 틀림이 없었다. 나 하나만 서울 출생이고 누나와 형은 시골에서 낳았다. 누나와 형의 출생지도 각기 달랐다. 아버지가 갓 마흔에 낳았다는 형도 자신이 나서 자란 곳에 대해서 잘 기억하지 못했다. 아버지의 고향에 대해서 입 다물기는 어머니 역시 매한가지였다. 그 사실이 형의 분통을 터뜨리는 것 중의 하나다.

도대체 우린 친척도 하나 없단 말예요?

형이 가끔 으르렁거렸다.

난리 때 다 죽었단다.

아버지를 대신한 어머니의 대답이라는 게 고작 그랬다.

"김씨 정말 콱 맥힌 사람이군. 다 당신 위해서 하는 일인데 왜 마다하는 거요?"

아버지가 끝까지 버티니까 흥성철물상 사장과 우진금고 사장은 나중에 엄포까지 놓았다.

"당신 나중에 딴소리 했다간 읎어!"

"정 그렇다면 협조 안 해도 좋은데 오늘 이 얘기만은 아주 안 들은 거로 해줬음 좋겠다 이 말씀이야. 큰일을 하자면 별 우스운 게 다 걸리적거려 말썽을 부리는 수가 많거든. 아무튼 김 씨 입 딱 닫고 계셔."

아버지가 현대시장 추진위원회에 껴들지 않은 것은 잘한 일이었다. 나중에 알게 된 일이지만 그들이 끼리끼리 흉계를 꾸며 일을 벌인 바람에 그것으로 해서 숱한 사람이 가슴을 치게 됐던 것이다. 시중에 돈 있는 사람을 끼고 천민동의 버려진 하천부지를 불하받아 새 시장을 지을 꿍꿍이를 꾸몄던 것이다. 그 장소가 바로 도깨비시장이 빤히 올려다보이는 턱밑이었다. 한동네에 시장 두 개가 생기게 되었다. 현대시장 추진위원들은 다 제 잇속을 따져 끼리끼리 모인, 돈 있는 도깨비시장 출신들이었다. 그들은 이미 가게 터를 다른 사람에게 비싼 값으로 팔아버린 뒤 시치미 딱 떼고 그런 일들을 벌이고 있었던 것이다.

"아저씨, 이건 너무 원통해서 못 살겠어요."

도깨비시장이 철거된다는 소문이 쫙 퍼지자 재구 청년이 아버지를 찾아왔다. 그는 삼 년 전 홀어머니를 교통사고로 잃고 위자료를 받아내어 그것으로 도깨비시장에서 채소 장사를 하고 있었다. 차떼기를 해 돈을 좀 늘렸다. 공장에 다니는 여동생도 월급을 타 꼬박꼬박 보탰다. 남매가 남처럼 입지 못하고 먹지 못하면서 모은 돈이었다. 그 돈도 부족하여 남의 돈까지 얻어 점포 하나를 샀다. 그리고 그 점포에 물건을 들여놓을 힘이 안 돼 우선 급한 대로 남에게 세를 놨다. 그렇게 어렵게 장만한 점포인데 그것이 헐린다고 했다. 그제야 속아 산 것을 알고 되팔려고 내놓았지만 산 값은 고사하고 대여하고 받아 쓴 전셋값도 빼주기 어렵게 돼 있었다. 숫제 그 점포를 살 사람이 나서지 않았다. 하루아침에 빈털터리가 된 재구 청년은 눈이 뒤집혔다.

"그게 어떤 돈이라구, 이 개놈의 새끼들 같으니라구."

점포를 판 사람을 찾아가 따졌지만 그쪽에서도 그런 사실은 전연 몰랐던 일이라고 시치미를 뗐다.

"아저씨, 그 새끼들 원술 어떻게 갚아야 이 속이 확 풀리죠?"

"참아야 하네. 원통하다고 분수 없이 날뛰다간 되레 일생을 망치는 게야. 뒤에 후회해봤자 그땐 이미 늦네. 그러나 돈은 또 벌면 되는 게야."

"이젠 돈두 다 싫고 속은 게 분해서 이가 갈릴 뿐입니다. 그 새끼도 새 시장을 짓는 데 한몫 끼었대요."

"어떻든 더 두고 보세. 새 시장을 짓는 사람들도 다 그만한 생각들이 있어서 시작한 게고, 그러니까 당국에서 허가도 내준 거 아니겠나. 다 대책이 있을 걸세. 두고 봄 알겠지만서두 그렇게 무경우하게 도깨비시장을 철거하진 못할 걸세."

그러나 바로 턱밑에 현대시장이 세워지기 시작하면서 도깨비시장 사람들은 일이 손에 잡히지 않았다. 여기서 장사를 해봤자

고작 몇 개월이라는 생각에 불안해서 견딜 수 없었던 것이다.

돈이 좀 있는 사람들은 짓고 있는 새 시장 사무실을 찾아가 미리 점포 임대를 계약했다. 그러나 그런 사람은 손가락으로 꼽을 수 있을 만큼 적었다. 새 시장 사무실을 찾아갔던 대부분의 사람들이 고개를 내저으며 돌아왔다. 이미 좋은 자리는 추진위원들이 다 나눠 맡았는가 하면 구석에 남아 있는 것도 임대 조건이 무척 까다롭고 거기다가 엄청난 프리미엄까지 붙었기 때문이다.

도깨비시장 사람들은 점포를 가진 사람이든 노점을 벌인 사람이든 모두 술렁거리기 시작했다. 이대로 앉아서 당할 수는 없는 일이라며 무슨 대책위원회를 만들자고 수군거렸다. 저녁이면 그들이 아버지를 찾아와 의견을 묻곤 했다. 그때서야 홍성철물상 주인과 우진금고 사장이 아버지를 찾아와 도장을 찍으라고 하던 꿍꿍이셈이 드러났다. 그러나 아버지는 도깨비시장 사람들이 찾아와 어떻게 하는 게 좋으냐고 다그쳐 물어도 별 신통한 답을 주지 못했다. 아버지는 자신의 말 한마디가 그들을 불붙이는 빌미가 될 것이 겁나는 그런 눈치였다.

"가서 머릴 싸매고 싸우는 거야. 시장을 짓지 못하게 막고 농성을 하다가 보면 당국에서도 우리 사정을 알게 될 것이고……"

"맞아, 진작 그렇게 나갔어야 하는 건데……"

젊은 사람들이 주먹을 부르쥐고 으르렁거렸다.

"그건 순서가 틀려요."

아버지가 중간에 껴들었다.

"그렇게 해선 안 됩니다요. 그런 방법으로 해결될 문제가 아니라니까요."

"그럼 김씨 아저씬 어떻게 했으면 좋겠다는 얘깁니까?"

"우선 당국에다가 진정서를 내서 우리 도깨비시장 사람들 입장을 알려야 해요. 새로 짓는 시장에 우리 도깨비시장 사람들이 몇이나 들어가고 그런 혜택을 받지 못하는 영세 상인들, 특히 노점을 보아 그날그날 벌어 먹고사는 사람들이 얼마나 되는가를 자세히 조사해서 알릴 필요가 있어요. 이러저러한 실정이니까 우리 도깨비시장을 단 몇 년간이라도 그대로 존속시켜 달라, 그렇지 못할 땐 다른 어떤 대책을 강구해달라 그런 진정서 말이지요."

사람들이 고개를 끄덕거렸다.

"그게 좋겠구먼요. 그럼 김씨 아저씨가 그런 내용으로 좀 써 보세요. 도장은 우리가 받을 테니까."

"아니지요. 난 그런 걸 못 써요. 일자무식 까막눈이 그런 걸 어떻게 씁니까. 그건 사법대서소 같은 데 가서 써야 합니다. 격식을 갖춰야 하니까요."

아버지 얘기가 맞았다. 아버진 학교 문턱에도 못 가본 사람이었다. 그것을 늘 부끄러워하는 아버지였다. 이 세상에서 젤 무서운 게 사람 무식한 게여. 그래서인가, 아버지는 법을 존중했고 그 법을 따르는 격식을 지키려고 애를 썼다.

"격식 좋아하네."

아버지와 함께 도깨비시장 사람들이 밖으로 나간 뒤 방 안에서 연해 콧방귀만 날리고 있던 형이 비아냥거렸다.

"오빠, 제발 그런 식으로 생각하지 말아요."

누나와 형은 도깨비시장의 해결 방법을 놓고 티격태격했다.

"흥, 이제 와서 진정설 쓴다구? 증말 웃기구 있네."

"그럼 오빤 어떻게 했으면 좋겠다는 거야?"

"방법은 둘이다. 한꺼번에 왕창 일어나 시장 짓는 데로 몰려가 즈덜 배때기만 생각하는 새끼들을 짓밟아놓고 오던가……"

이처럼 형은 다혈질이었다. 자기 힘으로 대학을 다니는 그런 사람들에게 흔히 나타나는 편견과 객기에서 오는 배배 꼬인 심사가 바로 그의 다혈질로 나타났다.

"또 하난?"

누나가 턱을 괸 채 형을 쳐다보았다.

"그렇게 짓밟아줄 용기가 없으면 아예 강한 쪽에 무릎을 꿇고 살려달라고 싹싹 비는 거야."

형이 바로 자기 자신을 얘기하고 있었다. 형은 자기 속이 뭔가에 의해 부글부글 끓고 있으면서도 그것을 밖으로 드러내기를 겁냈다. 이를테면 아버지에 대한 적대감을 제 속에서 삭이느라 괴로워할 뿐 단 한 번도 아버지에게 맞대놓고 대든 적이 없었다. 형은 그처럼 단순하고 소심했다. 그가 대학에서 주는 장학금에 그처럼 연연하고 교수들에게 인정받고 싶어 안달하는 것은 자신이 현실에 적응해서 거기서 삶의 어떤 뿌리를 찾고자 하는 소박한 소망 때문이었다. 형의 꿈은 많은 사람들에게서 자신의 능력을 정정당당하게 평가받는 일이었다. 그리고 자신의 능력이 어떤 커다란 것에 보탬이 되고 있다고 확신하는 긍지였다. 형은 우선 자신의 전공인 전자공학에서 두각을 나타내려고 애썼다. 그래서 그는 그 분야의 인재를 구하고 있는 국영기업 채용 시험에 응했던 것이다. 방위산업체인 그 기업에만 들어가면 군 복무 삼 년까지 면제받는 특혜가 있었다. 형은 그 삼 년을 중요시했다. 그동안 자신의 능력을 인정받을 수 있다고 그렇게 믿고 있었던 것이다.

"오빠, 오빠처럼 그렇게 두 가지 방법을 생각한다는 것은 일종의 기회주의야."

"야, 지혜야. 그럼 넌 그 두 방법 중에서 어느 걸 택할 거냐?"

누나가 웃으면서 대답했다.

"난 오빠가 말한 그 두 가지 방법이 다 좋지 않다고 봐."

"그럼 넌 어떻게 할 거냐?"

"난 말이야, 오빠, 새 시장 사람들하고 도깨비시장 사람들하고 서로 만나야 한다고 생각해. 만나 서로 얘기를 나누는 거야. 서로의 입장을 얘기하고 듣고……"

"야, 웃기지 마라. 그건 이상론이야. 현실은 달라."

"오빠, 이 세상이 발전해가는 것은 그러한 이상의 힘이야."

"그러나 이번 도깨비시장의 경운 달라. 기름과 물이야."

"오빠, 기름과 물은 액체야. 오래 있으면 다 녹아서 섞이게 돼. 그처럼 대화를 오래 나누다 보면 이해의 범위가 넓어져."

"한쪽은 어떻게든지 더 많이 뺏으려고 머릴 짜내고 다른 한쪽은 되도록 안 뺏기려고 버둥거리고. 그건 결국 대화가 아니라 싸움이야. 싸움에는 정복과 굴복이 있을 뿐이라구."

"대화를 갖는다는 것은 오히려 그 반대예요, 오빠. 서로 얘기를 나누다 보면 뺏는 쪽은 조금 양보해서 덜 뺏게 될 것이고, 또 뺏기는 쪽이 있다고 하더라도 그들은 뺏기는 게 아니라 줄 것을 주는 것이라고 양보해서 생각하게 된다 말예요. 결과는 양쪽에 다 유리한 거예요."

누나의 얼굴이 발그레 상기돼 있었다. 그처럼 누나의 표정이 진지했다.

"오늘 신원조회 안 왔어요?"

형은 며칠째 밖에서 집에 들어오면 곧장 그것부터 물었다.

"아무도 안 왔었는데……"

"파출소에서도 연락이 없었구요?"

"파출소, 거긴 왜?"

어머니의 얼굴빛이 달라지며 허둥거렸다.

"신원조횔 거기서두 하거든요."

"안 왔어."

그럴 때마다 형은 맥 빠진 얼굴을 했다. 맥 빠진 그 얼굴 뒤에 초조한 마음을 감추고 있었다.

형은 그 국영기업 채용 시험 1차에 합격했던 것이다. 2차 시험은 신체검사와 면접이었다. 신체검사와 면접까지 끝낸 형은 그것도 자신이 있다고 했다.

"문젠 신원조회야. 거기 들어가기 어렵다고 하는 건 바로 그것 때문이야. 그만큼 중요한 연구를 하는 데거든……"

신원조회 문제에 있어 형은 거의 노이로제 상태였다. 고3 때 사관학교 시험 1차에 합격하고 2차 최종 합격자 명단에 빠지고부터 형의 그 증세가 악화했다. 자기가 최종 합격자 명단에서 빠진 것은 원적지까지 내려가는 신원조회 결과가 좋지 않았기 때문이라고 믿고 있었다. 아버지에 대해 적의를 품게 된 것도 아마 그때부터였을 것이다. 그때도 형은 폭발 직전의 상태에 있었다. 집안 공기는 숨을 쉬기 어려울 정도로 무거웠다.

"오빠, 아, 해봐."

그때 고1인 누나가 이불을 뒤집어쓰고 누워 있는 형을 일으켜 앉힌 다음 웃으면서 말했다.

"오빠, 충치가 세 개나 있구나."

"내가 뭔 충치가 있다구……"

형이 마지못해 투덜거렸다.

"아니야, 오빠, 이쪽 어금니 두 개하고 또 이쪽에 하나……"

누나가 형의 볼을 토닥여주면서 다시 말했다.

"오빠, 그거라구. 범인은 바로 충치였다니까."

"그래, 이 충치도 아버지한테서 물려받은 거다."

형이 다시 이불을 뒤집어썼다. 누나가 그 이불을 곱게 펴주며 나한테 싱긋 웃어 보였다. 누나가 학교를 그만둔 것도 그때였다. 형의 사관학교 불합격 소식과 함께 그날 아버지가 그 날렵한 칼 솜씨에도 불구하고 왼손가락 두 개를 칼로 친 실수를 했다. 그날 아버지가 파는 생선은 온통 피로 물들었다.

도깨비시장 영세민들이 작성해 올린 진정서는 흐지부지 어떤 뚜렷한 반응을 가져오지 못한 채 새로 지은 시장의 개장을 앞두고 있었다. 시장 진입로를 확장하는가 하면 시장 옆 개천에 제방이 튼튼하게 쌓이는 등 그런대로 의연한 본새의 현대식 시장이 세워졌다. 시장 옥상에는 고성능 방송 스피커가 설치되어 하루 종일 유행가를 뽑아대는 틈틈이 새 시장을 안내하는 방송이 도깨비시장까지 쩡쩡 울려왔다. 물론 도깨비시장의 손님들을 겨냥한 수작이었다.

그동안 도깨비시장의 큰 점포들은 문을 닫고 새 시장으로 옮겨 갔다. 처음 건물을 지을 때보다 임대료가 배나 올라 있어 이제 다른 사람들은 엄두도 못 낼 형편이었다. 어쨌든 점포 주인은 있되 그것을 임대해 장사를 할 사람이 적어 시장이 반쯤 채워진 채 개장을 했다. 시장 안의 너른 노점대는 텅텅 빈 채였다. 도깨비시장의 노점들이 그리로 흡수되어야 할 것인데 누구 하나 그리로 들어가지 않았던 것이다.

"거기 들어갈 돈이 있으면 우리 식구가 몇 달은 놀고먹겠다."

정말 하루 벌어 하루를 사는 사람들이라 큰 밑천을 넣어 장래를 내다볼 겨를이 없었다.

그런대로 현대시장에는 사람들이 몰렸다. 개장 기념으로 시장 옆 공터에서 노래자랑 대회까지 열었다. 물건을 사는 사람에겐 경품권과 기념품이 주어졌다. 조금 생활이 핀 사람들은 좋은 물건을 사려면 현대시장으로 가야 한다며 도깨비시장을 지나서 그리로 갔다.

"이거 야단났구먼!"

도깨비시장 사람들은 서로 얼굴을 쳐다보며 입맛을 다셨다. 현대시장이 개장되면서 손님이 반으로 줄어든 것이다. 매상은 종전의 반도 안 되었다. 큰 물건을 팔아주는 단골들이 현대시장으로 몰린 것이다. 시장이 헐린다 안 헐린다가 문제가 아니었다. 당장 오늘 입에 풀칠할 길이 막막했다.

"이거 어떻게 한다죠?"

아버지가 도깨비시장을 배회하고 있었고 노점상들은 아버지를 붙잡고 하소연했다.

"좀 기다려봅시다. 며칠만 그런대로 견뎌봐요."

아버지 말이 맞았다. 정말 단 며칠이었다. 도깨비시장에 몰리는 사람들이 전이나 다름없게 된 것이다. 현대시장으로 몰린 것은 새 시장에 대한 호기심이었다. 천민동 사람들은 아직 정연하게 진열된 상점대에서 물건을 고르는 일에 익숙하지 못했다. 공연히 바가지를 쓸 것 같은 두려움이 앞섰다. 역시 마음 놓고 물건 뒤적이며 값 깎아내리기 좋은 도깨비시장 생각이 난 것이다. 그 도깨비시장의 햇볕에 그을린 노점상 아낙네들한테서 귀부인으로 떠받쳐지던 그런 우쭐한 기분을 잊을 수가 없었다. 거짓말같이 그들은 돌아왔다. 비로소 도깨비시장 사람들 얼굴에서 그늘이 걷혔다. 사람이 죽으란 법은 없구먼. 그러면서 가슴을 쓸어내렸다.

그러나 집에 돌아온 아버지의 얼굴은 밝지 못했다. 아버지의 얼굴에는 짙은 구름이 꼈다. 우리 식구들은 그 검은 구름의 의미를 알았다. 아니나 다를까 구름이 비를 내렸다. 엄청난 돈을 끌어들여 새로 세운 현대시장 측에서 가만히 앉아 파리만 날릴 턱이 없었다. 그렇다고 그들이 직접 나서서 어떻게 한 것은 아니었다. 애초 그들이 앞뒤 따져 작심하고 벌인 일에 차질이 생길 리 없었다.

"내 이럴 줄 알았다구!"

도깨비시장 사람들은 닥친 일에 차라리 체념한 얼굴로 멍청해졌다. 시장 지역이 재개발지구로 지정돼 겨울 안으로 정비사업을 벌인다는 내용과 함께 해당 지역의 무허가 건물은 일제히 자진 철거하라는 철거 계고장을 받은 것이다. 기한 안에 자진 철거를 하면 소정의 철거 보상비가 지급된다는 내용이 첨가된 계고장이 시장 점포마다 배달되었다. 아무 때고 한 번은 치를 홍역이었지만 이렇게 느닷없이 닥쳐오리라곤 미처 생각도 못한 일이다. 막상 철거 계고장을 받아든 도깨비시장 사람들은 하늘만 쳐다보고 한숨을 뿌렸다. 그 한숨이 시장 한가운데 노점상들에 전염이 돼, 이제야말로 생활 근거지를 잃게 된 노점상들은 허둥거리기 시작했다. 동작이 빠른 사람들은 미리 현대시장 진입로로 내려가 보따리를 풀었다가 그 시장 경비원들에게 쫓겨 되돌아오기도 했다.

어떻든 도깨비시장 사람들은 자진 철거하라는 기한이 다가오고 있어도 누구 하나 움직이지 않았다. 과거 다른 곳에서 자진 철거도 해보았고 강제 철거도 당해본 그런 사람들인지라 두둑한 배짱을 가지고 버티는 데서 얻는 잇속 같은 것도 계산에 없지 않았을 것이다. 더구나 겨울에 접어든 지금 자진 철거를 해봤자 그 보상비 가지고는 다른 데 점포를 얻는다는 것은 어림도 없다는 것을 그들은 너무나 잘 알고 있었다.

그러나 사태는 사뭇 다급해졌다. 어느 날 새벽에 노점상들이 보따리를 들고 나와 보니 시장 한가운데가 파헤쳐지고 있었다. 불도저가 밤중에 작업을 시작한 것이다. 계획대로 팔 미터 새 도로가 뚫린다고 했다. 파헤쳐진 양옆 점포들은 사람 드나들기도 힘들었다. 흙먼지가 몰아쳐 가게 안으로 쏟아져 들어왔다. 멋모르고 시장에 나왔던 아낙네들이 그 흙먼지에 놀라 현대시장 쪽으로 달음질쳤다. 그뿐인가, 시장으로 들어가는 골목이 하수도 공사를 한다고 모두 파헤쳐져 사람들은 아예 도깨비시장 쪽으로 근접도 할 수 없는 형편이었다. 그런 막힌 골목마다 도깨비시장의 노점상들이 리어카나 노점대를 들고 멍청히 서서 불도저의 작업을 바라보고 있었을 뿐이다. 이제 도깨비시장은 끝장이었다. 거기다가 날씨마저 갑자기 드르르 추워져 혹한이 예상되는 겨울의 문턱이었다.

"아저씨, 현대시장 옆에 난장이 섰다면서요?"

옆방 수경이 엄마가 다른 날보다 늦게 나가는 아버지를 향해 묻고 있었다.

"그렇게 됐지요."

"현대시장 사람들이 가만히 안 있을 텐데요?"

"거 뭐……"

아버지는 입속말로 우물우물 말미를 죽이며 자전거를 끌어내고 있었다.

그날 오후 나는 누나와 함께 도깨비시장 노점상들이 난장을 벌였다는 현대시장 옆 빈터로 나가보았다. 지난번 시장 개장 기념으로 노래자랑을 벌이던 곳이다. 거기 난장이 서고 있었다. 꼭 시골 장터 같았다. 여기저기 천막이 쳐 있고 한옆으로는 리어카상, 그 한쪽에는 김장 시장이 섰다. 먼저 도깨비시장 규모보다야 훨씬 못했지만 그런대로 사람들이 버글거렸다.

"재숙이 오빠두 저기 있구나."

재구 청년을 찾아낸 것은 누나였다. 작은 천막 하나를 치고 그 밑에서 옷가지를 늘어놓고 팔았다. 김장철에 하던 채소 장사를 집어치우고 이젠 옷 장사로 바꾼 것이다. 며칠 전 속아 산 점포에 세 들었던 사람이 장사를 못하게 됐기 때문에 그 전셋값을 빼주느라 또 빚을 졌다는 이야기를 재숙이가 우리 누나한테 했다.

재구 청년의 옷 가게 앞에 아낙네 서넛이 앉아 옷을 뒤적이고 있었다.

"그 점방을 자진 철거했다면서?"

내가 누나한테 물었다.

"그랬대. 그 철거 보상비라도 타자고 재숙이가 오빠한테 떼를 썼대."

"지난번엔 이를 갈면서 금방 누굴 죽일 것처럼 으르렁거리더니 역시 심약한 사람이군."

내가 비꼬인 말을 했다.

"잘한 일이지 뭐. 착하게 사는 게 이기는 거야."

"그런데 우리 아버진 착한 일을 많이 하는데 왜 돈을 못 번다냐?"

누나가 웃었다.

"애는! 너무 착한 일만 하시니까 돈을 못 버신 거지. 그래두 그게 이기는 거라니까 그러네."

"누구한테, 뭘 이긴다는 거야?"

"아버지 자신."

아버지는 시장 아무 데도 보이지 않았다. 아버지의 그 커다란 짐 자전차도 눈에 띄지 않았다. 우리는 다시 재구 청년의 옷가게로 다가갔다.

"우리 아버지 어디 계시죠?"

재구 청년이 우리를 돌아다보았다.

"어, 여길 어떻게?"

누나와 눈을 맞춘 그의 귓불이 발갛게 달아오르는 게 보였다.

"재숙이 오빠, 저것 좀 사주세요."

누나가 재구 청년의 옷 가게 옆 연탄 화덕 위에서 먹음직스럽게 끓고 있는 떡볶이 냄비를 손가락질하며 겸연쩍게 웃었다. 재구 청년의 얼굴 전체가 발갛게 물들었다.

"그럽시다아!"

그리고 떡볶이 아줌마 쪽을 향해 소리쳤다.

"아주머이, 우리 먹을 걸로 좀 맛있게 볶아주세유. 고추장 좀 듬뿍 넣으시구."

"아이구, 웬일이야? 오늘은 해가 동쪽으로 지겠네. 총각이 이런 걸 다 사 먹구."

그러다가 우리 쪽을 힐끔 쳐다본 다음 재구 청년을 향해 눈을 찡긋해 보이며 말했다.

"으음, 그랬었군. 총각, 그 색시 누구유?"

재구 청년의 얼굴이 더 붉어지며 옷을 고르고 있는 아낙네 쪽으로 다가갔다. 누나가 재구 청년 쪽을 바라보며 말했다

"우리 아버지……"

"아 참, 아저씬 초상집에 가셨어요. 라이터 장사하는 심씨 부

인이 암으로 앓다가 오늘 새벽에 죽었대요. 그 집 애들이 올망졸망 자그마치 다섯이래요."

"어이구, 억세게두 많이 만들었군."

떡볶이 아줌마가 껴들었다. 재구 청년이 다시 말했다.

"그 심씨도 이번에 집이 헐린대요. 재산이라곤 그 집 하난데."

"거기두 산동넨가?"

"그렇지요. 우리가 사는 동네 반대편 골짜기니까요."

우리가 사는 산동네도 얼마 전 두번째의 무허가 건물 자진철거 계고장을 받았다. 물론 철거대책위원회란 조직을 만들어 여러모로 애를 써보았지만 별 신통한 방법이 없어 보였다. 동회에서는 구청에 가봐라, 구청에선 시에서 시킨 일이다. 시에선 나라에서 하는 일이다…… 이런 식으로 책임만 돌리고 합동주택을 지어 입주권을 준다는데 왜 그것을 마다하는지 이해를 못하겠다는 듯 고개만 갸우뚱거린다고 했다. 또 그 철거대책위원 중에는 합동주택 입주권을 노리고 벌써부터 무허가 주택을 싼 값에 수십 채씩 사놓는다는 얘기도 돌았다. 천민동번영회란 천민동의 유지급들이 모인 단체의 사람들이 그 이름을 바꿔 철거대책위원회가 된 것이니 거기다가 더 바랄 것이 뭐냐 체념을 하는 사람들이 많았다.

"으응, 그러고 보니 이 색시가 바로 김씨 아저씨 따님이시구먼. 어이구, 음전두 해라."

"왜, 메누리 삼구 싶수?"

떡볶이 곁에서 빈대떡을 부쳐 파는 아줌마가 불쑥 껴들었다.

"내 말이 바로 그거여. 허지만 큰아들이 이제 국민핵교 이학년이당께."

그네들은 킬킬거려 웃었다.

"참, 김씨 아저씬 점심을 안 잡숫고 사시는 양반이라며?"

"안 잡수셔요."

누나가 쉽게 대답했다. 사실 아버지는 술은 물론 점심이라는 걸 몰랐다. 그것은 내핍과 절약이라는 그런 의미 이상의 어떤 것을 생각하게 했다. 그것이 아버지의 철학이었다. 물론 아버지는 자기의 그러한 생활신조를 식구들이나 다른 사람에게 강조하지는 않았다. 우리 식구들도 또한 아버지의 그런 생활 방식 때문에 마음에 부담을 갖거나 괴롭지가 않았다. 아버지는 그처럼 자연스럽게 자기의 삶을 꾸리고 있는 사람이었다. 다만 우리 형만 아버지의 그러한 삶의 태도를 '악을 쓰며 살아봤자……'라고 늘 투덜거렸을 뿐이다.

"여기서 이렇게 장사를 해도 저 사람들이 뭐라고 안 그러던가요?"

누나가 현대시장을 눈짓하며 물었다.

"가만히 있긴요. 하루에도 몇 번씩 나와 엄포를 놓고 야단이지요. 그러나 이쪽 수가 워낙 많아 놓으니까 아직 막 나오진 못하는가 봐요."

"그쪽에서 강하게 나오면 큰 싸움이 나겠네요?"

"물론이죠. 이놈의 새끼들 우리 물건에 손가락 하나 대기만 하면……"

그렇게 유해 보이던 재구 청년의 얼굴이 험악해졌다. 눈에 이글이글 살기 같은 게 일었다.

"그렇게 생각함 안 돼요, 재숙이 오빠!"

누나가 단호한 어조로 말했다.

"김씨 아저씨두 그럽디다. 저쪽에서 어떻게 나오든 절대 맞서서 싸울 생각은 말라구요. 아저씬 요새 장사두 안 하구 시장 사람들한테 그 얘기만 하고 다녀요. 싸우게 되면 결국 없는 사람만 이래저래 손해를 본다는 거지요."

"우리 아버지 말이 맞아요. 싸우지 않는 게 결국 이기는 거예요."

"우린 이미 졌어요. 남은 건 악밖에 없어요."

다시 재구 청년의 눈에 살기 같은 게 번뜩여 보였다.

"재숙이 오빠, 아무도 진 사람은 없어요."

"그러나 이 세상엔 이긴 놈들이 너무 많아요. 이겨도 무자비하게 이긴 놈들이 멀쩡한 얼굴로 히히덕거리고 있어요."

"아니에요. 아무도 이긴 사람은 없어요. 다만 이겼다고 생각할 뿐예요."

누나가 일어서면서 웃었다.

"여기 편지 왔다."

저녁때 형이 밖에서 돌아오자 어머니는 두 장의 편지를 내놓았다. 형이 옷도 벗지 않은 채 편지 겉봉을 훑어본 다음 그중 누런 봉투를 내게 던졌다. 나는 그 편지 겉봉을 뜯었다.

무허가 건물 철거 집행영장이었다. 1A지구 무허가 주택은 11월 30일까지 자진 철거하라는 두 번의 철거 계고를 이행치 않았으므로 재개발지구 정비사업상 부득이 강제 철거를 단행하겠다는 내용이었다. 사람 잡는 설마가 찾아온 것이다.

"형!"

형 말대로 '악을 쓰며 살아봤자……'의 이 한심한 현실을 형에게 알리기 위해 돌아섰을 때 나는 입엣말을 삼켜버리지 않으면 안 되었다. 형이 뜯어서 읽던 흰 봉투의 편지를 무섭게 구겨쥐면서 입술을 파르르 떨고 있었기 때문이다. 그렇게 무서운 형의 얼굴은 처음이었다.

엎친 데 덮친다고, 대개 한 집안의 재앙은 이렇게 한꺼번에 겹치기로 일어나게 마련이다.

형이 그 국영 기업체 채용 시험의 불합격 통지서를 받고 집을 나가버린 뒤 꼭 사흘 만에 누나가 그 사고를 당한 것이다. 그것은 누나의 잘못이 아니었다. 누나는 차라리 그 자리에서 죽어버렸어야 했다. 그러나 누나의 목숨은 끊어지지 않았다. 누나가 시립병원 중환자실 침대 위에 놓인 채 신음하고 있었다. 그네는 벌써 며칠째 폐에 부종이 오는 것을 막기 위해 산소호흡을 받고 있었다. 수혈과 산소호흡은 누나가 아직 살아 있다는 것을 뜻했다.

그날 누나는 공장에 나가지 않았다. 공장이 세워진 지 삼십주년 기념일이었다. 그 전날 누나는 공장에서 주는 표창장과 부상으로 화장품 한 세트를 타 왔다. 그리고 특별 상여금도 타 집안 식구들의 선물도 사 왔다. 아버지의 겨울 잠바와 어머니의 스웨터였다. 그리고 우리 방에 장식이 예쁜 탁상시계가 놓였다. 학교의 아침 자습에 늦곤 하는 내 게으름을 일깨워주기 위해 누나가 재각재각 해바라기가 피어나는 해바라기 탁상시계를 사 온 것이다.

그날 내가 학교에서 시험을 끝내고 집에 일찍 돌아왔을 때 누나는 언덕 아래에서 물을 길어다가 빨래를 하고 있었다. 날이 몹시 찼다. 올겨울 들어 첫 추위였다.

"너 그 내복 벗어 이리 줘라."

누나가 마당에 앉아 빨래를 하면서 말했다.

"누나가 오늘 집안 식구들 내복을 다 한 벌씩 사 왔구나 글쎄."

어머니가 내 방에 새 내복을 던져주며 말했다. 형이 집을 나갈 때 입고 나간 양복도 누나가 맞춰준 것이다. 오빠, 면접시험을 볼 땐 우선 용모가 깨끗해야 한대요. 그런 말을 하면서 형을 양복점까지 끌고 간 누나였다.

벼엉신. 나는 누나가 사준 내복으로 갈아입으면서 형을 욕했다. 오직 자기 하나만 생각한 형의 그 이기적인 행동거지가 정말 못나게 생각되었다. 나는 형을 이해할 수가 없었다.

형은 집을 나가기 전 저녁을 끝낸 아버지한테 대들었다.

"아버지, 난 살고 싶지 않아요."

"말 같잖은 소리!"

"물론 난 내가 못난 자식이란 걸 잘 알고 있어요. 그러나 견딜 수가 없어요. 내가 이렇게 된 건 꼭 내 잘못만도 아니라구요."

"맞다, 그건 네 말이 옳아. 모두 이 애비 잘못 만난 탓이다."

아버지의 어조는 언제나 이처럼 차분하다. 방바닥을 문질러 대는 아버지의 왼손 손가락 두 개가 뭉툭했다.

"아버지!"

갑자기 형의 목소리에 모가 섰다.

"아버지, 도대체 아버진 그놈의 육이오 때 어떤 죄를 얼마큼 진 겁니까?"

나는 더 참지 못하고 마루로 나왔다. 어머니가 쪽마루에 웅크려 앉아 울고 있었다. 누나는 공장에서 아직 돌아오지 않았다. 그네만 있더라도 형이 이 정도로 형편없이 무너져 내리지는 않았을 것이다. 나는 숨을 죽여 방 안의 기척을 살폈다.

"아버지, 말해줘요! 난 자식으로서 그것을 알 권리가 있어요. 더구나 난 그 피해잡니다. 아시겠어요, 아버지?"

형은 제정신이 아니었다. 그러나 다시 아버지는 형을 나무라지 않았다. 그냥 침묵하고 있었을 뿐이다. 형도 침묵한 채 기다리고 있었다. 언제까지라도 기다릴 심산인 모양이었다. 뜻밖에 아버지의 침묵은 오래가지 않았다.

"이 애비가 나빴다. 어리석었던 게지. 무식했던 탓이다. 난 죽어서두 후회 할 게여. 감옥에서 산 칠 년여 세월도 참회 하며 살았다. 허지만 이 애비가 저지른 죈 하나도 지워지지 않았다."

"바로 그겁니다. 무슨 죌 어떻게 졌는지 그걸 알고 싶단 말이에요."

형은 무섭게 잔인했다. 그러나 다시 아버지가 침묵했다. 형이 참지 못하고 다그쳤다.

"말해주세요. 자식이 태어나기도 전에 저지른 그 죄가 어떻게 해서 그 자식에게까지 뿌리를 뻗치고 있는지, 그 무서운 아버지의 과거를 알고 싶다 그겁니다."

잠시 침묵이 흘렀다. 그리고 이제까지와는 달리 단호한 아버지의 목소리가 들렸다.

"이놈아, 세상에는 자식 앞에 못할 얘기도 있는 거다. 이 애빈 말 못하겠다."

"말해줘요!"

"못한다, 이놈아!"

그리고 침묵이 계속되었다.

나는 아버지가 더 이상 입을 열지 않을 것을 알고 있었다. 형 또한 그것을 알았을 것이다. 그러나 형은 끝까지 잔인했다. 그 밤으로 가방 하나를 챙겨 들고 집을 나간 것이다.

"엄마, 나 이 빨래 해놓고 시장에 다녀올 거예요. 아버지한테 가서 생선도 살 거예요."

"누나야, 이따 시장에 가거든 재숙이 오빠한테 떡볶이도 얻어먹고 오라구."

"쟤는……"

내 농담에 누나는 눈을 살큼 흘리며 발갛게 웃었다. 찬물에 빨래를 헹구는 누나의 손이 발갛게 얼어 보였다. 누나는 얼굴이 고운 것처럼 그 손도 통통하고 예뻤다.

바로 그때 수경이 엄마가 허겁지겁 쪽대문을 밀치며 들어온 것이다.

"큰일 났에요, 아주머니! 지금 현대시장 사람들하고 난장 사람들하고 대판 싸움이 벌어졌대요. 막 부시구 때리구 야단났대요."

누나와 나는 한걸음에 정신없이 그곳까지 달려갔다. 현대시장 옆 빈터 노점을 벌인 난장에는 정말 수경 엄마가 말한 대로 대판 싸움이 아직 끝나지 않은 상태였다. 그러나 눈여겨봤을 때, 그것은 결코 싸움이라고 말할 성질의 것이 아니었다. 말 그대로 난장판이 벌어졌을 뿐 그것은 싸움이 아니었다.

겨울바람이 매섭게 몰아치고 있는 빈터 난장 바닥에 현대시장 경비원들로 보이는 청년들이 수십 명 이리저리 뛰어다니며 난동을 치고 있었다. 그들 중에는 천민동 일대에서 어깨로 알려진 싸움패들도 여럿 보였다. 그들은 기세가 등등하게 시장 바닥을 휩쓸었다.

천막은 모조리 땅에 깔린 채 바람에 펄럭였으며 리어카는 물론 아낙네들이 이고 나온 플라스틱 장사 대야가 여기저기 뒹굴었다. 고춧가루가 쏟아져 바람에 풀풀 날리는가 하면 달걀 바구니가 박살이 나 땅에 질척하게 흩어졌다. 그야말로 수라장이었다. 현대시장 옥상의 고성능 스피커에선 이런 난장판에 맞추듯 리듬이 빠른 유행가가 쨍쨍 울려 나오고 있었다.

그런 수라장 속에서 누나와 나는 아버지를 보았다. 아버지가 우리들 앞을 지나가고 있었다. 아버지는 그 커다란 짐 자전차를 타고, 혹은 내려서 끌고 가며 무언가 계속 외치고 있었다. 그 수라장 속을 이리저리 헤매면서 같은 말을 자꾸 되뇌는 것이었다.

"절대로 참아야 합니다. 참아야 해요!"

그때서야 나는 시장 바닥에서 움직이고 있는 것은 오직 난동치는 현대시장 사람들뿐이란 걸 깨달았다. 도깨비시장 사람들은 마치 마네킹처럼 우두커니 선 채 움직일 줄 몰랐다. 어떤 강력한 최면에라도 걸린 듯싶게 초점 잃은 눈으로 모두 망연자실서 있었다. 그것은 참으로 기적 같은 일이었다. 자기들의 물건이, 하루 벌어 하루 먹는 그 장사 밑천이 송두리째 땅바닥에 흩어져 뒹굴어도 아랑곳없이 멍청하게 서 있는, 이 믿어지지 않는 현실 앞에 누나와 나는 질려버렸다. 우리 역시 단 한 발짝도 움직일 수가 없었다.

그때 그 일이 벌어지지 않았으면 우리는 그 자리에 더 오래 굳어 있었을 것이다. 수라장을 이룬 시장 한쪽에서 째지듯 자지러지는 아낙네들의 괴성이 터지는 것과 함께 우리는 이미 그쪽으로 달려가고 있었다. 순식간에 사람들이 둘러선 그 한가운데에 재구 청년이 서 있었다. 쓰러진 옷 가게 천막 자락을 밟고 서 있는 그의 손에 커다란 플라스틱 통이 들려 있었다. 거기서 조금 떨어진 곳에는 떡볶이 아줌마의 연탄 화덕이 모로 쓰러진 채 연탄이 반쯤 빠져나와 땅에 흩어진 옷가지를 지글지글 태우고 있었다.

"저게 휘발유예유, 휘발유!"

둘러선 사람 중에서 어떤 아낙네가 열띤 목소리로 부르짖었다. 둘러선 사람들이 서너 걸음씩 쫓기듯 뒤로 물러섰다.

더 넓어진 원 속에서 재구 청년은 휘발유를 뒤집어쓴 채 둘러선 사람들을 죽 둘러보았다. 내 눈에는 그가 히죽이 웃는 것처럼 보였다. 그는 결코 격노한 사람의 살기 띤 그런 표정이나 서둘러대는 몸짓이 아니었다. 그가 한쪽 손을 쳐들었다. 사람들이 다시 괴성을 지르며 뒤로 물러섰다. 그의 손에 라이터가 들려 있었다. 아낙네들이 발을 동동 구르며 아우성쳤다. 그러나 아무도 그 원 속으로 뛰어드는 사람은 없었다. 난동을 부리던 현대시장 경비원들의 얼굴이 둘러선 사람들 속에 여기저기 보였다.

"재숙 오빠!?"

누나가 외마디 소리를 지르며 그에게로 달려 나갔다.

"오지 마!"

그가 누나를 향해 험악한 얼굴로 부르짖었다. 라이터 든 손을 다시 한 번 번쩍 쳐들면서였다. 그러나 누나는 어느새 그의 몸에 달라붙은 뒤였다. 누나에게 휘발유 통을 안 뺏기기 위함이었던지 그가 그 통을 머리 위로 번쩍 치켜들자 휘발유가 폭포처럼 쏟아내려 두 사람 몸을 적셨다. 그러나 누나가 그에게서 필사적으로 나꿔챈 것이 라이터였다. 누나가 그 라이터를 힘껏 사람들 있는 쪽으로 던졌다. 그러자 재구 청년이 주인이 던진 나무토막을 물어오기 위해 달려가는 개처럼 그 라이터를 향해 질풍같이 뛰었다. 그러나 그때는 이미 둘러섰던 사람들이 그의 몸을 향해 결사적으로 맞부닥뜨릴 기세로 뛰쳐나오기 시작한 때였다.

"누나!"

그때 내가 본 것은 불빛이었다. 누나는 휘발유를 흠뻑 뒤집어쓴 채 그 자리에 혼자 남겨져 우두커니 서 있었다. 그것은 분명 누나의 몸에서 시작된 불빛은 아니었다. 그 불빛은 처음 떡볶이 아줌마가 쓰러져 누운 연탄 화덕에서 비롯되었다. 눈 깜짝할 사이에 누나는 불길 속에 서 있었다. 하나의 커다란 불꽃처럼 누나가 그렇게 타오르고 있었다.

"다행이지 뭐예요."

수경이 엄마가 이웃 여자와 얘기를 나누고 있었다.

"그러게 말예요. 글쎄 이 추운 겨울에 집을 철거한다니 말이나 돼요."

"어떻든 내년 봄까지 연기를 해준다니 그만해도 정말 다행이에요."

"그리고 참, 현대시장 사람들이 그 시장 빈 점포랑 그 안의 노점대까지 모두 조건 없이 우선 내놓기로 했다나 봐요. 거기 못 들어가는 사람들은 그 옆 빈터에서 그냥 장사를 해도 좋다고 했대요."

"어머, 그게 정말이래요? 믿어지지 않네요."

"어제 그쪽 사람들과 도깨비시장 사람들하고 만나서 일차 타협을 봤대나 봐요. 도깨비시장 쪽에선 이 집 아저씨가 대표로 참석했다던데요."

그런 얘기를 더 주고받으며 그네들은 연해 쯧쯧 혀를 찼다.

"그 처녀, 이제 좀 웬만한가 모르겠네요?"

"웬만하긴요. 삼 도두 넘는 화상이라는데 그게 어디 그렇게 쉽겠어요. 목숨 건진 것만 해두 기적이라고 병원에서 그러더래요."

나는 귀를 막았다. 그리고 머릿속에 아무것도 떠올리지 않기 위해 이불을 뒤집어썼다. 그러나 헛일이었다. 그 사람들 이야기를 듣고 있는 쪽이 한결 나을 것 같았다.

"참, 저 꼭대기 사는 그 재구란 청년이 그렇게 열심이라면서요?"

"그렇대요. 환자 곁에서 한 발짝도 안 떠난다더군요. 이제 그만 가라고 해도 막무가내로 버티고 있대요."

"왜 안 그러겠수. 멀쩡한 처녈 그 꼴로 만들어놓은 게 누군데……"

"그렇더라두 그 사람 속이야 오죽하겠어요. 죽을 때까지 못 잊을 거예요. 생각함 정말 양쪽 다 기가 맥힌 일이라구요."

그네들은 좀 더 오래 얘기를 나누었다. 나는 깜박 잠이 들었었던 모양이다.

"학생, 여기 병원에 가지고 갈 밥 다 싸놓았어요."

수경 엄마가 밖에서 깨우는 바람에 잠이 깼다.

"오늘은 큰학생 밥까지 쌌더니 꽤 무겁네요."

나는 수경 엄마가 내미는 찬합을 받아들고 부리나케 언덕길을 내려가기 시작했다. 며칠 전 형이 돌아오고부터 이 언덕길을 오르내리는 발걸음이 한결 거뿐했다.

아버지나 어머니도 형이 집으로 돌아온 뒤 그 얼굴이 한결 밝았다. 그처럼 형은 우리 식구들의 절실한 현실이었다.

그날 형은 병원에 들어와 온몸이 가제로 덮인 뒤 그 위에 홑이불까지 씌워진 누나를 내려다보며 꼭 얼빠진 사람처럼 멍청히 서 있기만 했다.

"지혜야, 오빠가 왔구나."

어머니가 울먹임을 애써 죽이며 말했다. 그리고 홑이불 한 귀퉁이를 쳐들었다. 거기 누나의 손이 있었다. 그것은 기적이었다. 누나의 몸 가운데 화상을 전혀 입지 않은 부분은 바로 그 통통하고 예쁜 손뿐이었다. 그 손가락이 조금 움직였다. 형이 그 손을 쥐었다. 그러나 형은 더 참지 못하고 병실을 뛰쳐나갔다. 복도 벤치에 아버지가 앉아 있었다.

형은 꼭 순정 소설의 한 대목처럼 아버지의 무릎에 얼굴을 묻으며 흐느끼기 시작했다.

"어딜 갔었냐?"

아버지가 주름진 눈 그늘에서 눈물을 닦아내며 울먹이는 목소리로 묻고 있었다. 형이 흐느끼기를 그치지 않은 채 울음 섞어 말했다.

"아버지, 박창진 씨 아시죠? 우촌면 중말 사는 아버지 옛날 친구 박창진 씨 말예요."

아버지가 한참 만에 대답했다.

"알다마다!"

그렇게 말해놓고 아버지는 한참 기억을 더듬는 눈치더니,

"거긴 뭣 하러 갔었누?"

형이 눈물 흐르는 얼굴을 쳐들며 말했다.

"그 사람들이 모두 아버질 보고 싶어 해요. 아버지가 왜 고향엘 한 번도 안 오는지 모르겠다고 야단들이던데요."

나는 그들 곁에 서서 피식 웃음이 나왔다. 누나로 하여 연출

되는 이 멜로드라마의 한 토막 감격 속에서 나 또한 멋진 대사 한 구절을 껴 넣고 싶어서였다.

—겨울이 간다. 누나야, 네가 이긴 겨울이 가고 있구나.

◌1979년 『창작과비평』 가을호

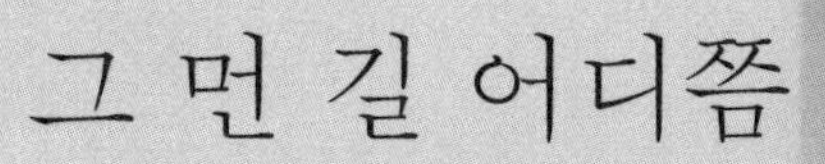

그 먼 길 어디쯤

한형이 정신병 환자라고 생각하는 사람은 아무도 없었다. 그렇다고 그가 지극히 정상적인 생각과 행동거지를 하는 범상한 사람이라고 자신 있게 말하는 사람 또한 만나기 어려웠다.

한형은 그런 사람이다. 한마디로 좀 별난 친구라는 표현에 걸맞은 사람으로 그의 직장 동료들조차 뭔가 개운치 않다는 듯 고개를 갸웃거리며 그에 대해 말하길 꺼렸다.

그 사람은 어떻게 보면 너무나 평범한 일상을 살고 있지요. 우리와 같은 시간에 같은 일을 같은 방법으로 하고 있으니까요. 우리보다 더 부지런하지도 않고 그렇다고 태만한 것 같지도 않아요. 퇴근길에 어울려 술 한잔을 나누며 비위 틀리는 윗사람에 대해서 우리처럼 불평을 늘어놓을 줄도 알고, 세상 돌아가는 형편에 대해서 때로는 어린아이처럼 손뼉을 치기도 하며 또 어떤 때는 주먹을 쥐고 분개하기도 했어요.

그런데도 그 사람, 뭔가 우리와는 근본적으로 달라 보인단 말이야.

문제는 그 다른 점이 뭔지를 꼭 집어서 말할 수 없다니까.

굳이 말하자면 그 사람은 처음부터 우리가 관심 밖에 던져둔 어떤 문제를 지나치리만큼 집요하게 물고 늘어진다든가 나중에는 그것으로 해서 숫제 괴로워하는 점이 다르다고나 할까.

맞아, 한형과 얘기를 나누다 보면 어느 결에 우리 자신의 일상이 문득 부끄러워지면서 그동안 잊고 산, 조금 떳떳하지 못했던 과거가 되살아나기도 한다는 거지. 그러나 우리는 그 과거의 일로 해서 잠깐 마음이 불편할 수는 있어도 그 일 때문에 크게 괴로워하는 일은 없잖아. 그러나 한형은 항상 자기가 겪었다는 어떤 일에 완전히 사로잡혀 과거의 그 시간을 현재형으로 사니까 그게 문제라는 거지.

아하, 한형이 결혼 생활에 세 번씩이나 실패한 것도 바로 그 과거 집착증 때문이 아니었을까.

한형이 결혼에 세 번씩이나 실패한 것은 사실이다. 그가 그 여자들을 버렸는지, 아니면 그 여자들이 한형에게서 스스로 떠나갔는지 그 문제야 별것으로 친다고 하더라도 그에게 가정이란 결코 따뜻한 보금자리가 못 됐던 것만은 분명하다. 갈라선 세 여자가 모두 한형의 아이를 남기지 않고 떠났다. 그가 아이가 없는 문제에 대해 말한 적이 있다. 내가 아이를 원하지 않았던 거지요.

한형과 결혼해서 오 년을 함께 살다가 갈라선 한형의 첫번째 여자가 말했다.

그이는 결혼 초부터 아이를 원하지 않는다고 했어요. 그렇다고 해서 그이나 내가 피임에 특별히 신경을 쓴 적은 없었다구요. 그래서 난 그이가 말만 그렇지 실제로는 아이를 낳아도 좋다는 것이구나 생각하고 안심을 했지요. 그런데 우리에겐 결혼이 년이 넘도록 아이가 생기지 않았어요. 나는 그이나 나한테 어떤 결함이 있을 것으로 생각해 싫다는 그이를 억지로 병원까지 데려가 검사를 했지요. 두 사람 모두 아무런 이상이 없다는 거예요. 그래도 믿기지 않아 다른 병원엘 찾아갔더니 거기서도 결과는 마찬가지였어요. 그래서 내가 늘 그이한테 물었지요.

우리는 왜 아이를 낳을 수 없을까?

그럴 때마다 그가 단호하게 잘라 말했지요.

내가 아이를 원하지 않기 때문이야.

뭐요, 아무런 이상이 없는 부부가 정상적인 잠자리를 하는데도 원하지 않는다고 아이가 안 생긴다니 그게 말이 돼요?

그가 대답하더군요.

왜 말이 안 돼. 내가 진심으로 아일 원하지 않는데 아이가 생길 리가 없지.

그이는 그런 사람이었어요. 아무리 부부 관계를 가져도 자기가 아이를 원하지 않는 이상 수태가 될 수 없다고 말하는 거였어요. 과학적으로 있을 수 없는 얘기를 그처럼 철저하게 주장하는 그이와 오 년 동안을 함께 사는 동안 나는 차츰 그이의 말이 맞을는지도 모른다는 생각을 하게 됐지요. 그 막연한 생각이 거의 확신에 가까워지자 나는 더 이상 그이와 함께 살 수 없었지요. 그이가 너무 무서웠어요.

한형과 삼 년을 함께 산 두번째 여자는 한형이 하는, 재미도 없는 혼잣소리에 질렸다는 말로 말문을 열었다.

그 사람의 가정생활은 한마디로 되게 재미가 없었어요. 그 사람은 늘 혼자 있기를 좋아했죠. 그렇다고 방 안에 혼자 박혀 무슨 특별한 일을 하는 것도 아니라구요. 그냥 남이 잘 알아듣지 못하는 혼잣소릴 하면서 시간을 보냈어요. 그때 마침 친정 어머니와 함께 살았는데 그 사람이 혼잣소릴 할 때마다 어머니는, 저 사람 저거 실성했구나. 그렇게 말할 정도로 심했어요. 내가 약이 바싹 올라 무슨 소릴 그렇게 혼자 떠드느냐고 다그치면, 혼자 떠들고 싶어 그러는 게 아냐, 당신이나 장모님하고 그 얘기를 나누고 싶지만 그게 어디 당신이나 장모한테 재미있는 얘기여야지, 하고 말했어요.

무슨 얘긴데 그래요? 내가 이렇게 따지고 들 때마다 그 사람은 무척 쑥스러운 표정을 보이면서 대답하곤 했지요. 그 얘기라는 것도 경우에 따라서 내용이 전연 다른 게 많았는데 대충 이런 거였어요.

일곱 살 먹은 아이가 생판 처음인 타향 어느 벌판에 버려졌거든. 가을이었다구. 바람이 우수수 나뭇잎을 흔들었어. 아이는 자기를 버리고 사라진 자동차가 달려간 그 방향을 향해 계속 걸었지. 처음엔 뜀질을 했지만 곧 지쳤기 때문에 타박타박 걸어서 갔지. 걸어도 걸어도 사람이 사는 집은 보이지 않고 어느새 어둠이 아이를 집어삼켰어. 아이는 발이 아픈 것보다 배가 고파 울었을 거야. 아니지, 배고픈 것보다 더 무서운 건 길이 가늠되지 않는 그 칠흑 같은 어둠이었을 거야. 누나야아! 그 아이가 어둠 속에서 울음 섞어 외쳤지. 이모야아! 이번에는 그 아이가 이모를 찾으며 벌벌 떨리는 울음소리를 냈어. 밤바람이 그 아이의 울음소리를 떨리게 한 거야. 엄마, 엄마야! 엄마를 부르는 아이의 절박한 목소리가 들려. 어둠 속에서 길을 벗어나 잡초 무성한 들판을 허위허위 걷고 그 아이가 보여. 저거 보라구, 아이가 옷을 입은 채 질질 오줌을 싸잖아. 캄캄해. 너무 캄캄해서 목이 말라. 물, 물, 너무 목이 말라. 너무 목이 말라 울 수도 없어.

연극배우가 혼잣소릴 하는 거 같았어요. 미친 사람이 주절거리는 거 같기도 하고. 그런데 처음엔 어떤 아이 이야기를 하는 줄 알았는데 어느 순간 그 아이가 바로 자기 이야기로 바뀌는 거예요. 그러니 이런 황당한 얘길 누구와 나눌 수 있겠어요. 그러니까 그렇게 혼잣소릴 하는 거 아니겠어요. 어느 날 그렇게 횡설수설하는 이한테 내가 물었지요.

도대체 그 아일 누가 버렸대요?

그러자 그의 표정이 활짝 밝아졌어요. 내 손을 쥐면서 그가 말하더군요.

당신, 이제 보니 나하고 얘기가 통하는군. 바로 그거야. 그 아일 누가 버렸지?

그건 당신이 알 거 아네요?

그렇군. 그 아일 버리는 걸 본 사람은 나밖에 없었으니까.

당신이 그 아이를 버렸단 말에요?

아니지, 내가 왜 그 아이를 버리나?

그럼 도대체 누가 그 애를 버렸단 말예요?

글쎄, 그게 이상하다니까. 운전수가 차를 세웠거든. 아니지, 운전수한테 누가 차를 세우라고 말했을 거야. 그게 차주였는지도 몰라. 아니야, 자동차 꼭대기에 탔던 그 텁수염 지저분한 두 사내 중의 하나였는지도 몰라. 아니지, 그 자동차 꼭대기엔 아버지도 타고 있었어.

그렇게 횡설수설하는 그 사람이 무서웠어요. 그러나 실성한 사람과 이야기를 나누는 재미도 없진 않았어요. 그 재미로 내가 다시 말했지요.

아, 난 알겠다. 자동차를 누가 세웠는지.

내가 이렇게 말대꾸를 하니 그 사람 얼굴이 환해졌어요.

자동찰 누가 세웠어?

자기가 세웠잖아요.

아니야, 난 아니라구. 난 그때 겨우 열한 살이었어.

스톱 스톱! 그렇게 열한 살도 차를 세울 수 있어요.

난 아니야. 아이를 그렇게 버릴 거라곤 생각 못했거든. 난 그냥 보고만 있었어.

자기가 차를 안 세웠으면 답은 간단하네 뭐.

어떻게?

모두, 그때 거기 함께 있던 그 사람들 모두가 차를 세웠다고 하면 되잖아, 안 그래?

그 사람이 내 말에 아이처럼 방방 뛰면서 좋아했어요.

그래, 맞아. 그 사람들 모두가 차를 세웠다고 하면 되겠군.

그러나 그 사람은 다시 심각한 얼굴로 말했어요.

그런데 그 아일 누가 거기 버리고 가자고 했지? 여보, 그게 누구였지?

나는 그 사람 말에 더 이상 대꾸할 마음이 없었어요. 그러나 언젠가 그 사람한테 들은 말 하나를 상기시키고 싶었어요.

자기, 또 그 사람들 얘기하는 거 아니야? 그 새끼들이라고 했던가?

맞아. 그 새끼들이 정임이 이모와 걔들 엄마를 죽인 거야. 우리가 피난민 수용소를 떠나 그 강기슭 신작로 옆 폐광촌에 들어갔을 때 거기서 정임이 이모를 만났지. 예뻤어. 입술이 도톰하고 머리숱이 많았지. 나를 무척 예뻐했거든. 정임이 이모는 자기 형부가 순경이었는데 난리가 나면서 바로 죽었다는 비밀을 자기만 알고 있다고 나한테 말했어. 자기 언니도, 벙어리 계집애도, 일곱 살 난 그 사내애도, 세 살 난 계집애도 모두 자기 아버지가 빨갱이하고 싸우다가 죽었다는 걸 모르고 있었단 말이야. 정임이 이모는 나한테 비밀을 다 털어놓았어. 자기 언니가 며칠 전 낳은 애기가 형부를 꼭 닮았다고 말이야. 죽은 형부가 언니 배를 통해 다시 태어났다는 거야. 그런데 그 애길 낳은 정임이 이모네 언니가 배가 고파 미쳐버렸지. 애기를 낳고 아무것도 못 먹었거든. 정임이 이모가 강에서 다슬기와 말풀을 뜯어다가 식구들을 먹여 살리고 있었어. 그 폐광촌에는 정임이 이모네와 우리만 남고 다 고향을 찾아 떠났지. 우리도 아버지가 죽은 할머니 손가락에서 빼낸 금가락지를 팔아 고향 가는 자동차를 불렀다구. 그러나 정임이 이모는 언니가 애기를 낳아 자기들은 고향에 갈 수 없다고 나를 끌어안고 울었어. 내 목에 닿은 정임이 이모의 손이 불처럼 뜨거웠어. 정임이 이모도 열병에 걸린 거야. 내가 열병으로 앓고 있을 때 나를 보살펴 살려 준 정임이 이모의 몸이 불처럼 뜨거웠어. 우리가 그 골짜기를 떠나려는 새벽, 안개가 대단했어. 골짜기 전체가 안개로 뒤덮였지. 안개 때문인가 정임이 이모가 보이지 않았어. 안개를 헤치고 다니며 여기저기 찾아봐도 보이지 않았어. 정임이 이모네 아이들 중 누군가 말했지. 이모가 엄마를 찾으러 산속에 들어갔다고. 정임이 이모는 빨가벗은 채 애기를 안고 산속으로 들어간 자기 언니를 찾아 그 짙은 안개 속으로 사라졌던 거야. 벙어리 계집애와 사내아이, 그리고 세 살짜리 눈 퀭한 계집애만 우리가 살던 그 골짜기에 댕그라니 남겨졌지. 그런데 우리를 태우러 온 자동차 그 새끼들이 안개 자옥한 산골짜기로 정임이 이모와 미친 정임이 언니를 찾으러 올라간 거야. 그리고 얼마 있다가 히죽히죽 웃으면서 그냥 내려왔지. 그리고 그 새끼들이 차 시동을 걸었어. 정임이 이모네 그 아이들이 우리가 타고 갈 차를 바라보고 있었어. 내가 자동차를 떠나지 못하게 했어. 나 때문에 자동차가 갈 수 없게 된 거라구. 내가 광산 굴속에 숨었거든. 아무도 찾을 수 없는 캄캄한 굴속에 꼭꼭 숨었던 거야. 그때 나는 몹시 심술이 나 있었다구. 내 심술로 그 새끼들이 몰고 온 자동차가 못 떠났던 거라구. 내가 타고 갈, 아니 우리 아버지와 엄마도 함께 고향으로 타고 갈 그 자동차를 내가 못 가게 했다구.

이 이야기를 할 때 그 사람은 매우 신이 난 얼굴을 했어요. 아무튼 그 사람은 그렇게 무서운 과거 얘기로 나를 괴롭혔어요. 미쳐두 더럽게 미친 거지요, 뭐.

한형과 가까이 지낸 또 한 사람, 한형의 세번째 여자는 매우 이지적인 얼굴을 하고 있었다. 그네는 한형이 사로잡혀 있는 신비적인 분위기, 그 불가사의함에 대해 이야기 했다. 그 여자는 한형을 전남편 혹은 그라고 지칭했다.

내 경우는 아이를 원하지 않는다는 전남편의 말이 오히려 고마웠어요. 나는 아이를 밸 수 없는 그런 여자였거든요. 그러니 내가 전남편과 헤어진 건 아이 문제가 아니었다구요. 나는 무서웠어요. 일 년 동안 전남편과 살면서 나는 완전히 노이로제에 걸렸던 거예요. 그는 무서운 사람이에요. 늘 자신에게 어떤 초인적인 힘이 작용하고 있다고 믿고 있었어요. 예를 들면 자기가 미워하고 저주하는 어떤 일이나 사람에 대해서 자기가 마음만 먹는다면 응징의 복수를 아무도 모르게 할 수 있는 능력을 가지고 있다고 믿는 거예요. 전남편은 그러한 능력을 가지고 있는 자신을 몹시 무서워하고 또 그것 때문에 괴로워도 했지요. 그는 언젠가 우리가 꼭 타야만 할 상황에서 승차 거부를 한 채 달려가는 택시를 향해 저주를 내린 일이 있었어요. 뒈져버려라! 그가 그렇게 말했고 바로 그 순간 그 택시는 박살이 났거든요. 물론 나는 그것이 우연의 일치라고 생각했지만 전남편은 그 일로 해서 무척 괴로워했지요. 그런 일이 꽤 여러 번 있었어요. 어느 날 밤 이웃집 대문 슬래브가 무너지면서 그 집 노파가 깔려 죽은 일이 생겼어요. 자동차가 그 집 담벼락을 받고 도망쳐버린 거지요. 밤이어서 골목길에 사람이 없었던 탓도 있었지만 그 차를 목격한 구멍가게 주인이나 몇몇 이웃 사람들이 딱 시치미를 떼는 거였어요. 처음에는 이러이러한 차라고 말했다가 나중에는 그것마저 부인하고 나섰어요. 물론 그 차 번호 같은 걸 정확히 보지 못했기 때문이기도 했지만 남의 일에 잘못 끼어들었다가 경찰에 불려 다니는 곤경을 치르는가 하면 거기서 빚어질 후환 같은 것이 두려웠던 것이지요. 내가 보아도 정말 무서운 이웃 인심이었어요. 그 피해를 당한 집은 남편도 없이 애들 넷과 시어머니만 모시고 살았는데, 글쎄 그 일을 당하고 나니 정말 그 딱한 정황이야 이루 말할 수가 없었지요. 경찰에서도 애는 쓰는 모양이었지만 차 종류나 번호를 전혀 모르고서야 어쩔 수 없다는 거였지요. 그 이웃집에는 밤을 새워 울음소리가 그치지 않았어요. 아이들이 악머구리 끓듯 울어댔지요. 그 아이들 울음소리를 들으면서 그 사람이 괴로워하더군요. 전남편은 사고가 나기 바로 일 분 전쯤 집에 들어와 막 옷을 벗던 중이었거든요. 자기가 조금만 늦게 들어왔어도 그런 사고가 나지 않았거나 사고가 났더라도 그 차를 잡을 수 있었을 거라면서 괴로워했어요. 그렇게 그 일로 괴로워하던 사람이 갑자기 경찰서로 달려가는 거예요. 글쎄 자기가 그 뺑소니차 번호를 생각해냈다는 거였어요. 그래요. 그냥 생각해냈다고 했어요. 결국 경찰서에 가서 웃음거리가 되었어요. 그 차를 목격도 못했으면서도 어떻게 차 번호를 아느냐, 경찰이 그렇게 웃어넘기려 했지만 그는 틀림없이 그 번호를 가진 차가 틀림없다고 우겨대지 뭡니까. 이 양반 머리가 어떻게 된 거 아니요? 경찰이 나를 향해 묻데요. 그 순간 나는 전남편의 말이 맞을지도 모른다는 생각이 드는 거예요. 그래서 전남편 편이 됐지요. 그렇게 해야 할 것 같았어요. 그래, 그게 맞을 거라고 했지요. 경찰들이 또 허허 웃었어요. 결국 나중에 그들이 장난삼아 알아본 결과 전남편이 말한 차 번호가 바로 그 뺑소니차였지요. 경찰들도 많이 놀라데요. 그때부터 나는 그가 무서워졌어요. 너무너무 무서워 도저히 같이 살 수가 없었던 거예요.

한형과 어떤 모임을 함께하는 사람들은 요즘 부쩍 심해진 한형의 그 자책성의, 지난 세월 이야기가 너무 지나치다는 쪽으로 의견을 모아갔다.

아무래도 그 사람 좀 지나치단 말이야. 그쯤 되면 병적이라구.

맞다구. 마치 자기가 무슨 예수나 되는 것처럼 세상사에 대해서 괴로운 표정을 짓고 있다니.

그건 아니지, 세상사가 아니라 주로 자신의 유년 시절 그 일에 대해서지.

어렸을 적 일만 해도 그렇지, 누구는 그 시절 그만한 아픔, 그만한 상처 안 가진 사람 어디 있느냐 그거야,

그렇다니까. 그 사람 이제는 잊어도 좋을 그런 과거지사를 너무 물고 늘어진다 그 말씀이야, 병두 아주 더러운 병이지.

거기다가 요즘은 자기와 살다 헤어진 여자들에 대한 죄책감까지 겹쳐 사뭇 점입가경이라구.

그건 말일세,

……한형과 비교적 가까이 지내면서 그를 두둔해 말하길 좋아하는 사람 하나가 껴들었다.

그건 말이지, 한형은 자기 자신을 과소평가하는 미소망상에 걸려 있는 거라고. 그게 뭔가 하면 피해망상과는 정반대의 그런 심적 현상일 거야. 자기가 생각하고 행한 모든 일의 이면에는 반드시 커다란 죄악이 깃들어 있다고 생각하는 미소망상 같은 거 말이야. 유죄망상, 아니 죄업망상이라고도 하지.

듣고 보니 그런 것도 같구먼. 한형은 자신이 한 모든 행동에 대해 죄책감에 시달리고 있는 게 분명하다고.

아무튼 양심상 자신이 행한 일이 옳지 않다고 생각하면 그것을 오래오래 잊지 못하고 괴로워하는 것만은 분명해.

양심?

그거라구. 한형한테는 남보다 몇 배 강한 양심자책이란 게 항상 작동하고 있는 거야. 심한 경우 그는 자기 아닌 타인이 저지른 나쁜 일에 대해서도 마찬가지 생각을 하게 마련이지. 이를테면 타인이 그런 나쁜 일을 하도록 방관했다는 양심의 가책 같은 거지.

그렇다면 그 사람은 신부나 목사, 아니, 스스로 그 길을 택한 고행승이라고 봐도 좋겠구먼.

그래, 한형이 정말 힘든 고행의 길을 걷고 있는 것만은 분명해.

하긴 결혼에 세 번씩이나 실패하고 살아가는 일부터가 고행일 테니까.

아니, 그렇게까지 된 이유가 도대체 뭐야?

내가 저번에 애기했잖아. 한형이 어렸을 적 직접 목격했다는 그 몇 사람의 죽음에 대한 충격이 그렇게 크다는 거지. 한형은 우리가 모두 잊고 사는 까마득한 저 옛날 육이오며 일사후퇴 등 그 역사의 한 페이지에 아직 갇혀 사는 거라고. 그 난리 때 죽은 사람들이 승천하지 않고 한형한테 귀신으로 들어와 산다 그거야. 그러니 얼마나 힘들겠어. 네가 나를 죽였지? 안 죽였어. 봤다면서? 봤지만 안 죽였어. 그럼 내가 왜 죽었지, 누가 왜 죽인 거야? 이렇게 따지고 드는 아비규환, 그런 지옥이 따로 없을 거라구.

그러고 보니 한형이 우리한테 들려준 얘기가 생각나는군. 아버지가 빨갱이로 죽었기 때문에 결국은 자신도 남산 소나무에 목 매달아 죽었다는 열세 살 난 그 여자애 이야기, 눈 쌓인 겨울 피난길에서 발길에 채이던 여러 주검들, 그리고 청주 근처 어느 폐광촌이라고 했지. 거기까지 피난을 가 그 폐광촌 마을에서 열병으로 죽은 할머니의 손가락에 끼었던 그 금반지 이야기도 생각나는군. 정말 무서웠던 건 수복이 되면서 그 폐광촌에서 고향으로 떠나게 된 바로 그날 아침 정임이 이모라는 처녀와 그 언니가 안개 덮인 골짜기 속에서 죽었다는 그 얘기야말로……

아니 그러면 한형이 지난번 얘기하던 그 얘기 뒤끝이 났단 말인가요? 그 여자들이 정말 그 골짜기 안개 속에서 죽었다는 겁니까?

이 사람아, 그거야 뻔하잖은가. 그 여자들을 찾으러 올라갔던 그 두 놈이 그런 짓을 한 뒤 죽였겠지. 문제는 그 뒷얘기일세. 즉 열한 살 된 한형이 세 아이들을 골짜기에 버려둔 채 떠나려고 하는 자동차를 못 가게 막은, 그 뒷얘기 말이야……

그날 새벽 그 골짜기 안개 속에서 듣던 개울물 소리도 기억하고 있다구. 안개 속에서는 소리가 더 크게 들려, 동우야아! 짙은 안개를 헤치고 울음 섞어 질러대는 아버지와 엄마의 외침이 야아아 산울림을 타고 올라왔어. 나는 그때 꿈을 꾸고 있었던 거야. 형아, 형아아! 술래가 된 정임이 이모네 일곱 살짜리 아이가 나를 부르는 소리였지. 꿈속에서도 내가 지금 어른들 눈을 피해 폐광 굴속에 숨어 있다는 생각을 했다구. 꿈인데 꿈이 아니었다구. 폐광 굴속에 숨은 나 때문에 자동차가 출발하지 못했다니까. 시동을 끈 채 그대로 거기 서 있었어. 내가 차를 세운 거야. 정임이 이모네 그 아이들을 여기에 그대로 두고 갈 수가 없었거든. 어른들이 정임이 이모네 아이들을 모두 차에 태울 때까지 나는 머리카락 안 보이게 꼭꼭 숨어 있었다 그 얘기야. 꿈을 꾸고 있는 것 같았지만 꿈이 아니었다구. 동우야, 동우야아…… 새벽안개가 대단했어. 안개 때문에 그 굴속에서 잠이 들었을 거야. 안 돼. 자면 안 돼. 내가 잠이 들면 아버지가 나를 버리고 떠날 것만 같아 무서웠어. 자동차가 나를 혼자 두고 떠날 것 같아 그게 무서웠지만 나는 잤어. 꿈을 꾸었다구. 동우야, 이 할미 혼자 놔두고 가면 벌 받는다. 열병을 앓다가 피를 엄청나게 쏟고 죽은 할머니가 건너편 산비탈 무덤에서 나를 향해 손짓을 했지. 동우야 나를 두고 가면 안 된다. 못

된 것들. 할머니가 쯧쯧 혀를 찼어. 할머니가 건너편 무덤에서 나와 굴속에 숨어 있는 나를 향해 훨훨 날아오고 있었어. 할머이! 나는 모든 걸 할머니한테 일러바치기 시작했다. 할머니의 숨이 넘어가기 전에 아버지가 할머니의 손가락에서 뺀 그 금반지, 그리고 발가벗고 산속으로 들어간 실성한 정임이 이모네 언니와 그 언니를 찾기 위해 안개 자욱한 산골짜기로 들어간 정임이 이모를 그 새끼들이 죽였다는 것을 할머니한테 일렀지. 저 새끼들이 죽이고 내려왔단 말이야. 할머이. 텅 빈 골짜기에 혼자 버려진 정임이 이모네 아이들에 대해서도 말하고 싶었지. 벙어리 계집애가 등에 업고 있는 눈만 퀭한 세 살배기 계집애와 일곱 살 난 사내아이도. 동우야, 자면 안 돼! 정임이 이모 목소리를 들었어. 정임이 이모와 강에서 다슬기를 줍고 있었지. 동우야, 우리 형부가 순경이라는 거 얘기하면 큰일 나! 그리고 우리 형부가 죽었다는 것도 얘기하지 말란 말이야. 언니가 그걸 알면 언니는 죽고 말 거야. 나는 아슴아슴 감겨드는 눈꺼풀을 더 이상 지탱할 수가 없었다구.

세번째 여자는 전남편이 늘 하는 그 혼잣소리 대신 그때 자기가 직접 봤다는 그 얘기를 볼펜으로 노트에 끄적이는 것을 여러 번 봤다고도 했다. 지금 소설 쓰는 거예요? 전남편이 글 쓰는 일에 하도 열중해, 그렇게 묻기도 했다는 것이다.

문득 잠을 깨 보니 멀리 신작로 위에 불빛이 보였다. 나 때문에 떠나지 못하고 있는 화물 자동차 근처에 어른들이 마른풀과 삭정이를 주워다가 불을 피웠을 것이다. 그러나 짙은 안개 때문에 불빛은 그리 밝지 않았다. 따라서 모닥불을 둘러선 사람들의 윤곽도 제대로 드러나지 않았다. 다만 지껄지껄 떠드는 사람들의 목소리가 들려왔을 뿐이다. 산에서 부엉이가 울었다. 우우, 우우우.

내가 눈을 떴을 때는 이미 해가 골짜기 한가운데 와 있었다. 신작로 아래 강물이 햇빛을 받으며 유유히 흘러내리는 게 눈에 잡혔다. 이상한 일이다. 안개가 보이지 않았다. 신작로 아래 안개 걷힌 강물 위를 스치듯 날아가는 새들이 보였다.

강기슭 신작로 한가운데 아직도 그 털털이 화물차가 곡식 가마를 잔뜩 실은 그 꼴로 아직 거기 서 있었다.

엄마아!

나는 와락 소리를 내지르며 폐광 굴속에서 나왔다. 그러나 신작로 한가운데 화물 자동차 주위에 사람이 보이지 않았다. 내가 폐광 굴속에서 잠이 든 사이에 사람들 모두가 어디론가 사라진 것이다. 무서웠다. 나는 울음을 터뜨리며 허둥허둥 산골짜기를 내려가기 시작했다. 푸득푸득 내가 숨었던 폐광 굴속에서 비둘기들이 날아올랐다.

엄마아! 거적때기로 대충 가림막을 한 우리가 살던 집도 텅텅 비어 있었다. 정임이 이모네가 살던 집에서 쥐새끼 한 마리가 거적문 틈새로 빠져나와 뒤꼍으로 사라졌다. 어디에도 사람 흔적이 보이지 않았다. 이 지지배야, 나 배고파 죽겠다. 애기를 낳은 뒤 아무것도 먹지 못해 실성한 정임이 엄마가 하던 말이다. 배고파 죽겠다. 정임이 이모네 집 마당 한구석 화덕 위에는 말풀과 다슬기를 넣어 죽을 끓이던 냄비가 덩그러니 엎혀 있었다. 정임이 이모네 벙어리 계집애와 그 애의 등에 매달린 세 살짜리 눈 퀭한 계집애도, 일곱 살짜리 사내아이도 보이지 않았다.

나는 다시 허둥지둥 신작로 위의 화물 자동차를 향해 뛰어갔다. 골짜기 냇물에 철벙철벙 발을 담그며 뛰었다.

화물 자동차 운전석에 누군가 길게 누워 자고 있었다. 나는 자동차 디딤판을 밟고 올라가 잠을 자고 있는 운전수를 깨웠다.

아저씨, 우리 아버지랑 모두 어디 갔어요?

내가 두 번씩이나 소릴 질러서야 운전수가 게슴츠레 눈을 떴다. 눈알이 빨갛게 충혈돼 있었다.

이 망할 새끼 같으니라구!

운전수가 나를 향해 욕을 퍼댔다. 나는 재빨리 자동차 디딤판에서 뛰어내렸다.

이 망할 새끼야, 너 때문에 이 고생인 걸 몰라? 이 쥐새끼 같은 게!

도망쳐야 했다. 운전수한테 잡히면 안 될 것 같아 죽어라 힘을 다해 골짜기 개울로 뛰어들었다. 고무신에 물이 들어 질퍽거렸다. 고무신을 벗어 들고 뛰었다.

이제는 내가 그네들을 찾아야 했다. 나를 찾아 나선 그네들을 내가 찾아야 한다는 것이 우스웠다.

퀴엉, 산비탈 묵밭에서 들꿩이 요란한 날갯짓으로 날아올랐다. 얼마쯤 골짜기를 올랐을까. 나는 헉헉 숨을 몰아쉬었다.

동우야!

엄마 목소리다. 뒤돌아보니 정임이 이모가 버들을 꺾어 피리를 만들어 불던 웅덩이 그 구석진 곳에 엄마가 서 있었다. 엄마 혼자가 아니었다. 정임이 이모네 그 세 아이들이 엄마 곁에 주렁주렁 서 있었다. 벙어리 계집애가 나를 보자 히쭉 웃었다.

혀엉, 어데 가쪄쪄?

일곱 살 난 사내아이가 나하고 숨바꼭질을 할 때처럼 코를 훌쩍이며 말했다.

아저씨들이 울엄마하구 울이모 찾으러 갔다아.

동우야, 아이구, 이놈의 자식아!

숫제 엄마는 내 몸을 끌어안고 엉엉 울었다. 그러나 나는 엄마 가슴에서 피식 웃었다. 내가 자동차를 못 떠나게 했다구. 입 밖으로 내진 않았지만 나는 그 말을 엄마한테 하고 싶었다.

예 좀 앉아 기다리자. 아버지랑 아저씨들이 애들 엄마를 찾으러 갔으니까.

그렇게 큰 소리로 말해놓고 나서 엄마는 다시 내 귀에다 겨우 알아들을 만큼 작은 목소리로 말했다.

애들 엄마랑 이모가 죽었대. 그걸 묻어주러 간 거야.

나는 나를 안고 있는 엄마의 팔을 세차게 뿌리쳤다. 내가 폐광 굴속에 숨어 잠이 든 동안 큰일이 생긴 것이다. 나는 산 쪽을 향해 겅중겅중 치뛰기 시작했다.

동우야아!

엄마가 뒤에서 아우성치고 있었지만 나는 들은 체도 않고 골짜기로 치뛰었다. 꽤 깊은 골짜기 이르렀을 때였다.

야, 요놈의 새끼, 여기 있었구나!

문득 쳐다보니 턱수염 지저분한 두 사내가 내 앞을 가로막고 서 있었다. 나는 잽싸게 뾰족한 돌 두 개를 집어 들었다.

야, 요놈에 새끼 봐라. 요거 보통 놈이 아니구먼!

한 사내가 팔을 벌려 나를 잡을 태세를 했다. 나는 손에 든 돌로 그 사내를 겨냥했다. 그러자 팔을 벌려 덤비던 사내가 멈칫했다.

그냥 두라구. 즈 애비가 잡아가지고 내려오겠지. 못 데리고 오면 저 새끼도 그냥 두고 가자고.

두 사내가 나를 포기한 채 흔들흔들 산을 내려갔다. 나는 다시 골짜기를 허덕허덕 치뛰기 시작했다. 동우야아, 난 안 죽었어. 나 좀 살려줘. 정임이 이모의 목소리가 귀에 쟁쟁했다.

요 빌어먹을 새끼!

느닷없이 바위 뒤에서 아버지가 뛰쳐나와 내 팔을 잡았다. 아버지 뒤에 차주 아저씨도 보였다. 아버지의 손에는 생흙이 묻은 삽이 들려 있었다.

야, 니 녀석 땜에 고생도 많이 했다. 이런 맹랑한 녀석 같으니라구.

차주 아저씨가 내 턱을 손으로 치켜 올리며 말했다.

이놈에 새끼야, 속 좀 작작 썩혀라.

아버지가 한 손에 쥐고 있던 삽을 아예 차주 아저씨한테 넘겨준 다음 내 등덜미를 움켜쥐었다.

요놈에 새끼야, 또 그따위 짓 했다가는 아예 널 여기다가 내버려두고 갈 거다!

그러나 나는 아버지를 향해 물었다.

정임이 이모 어딨어요?

어딨긴 이놈아, 다 천당에 갔다!

차주 아저씨가 농하듯 내 말을 받았다.

그 여자들 다 죽었더라. 그래서 느 아버지랑 이렇게 묻어주고 오는 거 아니냐.

갓난애도 죽었어요?

이 녀석아, 에미가 죽었는데 그 갓난 게 어떻게 사냐?

그러면서 차주 아저씨는 흙 묻은 삽을 돌에 탕탕 쳐 흙을 떨어내고 있었다.

요놈에 자식, 난 꼭 그 여자들 귀신이 널 잡아간 줄 알았지 뭐냐.

아버지가 내 등덜미를 잡은 채 조금은 누그러진 말투로 말했다.

이러고 있을 때가 아닐세. 운전수 놈 또 지랄깨나 할 거야. 그놈에 새끼 승깔 한번 드럽다구.

운전수도 그렇지만 그 인상 고약한 치들 원래부터 그래요?

말함 뭐 하나. 그놈들 눈깔에 띈 계집 성한 걸 못 봤네. 이놈에 난리가 사람들을 저 꼴로 만드는 거라니까.

거, 꼭 죽일 것까진 없었을 텐데……

누가 아니래. 그놈들 그런 짓이 한두 번이 아니야.

그런 걸 그냥 보고만 계신 거예요?

보고만 있지 않으면? 그래, 미친개한테 뭐라고 하겠나? 더구나 지금은 난리 때 아닌가. 난리 때라구.

자동차에 오르면서 문득 폐광터 골짜기를 쳐다봤다. 우리가 살던 집과 정임이 이모네가 살던 다 허물어진 집이 햇빛 속에 자오록 가라앉았다. 이제 그 골짜기에는 사람이 하나도 남아 있지 않다. 죽은 사람들만 남았다. 우리 할머니도 거기 있다. 정임이 이모와 세 아이들의 엄마도 그 골짜기에 남았다. 경찰이었다는 정임이 이모네 형부를 닮은 그 갓난애도 거기 엄마와 함께 묻혔을 것이다.

우리 고향까지 가는 화물 자동차가 출발을 서두르고 있었다. 아버지와 어머니가 차주 아저씨의 도움을 받아 곡식 가마를 높게 실은 화물 자동차에 올라탔다.

느덜도 같이 가자.

막 떠나려는 자동차를 바라보고 서 있는 정임이 이모네 아이들을 향해 차주 아저씨가 큰 소리로 말했다. 엄마와 이모가 산 골짜기에서 죽어 그네들만 댈롱 남겨진 정임이 이모네 아이들을 자동차에 태우기로 어른들이 말을 맞춘 모양이었다. 아버지가 정임이네 이모네 벙어리 계집애를 차에 끌어올렸다. 계집애 등에 업힌 눈이 퀭한 어린애가 칭얼칭얼 울었다.

야, 이놈 어딨냐?

차주 아저씨가 어린애를 등에 업은 계집애한테 물었다. 벙어리 계집애는 눈만 멀뚱하니 차주 아저씨를 쳐다봤다.

또 한 번 소동이 일었다. 얼마 전까지 차 곁에 있던 정임이 이모네 일곱 살짜리 사내아이가 보이지 않았던 것이다. 아버지가 차에서 내려 정임이 이모네가 살던 그 집까지 올라가 찾았지만 거기에도 아이는 없었다. 내가 숨었던 폐광터 그 굴속에도 신작로 아래 강기슭에도 그 아이는 보이지 않았다.

네 동생 어디 갔는지 모르니?

짐짝 한구석에 탄 엄마가 벙어리 계집애를 향해 물었다. 계집애는 흰자위 많은 눈만 껌벅거릴 뿐 엄마 말을 못 알아듣는 눈치였다.

걔가 즈 엄말 찾아 또 산으로 올라간 거 아닐까?

아버지가 혼잣소릴 하며 차 주위를 서성거렸다.

어쩌지요?

엄마가 울상을 하면서 말했다.

이 사람아, 뭘 꾸물거리고 있는 게야?

차주 아저씨가 아버지를 향해 버럭 소릴 질렀다.

거, 일일이 다 신경 쓰다간 고향이구 뭐구 다 가겠네. 끝까지 못 데리고 갈 바에야 아무 데 있음 어때! 그냥 두고 가자고.

정말 드러워서……

내 옆의 운전수가 퉁퉁 부은 얼굴로 차를 덜컹 움직였다. 그냥 가, 가자구. 보이지 않는 일곱 살 사내아이를 찾는 소동은 거기서 끝났다. 자동차가 달리기 시작한 것이다. 차창 밖을 내다보는 벙어리 계집애의 눈에 눈물이 그렁그렁했다. 세 살배기 눈 퀭한 계집애가 음마! 잔뜩 겁먹은 얼굴로 울음을 터뜨렸다.

야, 썅!

운전수가 차창 밖으로 침을 찍 내뱉은 다음 세 살짜리 계집애를 향해 눈을 무섭게 흡떴다. 계집애가 더욱 기승스레 울었다.

놔두게. 이제 가다가 적당한 데서 내려놓고 가면 될 건데 뭘 그러나.

차주 아저씨가 말했다.

자동차는 울퉁불퉁 패여 들어간 신작로를 털털거리며 달렸다. 운전석 뒤쪽으로 솟은 배기통에서 연기가 팡팡 뿜어 나갔다.

고향엘 가다니 정말 꿈만 같아요.

귀밑을 발갛게 달구면서 엄마가 달뜬 목소리로 말했다. 사람들은 찾다가 찾지 못한 일곱 살짜리 사내아이 얘기는 더 이상 하지 않았다.

그런데 고향 집이 다 불타버렸다니 당장 어쩌지요?

어이구, 아주머이두. 아, 그까짓 집이 문젠가유? 살아서 고향 땅 밟는 것만 해두 기막힌 거유."

차주 아저씨가 슬쩍 엄마 얼굴을 곁눈질하며 말했다.

우리가 한때 머물렀던 피난민 수용소가 있는 청주 시내 한가운데를 가로질러 자동차가 달렸다. 내 동생 수진이가 묻힌 피난민 수용소 뒷산이 멀리 바라보였다. 엄마 눈에 눈물이 그렁그렁했다. 오빠, 눈 꼭 감아봐. 보이지? 떡, 쇠고기, 약과, 단술, 조청…… 수진이와 나는 수용소 마룻바닥에서 이불을 뒤집어쓰고 누워 눈을 감고 우리들이 생각할 수 있는 모든 음식들을 포식하는 말놀이를 했다. 수진이가 얼굴이 퉁퉁 부어 죽을 때 수진이 입에서 피리 소리가 났다. 수진이는 죽지 않았다. 그날 안개가 수진일 어딘가 감췄을 뿐이다.

자, 느덜은 여기서 내려라.

자동차가 그 도시의 맨 끝 제방 있는 데서 멈춰 서고 차주 아저씨가 벙어리 계집애와 세 살짜리를 끌어내리고 있었다.

여기다 내려놓고 가는 게 애들한테두 좋아요. 고향이 어딘지도 모르는 데다가 난리로 인심 흉흉한 델 데리고 가봤자 피차 고생만 되고……

차주 아저씨 말을 들으면서 엄마가 고개를 딴 데로 돌렸다. 세 살짜리 계집애는 얼굴에 온통 코 범벅이 된 채 자고 있었다. 벙어리 계집애가 어리둥절한 얼굴로 차주 아저씨를 쳐다봤다. 피난민 수용소가 있는 청주 시내 어느 외진 길바닥에 아이들이 버려졌다.

잘들 살아라!

차주 아저씨가 세 살 아이를 업고 어리둥절한 얼굴로 서 있는 벙어리 계집애를 향해 큰소리로 말했다. 잘들 살라고 했다. 두 아이를 차에서 내려놓은 차주 아저씨가 차에 올라타자 자동차가 다시 움직였다.

저거 봐라, 너두 엄마 없으면 재들처럼 되는 거야!

운전석 자리로 옮겨온 엄마가 내 귀에 대고 말했다.

우리 고향으로 가는 자동차는 뽀얗게 메마른 가을 들판 한가운데로 구불구불 뻗은 신작로를 신나게 달렸다.

해가 뉘엿뉘엿 서쪽 하늘에 한 뼘쯤 남아 있었다.

아직두 멀었지요?

엄마가 하품을 하며 차주 아저씨한테 물었다.

멀구말구요. 오늘 밤 밤새도록 달려가야 내일 한낮쯤 도착할까요.

저녁 들판에 우수수 바람이 일어 마른 풀잎을 흔들었다.

어이, 차 세우라고!

자동차 짐 실은 꼭대기가 떠들썩했다.

운전수가 차를 세웠다. 달리던 차가 멈추면서 흙먼지가 무섭게 덮쳤다.

이 쥐새끼가 여기 있었다니까.

턱수염 지저분한 사내가 일곱 살짜리 사내애를 자동차 짐꾸러미 속에서 끌어내고 있었다. 시가지를 많이 벗어난 허허벌판이었다.

이놈이 우리 이삿짐 속에서 기어나오더라구. 그 속에서 잠이 들었었나 봐.

짐을 가득 실은 화물 자동차 위에서 아버지 목소리가 들렸다.

턱수염 지저분한 사내가 일곱 살짜리 사내아이의 덜미를 잡아 차에서 끌어내리고 있었다. 나와 눈이 마주친 사내아이가 나를 향해 혀를 낼름 내밀었다. 우와, 정말 웃긴다. 그렇게 찾아도 없던 애가 자동차에 먼저 올라타 있었다는 것이 너무 재미있었다. 나도 사내아이를 향해 혀를 낼름 했다.

아니, 어떡할 텐가 그 애?

자동차 위에서 차주 아저씨가 턱수염 지저분한 사내를 향해 물었다.

뭘 어떻게 해요?

뭐긴, 그애 말일세. 여기다 내려놓으려는 건 아니지?

그럼 데리고 가란 말이요?

이번에는 차주 아저씨가 엄마 쪽을 돌아보았다.

아주머이, 저 애 저거, 어떡하지요?

글쎄, 전 잘 모르겠어요. 재 고향이 어딘 줄도 잘 모르고……

엄마가 우물우물 얼버무리며 고개를 돌렸다.

빨리 타!

운전수가 일곱 살 사내애의 목덜미를 잡고 서 있는 턱수염 지저분한 사내한테 소리쳤다. 멈춰 섰던 자동차가 덜컹하면서 다시 움직이기 시작했다. 일곱 살 사내아이를 밀다시피 땅에 내던진 턱수염 지저분한 사내가 움직이는 차에 날렵하게 올라탔다.

허허벌판 길바닥 한가운데 넘어졌던 일곱 살 사내애가 먼지를 뿜으며 달려가는 자동차 뒤를 따라 뛰었다. 자동차가 속도를 내면서 뿜어내는 먼지가 그 아이를 삼켜버렸다.

엄마가 내 허리를 당겨 안으며 귀에다가 속삭였다.

저거 봐라, 너두 엄마 아빠 없으면 저렇게 되는 거야.

어딘가 생판 알 수 없는 허허벌판 길바닥에 버려진 거야. 아이는 자기를 버려놓고 간 자동차를 향해 기를 쓰고 뛰었지. 왜 나만 버리고 간 거야. 정임이 이모가 자기를 버리고 갔다고 생각했던 거지. 벙어리 누나와 세 살짜리 여동생도 정임이 이모와 함께 그 자동차 위에 있다고 생각한 거라구. 아이는 자동차가 달려간 방향을 향해 죽어라 뛰었지. 그래, 처음엔 뛰었지만 나중에는 제풀에 지쳐 터벅터벅 힘 빠진 걸음으로 걸었지. 걸어도 걸어도 사람 사는 집은 보이지 않고 어느새 어둠이 아이를 집어삼켰어. 아이는 발이 아팠어. 아니야, 배가 더 고팠어. 아니지, 배고픈 것보다 더 무서운 건 앞을 분간할 수 없는 칠흑 같은 어둠이었지. 어둠 속에서는 사람을 만날 수 없어 그게 무서웠던 거야. 일곱 살짜리 아이가 갑자기 울부짖기 시작했어. 들판을 쓸고 가는 밤바람이 아이의 울음소리를 삼켜버렸지. 엄마아…… 아이는 엄마 얼굴만 생각하며 걸었지. 이모오! 정임이 이모 얼굴도 생각하며 걸었어. 벙어리 누나도, 누나 등에 업힌 세 살짜리 동생도 보고 싶었지. 아니야. 아무 사람이고 좋아. 자기를 버리고 간 그 어른들 중 누구의 얼굴이라도 좋아. 사람, 사람이면 누구라도 괜찮아…… 그렇게 사람이 만나고 싶었을 거야.

이런 혼잣소리를 잘하는 한형, 그런 사람이 우리 곁에 살고 있다.

○1979년 『작단』 1집

사라지지 않는 아베를 위하여

이경재(문학평론가·숭실대 교수)

1. 6·25라는 심연

전상국의 작품 세계는 크게 6·25 전쟁과 교육 현장을 제재로 한 두 가지로 구분된다. 이 중에서도 그 질과 양에 있어 더욱 본질적인 세계는 전자에 해당한다. 이 책에 수록된 다섯 편의 작품 「그 먼 길 어디쯤」(『작단』, 1979), 「아베의 가족」(『한국문학』, 1979. 10), 「겨울의 출구」(『창작과비평』, 1979년 가을호), 「실반지」(『현대문학』, 1979. 12), 「형벌의 집」(『문학정신』, 1986. 10)은 모두 전쟁을 배경으로 하고 있으며, 전상국의 6·25 소설을 대표한다고 말할 수 있다. 「아베의 가족」은 자타 공인의 대표작이며, 「형벌의 집」은 6·25와 관련한 그동안의 문제의식이 종합된 작품이다.

6·25 소설은 세대를 기준으로, 크게 체험 세대, 유년기 체험

세대, 미체험 세대의 작품들로 분류되고는 한다.* 1940년에 출생한 전상국은 유년기 체험 세대를 대표하는 작가로 일컬어진다. 십대 초반의 예민한 나이에 경험한 6·25는 전상국에게 무엇과도 비교할 수 없는 강렬한 원체험으로 남아 작가의 문학 세계를 형성하는 밑바탕이 되었다고 할 수 있다. 6·25 당시 어린 전상국은 피난길에 퇴각하는 북측 패잔병들과 '지방 빨갱이'를 자처하는 마을 어른들의 핏발 선 눈들을 보았으며, 1·4 후퇴 때는 이질과 장티푸스를 앓기도 하였으며, 심지어는 동생이 죽는 참상을 경험했다고도 한다. 전상국 역시 6·25의 비극을 생의 한복판에서 경험한 우리 민족의 일원이었던 것이다.**

전상국의 6·25 소설은 유년기에 체험하여 더욱 강렬하게 느껴지는 전쟁의 상처를 어떻게 극복할 것인지에 초점이 맞추어져 있다. 6·25는 매우 복합적인 성격을 지닌 전쟁이다. 냉전이라는 국제전으로서의 성격을 지니면서 동시에 내전으로서의 성격을 지닌다. 또한 이 안에는 이념적 갈등, 계급적 갈등, 지역적 갈등 등의 여러 요소들이 복합되어 있다. 전상국의 경우, 전쟁의 객관적인 사실들에 대한 천착보다는 하나의 거대한 폭력으로서 6·25를 바라보려는 경향이 강하다. 특히 전상국의 6·25소설은 전쟁 후일담이라고 할 만큼 전쟁 이후의 상황이 한

* 김윤식과 정호웅은 "직접 체험 세대는 동족상잔의 비극에 눈멀어 흑백의 선명한 냉전 논리에 침윤되었으며, 유년기에 전쟁을 체험한 세대(유년기 체험 세대)는 전쟁 와중에서 입은 외상(外傷)에서 벗어나는 데 오랜 시간을 허비했다"(김윤식·정호웅, 『한국소설사』, 문학동네, 2000, 470쪽)고 정리하였다.

** 전상국의 6·25 체험에 대해서는 하응백의 「전상국」(『약전으로 읽는 문학사 2』, 소명출판사, 2008, 472쪽)을 참고하였다.

층 중요한 비중을 차지한다. 직접적인 당사자는 물론이고, 그들을 둘러싼 주변인들이 겪은 전쟁과 거기서 비롯된 상처의 극복을 진지하게 탐색하는 것이 전상국 문학의 본령에 해당한다고 볼 수 있다.

전쟁과 그것이 남긴 상처는 너무나 심각하기에 전상국 소설을 읽는 일은, 그 커다란 상처의 심연 속에 기꺼이 영혼을 담그는 일이기도 하다. 그러나 타인의 슬픔을 나누는 그 고통스러운 과정이야말로 민족의 새로운 삶을 위한 진정한 출발이라는 점에서, 전상국과의 문학적 동행은 여전히 의미 있는 일임에 분명하다.

2. 전쟁의 수인(囚人)들

이번 작품집에 수록된 소설들은 모두 1970년대를 작품의 배경으로 삼고 있는데, 6·25로부터 수십 년이 지난 상황에서도 전쟁은 사람들의 삶을 규정하는 핵심적인 심급으로 그려진다. 「실반지」와 「그 먼 길 어디쯤」은 환상적인 기법까지 동원하여 전쟁의 상처로부터 벗어나는 것의 불가능함을 가슴 아프게 보여주는 작품들이다.

「그 먼 길 어디쯤」은 동우를 통해 전쟁에 결박된 존재의 상태를 있는 그대로 드러낸다. 동우는 과거의 일을 잊지 못하고 "완전히 사로잡혀 과거의 그 시간을 현재형으로"(289쪽) 살고 있다. 동우의 "자책성"(298쪽)은 시간이 갈수록 심해진다. 동우는 세 번이나 결혼에 실패하는데, 그것도 동우의 병적인 심리와 관련되어 있다. 두번째 아내는 동우가 똑같은 이야기, 즉 생판 처음인 타향 어느 벌판에 버려진 일곱 살 아이가 가족들을 찾으며 애타게 우는 소리를 듣는 이야기를 반복했다고 증언한다.

동우의 트라우마가 된 그 일은 동우가 열한 살에 피난민 수용소를 떠나 강기슭 신작로 옆 폐광촌에 살 때 경험한 것이다. 다른 가족은 모두 떠난 폐광촌에 동우네 식구와 정임이 이모네만 남는다. 정임이 이모와 그 언니는 턱수염이 지저분한 사내들에게 살해당하고, 동우네 가족은 고향 가는 화물차를 불러 떠나려 한다. 처음에는 고아가 된 정임이 이모네 세 아이들도 함께 화물차에 타지만, 얼마 가지 않아 차주 아저씨는 여자아이들을 끌어내리고, 마지막에는 트럭 꽁대기에 숨어 있던 일곱 살 난 사내아이마저 끌어내린다. 그 사내아이는 떠나는 트럭을 쫓아오지만 결국 혼자 남겨진다. 동우가 매일 반복하는 이야기에 등장하는 사내아이가 바로 이때 남겨진 아이였던 것이다. 「그 먼 길 어디쯤」은 역시나 타향의 어느 벌판에 혼자 버려진 일곱 살짜리 사내아이에 대한 이야기를 반복하는 것으로 끝난다. 이것은 결코 애도되지 못한 채, 영원히 지속되는 상처를 드러낸다고 할 수 있다.

> 어딘가 생판 알 수 없는 허허벌판 길바닥에 버려진 거야. 아이는 자기를 버려놓고 간 자동차를 향해 기를 쓰고 뛰었지. 왜 나만 버리고 간 거야. (……) 일곱 살짜리 아이가 갑자기 울부짖기 시작했

어. 들판을 쓸고 가는 밤바람이 아이의 울음소리를 삼켜버렸지. 엄마아…… 아이는 엄마 얼굴만 생각하며 걸었지. 이모오! 정임이 이모 얼굴도 생각하며 걸었어. 벙어리 누나도, 누나 등에 업힌 세 살짜리 동생도 보고 싶었지. 아니야. 아무 사람이고 좋아. 자기를 버리고 간 그 어른들 중 누구의 얼굴이라도 좋아. 사람, 사람이면 누구라도 괜찮아…… 그렇게 사람이 만나고 싶었을 거야.(313~314쪽)

「실반지」의 '나'는 최형태와 민형태라는 두 개의 이름을 가지고 있다. 최형태가 전쟁의 상처와 관련된 이름이라면, 민형태는 전쟁으로부터의 도피와 관련된 이름이다. 최형태는 민형태가 되고자 필사의 노력을 기울이지만, 이 작품은 최형태의 '민형태 되기 불가능성'을 드러내는 것으로 끝난다. 그러한 도피 혹은 변신의 불가능성은, 새로운 삶에서 얻은 행복을 상징하는 아내의 죽음을 통해 극적으로 드러난다.

쫓기던 아버지 최중배는 최형태가 열 살이었을 때 죽었지만, 최형태는 "주검 위에 침을 뱉을 수 있었다"(220쪽)고 할 정도로 이미 아버지를 버린 상태이다. '나'는 아버지의 죽음을 생각하고 싶어 하지 않으며, 그것을 "머릿속에서 몰아낸 지 오래"(220쪽)이다. '나'는 아내에게도 자신의 부모나 뿌리에 대해서 말해준 적이 없다. 그것은 치욕스럽고 오욕에 찬 과거이자 "욕망 앞에 한낱 거추장스러운 발뒤꿈치의 때"(224쪽)에 불과하기 때문이다. 아버지가 사람들에게 맞아 죽었을 때도, 최형태는 이제 아이들 눈총에서 벗어날 수 있다는 생각으로 가슴이 뛰었다. 그만큼 아버지는 '나'에게 엄청난 고통이자 부담이었던 것이다. "가진 사람들은 모두 적"(228쪽)이라 여겼던 아버지는, 자신의 세상이 되었을 때 "자기 몫의 수백 배의 것을 가지려 눈이 뻘겋게 날뛰었"(228~229쪽)다. 무자비하게 총을 휘두르던 아버지는 "모든 사람의 공적으로 외롭게"(229쪽) 삶을 마감한다.

결국 어머니와 삼 남매도 아버지 최중배를 버린다. 개가한 어머니는 자식들의 성을 함께 사는 남편의 성인 민씨로 가호적에 올려버렸던 것이다. 최형태는 이로써 민형태가 된 것이다. 그러나 아버지 최중배는 결코 사라지지 않는다. 큰애 아람이 안길 때마다 자신이 "버린 최중배가 양심처럼 내 가슴에 살아나기 시작"(231쪽)한 것이다. 결국 민형태는 아버지가 밭고랑에서 마을 사람들한테 몰매를 맞아 죽은 날인 10월 12일에 고향에 찾아가고, 다음 날에는 최중배가 묻힌 공동묘지에 간다.

더욱 중요한 것은 민형태가 최중배를 그대로 닮아가고 있었다는 점이다. 아버지 최중배는 "한꺼번에 많은 것을 가지려 날뛰었기 때문에 당신이 이 세상에 남겼다고 생각했던 것마저 깡그리 잃어버린"(231쪽) 사람이다. 그런데 민형태는 아내가 죽던 그날도 탈세를 위한 이중장부를 쓰고 있었다. '나'는 최중배의 아들로서, 최형태가 되는 것으로부터 무조건 도망만 갈 것이 아니라 최중배의 부정적인 면까지를 포함해서 아버지의 삶이 지닌 의미를 충분히 숙고해야만 했던 것이다. 그러나 '나'는 무작정 최형태(최중배의 아들)로부터 도망쳐 민형태가 되고자 했을 뿐이다. 세무서에서 일할 당시 여러 회사에서는 부정한 일을 시키기 위해 '나'를 스카우트하려고 했다. 이러한 상황에서 '나'가 하는 고민은 다음의 인용처럼, '아버지를 충분히 애도한 최형태'가 되느냐 '아버지를 깡그리 망각한 민형태'가 되느냐의 갈림길로 표현된다.

> 여러 회사에서 나한테 손을 뻗쳤지. 최씨 아들이 말했어. 물리쳐. 그리고 너를 지켜. 그러나 민형태가 말했지. 인마, 기회를 놓치지 마라. 기회는 여러 번 있는 게 아냐. 최씨 아들이 또 말했어. 아니야, 너무 큰 것을 가지려다 모든 것을 잃어버린 네 아버지를 봐라, 그러나 민형태가……(238쪽)

> 민형태가 말했지. 인마, 기회를 놓치지 마라. 최중배가 죽은 건 그 기회를 잘못 이용한 것뿐이야. 너는 머리가 좋아. 이런 좋은 기회에 머리를 쓰란 말이야. 최씨 아들이 고개를 설레설레 흔들었어. 너무 크게 많이 가지려 하면 가졌던 것마저 다 잃게 되는 거야. 내 아버지가 그랬어. 그러나 민형태가……(240쪽)

결국 '나'는 '아버지를 깡그리 망각한 민형태'의 삶을 선택했고, 그것은 아내의 죽음(혹은 살해)이라는 파국적인 결말을 불러오고 만다. '나'는 최중배의 삶이 남긴 상처와 교훈을 무작정 외면했고, 그것은 오히려 더욱 강력한 힘이 되어 최중배의 삶으로 '나'를 끌어들였다. 그렇기에 최중배의 그 고통스런 삶을 그대로 되밟을 수밖에 없는 존재가 되어버린 것이다. 아람이 역시 다른 사람의 아이라는 사실이 제시되며, '나' 역시 최중배가 그러했듯이 "이 세상에 단 한 개의 씨도 못 남"(242쪽)긴 아버지가 되는 것으로 작품은 끝난다. 전쟁의 상처에 대한 철저한 성찰과 애도는 새로운 삶을 위한 절대적 조건이며, 이에 대한 외면에서 가능한 삶은 최소한 전상국의 소설에는 존재하지 않는다.

3. 멀어질수록 강해지는 상처의 힘

「아베의 가족」은 전쟁을 외면하는 것의 불가능성을 보다 본격적으로 다룬 1970년대의 대표적인 중편소설이다. 이 작품은 모두 3부로 구성되어 있으며, 1부와 3부가 진호를 초점 화자로 한 현재의 이야기라면, 2부는 어머니가 쓴 수기의 형식으로 되어 있는 6·25 당시의 이야기이다. 아베의 어머니인 주경희는 전쟁 발발 두 달 전에 법학도인 최창배와 결혼했다. 춘천 근교의 샘골에서 신혼 생활을 하던 중, 전쟁을 맞아 시아버지는 살해되고, 남편은 억울하게 잡혀갔다가 결국에는 의용군에 끌려간다. 임신한 상태에서 흑인 병사 세 명에게 강간을 당한 주경희는 심각한 장애를 지닌 아베를 출산한다. 이후 아베를 아껴주는 김상만이 주경희의 집에서 머슴살이를 하다가, 둘은 결혼을 하여 진호를 비롯한 4남매를 낳고 살게 된다.

아베는 전쟁의 상처가 감각적으로 응축된 존재이다. '아베'라는 소리밖에 내지 못해서 아베라 불리는 그는 지능지수가 20도 되지 않으며, 대소변도 가리지 못한다. 형제들조차 아베를 "한 마리 볼품없는 짐승"이자 "더러운 짐승"(14쪽)이라 여겨서는, 부모가 없을 때 아베의 목에 줄을 매어 문고리에 잡아매기도 한다. 6·25의 상처를 온몸으로 받아내며 태어난 아베의 이 기괴한 형상은, 사라지지 않는 전쟁의 상흔이 얼마나 끔찍한 것인지 직접적으로 보여준다. 아버지인 김상만의 무기력과 아베로 인해서 진호 남매는 "빛을 받지 못해 휘어"(81쪽)지고 있었다. 진호는 등록금이 없어 고등학교를 그만두고 불량 청년으로 성장하는 중이다. 김상만은 전쟁 중에 자신이 벌인 살인극으로 인해 삶의 의욕이 없으며, 주경희는 남편인 김상만이 "어떤 불치의 병"(72쪽)을 앓고 있다고 생각한다.

이 가족이 전쟁의 상처로부터 벗어나기 위해 선택한 것이 바로 미국행이다. 양공주였다가 국제결혼을 해 미국에 가 영주권을 얻은 고모의 제안에 따라 미국에 가기로 한 것이다. 이러한 도피는 아버지 김상만에게 익숙한 방식이었다고도 말할 수 있다. 전쟁 중에 탈영을 시도한 김상만은 그 과정에서 아군 세 명을 총으로 쏘아 죽이고, 산중의 집에 갔다가 "아베와 거의 비슷한 아이"(74쪽)를 제외한 일가족을 몰살시킨다. 김상만이 아베에게 애정을 쏟은 것은, 다름 아닌 자신이 두고 온 장애아에 대한 죄책감 때문이었다.* 그러나 아베를 통해 한 가닥 빛을 찾았을 뿐 그 뒤로도 계속 죄의식에 시달리는 생활을 해왔던 것

* 김상만에게서 볼 수 있는 심리적 메커니즘, 즉 전쟁 당시 형성된 죄의식으로 타자를 챙겨주는 심리는 「형벌의 집」 황대장에게서도 나타난다. 황대장은 좌익의 가족으로 고통받는 돼지네를 유일하게 도와주는 인물인데, 그의 이러한 행위 밑바탕에는 이관흠에 대한 죄책감이 있다. 누구보다 이관흠의 올바름을 잘 알고 있는 황대장이지만, 이관흠이 읍내로 끌려가는 나룻배를 부리면서 "이 사람은 아무 죄가 없다고, 이 사람은 빨갱이도 뭐도 아니라"(170쪽)고 말하는 대신 귀머거리 행세를 했던 것이다.

에서도 알 수 있듯이, 이러한 도피는 온전한 해결책이 될 수 없다. 김상만의 가슴속에는 "그가 죽인 사람들이 하나둘 살아나서"(80쪽) 그를 괴롭히고 있었던 것이다.

이 작품에서 미국은 아베로부터 가장 먼 곳이지만, 더욱 아베에게 강박되어 지내야 하는 아이러니한 공간이다. 이들 가족에게 미국은 다만 '귀양지'에 불과하다. 주경희는 아베를 두고 나머지 가족과 함께 미국으로 오기는 했지만, 미국에 와서 심각한 우울증에 시달린다. 그것은 "아베 귀신이 붙은 거야"(13쪽)라는 막내의 말처럼, 한국에 버리고 온 아베에 결박되었기에 일어난 일이다. 주경희의 자식들 역시 어머니 주경희가 겪은 일들이, "각자의 몸속에 전염되어 그 뿌리를 그악스럽게 박아버"(12쪽)린 존재들이다. 진호는 어머니 주경희가 6·25 당시 겪은 수기를 읽고서, "그 글 속의 이야기들은 모두 우리의 문제였다"(12쪽)고 느낀다. 부모의 상처는 부모 세대에서만 끝나는 것이 아니라 대를 이어서 지속되는 것이다.

3년 10개월 만에 '김진호'가 아닌 '진호킴'이 되어 한국에 온 진호는 전쟁(아베)으로부터 가장 멀어진 존재가 된 것처럼 보인다. 그것은 이 작품의 서두인 "영내를 벗어나면서 나는 키가 팔 척이 넘는 것 같은 우월감을 맛보았다"(8쪽)는 첫번째 문장에서도 확인된다. 그러나 이러한 우월감은 아베에게 강박된 내면을 감추기 위해 만들어낸 허위의식에 불과하다. 진호는 오랜만에 만난 친구들에게, "우리 식구들은 지금 화병에 꽂힌 꽃망울과 같"(94쪽)아 "결국은 쓰레기통 속에 집어 던져지고 말 거"(94쪽)라고 말한다. 심지어 가장 잘 적응한 것으로 보였던 아버지도 "그처럼 열심히 탐닉하는 천한 노동과 휴일이면 찾아가는 한인교회 기도를 통해서도 결코 구원받지 못한 채 방황"(95쪽)하고 있음이 밝혀진다.

결국 진호는 아베와 함께하는 것만이 존재의 뿌리를 내리는 것이라는 인식에 도달한다. 그렇기에 아베를 부정만 하던 김진호는 술집 여자에게 "아벤 사람이다. 우리 형이다"(101쪽)라고 선언하게 되는 것이다. 이 순간 진호는 비로소 "어른"(102쪽)이 된 것으로 그려진다. 드디어 진호는 아베를 찾아 샘골에 가고, "황량한 들판에 던져진 그 시든 나무들의 꿋꿋한 뿌리가 돼 줄는지도 모를 우리의 형 아베의 행방을 찾는 일도 우선 그 무덤에서부터 시작"(112쪽)할 거라는 다짐을 하는 것으로 「아베의 가족」은 끝난다. 아베는 전쟁의 상처가 고스란히 응축된 존재이기에, 주변 사람들에게 너무나 큰 고통을 준다. 아베로부터 멀어지고자 하는 것은 당연한 본능일 수도 있지만, 아베는 멀리할수록 더욱 강한 힘으로 가까이 다가올 뿐이다. 그렇기에 참된 삶은 아베를 뿌리로 해서만 가능하다. 아베는 이 가족의 오물이 아니라, 이 가족의 시원(始原)이어야만 했던 것이다.

4. '아베 되기'를 통한 상처의 극복

「겨울의 출구」는 이 작품집에서 가장 선명하게 '상처의 출구'를 보여주는 작품이다. 이 작품의 아버지 역시 전쟁의 상처를 평생 짊어지고 산 사람이다. 그러나 전쟁과 관련된 구체적인 이력은 발화되지 않는다. "아버지와, 그리고 아버지의 한 분신인 어머니는 어떤 경우에도 그네들의 어제에 대해서 입을 떼지 않았"(249쪽)던 것이다. 충분히 극복되지 못한 상처는 전상국 소설에서 '뿌리 뽑힌 삶'에 비유되고는 한다. 아버지는 고향을 묻는 사람들에게 "여기저기 옮겨 사느라 고향이라고 못 박아 말할 곳이 없"(258쪽)다고 대답하며, 형은 그 사실에 분통을 터뜨린다.

이 작품에서도 전쟁의 상처는 남겨진 자들을 집요하게 괴롭힌다. 형은 신원조회 문제에 있어 노이로제 상태이다. 고3 때 사관학교 시험 1차에 합격하고 2차 최종 합격자 명단에 빠지고부터 형의 그 증세는 더욱 악화된다. 아버지에 대한 적의를 품게 된 근본 원인도 그때부터이다. 신원조회는 다른 가족에게도 영향을 미친다. 형의 사관학교 불합격 소식에 충격을 받은 아버지는 왼손가락 두 개를 칼로 내려치는 실수를 했고, 누나는 고등학교를 그만두고 공장에 간다. 결국 형은 이번에도 국영 기업체 채용 시험의 불합격 통지서를 받고 집을 나가버린다.

형은 집을 나가기 전에 아버지에게 "도대체 아버진 그놈의 육이오 때 어떤 죄를 얼마큼 진 겁니까?"(278쪽)라고 따진다. 그러자 아버지는 "이 애비가 나빴다. 어리석었던 게지. 무식했던 탓이다. 난 죽어서두 후회 할 게여. 감옥에서 산 칠 년여 세월도 참회 하며 살았다. 허지만 이 애비가 저지른 죈 하나도 지워지지 않았다"(278쪽)라며, 자신의 과거를 모두 반성하는 이야기만 한다. 이를 통해 아버지의 삶은 과거에 대한 일종의 참회 행위로 의미 부여된다.

아버지는 실로 성자(聖者)와 같은 삶을 산다. 산동네 12평짜리 무허가 주택에 살면서, 도깨비시장 입구 다릿목에서 생선 장사를 하는 아버지는 누구보다 부지런하고 성실하지만, "돈을 피해 가는 듯한"(255쪽) 생활 태도를 지니고 있다. 하루 대여섯 시간의 남는 시간에는 쓰레기를 치우거나 변소 청소를 하는 식으로 "남을 위해서 사는 시간"(255쪽)을 갖는다. 아버지의 올바름이란 정상의 범위를 넘어선 것이기도 하다. 아버지는 술은 물론이고 점심이라는 것도 모르는데, 그것은 내핍과 절약이라는 의미 이상인 "아버지의 철학"(274쪽)에서 비롯된 것이다. 누나 역시 아버지와 같은 성자(聖者)이다. 사 년 동안 한 공장 같은 일을 하면서도 단 한 번도 직장에 대한 불만이나 고달픔을 입에 올린 적이 없었다. 다만 "너무너무 고마운 사람들이 너무너무 재미있게 사는 세계가 있을 뿐"이어서, 누나가 보는 세상은 "온통 신기하고 그렇게 신기한 만큼 감동이고 보람"(251쪽)일 뿐이다.

이들 가족에게 큰 위험이 닥친다. 철거민촌 혹은 난민촌이라 불리는 천민동 십만 명의 젖줄과 같은 도깨비시장이 사라지게 된 것이다. 제 잇속을 따져 끼리끼리 모인 돈 있는 도깨비시장 출신 사람들은 '현대시장추진위원회'를 조직하고, 새로운 시장을 만들려 한다. 아버지는 도깨비시장에서 살아가는 재구 청년 같은 성실하고 가난한 사람들을 생각하며 '현대시장추진위원회'의 유혹을 거부한다. 이런 상황에서 평소 아버지를 따르던 재구 청년은 '현대시장추진위원' 사람들의 농간으로 모든 재산을 잃는다. 도깨비시장 사람들은 강경하게 싸우자고 나서지만,

아버지는 "절대 맞서서 싸울 생각은 말라"(275쪽)거나 "싸우지 않는 게 결국 이기는 거"(275쪽)라고 말하며 평화적인 해결만을 주장한다. 이러한 입장은 누나도 마찬가지이다.

결국 도깨비시장 상인들이 벌인 난장에 싸움패까지 달려들어 난동을 부리자, 재구 청년은 분신을 시도하려고 한다. 그 상황에서도 아버지는 "절대로 참아야 합니다. 참아야 해요!"(281쪽)라고 목소리를 높인다. 누나가 재구를 살리기 위해 달려가고, 이 와중에 누나는 목숨만을 간신히 건질 정도의 심각한 화상을 입는다. 이 일로 집의 철거는 봄까지 연기되고, 도깨비시장 사람들은 계속 장사를 할 수 있는 길이 열린다. 그리고 자신의 뿌리를 내릴 땅을 찾지 못해 실의와 좌절 속에 살아가다 가출까지 한 형도 다시 돌아온다. 형은 그사이에 아버지의 과거를 찾아, 증말에 가서 아버지의 옛날 친구들을 만나고 온 것이다. 그리고 형의 "그 사람들이 모두 아버질 보고 싶어 해요. 아버지가 왜 고향엘 한 번도 안 오는지 모르겠다고 야단들이던데요"(285쪽)라는 말을 통해, 아버지가 이미 고향 사람들에게 용서받았음이 드러난다. 아버지의 성자와 같은 삶은 간접적인 방식으로나마 전쟁의 상처와 업장을 녹이고 있었던 것이다.

심각한 화상을 입고 중환자실에 누워 있는 누나는, 「아베의 가족」에 등장한 아베가 된 것이라고 할 수 있다. 진정한 상처의 극복은 단순히 아베를 찾는 것에서 멈추는 것이 아니라, 스스로 아베가 되는 것이라는 종교적인 차원의 신성함이 이 작품에는 드러나 있는 것이다. 「겨울의 출구」에 나오는 아버지와 누나는 일종의 '아베 되기'를 실천하는 인물들이다. 누나의 이

끔찍한 화상은 직접적으로 '아베 되기'를 보여주는 실천의 결과라고 할 수 있다. 그리고 바로 이 성자에 가까운 희생과 헌신을 통해서만 전쟁에서의 일들은 속죄되고, 새로운 삶은 가능해진다.

5. 끊임없는 환상의 커튼 만들기

「겨울의 출구」는 '아베 찾기'에서 '아베 되기'를 통한 전쟁 상처의 극복을 제시하고 있는 작품이다. 모든 폭력에 반대하며, 자기를 온전히 희생하는 성자적 삶을 통하여 '상처의 출구'는 비로소 보이는 것이다. 그러나 「겨울의 출구」가 발표된 때로부터 칠 년이 지나 창작된 「형벌의 집」*에서는 그와는 다른 인식이 드러난다. 오히려 전쟁의 상처는 더욱 묵직해졌고, 그로부터 벗어날 수 있는 가능성은 거의 보이지 않는다. 이러한 암울함은 6·25의 특수성에서도 비롯되지만, 그보다 더욱 본질적으로는 인류가 전쟁과 같은 거대한 폭력에 맞닥뜨렸을 때면 작동시키는 희생양 메커니즘에서 비롯된다.

1975년을 배경으로 한 「형벌의 집」은 전쟁의 실재와 조우하기를 거부하는 사람들이 희생양을 만들어서 자신들의 안위를 보존하는 가장 폭력적인 메커니즘을 보여준다. 이관흠은 이데

* 이태숙은 「형벌의 집」이 "등단 이후 6·25 전쟁을 자신의 소설적 자산으로 삼아 형상화해오는 작업을 일관되게 진행해오면서 작가가 그러한 작업을 완결하는 의미로 쓴 작품"(「전쟁의 희생양과 악의 기원」, 『한국학연구』 60집, 2017, 67쪽)이라고 규정하였다.

올로기와는 아무런 관계가 없는 인물이지만 양쪽 모두로부터 곤욕을 치르다가 행방불명된다. 이관흠은 "너무할 정도로 무슨 일에나 그 옳고 그름을 가려 자기 생각을 쉽게 내놓지 않았"(139쪽)으며, 인공 치하에서도 결코 그들에게 협력한 적이 없다. 누구보다 이관흠을 정확하게 아는 황대장에 의하면, 이관흠은 "진정으로 샘말 사람이 되기 위해 마을 사람들 편에 섰던 사람"(170쪽)이다. 그러나 난리 때 크든 작든 부역 행위를 한 사람들은 자신들이 살기 위해 "진짜 속이 붉었던 것은 이관흠이라고, 그가 모두 시켜서 한 일이라고"(170쪽) 죄를 떠넘겼던 것이다. 또한 이관흠은 도피하라는 황대장의 말에 "저까지 피했다간……"(171쪽)이라며, 말끝을 사리고 만다. 마을 사람들은 자신의 생존을 위해 이관흠에게 죄를 떠맡겼지만, 이관흠은 마을 사람들을 위해 자신의 억울함을 감내했던 것이다.

이관흠은 공작산 산악대(우익)에 끌려갔다가 행방불명되고, 이후에도 모든 죄악의 근원처럼 규정된다. 이관흠이 희생양으로 내몰린 이유는, 그가 희생양으로서의 조건이라고 할 수 있는 경계적 인물이기 때문이다. 돼지네가 샘골로 시집을 올 당시부터 마을 사람들은 이관흠을 이괄이라고 불렀다. 조선시대의 반역자인 '이괄'로 불린 것은 "옛날 이괄이 그러했듯 시골 사람답지 않게 희멀끔한 얼굴에다 몸이 장대한 외지 사람이 이곳에 들어와 숨어 산다는 그런 뜻이었"(137쪽)다. 즉 그는 처음부터 샘골 사람들과는 구별되는 특징을 가지고 있는 외래민이었던 것이다.

이관흠이 실종된 후에 그를 둘러싼 악의적 소문은 더욱 심해진다. 삶의 마지막 순간까지 남편의 죽음을 믿지 않았던 돼지네는, 이러한 악의적 왜곡으로부터 남편을 구원하기 위해 남편에게 죽음을 선사하고자 노력한다. 망령산 골짜기에서 사람 형체를 구별하기 어려운 다섯 구의 벌거숭이 시체 중에서 하나를 가져다가 남편의 무덤을 만들었던 것이다.

「형벌의 집」에서 전쟁의 고통, 이관흠이 겪었던 억울한 왜곡과 배제의 메커니즘은 남겨진 자들에게도 그대로 적용된다. 사라진 이관흠에게 덧씌워진 죄는 세대를 두고 이어진다. 종호는 고등학교를 일 등으로 졸업하고도 신원조회에 걸려 육군사관학교에 떨어져서 금융조합 서기로 취직한다. 사람들은 돼지네로 발길을 하지 않고, 돼지네 식구들도 이웃의 눈을 피해 다닌다. 동네 아이들은 돼지네 두 아들만 보면 돌을 던지며 "야, 빨갱이새끼들아!"(157쪽)라며 욕을 퍼부었다. 이후에도 종호 아버지와 관련한 온갖 소문이 떠돌아 돼지네 가족은 큰 곤욕을 치른다.

무엇보다도 「형벌의 집」에 존재하는 '또 한 명의 아베' 혜자야말로 해결되지 않은 전쟁의 트라우마를 보여주는 인물이다. 혜자는 아베와 여러 가지로 흡사하다. 둘 다 특이한 임신 기간(아베는 8개월, 혜자는 12개월)을 거친 후에 태어났으며, 심각한 장애를 지니고 있으며, 성욕만이 남아 있다. 무엇보다도 전쟁 중에 겪은 험한 일로 장애아가 되었다는 면에서, 전쟁의 상처를 직접적으로 감각화해 보여주는 인물이다.

이러한 상황에서 남겨진 돼지네 가족이 세상에 대응하는 방식은 각기 다르다. 돼지네는 "그악스러운 성깔"(130쪽)의 생활

력 강한 억척 어멈으로 살아간다. 이 작품의 상당 부분은 돼지네가 얼마나 생활력이 강하고 강인한 존재인지를 드러내는 것으로 이루어져 있다. 어린 종호는 처음에 자신 역시 아버지에 대한 또 하나의 환상을 만드는 방식으로 대응한다. 종호는 어린 시절 조선시대 가장 큰 규모의 반란을 일으켰던 이괄의 무게에 아버지의 행적을 맞추려 했던 것이다. 이것은 아버지 때문에 겪는 참담함과 치욕을 보상하는 방법으로 이괄이라는 별명에 걸맞은 아버지의 존재와 그 죽음까지를 "아이다운 환상으로 미화"(188쪽)한 것이다. 이에 반해 종태는 아버지에 대한 왜곡에 정면으로 맞서고자 한다. 이웃에 사는 철래가 교내 반공 글짓기에서 이관흠을 악마로 왜곡한 글을 써서 상을 받자, 당시 대학생이던 종태는 철래를 불러다가 이러한 인식이 얼마나 잘못된 것인가를 차근차근 설명해준다.

철래는 5장의 초점 화자로서 전쟁 이후 지속된 돼지네를 향한 폭력을 상징하는 인물이다. 혜자와 종태는 철래를 심문하는 양심의 짝패에 해당한다. 종태가 의식적 차원에서 철래를 심문한다면, 혜자는 무의식적 차원에서 철래를 심문한다. 혜자는 성인이 되면서 폭발한 성욕으로 철래의 곁을 맴돌고, 이때마다 철래는 혜자에게 가혹한 폭력을 휘두른다. 그러나 차츰 철래는 혜자를 무서워하기 시작한다. "삼 년 전 행방불명이 된 혜자의 둘째오빠 종태 얼굴"(182쪽)이 떠오르면서부터, 혜자가 자기한테 미쳐 그렇게 쫓아다니는 게 아니라 "이쪽을 괴롭히려고 일부러 그러는 게 아닌가 하는 생각"(182쪽)이 들었던 것이다. 즉 혜자의 그 이상 행동 속에서, 자신을 논리적으로 꾸짖던 종태의 모습을 발견한 것이다.

「형벌의 집」에서 종호와 종태는 각기 다른 삶을 보여준다. 어린 시절 자신이 만든 환상을 통해 아버지에 대한 악의적 환상에 맞서려 했던 종호는, 이제 그 문제를 깨닫고 아버지의 진정한 삶이 남겨진 샘골에 뿌리내린 삶을 살고자 한다. 도시로 나갈 수 있는 유혹도 뿌리치고 고향을 지키며 살고자 하는 것이다. 드디어 종호는 그 어떤 이념이나 환상에도 물들지 않은, "영원히 죽지 않을, 정직하고 성실했던 아버지의 참모습"(189쪽)을 마음의 중심에 새기게 된 것이다. 그 결심은 어머니가 자살한 이후 더욱 단단해진다. 읍내의 조합 일마저 그만두고, 어머니가 그랬던 것처럼 고향을 파괴하려는 힘에 맞서고자 한다. 「형벌의 집」에서 이관흠과 그 가족들을 향한 폭력과 산업화의 폭력은 유사한 것으로 그려지기도 한다. 두 가지는 모두 샘말을 파괴하는 힘이라는 점에서는 동일하다.

형인 종호와 달리 종태는 늘 아버지와 자신들을 옥죄는 이데올로기의 폭력과 희생양 메커니즘에 정면으로 맞서고자 한다. 그는 70년대 초반의 암울한 상황에 맞서 "자유 민주 그리고 독재타도"(193쪽)를 위해 투쟁까지 했던 것이다. 그러나 종태는 형인 종호에게 다음과 같은 말을 남기고 사라진다.

형, 무서워. 난 이때까지 어떤 조직이나 음모와도 관계를 맺어본 적이 없어. 그런데도 나를 쫓고 있는 사람들은 내가 그런 조직의 중심에 있다고 보는 거야. 나를 쫓고 있는 사람들이 생각하는 나는 이미 내가 아니야. 형, 그게 얼마나 무서운 건지 알아? 그건 내 자유

의지에 의해 내가 한 일과는 전혀 무관한 것들이라고.(193~194쪽)

아버지 이관흠이 그러했듯이, 종태 역시 자신이 "한 일과는 전혀 무관한 것들"로 인해 쫓기는 사람이 되었다가 결국에는 실종된 것이다. 종태의 삶이 아버지의 불행했던 삶이 남긴 족쇄로부터 벗어나는 몸부림이었다는 것을 생각한다면, 종태가 느낀 무서움의 강도는 상상을 초월하는 것이었음이 분명하다. 종태의 실종은 그 자신이 느낀 무서움과 자기를 둘러싼 폭력의 강도를 증명하기에 모자람이 없다. 종태의 행로는 아버지 이관흠에게 엉뚱한 프레임을 씌워서 자신들의 죄를 면제받았던 그 폭력적인 메커니즘이 끝나기는커녕 현재에도 지속되고 있음을 보여주는 가슴 아픈 증거이다. 또한 또 한 명의 아베라고 할 수 있는 혜자의 실종과 그에 따른 돼지네의 자살은 전쟁의 상처가 극복되기는커녕 오히려 심화되어가던 70년대의 어둠을 증거하는 하나의 사례로 새겨볼 수 있을 것이다.

6. 전상국 소설이 빛나는 이유

전상국은 6·25 소설과 관련하여 유년기 체험 세대를 대표하는 작가이다. 자신들이 유년기에 겪었던 전쟁 경험의 강렬함으로 인해, 유년기 체험 세대의 작품에는 6·25가 하나의 중핵으로서 놓여 있다. 이와 관련해 전상국은 6·25 소설이라기보다는 6·25 후일담 소설이라고 할 만큼 전쟁 이후에도 지속되는 상처와 그 문제점을 끈질기게 형상화하였다. 그 남겨진 상처의 묵직한 통증을 통해, 전쟁의 참상은 더욱 강렬하게 사람들의 가슴속에 전달된다. 전쟁은 이념과는 무관한 이들의 생명과 일상을 송두리째 파괴한다. 그 참상의 형상화가 높은 수준으로 감각화된 것이 바로 아베형 인간이다. 낼 수 있는 말이라고는 아베뿐이며, 할 수 있는 것이라고는 성욕의 표출뿐인 이들은 우리의 양심을 심문하며, 전쟁 상처의 극복이야말로 절대적 과제임을 우리에게 환기한다. 이러한 상황에서 가장 쉽게 생각할 수 있는 것은 아베로부터 멀어지는 것이다. 그러나 그것은 가능하지도 않으며, 멀어질수록 아베는 더욱 강박적인 힘으로 떠난 이들의 심중에 남겨질 뿐이다. 그렇기에 진정한 극복은 아베와 아베로 상징되는 전쟁의 상처를 더욱 진지하게 성찰하는 길뿐이다. 나아가 전상국은 결코 도덕적 당위만을 힘주어 말하는 것에 머물지 않는다. 지속되는 전쟁의 상처와 그 상처의 치유를 불가능하게 하는 공동체의 폭력적 논리에도 관심을 기울이기 때문이다. 여전히 피 흘리는 전쟁의 상처, 반세기가 넘는 시간 동안 그 상처의 증언자로 남는다는 것은 범인이 흉내낼 수 있는 일이 아니다. 그 고통과 함께해온 전상국의 치열한 문학 혼이 있었기에 한국 문학의 윤리와 미학은 한 단계 더 나아갈 수 있었다.

작가의 말

중편소설 두 편과 세 편의 단편소설 등 다섯 작품을 한데 모아 중단편소설 전집 3 『아베의 가족』을 묶는다.

다섯 작품 중 「형벌의 집」을 뺀 「아베의 가족」 「실반지」 「겨울의 출구」 「그 먼길 어디쯤」 네 편의 중단편소설이 모두 1979년 같은 해에 발표된 작품들이다. 이것은 6·25로부터 30여 년이나 비켜선 70년대 말, 그때까지도 한 개인에게 유형무형으로 이어져 내려오는 전쟁의 참상과 그 후유증 진단 및 그것의 치유 모색으로서의 소설 쓰기를 한껏 즐겼다는 것을 뜻한다.

열 살 무렵에 깊숙이 각인된 6·25 악령들이 해낸 일들이다. 가해와 피해의 악순환, 결과적으로 모두가 전쟁의 피해자라는 연민에서 비롯한 등단작 「동행」에서부터 「아베의 가족」 등 분단 관련 소설들은 그 시대의 맺히고 얽힌 것들을 풀기 위한, 내 안의 악령들과 벌인 넋굿 혹은 씻김굿이며, 나 자신이 그때 그런 신명의 작가 혼으로 살아 있었다는 이야기다.

어떻든 지난날의 그 일들에서 결코 자유롭지 못하던 그 시대 내 이웃들의 음산하고 불퉁스러운 목소리, 그 톤으로 이야기를 꾸며내던 70년대 바로 그때가 작가로서 가장 황홀했던 시간이었다는 것을 고백한다.

중편소설 「아베의 가족」은 발표된 직후 같은 해에 두 개의 문학상을 수상하는가 하면 텔레비전 6·25 특집 드라마로 제작돼 70퍼센트라는 높은 시청률을 올린 바 있다.

아베, 백치가 입으로 낼 수 있는 유일한 소리. 덧붙여 백치가 힘껏 소리 내어 부르는 아베는 '아버지'의 방언이다. 부권 상실 시대, 있어야 할 아버지가 없어서 생긴 비극을 에둘러 얘기하고 싶었다. 그리고 또 다른 의미의 아베, 비극의 씨앗이 아닌, 마땅히 찬미받아야 할 성스러운 존재라는 뜻의 아베 마리아의 그 아베.

이쯤에서 다시, 아베는 누구인가, 아베는 지금 어디 있는가라는 물음을 독자에게 던진다.

오래전에 쓴 작품들을 다시 찾아 정리하는 과정에서 새삼스레 얻은 것이 많다. 역사의 뒷전에 밀려 아예 보이지도 않던 것들을 새로이 복원 재현하는, 소설이 시대의 거울 혹은 시대의 반성이라는 사회적 효용론이 내 나름의 서사 디테일에 의해 구현되었다는 실감 같은 것.

또한 시대가 바뀌면서 제도나 풍속들이 많이 달라졌다는 것을 작품을 통해 확인하는 일이다. 그 시대의 셈값으로 오늘의 물건값이 비교되듯 전 시대 사람들의 가치관 또한 오늘의 그것과 확연히 다르다는 것의 확인 또한 소설 읽기의 또 다른 즐거움이 될 수 있을 것이다.

지금의 초등학교를 국민학교로, 그 시대의 표기를 그대로 두기로 한 것 등을 통해 전집 수록 작품 끝에 그 작품의 발표 연대를 밝히는 일이 왜 필요한가를 다시 한 번 강조하기로 한다.

마스크로 말을 줄인 만큼 글쓰기가 즐거웠으면 얼마나 좋을 것인가. 전대미문의 코로나, 사회적 거리두기, 정말 많이 힘든 때에 전집 출판을 이어가는 강출판사에 거듭 고마움을 전한다.

2021년 5월 춘천 금병산 자락에서

전상국

작가 연보

1940년 3월 12일(음) 강원도 홍천군 내촌면 물걸리 1102번지 에서 부 전석주, 모 박춘봉의 장남으로 출생(정선전씨 석릉군파 47세손).

1946년 홍천읍으로 이사.

1950~1953년 홍천국민학교 4학년 때 6·25 전쟁이 일어나 고향 마을 동창국민학교 졸업(10회).

1954년 홍천중학교 입학. 읍내에서 처음으로 서점 발견, 생애 최초로 교과서가 아닌, 탐정소설 따위의 책을 서점에서 읽기 시작.

1957년 홍천중학교 졸업(6회). 춘천고등학교 입학. 1학년 때 담임이 시인 이희철 선생으로 2학년 때 문예반에 들어간 결정적 계기.

1958년 춘천 지역 문예반 학생 중심의 '예맥문학회'를 만들어 문학적 방종에 탐닉.

1959년 최초로 쓴 소설 「산에 오른 아이」가 제6회 학원문학상에 3위 입상. 「황혼기」가 강원일보 신춘학생문예에 당선 없는 가작 1석 입상, 작품이 신문에 연재됨.

1960년 경희대학교 문리과대학 국어국문학과에 문예장학생으로 입학. 처음 사 신은 구두를 신고 4·19 시위에 참가, 발뒤축에 상처를 입다.

1962년 경희대학교 제6회 문화상 수상, 장학 혜택.

1963년 조선일보 신춘문예에 단편소설 「동행(同行)」 당선. 12월 31일자 대학 졸업. 경희대학교 제7회 문화상 수상.

1964년 원주 육민관고등학교 국어교사로 부임. 단편 「광망」(『현대문학』 2월호) 발표.

1966년 춘천중학교 국어교사로 부임. 단편 「해바라기 시계」(『문학춘추』 1월호) 발표.

1967년 10월 9일. 김옥자와 결혼.

1968년 10월 24일. 큰딸 소영 출생.

1970년 7월 22일. 아들 경구 출생.

1972년 3월. 은사 조병화 선생의 부름으로 서울 경희고등학교 국어교사로 부임.

1973년 3월 1일. 작은딸 소옥 출생.

1974년 서울 상봉동 105-37 자택에서 작가 조선작을 만나 새로이 글쓰기를 시도, 그 첫 작품 「전야」를 『창작과비평』 가을호에 발표하면서 재등단.

춘천의 소설 동인 모임 '예맥동인'에 참가. 작가 유재용과 면목동 그의 문방구에서 처음 만남.

1975년 단편 「할아버지 묻힌 날」(『현대문학』 2월호), 「소인의 나들이」(『세대』 2월호), 「돼지새끼들의 울음」(『현대문학』 9월호), 「육아일기」(『예맥문학』 1집) 발표.

1976년 단편 「악동시절」(『현대문학』 3월호), 「껍데기 벗기」(『월간문학』 9월호), 「사형」(『현대문학』 12월호) 발표.

1977년 단편 「맥」(『현대문학』 3월호), 「바람난 마을」(『뿌리깊은 나무』 3월호), 「바다 재우기」(『월간문학』 7월호), 「여름 손님」(『현대문학』 10월호) 발표.

단편 「사형」과 「껍데기 벗기」로 제22회 현대문학상 수상.

첫 작품집 『바람난 마을』(창작문화사) 출간.

1978년 단편 「침묵의 눈」(『한국문학』 2월호), 「산울림」(『뿌리깊은나무』 5월호), 「고려장」(『현대문학』 6월호), 「안개의 눈」(『문예중앙』 여름호), 「망각의 집」(『주간조선』 7월 10일), 중편 「물걸리 패사」(『소설문예』 2월호), 「하늘 아래 그 자리」(『문학과지성』 겨울호) 발표.

'작단' 동인 활동을 시작함.

1979년 단편 「초혼」(『월간문학』 1월호), 「수렁 속의 꽃불」(『한국문학』 3월호), 「잊고 사는 세월」(『현대문학』 4월호), 「그 먼길 어디쯤」(『작단』 1집), 「우리들의 날개」(『작단』 2집), 「진화설」(『문학사상』 6월호), 「암코양이의 식성」(『월간중앙』 4월호), 「겨울의 출구」(『창작과비평』 가을호), 「실반지」(『현대문학』 12월호), 중편 「아베의 가족」(『한국문학』 10월호), 「외등」(『문예중앙』 겨울호), 「공터 사람들」(『신동아』 9월호) 등 한 해에 단편 9편과 중편 3

편 발표.

「아베의 가족」으로 제6회 한국문학작가상 수상.

작품집 『하늘 아래 그 자리』(문학과지성사) 출간.

1980년 단편 「우상의 눈물」(『세계의문학』 봄호), 「이것은 기분 문제가 아니다」(『작단』 3집), 「어떤 이별」(『소설문학』 8월호), 「달평씨의 두번째 죽음」(『한국문학』 9월호), 중편 「여름의 껍질」(『문예중앙』 여름호), 「추억의 눈」(『문학사상』 12월호) 발표.

「아베의 가족」으로 대한민국문학상 자유문학부문 수상, 「우리들의 날개」로 제14회 동인문학상 수상.

작품집 『아베의 가족』(은애), 『우상의 눈물』(민음사 오늘의작가총서) 출간.

1981년 중편 「외딴길」(『문학사상』 5월호) 발표.

콩트집 『식인의 나라』(소설문학사), 작품집 『우리들의 날개』(동서문화사) 출간.

1982년 장편 『길』의 연작 중편 「출향」(『문예중앙』 봄호), 단편 「술래 눈뜨다」(『현대문학』 3월호), 「이산」(『세계의문학』 봄호), 「좁은 길」(『문학사상』 9월호) 발표. 장편소설 『불타는 산』 연재(『경향신문』 1982. 3. 15~1983. 3. 30).

경희대학교 대학원 국어국문학과에 입학.

1983년 단편 「이류 속에서」(『한국문학』 8월호) 발표.

장편소설 『불타는 산』(고려원) 출간.

전업작가를 꿈꾸면서 중화동 28-11에서 중화동 286-7로 집을 옮김.

1984년 중편 「허허벌판」(『문학사상』 3월호), 「산 넘어 강」(『현대문학』 9월호), 단편 「관심」(『한국문학』 12월호) 발표.
경희호텔경영전문대학에 출강.

1985년 단편 「악의 사슬」(『말과 삶과 자유』, 문학과지성사), 「그늘무늬」(『문학사상』 9월호), 「왜」(『현대문학』 10월호), 「술법의 손」(『동서문학』 11월호) 발표.
장편소설 『길』(정음사) 출간.
국립 강원대학교 인문대학 국문학과 교수로 발령이 나면서 서울 탈출.

1986년 중편 「음지의 눈」(『소설문학』 4월호), 「형벌의 집」(『문학정신』 10월호), 단편 「먹이그늘」(『현대문학』 8월호), 「송충이의 칩거」(『강대신문』 3월 14일) 발표.

1987년 중편 「썩지 아니할 씨」(『문학사상』 2월호), 「지빠귀 둥지 속의 뻐꾸기」(『문학사상』 12월호), 단편 「퇴장」(『한국문학』 4월호), 「밀정」(『문예중앙』 봄호) 발표.
작품집 『형벌의 집』(한겨레) 출간.

1988년 단편 「잃어버린 잠」(『현대문학』 3월호), 중편 「투석」(『현대문학』 11월호) 발표.
「투석」으로 제4회 윤동주문학상 수상.

1989년 중편 「사이코 시대」(『동서문학』 11월호) 발표.
작품집 『지빠귀 둥지 속의 뻐꾸기』(세계사) 출간.

1990년 중편 「시인의 겨울」을 연재.
「사이코 시대」로 제1회 김유정문학상 수상. 강원도 문화상 수상.

1991년 『문학사상』(1989년 10월호~1991년 4월호)에 연재한 소설 창작교실 『당신도 소설을 쓸 수 있다』(문학사상사) 출간.

1992년 중편 「거울의 알리바이」(『문학사상』 9월호) 발표.

콩트집 『장난 전화 거는 남자를 골려준 남자』(판) 출간.

1993년 장편소설 『裕貞의 사랑』(고려원) 출간.

1994년 콩트집 『우리 시대의 온달』(작가정신), 작가연구 『김유정』(단국대출판부) 출간.

1995년 한국대표작가선집 『투석』(신원문화사) 출간.

1996년 중편 「개미거미들의 화음」(『문예중앙』 봄호), 중편 「시인의 겨울」(『작가세계』 봄호) 발표.

작품집 『사이코』(세계사), 테마소설집 『애비』(열림원) 출간.

『사이코』로 제33회 한국문학상 수상.

1997년 중편 「너브내 아라리」(『21세기문학』 가을호) 발표.

1999년 중편 「실종」(『문학과의식』 봄호) 발표.

2000년 「실종」으로 제8회 후광문학상 수상.

첫 수필집 『우리가 보는 마지막 풍경』(북스힐), 회갑기념문집 『세미나와 재미나』(북스힐) 출간.

2001년 중편 「한주당, 유권자성향분석사례」(『문예중앙』 봄호), 단편 「이미지로 간다」(웹진 『인스워즈』 5월호) 발표.

『아베의 가족』 스페인어로 번역, 페루 리마 PUCP 출판사에서 출간.

2002년 단편 「플라나리아」(『동서문학』 봄호), 「온 생애의 한순간」(『현대시』 6월호) 발표.

김유정문학촌 개관과 함께 초대 촌장을 맡음.

2003년 단편 「소양강 처녀」(『문학수첩』 여름호) 발표.

「플라나리아」로 제27회 이상문학상 특별상 수상.

2004년 단편 「물매화 사랑」(『문학사상』 10월호) 발표.

「플라나리아」로 제8회 현대불교문학상 수상.

'아베의 가족'이란 이름의 개인 서재를 춘천 석사동에 마련.

경희문인회 회장.

2005년 강원대학교 정년 퇴임. 황조근정훈장 수훈. 남북작가대회 참가(평양).

작품집 『온 생애의 한순간』(문학과지성사), 문학 이야기 『물은 스스로 길을 낸다』(이룸), 산문집 『길 위에서 만난 사람들』(이치) 출간.

2006년 단편 「꾀꼬리 편지」(『세계의문학』 겨울호) 발표.

강원대학교 명예교수.

2007년 김유정탄생100주년기념사업회 추진위원장.

2008년 중편 「지뢰밭」(『창작과비평』 봄호) 발표.

『아베의 가족』 독일어로 번역, 독일 페퍼코른 출판사에서 출간.

경희대학교 객원교수.

2009년 중편 「남이섬」(『문학과사회』 봄호) 발표.

단편 「춘심이 발동하야」(『계간문예』 겨울호) 발표.

황순원기념사업회 초대 회장. 김유정기념사업회 이사장.

2010년 단편 「드라마게임」 (『세계의 문학』 여름호) 발표.

2011년 작품집 『남이섬』(민음사) 출간.
2013년 춘천시 신동면 풍류1길 84-7(증리 562-6) 문학의 집 '동행'에 입주.
2014년 제8회 동곡문화상 수상. 제27회 경희문학상 수상.
바이링궐 에디션 『Ahbe's Family』(아시아), 『전상국의 춘천 산 이야기』(조선뉴스프레스) 출간.
2015년 단편 「집을 떠나 집에 가다」(『문예중앙』 여름호), 「가을 하다」(『대산문화』 여름호) 발표.
이병주국제문학상 수상.
2016년 단편 「어디에도 없고 어딘가에 있는」(『현대문학』 1월호) 발표.
단편 「봄봄하다」(『대산문화』 봄호) 발표.
2017년 단편 「오래된 나무는 나무가 아니다」(『월간태백』 3월호), 「춘천아리랑」(김유정학술발표지 2017) 발표.
산문집 『춘천 사는 이야기』(연인M&B) 출간.
2018년 중편 「굿」(『문학의오늘』 여름호) 발표.
대한민국예술원 회원. 보관문화훈장 수훈.
2019년 전상국 중단편소설 전집 1 『동행』(강) 출간.
2020년 에세이 『작가의 뜰』(샘터) 출간.
전상국 중단편소설 전집 2 『하늘 아래 그 자리』(강) 출간.
2021년 단편 「저녁노을」(『문학사상』 6월호) 발표.
춘천 신동면 금병산예술촌에 '전상국 문학의 뜰' 개관.

전상국 중단편소설 전집 3

아베의 가족

1판 1쇄 발행 | 2021년 5월 31일

지은이 | 전상국
펴낸이 | 정홍수
편집 | 김현숙 임고운
펴낸곳 | (주)도서출판 강
출판등록 | 2000년 8월 9일(제2000-185호)

주소 | 서울시 마포구 동교로 17안길 21(우 04002)
전화 | 02-325-9566
팩시밀리 | 02-325-8486
전자우편 | gangpub@hanmail.net

값 18,000원
ISBN 978-89-8218-278-5 04810
978-89-8218-245-7(세트)